ハヤカワ・ミステリ

JAMES A. McLAUGHLIN

熊の皮

BEARSKIN

ジェイムズ・A・マクラフリン
青木千鶴訳

TOKYO HAYAKAWA BOOKS

A HAYAKAWA
POCKET MYSTERY BOOK

Translated by
CHIZURU AOKI
First published 2019 in Japan by
HAYAKAWA PUBLISHING, INC.
This book is published in Japan by
arrangement with
JANKLOW & NESBIT ASSOCIATES
through JAPAN UNI AGENCY, INC., TOKYO.

装幀／水戸部 功

ローザ、
そして
ナンシーに

ガラガラヘビの美は、その脅威のなかにある。

——ジム・ハリスン *Suite of Unreason*

熊の皮

登場人物

ライス・ムーア
（リック・モートン）……………ターク山自然保護区の管理人
スター・トラヴァー・ピンカートン……ライスの雇い主。トラヴァー財団会長
サラ・ビルケランド………………ライスの前任者。生物学者
デンプシー・ボージャー…………地元の熊猟師
ディーウェイン・スティラー……地元の無法者
ジェシー……………………………ディーウェインの仲間
ビルトン……………………………よろず屋の経営者。ディーウェインの父
アラン・ミラ………………………元海兵隊員
ジョーンズ…………………………麻薬捜査局《DEA》の捜査官
マーク・ウォーカー………………地元の保安官
エイプリル・ウィットソン………ライスの元彼女
ミア・コルテス……………………エイプリルと麻薬カルテルの連絡役
ラウル・フェルナンデス…………ライスと刑務所で同房だった男

プロローグ

　ここへ来て迎えた最初の晩、ライスは鋳鉄《ちゅうてつ》製の水道管を枕の下に忍ばせて、寝たふりをした。一方の端にスケートボード用のすべりどめテープが巻きつけられたその鉄パイプは、わざわざ金を払って手に入れたものだった。ブーツの中敷きの下に隠し持っていた、湿りけを帯びてぺしゃんこになったなけなしの百ドル札が、そのおかげで消え去った。足りないぶんの現金は、何も問題がなければ、もうじきアメリカからあいつが届けにやってくるはずだ。それも加えれば、しめて三百USドルを支払うことになる。法外な値を吹っかけられたってことだけはまちがいない。

　同房の男は自分の寝台で、折りたたんだエル・ウニベルサル紙を読んでいる。数分ごとにページをめくりながら、紙面から目を離すことなく煙草に火をつけ、すぱすぱと煙を吐きだしている。かれこれ数時間ものあいだ、ライスの存在に気づいているそぶりすら、一度も見せていない。

　室内の光に変化が生じた。影が——ふたつの人影が——開けっぱなしの出入口をすりぬけてきた。予想よりも早い。すでに誰かが必要な計算を済ませ、リスクを推《お》しはかったすえに、とある決断をくだしたのだ。ライス自身に価値はないが、あのアメリカ人の若い女にとってはだいじな存在だ。麻薬取締局《DEA》はその点を梃《て》子《こ》にして、女を動かそうとするだろう。ライスをアメリカへ連れ戻すことを、おそらくは餌《えさ》にするだろう。ならば、先手をとってその餌を始末しておこうというのが、シナロア・カルテルならではの伝統的な手法だ。

狡猾《こうかつ》にして、残虐な手法。

そのあと、連中は女に見張りをつけるだろう。女にはもはや、危険を冒すだけの理由がなくなる。そうしないほうがいい理由ばかりになる。結局はその道のプロとして、冷静な行動をとろうとするだろう。

部屋に忍びこんできたふたり——連中が送りこんできた刺客《しかく》——は、まえもって予測しておくべきだった。相手が気力をみなぎらせていることも。いまだ怯《おび》えきっていることも。アドレナリンが全身を駆けめぐっているだろうことも。

向こうは鉄パイプの存在にも気づいていないはずだ。

ライスは待った。刺客が近づいてくるのを。ひとりが腕を伸ばし、ライスの髪を鷲《わし》づかみにして、後ろに引き倒そうとしてくるのを。仰向けにごろりと転がして、喉や胸や腹をあらわにさせようとしてくるのを。てのひらの発する熱が感じとれる。いまにも触れんばかりの距離に迫っている。

十二秒後、ライスは数カ所に傷を負っていた。だが、相手が手にしていたナイフは防御よりも暗殺に適した武器であったため、刺客のほうはふたりとも、揃《そろ》って床に伸びていた。ライスの武器である鉄パイプは、寝台の下に転がっている。ライスはひとりめの刺客——髪をつかもうとしてきた男——の首をぐっと踏みつけた。ひとを殺したことは一度もない。重傷を負わせたことすら、一度もない。どこか離れた場所から、自分を眺めているような気分だった。心のなかにひそむ、多重人格のなかのひとり。そいつらが存在しなかったころが想像もできないほどの、そこにいるのがあたりまえの存在に、今後はなっていくのかもしれない。自分がこれまでとはちがうものに変わってしまったことは、すでに自覚していた。別人になったというわけじゃない。そんなことを言い張るつもりは毛頭ない。むしろ、これまで認めまいとしてきたもうひとりの自分——怪物のように恐ろしい人格——が、顔をのぞかせはじめたということなのだろう。

ブーツを履いた足を持ちあげ、男の首をへし折ろうとしたとき、背後からとつぜん声があがった。「やめとけ」

ライスはぴたりと足をとめた。

同房の男が、広げた新聞の上から目だけをのぞかせ、こちらを見ている。

「殺《や》らなかったら、またやってくる」

「殺ったら、もっと大勢やってくる。踵《かかと》を切れ」

「なんだって?」

「踵の腱を切るんだよ。アキレス腱《デ・アキレス》を」

ライスはひとりめの刺客の傍《かたわ》らに膝をつき、ふたりが落としたナイフの一本を拾いあげた。長い釘の先端をコンクリートの床にこすりつけて尖《とが》らせたあと、木製の柄《え》にはめこんだだけの代物だった。まずはふくらはぎを押さえつけておいて、釘の先端を足首に突き刺した。腱を横に掻《か》き切ろうとすると、刺客は痛みにうめき声をあげ、身体を転がして逃れようとした。ライスのてのひらのなかで、手製ナイフの柄がすべる。前腕に負ったずたずたの裂傷やら刺し傷やらから、血が流れ落ちていく。

カチッという金属音が、不意に耳もとで響いた。振りかえると、同房の男が真後ろに立って、折りたたみナイフを開いていた。男はナイフの向きを変え、黒いプラスチック製の柄のほうをライスに差しだしてきた。

「四カ所とも、全部切れ」

こんなふうに刃物を持ちこむことのできる人間の身分について、ライスはぼんやりと思案をめぐらせた。渡されたナイフは風変わりな形状をしている。アニメに出てくる鳥の嘴《くちばし》みたいに、刃の部分が鉤形《かぎがた》に湾曲していて、刃の縁《ふち》はノコギリのようにギザギザになっている。その刃が触れると、アキレス腱がふたつに割れて、ふくらはぎの筋肉が反射的に抵抗を示した。どうにか攻撃を逃れようと、ぐっと固まったり、うねったりしはじめた。

ふたりめの刺客は、腱を切られてもなんら反応を示さなかった。ひとりめより出血も少なかった。

「こっちのは、もう死んじまったかも」

「死んじゃいねえよ」

そのとき、看守がやってきた。同房の男と出入口のところで何やら言葉を交わしたあと、看守はふたりの刺客をまとめて引きずりだしていった。

ズボンの腿《もも》に刃をこすりつけて血をぬぐってから、ライスはナイフを返した。同房の男は無言でそれを受けとると、くるりと背を向けて寝台に腰をおろし、新聞を手に取った。

ライスも自分の寝台に近づいた。足もとに転がっていた鉄パイプを拾いあげ、薄っぺらいマットレスの裏面にこすりつけて汚れをぬぐった。前腕に負った深い傷から出血が続いていたため、シーツの端を引き裂いて、傷口に押しあてた。出血がおさまるのを待って、帯状に二本、さらにシーツを引き裂き、さきほどの切れ端の上から巻きつけた。鉄パイプをふたたび枕の下にすべりこませてから、横になってはみたものの、眠りにつくことはなかった。のちのちまでこの晩のことがしきりに思いだされたのは、いくつかの明白な理由に加えて、もうひとつの理由――このCERESOで得た最初の教訓が、慈悲の心にまつわる教訓、抑制にまつわる教訓であったという皮肉――があってのことだった。

ライスは寝台に横たわっていた。刑務所の外では、ひんやりと涼しい砂漠の夜風が、コンクリートの壁を音もなく掻きむしっている。その晩、眠りに落ちることはついぞなかった。

1

壁のなかにひそむ蜂たちが集団自決の契《ちぎ》りを交わし、一度に二匹、三匹、五匹ずつの隊を組んで襲いかかってくる。蜂の特攻隊が顔をめがけて飛びかかってくるたびに、ライスは手袋をはめた手でそれを払いのけた。針で刺された回数は、もはや数えきれなくなっていた。そのうちの一匹は、ライスの唇にとりついて、そこから左の鼻孔に這《は》いこもうとまでしてきた。ライスが鹿のように鼻息を吐きだしつつ、そいつを叩《はた》き落とそうとしている間に、それとは別の一匹が額《ひたい》のまんなかに針を突き刺してくる。ライスはぐっと目をすがめつつ、黙々と手を動かしつづけた。作業はもうじき終わろうとしている。床から天井までを覆う薄い羽目板の下に、まずは金てこの先端を押しこみ、梃子の原理で力を込めて、間柱《まばしら》から浮きあがらせる。釘がゆるんだら、背後に置いてあった大ぶりなハンマーを取りあげ、その一面を粉々に叩き壊す。

壁の前から何歩か後ろにさがり、ハンマーのヘッドをブーツの上に載せた。開いた戸口からバンガローのなかへそよ風が吹きこみ、砂埃《すなぼこり》を舞いあがらせていく。目がむず痒《がゆ》くなり、鼻水が垂れてくる。汗が頬を伝っていく。夜明けまえから作業を始めて、いま残されているのは、蜂の巣が原因で後まわしにしていた、幅二メートル弱ぶんの羽目板のみ。ここでのライスの仕事には、外来種の駆除《くじょ》も含まれているのだが、このセイヨウミツバチは、現在、保護種に指定されている。およそ五百年ほどまえから存在が確認されていながら、最近になって、新種の病気か何かが原因で絶滅しかかっていることが知れ渡ったためだろう。

最後に刺された眉の上あたりが、冷たいものを食べたときみたいに、ずきずきと脈打ちはじめていた。埃まみれのペーパータオルで洟《はな》をかみ、羽目板の上を這いまわる蜂の群れを見つめた。その動きは、泥酔したマーチングバンドを思わせた。隊列を組んでくるりと円を描いたり、ばらばらに分かれたり、ふたたび合流したりしながら、新たな陣形をつくっていく。神経を尖らせた二百匹の防衛隊が、共通の怒りに身を震わせながら、ライスが次に何をするつもりなのかを見きわめようと待ちうけている。蜂というのは明確な意図を持って行動する生き物であり、先の曲がった鉄の棒と特大のハンマーを手にした無作法な霊長類なんぞに、かまけている暇はないのだ。

壁に向かって、ライスは長いため息を吐きだした。こいつらを殺さずに駆除するには、いったいどうしたものか。とにかく、最後に残った羽目板をはずしてみないことには、自分が対処すべきものを把握することもできやしない。鼻から下を覆うようにバンダナを巻きつけてから、作業着の襟元と袖口のボタンをとめた。ライスが近づいていくと、壁板の裏から響く羽音がさらに高まった。ありありとした警告の音にも怯《ひる》むことなく、板の隙間に金てこを差しこみ、力を込めた。オークの太い間柱に百年近くも埋もれていた釘が、軋《きし》みをあげながら抜けだしたかと思うと、その直後に何かが壊れ、羽目板の一部がはずれて床に落ちた。そこで蠢《うごめ》いていた黄色い塊《かたまり》がにわかに沸き立ち、いきり立ち、巣への執着を捨て去って、一斉に襲いかかってきた。

バンガローの裏手の草地まで逃げたところで、ライスは足をとめた。髪やシャツから蜂を払いのけるうちに、顔を覆っていたバンダナが首まで落ちていた。怒《いか》れる蜂の大群は、戸口のあたりで荒れ狂っているが、あとを追ってはきていない。バンガローのなかから敵を追いだしたことで、どうにか満足したらしい。焼けつくような太陽の光が肩をじりじりと照りつける。屋外の空気はすがすがしく、息にするのも心地いい。胸の高さまで生い茂ったウシクサやカモガヤの上で、トンボがさっと急降下したり、ゆったりと浮かんだりしている。夏の終わりのこの時季には、日がな一日、コオロギが歌い、森のはずれに立つ高木のあちこちから、エゾゼミの大合唱が聞こえてくる。ときに律動するように、ときに唸《うな》るように、神経症的な鳴き声を響かせている。見あげれば、北の空で砕ける巨大な波のように、ターク山の緑の尾根が、いくつものV字を連ねながら聳《そび》えている。

ここから半径数キロ以内に暮らしている人間は、ほかにいない。七千エーカーあまりの広さを誇る私有の自然保護区を、ライスはひとりで管理している。この土地の管理人でもあり、生物学的な調査も行なう。ジョンディア社製のトラクターも転がす。この職に応募した際、建設業に携《たずさ》わった経験について、だいぶ誇張してしまった。おそらく、ライスがこうして雇われたのは、その経歴を買われたというのが理由のひとつだろう。また、この職には打ってつけの生物学の専門家であり、自分の世話は自分でできそうに見えるという点も、評価されたのかもしれない。バンガローの改装にみずからあたることを承諾したのは、ライス自身だった。そうすれば、土地の所有者に雇われた大工の一団が毎朝押し寄せてくることもないし、ひとりきりの生活に邪魔が入ることもない。

そのときふと、首に痛みをおぼえた。手袋をはずし、耳の下あたりに触れてみると、新たに針に刺されたかのような、鋭い痛みに襲われた。爪の先に何かが引っかかり、ぽろりと皮膚から抜けるのがわかった。小さな鋭い針のついた、ぷっくりとした胴体の一部。蜂どもは一匹の例外もなく、ライスの皮膚に毒針を埋めこんでは、生命に関わる器官まで置き去りにして飛び去っていく。まさしく、決死の攻撃。なんという戦術だろう。攻撃にあたるのはみな、生殖能力のない雌蜂であり、自決を覚悟したカミカゼ特攻隊だ。蜂という生物にとって、個の生存は、さほど意味を持たないものであるらしい。ライスは蜂の針を陽の光にかざしつつ、顔を近づけた。古代の占いに用いられたという、獣の内臓のミニチュア版。そこにおのれの未来を見いだすことはできまいかと、目をこらした。

するとそのとき、右手からひとつの影が、こちらをめがけて飛びかかってきた。考えるよりも早く反射的に、ライスはすばやく腰を屈《かが》め、戸口のほうへ二歩引っこんだ。コンドルが身体を斜めに傾けながら、頭上をかすめ飛んでいく。翼が風を切る音を響かせながら、影が草の上を滑走し、下見板張りのバンガローの外壁を駆けあがっていく。

ライスはまっすぐに背を起こし、ふうと息を吐きだしながら、にやりとした。脈は乱れていなかったが、恐怖とは異なる何か——〝いまは遠くにある〟、〝近づいてきている〟というふうに、つねに存在を認識している何か——をやりすごすのには、しばしの時間が要《い》った。

この土地へ移ってきて、もう半年になる。ライスの現在の居場所は、誰も知らないはずだ。

ライスは地面に落ちた手袋を拾いあげ、草地に引きかえした。この時間帯は、太陽が地表を温めたあとは、コンドルどもがしきりと姿を見せる。草地から吹きあげる上昇気流に乗って、天高く舞いあがる凧《たこ》のように、悠々と空を駆けめぐりだす。

「くそ忌々《いまいま》しい猛禽類《もうきんるい》め」

毒気のない声でつぶやいた途端、さらに二羽のコンドルがやってきた。一羽がもう一羽の後方にぴたりとつけた隊形をとっている。二羽のコンドルは森の手前で身体を傾け、やにわに十回ほど翼をはばたかせて、激しく空《くう》を打ったあと、同様にバンガローの上空をかすめ飛んでいった。通りすぎる際には、禿《は》げあがった黒い頭をこちらへまわして、ライスの姿を捕捉までしていった。友好的な態度を示しておくのがよかろうと判断して、ライスはそちらに手を振ってみせた。二羽のコンドルは一刻も早く、空に舞いあがりたがっているように見えた。本来いるべき世界へ戻りたがっているように。本来あるべき眺めを取りもどしたがっているように。高度一千メートルから眺める大地は、きっと地図を広げたかのように——無数のハイウェイを示す、血のように赤くて太いラインや、それよりも細い道路を示す赤紫色の細いラインから成る、道路地図のように——見えていることだろう。そして、たとえば草地には、死産した羊や、落雷で死んだ牛の死骸が転がる地点に、桃色の陰影がつけられているのかもしれない。あの真っ黒いコンドルどもは、頭の羽毛だけが赤いヒメコンドルに比べて身体が小さいわりに、死肉を食らうだけでは飽き足りず、瀕死《ひんし》の生き物にまで襲いかかるような傾向がある。先月のことだが、新聞にこんな記事が載っていた。ヴァージニア州北部の新興住宅地で、コンドルの群れが住民の飼い犬を襲った。飼われている家の裏庭をよぼよぼと歩いていた老齢のペキニーズをめがけて、肉食の甲虫さながらに、コンドルの大群がわらわらと飛びかかった。肉や内臓をずたずたに食い荒らされているところを、隣家の二階の窓から子供たちが目撃して、愕然《がくぜん》となったのだという。

空を舞うコンドルを眺めるうちに、顔じゅうが腫《は》れぼったくなっていくのを感じた。そういえば、子供のころは蜂の毒のアレルギーだったっけ。いったんロッジに戻って、念のため、抗ヒスタミン剤を服《の》んでおいたほうがいいかもしれない。それに、いまはとにかく、蜂の巣をどうにかしなければ。そんなことを考えていたとき、一頭の大型動物が、草地の奥の森から姿をあらわした。あいだには四百メートルほどの距離があり、揺らめく陽炎《かげろう》のせいで、視界がゆがんで見える。ライスはぐっと目をすがめ、空から照りつける日光を遮《さえぎ》ろうと、目の上にてのひらをかざした。

熊なら、これまでにも何度か見かけたことはある。はじめはただの痕跡だった。足跡だの、糞の山だの、引っくりかえされた岩や丸太だの。ところが、数週間まえから、熊自身が姿を見せるようになっていた。生まれて一年にも満たない子熊を連れた雌熊が、草地の隅にあるクロイチゴの木の茂みで、朝食をとらせていたこともある。セレット山の山中で、巨大なおとなの雄熊が足を引きずりながら走っているのを見かけたこともある。二日まえには、取っ組みあいの喧嘩《けんか》をした際に裂けたのか、片方の耳をかさぶたに覆われた、毛並みのいい子熊が、夕暮れに私道を横断していた。ロッジから三十メートルと離れていない、消防活動用に切り拓《ひら》いた旧道で、足跡を見つけたこともある。後ろ足のほうは人間の裸足《はだし》の足跡みたいな形をしていて、前足のほうは幅の広い大きな足跡だった。そんなことがあったため、いまではゴミを、トラクター用の納屋のなかにしまっておくようになった。山のようにためこむのはやめて、数日ごとに公共のゴミ捨て場まで運んでいくようにもなった。

大型動物の影は、用心のためか、開けた場所でしばらく立ちどまってから、ふたたび動きだした。いまは旧道の坂道を、こちらに向かってくだってきている。立ちのぼる熱気のなかで、その像がちらちらと光ったり、揺らめいたりしている。熊によく似た幻影のようなものが、地表から少し浮かんで見える。やがて、間隔が狭まるにつれて、それはしだいにくっきりとした形をとりはじめた。人間。男。顎鬚《あごひげ》をたくわえ、大きな背嚢《はいのう》を背負っている。高く茂った草に隠れて、脚は見えない。

その侵入者に視線を据えたまま、ライスは小走りにトラクター用の納屋の前を通りすぎ、ロッジの裏手のポーチへ向かった。あれが熊であったほうが、よっぽど驚きは小さかったろう。入口のゲートは常時施錠されているし、ここの森に入りこんでくる人間など、これまで一度も目にしたことがない。雇用時の契約内容にそむくことは承知のうえで、ナイトテーブルの引出しには、装塡済みの四五口径がしまってある。その場所にいま、ライスは向かっていた。

ポーチの階段をのぼりきったところで振りかえり、もう一度だけ男の姿を確認しておこうと足をとめた。男は左腕のようすがおかしかった。やけに短いうえに、足の運びとはちぐはぐなリズムで揺れている。なんだか、大人の身体にくっつけられた子供の腕のようだ。

次の瞬間、気づくと、男は裏庭にいた。ライスがまばたきしている隙に、瞬間移動でもしたかのように。ついさっきまで、男はまだ草地にいた。ライスが冷静に観察していられる、野生動物だった。それがとつぜん、ひとっ飛びに境界線を越えてきたものだから、ひょっとして自分はしばらく失神でもしていたんだろうかと訝《いぶか》らずにはいられなかった。

だが、膝はしっかりとしている。ふらついていない。足も、粗《あら》仕上げの床板をしっかりと踏みしめている。奇妙な闖入者《ちんにゅうしゃ》はポーチに向かってきている。

停車を命じる警官のように、ライスはてのひらを前に向けて、片手を突きだした。「おい、どうした。道に迷ったのか？」

男はその場で足をとめた。困ったように口もとをゆがめると、歯並びの整った、黄ばんだ前歯がのぞいた。頭に帽子はかぶっておらず、顔は日に焼け、黒い顎鬚に覆われていない部分には深い皺《しわ》が刻まれている。おそらくは四十代というところだろうが、山男の年齢を当てるのはいつだって難しい。瞳は薄緑色で、生気も表情も感じとれない。一瞬、もしかしたら目が見えていないのではないかと思った。森をさすらう盲目の預言者が、奇跡を言い伝えにやってきたのだろうかと。

すると、男は背嚢をおろして足もとに置き、片足に体重を預けて楽な姿勢をとった。左腕は途中で、肘があるはずの場所の真上で、断ち切れている。身にまとっているのは、土埃にまみれた黒いブーツと、ぼろぼろになった雑役用の作業ズボン。袖が引きちぎれたシャツは汗に濡れ、平らな腹に張りついている。革のベルトから尻の右側に、鞘《さや》付きのナイフがぶらさがっている。

男はかすれた声で何かを訊いてきた。「溝の欠けた銛《もり》はないか？」と言っているふうに、ライスには聞こえた。

「なんだって？」

男はてのひらを椀《わん》のように丸めて、それを口に近づけた。そちら側の腕は長くて、日に焼けていた。皮膚の内側で盛りあがった、すじばった筋肉が、蛇《へび》が蠢いているかのように見えた。肩を覆う三角筋の上部には、刺青《いれずみ》が彫られている。牙《きば》を剝《む》く肉食獣の頭に、人型の胴体を持つ生き物が、粗削りなタッチで描かれている。

水を分けてもらえないか？

本来、不法侵入者は、この私有地内に寄せつけてはならないのだが、今日はひどく気温も高い。自分自身が人生の大半を砂漠ですごしてきたこともあり、水をほしがる人間を、にべもなく拒むことはできなかった。それから拳銃のことも、わざわざ取りにいくまでもないだろうと判断していた。四五口径を手もとに置いておくべき理由については、もっともなものがいくつかあるけれど、背嚢を担いだ片腕の男から身を守ることは、そこに含まれない。キッチンの戸棚をあさってみると、軍用の水筒が見つかった。流し台で軽くなかをすすぎ、水を満たしてやりながら、網戸を張った窓越しに、裏庭に立つ男のようすを観察した。男は首を後ろにのけぞらせて、上空を飛ぶ鳥だか虫だかを目で追っていたのだが、不意に視線をおろしたかと思うと、ライスに呼びかけられでもしたかのように、一秒ほどのあいだではあるが、窓のほうをじっと凝視してきた。

そのあとは草地のほうへ注意を逸《そ》らし、しばらく視線を定めていたが、いまはくつろいだようすで、ふたたび地平線を眺めていた。そうした姿や行動は、警戒心の強い犬を思わせた。かすかな音や古いにおい、霊魂や悪霊を敏感に察知するという、犬を連想させた。

水筒の口から水があふれだし、フェルトのカバーが濡れて、冷たい感触が手に伝わってきた。腋の下から汗が流れ落ち、脇腹を伝って、ズボンのウエストに染みこんでいく。ライスは抗ヒスタミン剤の錠剤をふたつ、シートから押しだすと、クアーズのビールで胃袋に流しこんだ。知覚が正常に働かなくなったような感じがする。部屋の奥にあるものが、遥《はる》か彼方にあるような。床が斜めにかしいでいるような。ここ一年半にわたって、ライスはとみに、短時間の記憶が飛んだり、白昼夢を見たりを繰りかえすようになっていた。屋外での作業——生物学上のデータを収集したり、多輪咲きのバラを鎌で刈ったり、立入り禁止の張り紙を鋲《びょう》で留めたり——をしている最中にも、とつぜん手がとまってしまうことがある。長い夢から覚めたときには、放心状態に陥っていて、自分でもわけがわからない。地面にすわりこんでいたり、何種類もの虫が皮膚を這いまわっていたり、足首に何カ所も虫刺されができていたり、膝の裏にマダニが食いついていたりする。夢の内容は何ひとつ覚えていない。激しい揺れと、低いざわめきやノイズ、葉擦れの音を、ぼんやりと感じるだけだった。

こんなところに、ひとりきりでいる時間が長すぎたんだ。これじゃあ、まるで世捨て人だ。あの見知らぬ男にしても、現実のものかどうかわかったものじゃない。最後の最後に、ライスは冷蔵庫からビールをもうひと缶取りだし、ポーチに戻った。

階段の上からアンダースローで水筒を放ってやると、男はこともなげにそれを受けとめ、膝のあいだに挟んで栓を開けた。目を閉じて、長々と中身を呷《あお》った。すべてを一気に飲み干すと、手の甲で口もとをぬぐい、感謝のしるしにうなずいてみせてから、からっぽの水筒を投げかえし、差しだされたビールを断った。どうやら、片方の腕がないという以外、特に不自由はないようだ。動作はなめらかで力強く、残されたほうの腕は、ポパイのように逞《たくま》しい。秀でた額は平らで広く、頭の上では、豊かな黒髪がもつれあっている。それから、あの奇妙な、盲目の預言者のようなまなざし。喋《しゃべ》るときにもほとんど動くことのない、いかつい顎と唇は、顎鬚に覆い隠されている。男は小さくげっぷをすると、踵を軸にして、前後に小さく身体を揺らしはじめた。ほかにも何か頼みごとがあるのだが、遠慮から口に出せずにいるようだった。

「こんなところで何をしてるんだ？」ターピン郡に特有の訛《なまり》を装って、ライスは訊いた。地元の住民に話しかけるときにはつねに、自然とそういう話し方になってしまう。

「キノコを摘《つ》みに」ベルトからさげたキャンバス地の小さな袋をぽんと叩きながら、男は言った。「アンズタケとか、薬用ニンジンとか、コケモモとかも」

「ここが私有地だってことを知らないのか？」

男は首を横に振りながら何ごとかをつぶやいたが、なんと言っているのかは聞きとれなかった。

「なんだって？」

男がさきほどと同じ言葉を繰りかえすと、今度はかろうじて理解できた――〝このあたりじゃあ摘んでねえよ〟。長く引きのばした発音の癖は、この界隈で耳にしてきた誰の訛をもうわまわっていた。子音はほとんど発音されず、音節にはふんだんに抑揚《よくよう》がつけられているが、単語と単語の境目を聞きわけるのは難しい。

「そのキノコはずっと向こうの国有林で採って、そのあと、ここまで歩いてきたってのか？　水を恵んでもらうためだけに？」

男は無言でこちらを見ていた。いまのが問いかけであるということが、理解できていないふうだった。

「それにしたってだ。八キロ手前のゲートには、立入り禁止の張り紙もしてある。おたくもそれを目にしたはずだ」

「あんたに見せてえもんがある」男は腰から上をひねり、自分がやってきた方向へ、山のほうへ、小首をかしげてみせた。「あっちのほうに」

「何なんだ?」

「自分の目でたしかめたほうがええ」

ライスは鼻から息を吐きだした。今日はまだ、あの蜂の巣をどうにかしたり、バンガローのなかを片づけたりしなけりゃならない。予定はびっしり詰まってる。軋みをあげる手すりに手をつきながら、身を乗りだして空模様をたしかめた。山の上空には、神さまの洗濯物みたいな扁平《へんぺい》な積雲が、少しではあるが垂れこめている。嵐になることはないだろうが、日陰を充分に提供してくれることもなさそうだ。あの山の上にあるという、そのなんだかを見にいくためには、うだるような暑さのなかでハイキングに興じなければならない。男が見せたいというものが、結局、苔《こけ》むした岩に浮きでたキリストの顔だの、突然変異の真っ白いガラガラヘビだの、墜落した単気筒エンジンの飛行機だのでしかなかった、というオチも充分にありえる。ひょっとしたら、尾根の向こうでお仲間が待ち伏せしていた、なんてことにもなりかねない。不測の訪問者のために持ってきたビールはいま、手すりの上で汗をかいている。少したためらってから、ライスはそれを手に取り、栓を開けた。ごくごくと中身を呷ってから、蜂に刺されて腫れあがった額に、冷えた缶を押しあてた。

「ここは、あんたの土地なんだろ?」キノコ摘みの男はそう言って、伸ばした腕でぐるりと弧を描き、巨大な石の煙突がついた丸太造りの古びたロッジや、下見板張りの納屋や、ついさっき内壁を剝がされたばかりの避暑用のバンガローや、広々とした草地までをも指し示した。

「いや、おれはただの管理人だ」

そのときとつぜん、森のほうが騒がしくなった。高く生い茂った草むらのなかから一羽のアカオノスリが飛びだしてきて、固くこわばった翼をはばたかせはじめたかと思うと、カラスの群れがそれを取り囲んで、妨害や体当たりをしはじめた。やがて、ロッジの手前まで差しかかると、カラスの群れは一斉にちりぢりになって、森のほうへと飛び去っていき、取り残されたノスリだけが急降下してきた。キノコ摘みの男は首をまわしてそのようすを眺めていたが、いまは、生気のない石のようなあの目で、うだるような暑さに気づきもしないようすで、じっとライスを見あげていた。

「おたくが現実のものとは思えないんだが」ライスが言っても、男は何も答えなかった。草むらでは、コオロギがよく通る鳴き声を――まるで空気そのものが奏でているかのような鳴き声を――響かせていた。

2

つづら折りの山道で四つめのカーブに差しかかるころには、すでに遅れをとっていた。足は重く、呼吸は荒い。眉のところに溜まった汗が滴《したた》り落ちては、目のなかに入りこんでくる。消防活動用の旧道は路面が粗く、周囲には松の若木が鬱蒼《うっそう》と生い茂っていて、熱気に温められた松脂《まつやに》のにおいがあたりに漂い、鋭く尖った松葉がちくちくと肌を刺してくる。遥か前方に、キノコ摘みの男の姿が見えた。次のカーブの手前、ぎりぎりのところに立っていて、こちらが姿を確認するのを待ってから、ふたたびカーブの先に姿を消した。

尾根の頂上で最後に一度、道がカーブを描いており、そこから先は山の背に沿って、北へまっすぐに延びている。あたりには、キノコ摘みの男の姿も気配もない。ライスは息を整えようと足をとめ、両手を腰にあてた。深い峡谷から西向きに吹きあげてくるそよ風が、ひんやりとして心地いい。ここからさらに一・五キロほど進むと、垂直に切り立った石灰岩の絶壁があって、その底には、中央に小川の流れる広大な原生林が広がっている。タ一ク山自然保護区に守られた聖域――十八世紀から十九世紀にかけての開拓期に伐採《ばっさい》を免《まぬが》れ、以来ずっと、トラヴァー家の一族に保護されてきた、千エーカーの原生林だ。谷の向こう側には、セレット山のこんもりとした山影が靄《もや》に霞《かす》んでいる。さらに奥には、手つかずの自然が残るアパラチア山脈が見渡すかぎり続いており、青緑色の尾根がいくつもいくつも、延々と連なっている。

ここから先は、さほど勾配がきつくない。急げば追いつけるはずだと考えてから、ライスはやれやれと首を振った。ビールと抗ヒスタミン剤の影響で、頭がひどくぼうっとする。だいいち、どんなに急いだところで、どのみち徒労に終わるだろう。しばし迷ってから、重い足に鞭《むち》打って、ライスは小走りに駆けだした。

山頂まで半分ほど来たところで、ライスはふたたび足をとめた。山頂付近は道沿いに立つオークや松の木があまり育っておらず、山腹よりも見通しがいいぶん、日陰が少ない。紫色の砂岩の欠片《かけら》があちこちに転がっていて、それを踏んづけるたびにブーツの底がすべったり、足首をひねりそうになったりする。あたりには、熱せられた岩のにおいが漂っている。フェンストカゲが枯葉のなかへもぐりこんでいく。喉がひりひりと痛む。あまりにからからになりすぎているせいで、唾《つば》を呑みこもうとするたびに、喉がふさがりそうになる。あの水筒を持ってくるべきだった。かれこれ一時間近く、キノコ摘みの男の姿は見ていない。もしかしたら、急に気が変わって、森のなかにでも姿を消してしまったのかもしれない。

とつぜんの眩暈《めまい》に襲われて、ライスは腰を折り、膝に手をついた。鼻や顎から滴り落ちた汗が、紫色の砂岩を青黒く変えていく。

「あいつは、すぐそこだ」

振りかえると、キノコ摘みの男がいた。またも意識を失っていたのだろうかと思えるほど、唐突に。男は道の端の、六メートルと離れていないところで、背を丸めて立っていた。

あいつ？

何かを尋ねる隙も与えずに、男はくるりと背を向け、西側の藪《やぶ》に分け入った。ライスの目には見分けのつかない、踏み分け道をたどっていくようだ。ライスもそのあとを追って、オークの若木のあいだをすりぬけた。シャクナゲに絡《から》まれたり、鱗《うろこ》状の樹皮に覆われたツツジに太腿を引っ搔かれたり、キャッツクローに脛《すね》をちくちく刺されたりしながら、男のあとを追った。

松の大木の木立から、コンドルの群れが一斉に飛び立っていった。男はそのうちの一本に近づき、懇願でもするかのように、地面に片方の膝をついた。その傍《かたわ》らに何かが落ちているようだが、松葉に遮られていて、なんであるのかはわからない。わけもなく警戒を強めながら、ライスはゆっくりとそちらに近づいた。アオバエやキンバエの大群がぶんぶんと周囲を飛びまわりながら、BB弾のように脚に体当たりしてくる。つんと鼻を衝《つ》く、銅に似たにおいがする。なんとなく嗅ぎ覚えのあるにおい。血と、腸《はらわた》と、陽に温められた肉のにおい。

男が不意に立ちあがり、一歩、二歩と、脇にどいた。視界の開《ひら》けた場所には、頭部のない死骸が横向きに倒れていた。とっさに思ったのは、女の死体だということだった。息が詰まった。それがなんであるのかを悟ったあとでさえ、肌が粟立つのを抑えきれなかった。

「皮を剝がれてる」男の声がした。「こういうのを、十以上は見てきた。皮を剝がれたやつ。大半はなんも持ってかねえが、手とか、胆囊《たんのう》とかを持ち去ってくのもいる」男はぼそぼそとひとりごちながら、木の下を行ったり来たりしはじめた。その死骸は全身の皮を剝がされていた。むきだしの赤い筋肉は、すでに筋膜が乾燥して、皺が寄りはじめている。腹は横一文字に切り裂かれ、コンドルに引きずりだされた腸が青白いロープのようにとぐろを巻いている。四肢の先端はすべて、手首や足首の関節のところで切断されており、断面から艶《つや》やかな白い骨頭がのぞいている。ライスはその光景に見入っていた。人間との類似性に衝撃を受けていた。しばらくしてから、ようやく口がきけるようになった。

「……こいつは熊か？」

男はライスの存在を忘れていたかのように、びくっと肩を跳ねあげた。

「そう、雌熊だ」食いしばった歯の隙間から絞りだすように、男は言った。その声には、どこか奇妙な響きがあった。これまでになく低いうえに、ざらついている。ひどく腹を立てているらしい。「女の熊だ」

男は顔をうつむけたまま、ぼそぼそとつぶやくように繰りかえした。こちらと目を合わせようともしなかった。背囊の重みに逆らって背を丸め、左右の足に重心を移しながら、前に一歩踏みだしたり、後ろに一歩さがったりを繰りかえしている。まるでダンスでも踊っているかのようだ。その動きはぎくしゃくとしていながら、力強い。ライスは何歩か後ずさりした。大丈夫かと問いかけようとした次の瞬間、男はくるりと背を向けて、ひょいと腰を屈めながら、鬱蒼たるツツジの茂みのなかへ吸いこまれていった。

3

山をおりる途中で、生温かい夕立が森へと降りそそぎはじめた。もとよりじめじめと鬱陶しかった空気を、いっそう耐えがたいものとするのに充分な量の雨がひとしきり降ったあと、太陽がふたたび顔をのぞかせた。ライスにとっては、これがヴァージニア州の山地で迎えるはじめての夏だった。湿度の高さは現実のものとは思えないほどで、つねに気力が奪われていく。手で触れそうなほどの湿気を含んだ空気には、虫の羽音が溶けこんでいる。そして、昼夜を問わず、ほとんど強まることのない微々たるそよ風が、湿った草やら、スイカズラやら、腐葉土やらのにおいを運んでくる。

山道をくだるのはのぼるよりも容易《たやす》いが、一歩たりとも気が抜けない。ごつごつとした岩肌は、ブーツの底を激しく叩く。足の運びはどうしても大股になるうえに、弾《はず》んでしまう。膝はぐらつき、太腿はくたびれきっている。軽傷を負ったあとに生じる、眩暈に似た感覚にも見舞われていた。だが、原因はわかっている。蜂の毒。ビールで流しこんだ抗ヒスタミン剤。軽度の熱中症。脱水症状。睡眠不足。長らくの孤独。それらに加えて、また別の何か。

〝女の熊だ〟と、キノコ摘みの男は言った。野生の雌のアメリカクロクマ。別名、アメリカグマ。禁猟区であるはずの自然保護区内で不法に殺され、むごたらしく手足を切りとられ、猛禽類に死肉を食わせるべく放置された。これだけでも充分に、心穏やかでいられない事態ではあるが、〝殺された女の亡骸《なきがら》〟は、心の奥底に埋もれていた記憶をも掘り起こした。ライスは山道をくだりながら、そうした一切合切をふたたび奥底に追いやろうとしたのだが、心の動揺はなかなか簡単にはおさまってくれなかった。あの熊の死骸に、ライスはあらためて思い知らされていた。自分が逃げおおせたと思いこんでいたものは、いつなんどき、ふたたび迫りきてもおかしくはないのだということを。これまでにライスはターク山自然保護区のことを、自分にとっての、この地に棲息《せいそく》するすべての生き物にとっての、完璧な隠れ処《が》ではないかと考えるようになっていた。生物学者になりそこねた半端者の逃亡者らしく、甘っちょろい幻想をいだくようになっていた。だが、危機は去ったという安堵感《あんどかん》は、つねに儚《はかな》いものではあったものの、いまや露《つゆ》と消えうせた。キノコ摘みの男にも劣らぬほどに、きれいさっぱり、完全に。あのときライスは男のあとを追おうとした。ところが、たちまちのうちに男を見失ってしまった。百メートルも行かないうちに、まるで空気に溶けこみでもしたかのように、男はいずこかへ消え去ってしまっていた。

すぐ近くの木立から、何かがゴッゴッとぶつかりあうような、けたたましい音があがった。ライスは足をとめ、音のしたほうに目をこらした。カンムリキッツキだろうと思ったが、姿はどこにも見あたらない。ライスはいまや、この地に棲息する鳥の大半を把握している。三月から四月にかけて、最初のころに記した日誌には、〝白い頭に赤い鶏冠《とさか》を持つ、黒くてばかでかいキツツキ〟といったふうな書きこみがある。なおも目をこらしつづけていると、爽《さわ》やかなそよ風がユリノキの高木や、アカガシワや、サトウカエデの枝葉を撫《な》でていくのがわかった。重たげな大枝がスローモーションのようにゆっくりと上下に揺れている。無数の葉が枝の先で身をよじらせながら、銀色の葉裏をのぞかせている。森は不気味なほどの生命力に満ちている。緑色の巨大な獣が夢うつつでまどろみながら、皮膚を引き攣《つ》らせたり、波打たせたりしている。脅威を与えるほどではないにせよ、強大な力をみなぎらせている。つねに警戒を怠らずにいる。

ライスはつかのま、こう想像した。森は怒っているのではないか。失望しているのではないか。禁猟区への侵入を許したのも、密猟を許したのもおまえだと、ライスを責めたてているのではないか。キノコ摘みの男が〝虐殺〟と見なしているらしい行為に対してあらわにした激しい怒りは、多少なりとも理解することができた。それでも、ライスはそうした感情を脇へ押しやった。最近気づいたのだが、自分には、なんでも擬人化しすぎるきらいがある。そういう行きすぎた習性は、できるだけ直したほうがいい。

　とはいえ、たとえ事実のみを考慮したとしても、新たな問題が生じたという点にまちがいはない。神聖なる隠れ処の瓦解。それが侵され、脆《もろ》くも崩れ去っていくことによる衝撃。警察と関わりあいになる可能性。そして、管理人としての矜持《きょうじ》に対する、あからさまな挑発。少なくとも一頭の熊が、おそらくはほかにも多くの熊が、ライスの管理下で密猟者に殺された。となれば、なんらかの返報があって然《しか》るべきではないか。

　ヴァージニア州に越してきてからというもの、ライスは〝ひととは交わらない〟という誓いを、信仰心にも近い厳格さで貫いてきた。ある種の捕食動物の行動戦略を、人間の行動に置きかえて採用もした。くすんだ色あいの服。控えめで目立たぬふるまい。隠れ処を離れず、諍《いさか》いを避ける。そうした戦略を変更するのは、多くの点でリスクを伴う。そのなかで最もリスクの小さいものは、なすべき範囲を超えてものごとを押し進める傾向が再燃してしまうことではない。警察に通報するつもりは、もとよりない。そんなことをすれば、あまりにも多くの耳目《じもく》を集めることになってしまう。とはいえ、これ以上の侵入者を、黙って見すごすわけにはいかない。ターピン郡には、荒くれ揃いの熊猟師どもが数多く巣食っており、これまでにライスが遭遇《そうぐう》した幾人かは、あからさまな敵意を向けてきた。けれども、あいにくなことに、手始めにめざすべき場所が、ほかにはどこも思いつけなかった。

ロッジに帰りついたライスは、汗まみれの服を着替えてから、トラックに乗りこんだ。助手席のシートを切り裂いてつくった隙間に、いつものように銃を押しこんでからエンジンをかけ、山道をくだる長いドライブに出発した。

4

詰め物入りの古ぼけたスツールの座面をひとつずつくるりと回転させながら、ライスはその脇を通りすぎた。どれも芯《しん》がぶれているらしく、無音に近い店内でキーキーと軋みをあげはじめたが、カウンターの端の席にライスが腰をおろすころには、順に回転がおさまりだしていた。レジの上方に設置されたテレビは音量が落とされ、画面にはクイズ番組が映しだされている。ライスを除いて唯一の客である老夫婦が、マネキンのように微動だにせず、窓のそばのテーブル席にすわっている。この店の名──〈ビア&イート〉──を唯一掲げているシンプルなデザインのネオンサインは、まだ明かりが灯《とも》されていない。

ライスはバーテンダーに手を振った。全体的に体格のがっしりとした、三十代とおぼしき女性バーテンダー。くすんだブロンドの髪をダークブルーのリボンでポニーテールに結んでおり、青いワークシャツには〝カーラ〟という筆記体の文字が刺繡《ししゅう》されている。あのシャツは皮肉と捉《とら》えるべきなんだろうか。もしかしたら、本人の名前ですらないのかもしれない。こちらに近づいてくるのを待って、ライスはローリング・ロック・ビールを注文したが、カーラはじっとこちらを見つめたまま、すぐに動こうとしなかった。酒を出すべきかどうか決めかねているようだ。ライスは蜂に刺されたことを思いだし、頰や額の腫れあがった箇所に手を触れた。ぐっと身を乗りだして、カウンター奥の壁を覆うブラックミラーに目をこらした。

「蜂にやられたんだ」スツールにすわりなおしながら、肩をすくめてライスは言った。「巣のなかにもぐりこもうとしたもんだから」

「なんの目的でここへ来たのさ?」

ライスは微笑《ほほえ》みながら両手を広げ、ひんやりと冷たい木製のカウンターにてのひらをついた。〈ビア&イート〉には、春に一度きりしか訪れたことがない。

「何が言いたいのか、よくわからないな」

カーラはやれやれと首を振りながら、ようやく冷蔵庫のほうへ向かいはしたものの、途中でいったん立ちどまり、レジの傍らの灰皿に置いてあった吸いさしに手を伸ばした。飲食店での喫煙を禁じる州の法律も、ワンレスの町には効力が及ばないらしい。テレビの画面ではいま、コマーシャルが流れており、ヘッドライトを灯した艶やかな黒のSUVが、カリフォルニアの断崖すれすれを走るハイウェイのカーブを猛スピードで曲がっていくシーンが映しだされている。レジ横の灰皿から立ちのぼるひとすじの煙が、画面の前で霧散していく。カーラはこちらへ目をやりもせずに、ビール瓶を押しやってきた。レジ前の定位置まで引きかえすと、リモコンを拾いあげてテレビに向け、音量をあげた。ライスはビール瓶を口に運び、一気に半分ほどをラッパ飲みした。

いまの仕事が決まった時点で、あらかじめ警告は受けていたものの、折に触れてさらされる地元住民からの敵意には、なおも驚きを禁じえない。タークー山自然保護区の管理人であるライスは、莫大な富を持ついけ好かないよそ者の代理人でもあり、愚にもつかないエリート意識が生んだ、自然保護とかいう道徳観念の象徴でもあるのだ。自然保護区の管理人に向けられるそうした敵意は、どうやら、ライスの前任者を辞職に追いこむほどに凄《すさ》まじいものであったらしい。サラ・ビルケランド。前任者の名前は、管理人がつける日誌や、いまだにパソコンへ送られてくるダイレクトメールで知った。サラ・ビルケランドは歴《れっき》とした生物学者——ヴァージニア工科大学で博士号を取得した爬虫《はちゅう》両生類学者——だった。ライスが耳にしたこともないような珍種のトカゲについて、フィールド調査を行なっていたのだが、ライスが赴任する何ヵ月もまえにこの地を去り、ブラックスバーグへ帰郷してしまっていた。だが、ライスはこれまで、ロッジの寝室にかすかに残るシトラスの香りや、研究日誌に記された手書きの文字や、家具の下から掃《は》きだした埃に絡まる長いブロンドの髪と共に暮らしてきた。学者としての探究心とは無関係に、サラがとりわけアメリカカコガラという鳥を好んでいたことも、日誌の書きこみから知っている。どんな洗剤や、石鹼や、歯磨き粉を使っていたのかも知っている。そのうえいまでは、サラ・ビルケランドはライスの夢にまで登場するようになっていた。顔のない小柄なブロンドの女が、ロッジのなかをひっそりと歩きまわりつづけているのに、ライスにはけっして話しかけようとしないという内容の夢。サラ・ビルケランドは、ここ数ヵ月のあいだにライスが接することのできた、〝ひとの形をした友人〟に最も近い存在だった。

ライスはもう一度あらためて、カウンター奥のブラックミラーに目をこらした。店内の照明のもとでは、両目が瞼《まぶた》で半ば覆われているように見える。瞼が黒ずんでいるようにも見える。いささか頭がいかれているようにも見える。

何度めかの試みで、ようやくカーラの注意を引くことができたライスは、ビールのおかわりを注文した。それもからになると、三本めのビールと一緒に、水も一杯もらえないかと頼んだ。いくぶん頭がぼうっとしてくるなか、しばらくテレビを鑑賞した。雑学の問題はおおかた正解できたものの、最新のポップカルチャーへとジャンルが移った途端、まるでちんぷんかんぷんになった。半年間を自然保護区ですごしたおかげで、どうやらおれは、世事に疎《うと》い辺境の世捨て人に――顔をぼこぼこに腫らしたリップ・ヴァン・ウィンクルに――成り果ててしまったらしい。


時計の針が午後六時をまわると、製材所で働く労働者たちが三、四人ずつ連れだってやってきては、料理やピッチャー入りのビールを注文しはじめた。今日が金曜であるせいか、店内にはたちどころに客があふれはじめ、おが屑《くず》や、松脂や、防腐剤のクレオソートや、汗のにおい――要は、そっくりそのまま、ワンレス製材所のにおい――が漂いはじめた。三人組の若い女が、表でリハーサルでも済ませてきたかのように、やけに賑々《にぎにぎ》しく入店してきて、どかどかとフロアを突っきり、テーブルについた。女たちはみな、タイトなジーンズにカウボーイブーツを履き、髪を一分《いちぶ》の隙もなく整えてある。クリフォードにあるダンスホールへ、このあと繰りだすつもりなのだろう。いちばん長身で赤毛の女がこちらをじっと見つめてきたが、ライスが微笑みかけると、女はさっと顔をそむけた。

裏の厨房《ちゅうぼう》から、慌ただしく動きまわる物音が漏れ聞こえてくるようになった。ウェイトレスがスイングドアを出入りするたびに、その隙間から、脂《あぶら》のにおいのする湯気が吐きだされてくる。ライスもハンバーガーを注文してから、カウンターに背をもたせかけ、店内にいる面々を眺め渡した。ジーンズ、頑丈そうなブーツ、ワークシャツといういでたちの中年の男たち。ほとんどがふさふさの顎鬚や夕フガイふうの山羊鬚をたくわえている。いずれも薄汚れた形《なり》に、くたびれた顔をしていて、少人数ごとに小声で会話を交わしている。店の奥のほうから、何かが弾《はじ》けるような鋭い音が響く。誰かがビリヤードを始めたのだろう。年代物のジュークボックスから、物憂げなカントリーミュージックが流れだした。流行《はや》りの曲に興味はないが、いまかかっているのは聞き慣れたオールディーズだ。

テレビの画面では、タイトなベージュのスーツを着た若い女が、ヴァージニア州とウェスト・ヴァージニア州の地図を指差している。週末の天気——よく晴れて、気温は高いでしょう。ときどき雷雨の恐れはあるものの、引きつづき、九週にわたって晴天が続くでしょう。付近にいる大半の者がテレビに視線を向けていた。庭の水やりを気にしている者。痩せこけた牛を飼っている者もいるかもしれない。干し草を刈るタイミングを見計らっている者も。貯水池への釣り旅行を週末に予定している者も。ここにいるのはいずれも、ごく普通の生活を送る、ごく普通の人々だ。誰かに獲物として狩られる心配などない。このひとたちは、どんな日常をすごしているのだろう。日曜の朝に、キッチンのテーブルで朝食を囲みながら、どんな会話を交わしているのだろう。一抹《いちまつ》の羨望《せんぼう》をおぼえるのも、無理のないことだった。おれだって、こういう善良な人々と、日々の雑多な悩みごとを分かちあうような人生を送っていてもよかったのに。

尻をすべらせてスツールをおり、洗面所に向かった。消毒薬や、脱臭剤や、便器に染みついたアンモニア臭といった、おなじみのにおいが鼻を衝く。壁は口汚い落書きで埋めつくされている。**スージーは尻軽女。ジョニー・Dのオカマ野郎。**いずれの落書きも、そばに電話番号が添えられている。水を流そうと手を伸ばしたとき、レバーのすぐ横に鉛筆で書かれた文字が目に入った——**熊胆《くまのい》、熊の手、買いとります。各種稀少動物も取扱い。**添えられていた番号を、ライスは頭に刻みつけた。

　カウンターに戻ると、注文したハンバーガーがすでに届いており、すぐ隣のスツールに二人連れの男がすわっていた。ライスはそちらへうなずきかけながら、手前の男——もじゃもじゃの赤い顎鬚を生やした、スキンヘッドの大男——に「こんばんは」と声をかけた。大男はそれを無視して、長い一週間だったただの、この暑さはたまったものじゃないだのと、カーラに話しかけていた。大男の声は、図体《ずうたい》に見あわぬ間の抜けた高音で、ほとんど裏声に近かった。ジュークボックスではいま、〝酒場でジュークボックスから流れる曲に耳を傾けている人間〟を歌った曲がかかっている。ハンバーガーを半分ほど食べたところで、ライスはふたたび隣席の大男に顔を向けた。

「ここいらでは、誰でも熊狩りをするもんなのかい」

　大男はパラボラアンテナのようにゆっくりと身体をまわして、こちらに顔を向けた。どうやら〝ノー〟ということらしい。

「そういう人間を誰か知らないか？　おれも試してみたいんだが、あまり知識がないもんでね」

　大男は口をすぼめながら、うなずいた。「熊を狩るのが好きなやつらもいる。そういう連中は犬を飼ってる。まずは犬を手に入れるこった」大男は連れの男を振りかえり、歌手みたいに甲高い声を張りあげた。「デンプシー・ボージャーのやつが猟犬を飼ってたよな？　この兄《あん》ちゃん、熊狩り用の犬がほしいんだと」

　店内がしんと静まりかえり、一斉に視線が集まるのを、ありありと感じた。ライスはカウンターに顔を戻した。ターク山自然保護区の管理人――横暴なる自然保護主義者――が熊狩りに興じる。そいつはたいそう愉快だが、どうせ長続きはせんだろう。店内にざわめきが戻ってきた。話しかけられた連れの男は、こちらへ振り向きもせずに肩をすくめた。

「まあ、デンプシーんとこを訪ねてみりゃあええ」大男はライスに言った。「シカモア・ホローのどんつきに住んどる。裏手に山ほどの養蜂箱と、おんぼろのでっかい犬舎がある家だ。そこで、ありとあらゆる種類の犬を飼ってんだ」大男はそれだけ言うと、ひとつうなずいてから、カウンターに向きなおった。

ライスはカーラに手ぶりで合図し、三人ぶんのビールを注文した。ビールが運ばれてくると、隣席の大男は親指とひとさし指で瓶の首をつまんで持ちあげ、中身を呷った。瓶を口から離すなり唇を鳴らし、どっちつかずの唸り声を漏らしたが、ライスからの友情のしるしに応える言葉は何もなかった。連れの男に至っては、自分のぶんのビールに目をやりもしなかった。只《ただ》飲みできるビールってのは、いつだって、このふたりの紳士の前に魔法のようにあらわれでてくるものであるにちがいない。

ブラックミラーにふと目をやると、壁ぎわのボックス席で背を丸めている三人組の男が、煙草を吹かしたりビールをちびちびやったりしながら、こちらをじっと見すえていた。歳のころは、おそらく二十代前半。同じく製材所の労働者であるようだが、年嵩《としかさ》の同僚たちとちがって、この三人組には落ちつきや慎みというものがない。ひとりは痩せこけていて血色が悪く、強情そうな薄い唇のまわりに、髭を伸ばさんとする虚《むな》しい試みが見てとれる。残るふたりには見覚えがある。大柄で、胸板が厚く、そばかすの散った顔に、短く刈った赤毛。スティラー兄弟。弟のほうの名はたしか、ディーウェインと言ったはず。

スティラー兄弟は、ギャングに憧れるしがない労働者でもあり、マリファナや鎮痛剤のオキシコドンのみを扱うちんけな売人でもある。町はずれのスタンプで父親が営むよろず屋に週末ごとに出入りする、威張りくさった軍団の一員でもある。ライスも、ブレイクリーにある品揃え豊富な食料雑貨店まで五十分間も車を走らせるのが億劫《おっくう》なときに、そのよろず屋でビールや牛乳やピーナッツバターを買うことがある。スティラー一家はまた、大の熊猟好きでもある。とりわけ父親のビルトンは、タークス山自然保護区や、地元住民を五世代にもわたってあの土地から締めだしてきた金持ち一族や、これまでに赴任した（おそらくはライスをも含めた）すべての管理人を、自分がどれほど嫌悪しているかについて、嬉々として語ってくれたことがある。ビルトンの息子たちはというと、ボス猿に倣《なら》ったやり方——喧嘩腰に睨《にら》みつけてきたり、侮蔑《ぶべつ》的な言葉を低い声でつぶやいたり、わざと目の前に割りこんできたり、などなど——で、こちらを挑発してきたが、諍いは注目を集めることになるため、ライスは毎回、気づかないふりを通していた。

だが今夜、ライスはおもむろにカウンターから振りかえり、ボックス席の三人組に向かって、ビールを高く掲げてみせた。三人組は、ぐっとすがめた虚ろな目でこちらを見すえたまま、口の端をへの字にゆがめて、わざとらしい侮蔑の表情をつくった。ライスはにやりと笑いかけ、健康を祝うとばかりにビールを呷ってみせたあとは、カウンターに向きなおり、ブラックミラーに視線を据えつづけた。そして、三人組がビールを飲み干して席を立つと同時に、自分もバーテンダーに勘定を頼んだ。

5

店の外では、駐車場の街灯がすでに灯されており、虫の羽音のような音や、ちらちらと明滅する青白い光が、生温かくよどんだ夜気を満たしていた。例の三人組は二列シートの黒いピックアップトラックに乗りこんだ。その車は旧式のフォードF350ピックアップトラックで、事故で大破した車をずぶの素人《しろうと》が回収してきて、車体のへこみを補修したパテの跡や、むらになった黒い艶消し塗料をごまかすために、オフロード用のタイヤだの、蛍光イエローのショックアブソーバーだのを無理やり取りつけたように見えた。

ライスは声を張りあげて三人組を呼びとめながら、小走りにそちらへ近づいていった。三人組は一瞬、ためらった。その顔に、瞬時に警戒の色が浮かんだ。ライスは歩調をゆるめ、顔に笑みをたたえようとしたが、歯を剝くような表情しかつくることができなかった。背の低い男がスティラー兄弟に何かを告げた。三人は揃って笑い声をあげてから、ドアを叩き閉めた。ばかでかいタイヤが砂利の上でしばらく空転したあと、短く軋みをあげながら舗道を踏みしめ、ワンレスの町で唯一の大通りを轟音と共に走り去っていった。

「ああ、くそっ」町はずれから広がる森のなかへ吸いこまれていく車を眺めながら、ライスは毒づいた。自分もトラックに飛び乗って、あとを追うこともできたが、そんなことをすれば、連中はおそらくかっとなって、何かを訊きだす暇も与えず、銃を発砲してくることだろう。するとそのとき、新たに一台のピックアップトラックが駐車場に入ってきて、スティラー兄弟の車がとめてあったスペースに向かいはじめた。ハイビームのまぶしさに、ライスは顔をそむけた。誰かが店の入口の扉を開けたらしく、ZZトップの曲が漏れ聞こえてくる。窓ぎわの席にいた老夫婦は、とっくにいなくなっていた。

川のほうから運ばれてくるひんやりとした空気と水のにおいが運転席を満たしていくなか、ライスはダッチ・パスと呼ばれる峠《とうげ》を越える、湾曲した細道を駆けぬけていた。大量のカサアブラムシに食われたベイツガの枝が、頭上をかすめていく。すかすかになった針葉の隙間から、夜空が透けて見える。シカモア・クリークにかかる橋の上で、スピードを落としながら考えた。そうとも、まだ宵《よい》の口だ。橋を渡り終えたところで右折して、シカモア・クリーク・ロードに入った。小さな谷——シカモア・ホロー——の底を通って、山地とぶつかる地点が袋小路になっている、曲がりくねった砂利道を進んだ。湿りけを帯びた藍色《あいいろ》の夜気を背景にして、小さな民家がキノコのように、ところどころで群生している。道沿いに建つ、風雨にさらされた木造家屋。その陰に寄り集まっているトレーラーハウス。修理や改造を重ねたとおぼしき、大型エンジンを搭載した中型車や四輪駆動車。ツタウルシに覆われて使用不能に陥りながらも、上方に細くのぞく空へ顔を向けつづけている、巨人のようなパラボラアンテナ。

数キロ進んだあたりでいくぶん谷が開け、洪水によって細長く土地が削られた氾濫原《はんらんげん》が、道沿いにあらわれた。草を食《は》んでいたヘレフォード種の牛が五頭ほど、白い顔をこちらに向けて、通りすぎていく車を目で追っている。仄暗《ほのぐら》い山の斜面では、伐採《ばっさい》した木材を搬出するための林道が複雑なジグザグ模様を描いており、その周囲では、硬材として用いられるストローブマツの皆伐地が、あちらこちらでつぎはぎのように口をあけている。

デンプシー・ボージャーの住まいは、赤鬚の大男が説明してくれたとおり、シカモア・クリーク・ロードのどんつきにあった。森に食いこむようにして、半月形の土地が開けており、そこに、倍幅のトレーラーハウスが一軒、屋根の高いトタン板の小屋が三軒、連なっている。その奥に位置する山の斜面には、白い養蜂箱が二十以上、きちんと長方形に並べられている。周囲の芝はきれいに刈られ、趣向をこらした種々の飾りつけまでなされている。跳ねまわる鹿や熊をかたどった、コンクリートの彫像。小鳥の水浴び用の水盤。トラクターのタイヤに水漆喰《しっくい》を塗ってつくった白いプランター。そこからあふれんばかりに植えられた、マリーゴールドや、キクや、スミレの花。タイヤに踏みしだかれた轍《わだち》の跡が二本、粒の大きな砂利の上に平行に並んでいて、その先に中庭のようなものがあり、その手前に、水銀灯がふたつ灯されたトレーラーハウスが据えられている。ライスがそちらに近づいていくと、森から迫りだした枝葉に屋根を覆われた金網製の犬舎のなかで、大きさも形《なり》もさまざまな犬が、一斉に跳んだり吠えたりしはじめた。犬舎の脇に駐車してあるのは、ダッジの灰色のピックアップトラックが一台、へこみの目立つインターナショナル・ハーベスター社製の木材運搬用大型トラックが一台、黄色い車体の木材牽引車《けんいんしゃ》が二台。二台のうち一台はやや新しく、連結式の巨大な引っ掛け鉤が後部に取りつけられている。もう一台のほうはずいぶんと酷使されてきたらしく、巻き揚げ機があるはずの場所に、金属製の四角いケージの背面が熔接されている。デンプシー・ボージャーなる人物はおそらく、古いほうの牽引車を引退させて、狩猟の際に便利な手製の改造車をこしらえることにしたのだろう。ライスはその牽引車の隣に車をとめて、外に出た。一・五メートルほどの高さのあるタイヤの表面から突きだした、自分のこぶしほどの大きさのあるタイヤの出っぱりに目をこらした。

トレーラーハウスの扉をノックするなり、家のなかからも犬の吠え声が加わった。ノックに応じて扉を開けたのは、不機嫌そうな顔つきの男だった。年齢はおそらく五十前後。中背で、いくらか腹が出ており、栗色に日焼けした顔は幅が広く、目は顔の端に寄っていて、瞳の色は濃褐色。室内では、痩せこけた黒髪の女が椅子にすわって、幼い娘を膝に乗せている。誰が訪ねてきたのかをたしかめようと、ふたりして首を伸ばしている。テレビの発する光がその顔を青く染め、瞳にきらきらと反射している。その傍らでは、ブルーティックという犬種の年老いた猟犬が、ぐっと頭をもたげつつ、悲しげにかすれた吠え声を天井に浴びせている。ライスが名前――この町で使っている、リック・モートンという偽名――を名乗ると、男は玄関から外に出て、扉を閉めた。

「あなたがデンプシー・ボージャー？」とライスは尋ねた。

ライスの顔をまじまじと見つめたまま、男はそれにうなずきで応えた。この禁猟期に熊を殺しまくっている輩《やから》について、何か心当たりはないかと尋ねようとしたとき、犬たちが何に怯えたのか、ふたたび犬舎のなかで一斉に吠えたり鳴いたりしはじめた。その声に会話を邪魔されたライスとボージャーは、揃ってそちらを振りかえった。「おい、静かにしろ！」ボージャーが怒鳴りつけても、騒ぎはいっこうにおさまらない。ライスを後ろに随《したが》えて、ボージャーは私道を少し進んだ。地面から砂利をひとつかみして、犬舎に軽く投げつけた。犬たちがようやく落ちつきを取りもどすのを待って、ボージャーはライスに向きなおった。いったい何を面白がっているのか、口の右端を引き攣《つ》らせて、にやにやと笑っていた。

「蜂のやつに、こっぴどくやられたみてえだな」

でこぼこに腫れあがった顔にふたたび手をやりながら、ライスは言った。「家の改築をしようとしたら、壁のなかにどでかい蜂の巣がありまして」

「スズメバチじゃなかったか？　スズメバチは専門外でな」

「いや、ミツバチです」

「野生の蜂もずいぶん少なくなっちまった。ミツバチに寄生するダニのせいもあるし、春が短くなってきたせいもある。いまだに生きのびてるのは、耐性の強いやつらだけだ。ともかく、おたくはそいつらの回収を頼みにきたわけだな？」

こいつはもっけの幸いだ。内心ひそかにライスは思った。「うちがどこにあるのか、わかってるんですか。タークル山の自然保護区だと？」

ボージャーはひとつうなずきながら、煙草を捜すかのように胸ポケットを叩き、そこに何もないことがわかると、胸の前で腕を組んだ。その動作には、断固たる意志が窺《うかが》えた。では、お願いしますとだけライスは告げて、とめてあるトラックのほうへ引きかえしはじめた。熊の件は、明日、訊くことにしよう。蜂の巣を片づけてもらったあとに。どこか谷のほうから、牛の鳴き声が聞こえてくる。悲しげにくぐもった声を合わせて、不揃いなハーモニーを奏でている。

「ゲートの錠を開けといてくれ！」背後からボージャーが叫んだ。「朝のうちに、そっちへ向かうからよ！」

山へと戻る道すがら、ライスはその件について考えた。ここへ移り住んでからというもの、ゲートの錠を開けっぱなしにしておいたことは一度もない。初日の晩も、軽い突風に煽《あお》られて目に吹きつける雪片に耐えながら、手袋をはめた手で凍りついた南京錠を包みこみ、必死に息を吹きかけて、どうにかこうにか鍵をまわした。あれは三月二日、三十四歳の誕生日のことだ。あの荒天はニューメキシコ州アルバカーキから、はるばるライスのあとをついてきた。アルバカーキですごした数日間は、求職のための履歴書を送り、郵便局の私書箱を借り、身を落ちつけられる定職を探しているふうを装った。そうしていまの職を得たあとも、つねに背後を気にする生活は、何週間も続いた。だが、あの冷たい南京錠をカチリとまわして閉じた瞬間、ぷつりと切れてしまいそうなほどに張りつめていた心の糸が、ゆるみはじめるのを感じた。あの晩、ロッジへと戻る長い私道をたどっていたとき――森のなかを三キロほど走ったあと、大きく開けた草地を迂回《うかい》する道を一・五キロほど進みながら、路面に残った雪の吹きだまりの手前で四輪駆動に切りかえたとき――心を蝕《むしば》んでいた、過剰な警戒心によるストレスが、かすかにやわらいでいくのも感じた。もう安全だ、などと気を抜くつもりはない。けれども、この自然保護区のなかにいるかぎりは、数日先、あるいは数週間先の未来を思い描くことができるようになった。それは大きな変化だった。

　そしていま、ライスはゲートを開け、隙間を通りぬけてからまたゲートを閉め、いつものように支柱とゲートの隙間を通してチェーンを巻きつけたあと、ボージャーのために南京錠だけはかけずにおいた。ところが、私道を進むあいだずっと、そのことが頭から離れてくれない。バンガローの手前にある砂利敷きの駐車場にたどりついたときには、やっぱり来た道を引きかえし、南京錠をかけてこようかと思いなおしていた。明日の朝早く、ボージャーが来るまえにまたゲートまで行って、鍵を開けておけばいい。そのほうが今夜、ぐっすり眠れるにちがいない。

　エンジンもヘッドライトもつけたまま、ハンドルに手をかけたまま、ライスは身じろぎもせず、自分にこう言い聞かせた。三月にここへ越してくるとき、念入りに痕跡を消し去っておいたじゃないか。この六カ月のあいだ、追っ手が迫りくる気配など、わずかにも感じることはなかったじゃないか。皮を剝がれた雌熊には、たしかにたじろがされた。だが、冷静に考えれば、ターピン郡で熊が密猟されていることと、おれが身の危険を感じるようになった原因とのあいだに、考えうるつながりはない。自分にそう言い聞かせながらも、さほど納得はできずにいたそのとき、開けっぱなしになっていたバンガローの戸口からヘッドライトの光のなかへ、一頭の熊がよろめきでてくるのが見えた。その姿はまるで、誰が訪ねてきたのかたしかめようと、大型の猟犬がねぐらから起きだしてきたかのようだった。

6

バンガローから姿をあらわしたのは、かさぶたに耳を覆われたあの雄の子熊だった。夜間にロッジの周辺を嗅ぎまわっているのではないかと疑っていた、あの子熊。おそらくは春のうちに、母熊に捨てられたのだろう。右も左もわからぬなか、餓《う》えに耐えながら、自分より大きな雄熊との遭遇に怯えながら、どうにか自力で生きのびてきたのだろう。この熊が置かれた状況は、ライスにとって、身につまされるものがあった。種を越えた感情移入——思いもかけないその感情が、大波となって、ライスを完全に呑みこんだ。この子熊に親近感をおぼえた。そんなふうに思っているのはおまえだけだと、単なる感傷だと、内なる声が諭《さと》してきたが、その感情を打ち消すことはできなかった。ライスのなかで、時の流れがほんの一瞬、停止した。一方の子熊も、ヘッドライトの光に驚いて、その場に凍りついていた。裂けた耳がひくつき、鼻の穴が広がっている。黒い小山のような身体の上方で、緑色のコインのような目がきらめいている。おびただしい数の蜂が頭のまわりを、電子のように飛びまわっている。やがて、子熊はくるりと向きを変え、バンガローの横手をまわりこみ、暗闇に沈んだ草地のほうへ走り去っていった。

ライスはヘッドライトをつけたまま車をおりた。蜂の巣が負ったダメージを調べようと、バンガローに足を踏みいれてはみたものの、ろくに確認もできないいま、蜂に追い立てられてしまった。ふと視線を落とすと、てのひらほどの大きさをした蜂の巣の欠片が、子熊が落としたのだろう場所に転がっていた。怒りに我を忘れた数匹の蜂が、周囲をなおもぶんぶんと飛びまわっている。ライスはその欠片を拾いあげた。熊の唾液は付着していないようだ。指に力を入れて、整然と並んだ六角形を押しつぶし、指先に付着した粘液を舐《な》めてみた。店で売っているものよりも、濃厚な味がする。手にした欠片にかぶりついて、蜂蜜を吸いとり、嚙みしだかれてボール状になった蜜蠟《みつろう》を地面に吐きだした。

あの子熊がここまで入りこんできたことは、じつのところ驚きではない。自然界と人間界の境目が、たまたまあやふやになったということでしかない。この土地で暮らすうちに順応するようになった事象のひとつにすぎない。たとえば先週も、こんなことがあった。寝室の入口を這っていたアカダイショウを、危うく素足で踏みそうになったのだ。あのときはかろうじて、数センチ手前で足をとめることができた。大蛇のほうも、鎌首をもたげはしたものの、さして驚いているふうには見えなかった。アカダイショウというのは、じつに艶やかで、見た目の美しい生き物だ。黒く縁どられた色鮮やかなオレンジ色と黄色の楕円形の模様が、鎖のように連なって、全身を覆っている。その大蛇が落ちつきを取りもどすのを待って、ライスは腹の下にそっと手をすべりこませ、床から十センチほど宙に浮かせた。ひんやりと冷たく、ずっしりとした感触が、てのひらを厳《おごそ》かにすりぬけていく。大蛇はそのまま床を這って、いずこかへと消え去った。扉の陰や、明かりの絶えた廊下にひそんでは、同じように家のなかに入りこんできた野ネズミや、リスや、シマリスや、オポッサムの赤ん坊を狩るのだろう。このロッジは、百年もの歳月をかけて、草地の一部として同化してきた。外部からの侵略を防がんとするライスの試みは、これまでのところ、ことごとく打ち砕かれてきた。何をしようとかならずや、自然界の生き物がおかまいなしに入りこんできた。網戸はかならず閉じているし、窓にも網を張ってある。なのに、ハエやら蛾《が》やらセミクイバチが、どうしてもなかに入りこんでくる。雨の日には、なぜだかキッチンの床にヒキガエルが姿をあらわす。コモリグモが壁を這いまわり、コガネグモがあちこちの隅に巣をつくる。夏も終わりに近づくころには、照明のすぐ近くに巣を張っていた蜘蛛が、恐ろしく丸々と肥えていた。刃のように鋭い翼が特徴のアマツバメが、煙突からロッジのなかへ飛びこんでくることも何度かあった。アマツバメがあちこちの窓ガラスにひとしきり体当たりを食らわせたすえ、パンチドランカーのようにぐったりしたところを、ライスがそっと拾いあげて、外まで運んでやるのがつねだった。手のなかの小鳥はとても軽くて、いまにも壊れそうで、チャコールグレーの身体には、湿気た灰のにおいが染みついていた。包みこんでいた手を開いてやると、小鳥はにわかに元気を取りもどし、てのひらから空へと、煙のようにするりと飛び去っていくのだった。

　子熊が落としていった巣の欠片から、ライスは最後の一滴まで蜂蜜を吸いとった。三十秒と経たないうちに、糖が血流に乗って全身を駆けめぐりはじめた。急に気分が昂揚《こうよう》してきた。ライスはヘッドライトを消し、トラックのドアを叩き閉めた。今度はいったいなんなんだ？　空には、少しふくれた半月がのぼり、ひときわ明るい星々が朧《おぼろ》な光をきらめかせている。ホタルがちらちらとまたたきながら、すぐ鼻の先を飛んでいく。森のはずれの木立から、大音量の不協和音が鳴り響きだした。どこか物悲しいビブラートのさえずりや、甲高い鳴き声。両生類の鋭い雄叫《おたけ》び。キリギリスがリズミカルに前羽を擦りあわせる音。晩夏に訪れた、にぎやかな夜。生きとし生けるものが、夏の終わりを控えて、せっせと交尾にいそしんでいる。

管理人室に入り、古めかしいダイヤル式の電話機をモジュラージャックにつないだ。モスグリーン色をした硬質プラスチック製のカバーの内部には、本物の真鍮《しんちゅう》のベルがふたつ組みこまれていて、誰かが電話をかけてくると、金属製の小さな棒がそれを打ち鳴らす仕組みになっている。以前、念のためにと分解してみたときに知った。電話線を抜いておいたのは、平穏と静寂を守るためだった。ライスに電話をかけてくる人間がいるわけでもないが。

ずっしりと重たい受話器を首と肩のあいだに挟んだ。〈ビア＆イート〉のトイレの壁で見つけた番号をまわして、待った。デスクに載せた首振り機能付きの卓上扇風機が、首の向きを変えるたびに、カチッカチッと二回、音を立てる。七秒ごとに、ライスの顔に風を吹きつけ、送話口に空気を吹きこんでいく。こちらもかなりの年代物で、羽根にカバーをかぶせれば指をちょん切られずに済むぞということに、誰かが気づく以前に製造された。ライスは針金でつくった手製カバーの上に片手を乗せ、三本の指をゆっくりと羽根に近づけていった。空気の振動を指の腹に感じる。この羽根は、指先をちょん切れるほど鋭いだろうか。

呼出し音が六回鳴ったあと、受話器から男の声がした。ライスは生まれ故郷の訛に戻して問いかけた。

「熊胆《くまのい》を買いとってもらえるかい？」

しばしの間ができた。かすかにラジオの音声が聞こえる。カントリーミュージック専門局のようだ。こちらの番号は、相手にわからないはずだ。こちらからかける際には、発信者番号通知サービスがブロックされるよう、あらかじめ設定しておいたから。これも、ここへ来て最初にしたことのひとつだ。

「熊胆を手に入れたのか？」

「いや、これから」

「これから？」

「ああ。商談に応じてくれるかい？」

「ブツを手に入れてからかけなおしてこい、くそ野郎」男は言って、電話を切った。ライスはしばらく受話器を見つめてから、自分もそれを架台に戻した。

裏手のポーチに出ると、つまさきに体重をかけて、上下に身体を弾ませた。濃厚な蜂蜜の効果はまだ醒《さ》めやらない。森にある何かに、心惹《ひ》かれてならない。新たな引力。誘惑。仄暗い星明かりのもと、漆黒《しっこく》の森が夜のざわめきを発している。あの熊はどこへ走り去っていったのだろう。キノコ摘みの男は、どこからやってきたのだろう。さしたる理由も、もっともな理由も思いつけないが、無性に森へ行きたくなった。ライスはポーチの階段を駆けおりて、消防活動用の旧道をめざした。

7

窓の外から、ディーゼルエンジンの音と、タイヤが砂利を踏む音が聞こえてくる。ライスははっとなって目を覚まし、ベッドサイドの開いた引出しに手を伸ばした。四五口径を手に身体を起こしたところで、気がついた。ゆうべ、ゲートの錠を開けておいたこと。ボージャーが蜂の巣を回収しにくる予定だったこと。枕に頭を戻し、横向きに転がって、窓に顔を向けた。目が覚めるまえに夢を見ていた。まるで意味のわからない、あやふやな夢。たしか、砂漠を歩いていたような。そのとき、カラスの鳴き声が聞こえた。網戸越しにそよ風が吹きこみ、カーテンが揺れている。手を伸ばしてカーテンを引くと、日光が叫び声のようにどっと射しこんできた。あまりのまぶしさに目がくらんだ。ここ数カ月は、夜明け後まで寝過ごすことなど皆無だった。夢の内容が記憶からすりぬけていく。砂漠の涸《か》れ川。月光。群生するウチワサボテンの合間を用心しながら歩いていく。誰かを捜している。

クラクションの音が三回鳴った。地元住民はみんなこうする。別に面倒くさがっているわけではなく、このほうが無難だから。片田舎にぽつんと建った民家に歩いて近づき、扉をノックするというのは、いささか無謀な行為だから。車のドアが叩き閉められる音がした。ようやく明るさに目が慣れてきた。ダッジのピックアップトラックが、ライスのトヨタの隣にとまっている。チェーンソー・メーカー〝スチール〟のオレンジ色のロゴ入りキャップをかぶったデンプシー・ボージャーが、開いた窓越しに運転席へ手を伸ばし、もう一度、クラクションを鳴らした。

拳銃の指紋を拭きとってから引出しに戻し、ガンオイルを染みこませた古いTシャツをその上に掛けた。五月ごろ、錆《さび》の浮いた部分がスライドに二カ所見つかったため、アパラチア山脈の湿気のせいで不具合が起き、いざというとき使い物にならなくなってしまうのではないかと、不安になったのだ。フルサイズモデルのコルト・ガバメント一九一一。かつて父が所有していたものだが、あの父がこれを多用していたとは思えない。まずまちがいなく、これは空軍の支給品ではない。一九一一は旧式のモデルだが、こまめにオイルをさし、具合のいい弾倉を使ってさえいれば、狙いがはずれることもなく、信頼性も高い。それから、この銃は手にしたときの感触もすばらしい。細身でフラットな鋼鉄のボディ。バランスのとれたハンマーのように、ずっしりと手になじむ重量感。スライドを動かしたときに響く音色《ねいろ》——すべてのパーツが正しい位置におさまったことを、すべての用意が整ったことを示す音色——の美しさ。弾薬《カートリッジ》もまた、銅と真鍮でできたビール缶の上部をずんぐりと丸くしたような、釣りあいのとれた形状をしており、てのひらにいっぺんに載せてみると、独特な重みがあって、やけに愛《いと》おしく思えてくる。

窓台に置いてある時計は一時十七分でとまっていたが、てのひらの付け根で軽く叩いてやると、また動きだした。おおよその感覚で七時十五分にセットしなおし、ネジを巻いてから、もとの場所に戻した。すると、手を離した瞬間、金属製の文字盤に反射した日光が、日に焼けて褪色《たいしょく》したカエデ材の窓枠に、鮮明な鏡像を映しだした。数字の代わりに記された、十二個の短い棒線。短針と長針。反時計まわりに回転する秒針。催眠術にでもかけられたかのように、ライスはじっとそれに見入った。秒針が完全に一周するまで。まるまる一分が逆戻りするまで。それを眺めていると、本当に時間が遡《さかのぼ》っているのではないかと錯覚させられた。妙な安堵をおぼえた。心が軽くなっていくような気がした。猛スピードで進んでいた何かが速度を落とし、停止した。逆方向に進みはじめた。アンモニア入りのカプセルを目の前で割られたみたいに、鼻がつんとして、目がひりひり痛くなった。何もかも、元どおりになる。

太陽に雲がかかり、鏡像が消え去った。ベッドから足をおろすと、素足に冷たい床板が触れた。ありえない空想に気分が滅入った。ぶんと頭を振って、すべてを追い払おうとした。もう考えまいとした。服を着替え、ブーツを持ってポーチに出ると、階段の上段に腰をおろして、ブーツを履いた。

「コーヒーでもいかがです？」トラックの荷台に上半身を突っこみ、開いたテールゲートの上に箱をすべらせているボージャーに向かって、声を張りあげた。

「もう淹《い》れてあんのか？」

「すぐに淹れますよ」

「だったら、いらんよ。すぐに戻らなきゃならねえ。あんた、寝坊すけだな、ミスター・モートン」

「今日はたまたまですよ。ゆうべ、山へ散歩に出かけちまって」

それなら納得だとでもいうかのように、ボージャーはこくりとうなずいている。なおも夜露に濡れたままのブーツの紐を結んでいるあいだも、あくびが出た。もともと、睡眠時間は長くない。特にここしばらくは。だが今朝は、ベッドに倒れこんだのがほんの二時間ほどまえ。いまは無性にコーヒーを欲している。できれば、あの濃厚な蜂蜜も。

ゆうべは、熊の死骸を見つけた場所よりもさらに奥へと山道を進み、ターク山の頂《いただき》近く、岩肌が露出した場所まで歩いていった。そこに何時間もすわりこんで、暗闇に沈んだ西の峡谷を眺めるうちに、肌を濡らしていた汗がすっかり冷えきっていった。峡谷の遙か下方から、滝を流れ落ちる水音が聞こえてくる。あの水は、近くを流れるダッチ川に注いでいるはずだ。

ロッジにいるときに感じた〝引力〟は、いっそう強まっていた。それは、峡谷に広がる原生林から発せられているように思えた。だが、あの森には足を踏みいれてはならないことになっている。それもまた、タークス山自然保護区に定められた規則のひとつだった。夜明け近くになって、どこからか猟犬の吠え声が聞こえた気がしたが、なんのことはない、東のほうの谷間の痩せ地に放牧されている牛を起こしにきた、農場の飼い犬の声だった。

ライスはボージャーを手伝って、白い養蜂箱をバンガローに運びいれた。ボージャーは乾燥させた草を燻《くん》煙器《えんき》に詰め、そこにマッチで火をつけている。例の雄の子熊は、ライスのなすべき取り壊し作業を肩代わりしてくれていた。胴体が入るくらいの大きさに羽目板が引き剝がされていて、そこから蜂の巣に手が届くようになっている。あの熊のせいで蜂がみんないなくなってしまったのではないかと心配していたのだが、いまもまだ、数百匹が周囲を飛びまわっており、巣のほうもほとんど壊されていなかった。本腰を入れて食べはじめるまえに、ヘッドライトに驚いてしまったのだろう。ボージャーもようやくバンガローのなかに入り、いまはライスの後ろに立っていた。

「ゆうべ、熊が入りこんできましてね」

ライスが言っても、ボージャーは黙りこくったまま、せっせと燻煙器の蓋をいじくっていた。燻煙器は大きなブリキ缶のような形をしており、そこから前へとノズルが突きだしていて、後ろにはふいごが取りつけられている。

「あの箱をここに置いてくれ。あんたの飼ってる熊が食べ残してくれてたら、卵や幼虫をそんなかに入れなきゃならねえ」

その口ぶりからは、バンガローに熊が入りこんだという話について何か言いたいところを、ぐっとこらえているのが伝わってきた。ボージャーがふいごを一回、二回、ゆっくりと動かしてから、開いた蓋の隙間に息を吹きかけると、燻煙器のなかから煙が立ちのぼり、顔のまわりで渦を巻きはじめた。それを見届けてから、ようやくボージャーは口を開いた。「熊がそういう行動に出はじめたときにゃあ、ろくなことにならねえ。一線を越えちまったってことだ」

床の上に落ちていた羽目板の破片をブーツで脇へ押しやり、指示された場所に養蜂箱を置きながら、ライスはゆうべの出来事を思いかえしていた。バンガローからよろめきでてきた熊の姿。ヘッドライトの光のなかで立ちすくむ姿。緑色に光る目。

「おれは別に、餌を与えたりなんかしちゃいませんよ」

「そんなことをする必要はねえ。あいつらは本能でわかってんのさ。熊ってのは人間によう似とる。人間よりもちいと荒っぽいってだけのことでな。あの〝自然に帰れ〟運動にかぶれた連中のなかには、熊が野生動物だってことを忘れて、ペットみたいに扱おうとする者《もん》もいる」

ひょっとしてボージャーはおれのことを、〝自然に帰れ〟かぶれの人間だと思ってるんだろうか。たしかにおれは、こんな人里離れた自然保護区にひとりきりで暮らしてはいるが、どんな妄想にも囚われちゃいない。食料は店で仕入れてくるし、年に二回、プロパンガスのボンベを交換しに業者のトラックもやってくる。電気だって、地中に埋められた電線を使って、五キロほど離れたところから引いている。愛飲しているビールはコロラド産。コーヒーに至っては、いまだかつて訪れたことすらない熱帯の国々が産地だというのに。

「熊ってのはな」と続ける声がした。「熊ってのは、とんでもねえよ。あんたが家の扉を開けっぱなしにしとこうもんなら、そこから勝手に入ってきて、当然のようにくつろぎだす。だが、なんにせよ、ろくなことにはならねえ。あいつらにとっても、あんたにとってもだ」

「もしかしたら、あの熊は猟師から身を隠そうとしてたのかもしれません。蜂蜜はたまたまそこにあったってだけのことで」

ボージャーは燻煙器の蓋をぱたりと閉めた。「あんたらの管理する保護区んなかでは、いっさいの狩猟が禁じられとるだろうが。それがあんたらの問題のひとつだ。ここに匿《かくま》われてる熊どもは、人間に対する敬意ってもんをなくしちまった」

「それはどうかわかりませんが、とにかく昨日、見知らぬ男が訪ねてきて、山で見つけたっていう熊の死骸を見せられました。誰かがその熊を殺し、皮を剝ぎ、手足を切断し、胆囊を取りだしたあと、死骸を朽ちるがままに放置していったってことです」

ボージャーは壁のなかの巣に近づき、ゆっくりとふいごを動かしはじめた。濃密な白い煙がノズルから流れだしてきて、熊に引き剝がされた壁の穴のなかに充満していく。草の燃えるにおいが、バンガローのなかに立ちこめていく。

「熊の死骸なら、おれも何度も見かけたことがある。あんたが言うように、胆囊や手足が持ち去られてた」腕にとまった蜂が皮膚の上を這いまわりはじめても、ボージャーはいっさい気にかけることなく、話を続けた。「今年だけでも六頭だ。一頭は皮を剝がれ、四頭は罠にかかってた。口んなかにはまだ、ポップコーンだのパンだのなんだのが残っていて、身体には矢が突き刺さっていた。おそらくどっかのろくでなしが、まわりにばれんように、クロスボウを使っとるんだろう。そういうことは以前にもあった。九〇年代にな。闇で取引するために、熊が殺された。取引にはマフィアが絡んでてな、胆囊をひとつ二千ドルで買いとって、それを乾燥して磨りつぶしたもんを、漢方薬の原料として中国人に売っぱらっていたらしい。おれが思うに、今回もまた連中が絡んでるんだろうな」

「マフィアがですか？」ライスは想像をめぐらせた。ダークスーツに身を包んだイタリア系の男たちが、サブマシンガンを携えて、熊はどこだと森のなかをうろついている姿。月影に隠れて煙草を吹かしつつ、こぶしの関節を鳴らす姿。「つまり、犯人に心当たりは何もないと」

「ああ、ねえよ。こいつは猟師の仕業じゃねえ。おれたちは、熊どもがすっかり肥えるまでは、絶対に殺したりしねえ。十一月よりまえにはな」

「ちょうど、熊猟が解禁になるころですね」

「そのほうが肉が美味《うま》くなる。おれは年に一頭しか狩らねえ。それで充分、食いきれねえほどだ」

ライスは正直、肩を落としていた。地元の猟師どもが自然保護区の管理人に教えてもかまわないと判断したくらいだから、相当な変わり者だろうとは覚悟していたが、もうほかに当てもない。それなら……どうすればいい？　あとで知恵を絞るしかない。


ボージャーはこちらに燻煙器を差しだしながら、穴に煙を注ぎつづけろと指示してきた。ふいごをゆっくり動かして、火が強くなりすぎないよう気をつけろとも言い添えた。それから、バンガローを出てトラックに引きかえし、黒と黄色のくたびれた業務用掃除機を持って戻ると、ライスがブレーカーから引っぱってきてあったオレンジ色の延長コードにプラグを接続してから、ホースが届くかぎりすべての蜂を吸いとりはじめた。掃除機の本体とホースのあいだには、靴箱ほどの大きさをした透明のプラスチック容器がダクトテープを使って取りつけられており、吸いこまれた蜂は、見たところ無傷のまま、そのなかに送りこまれていっていた。おそらく、モーターのなかに蜂が入りこまないよう、吸気口に網が張ってあるのだろう。

「これは便利だ。よく考えましたね」掃除機の轟音に負けじと、ライスは声を張りあげた。

ボージャーはてのひらで煙を払いながら、こう返した。「煙を注ぎながら、残りの羽目板も引っぺがしてくれ。そうすりゃ、どんだけの収穫があるのか、把握できる。そりゃそうと、あんたを熊の死骸んとこに連れてったっていう男は、どこのどいつなんだ？」

「名前は聞いてません」言われてみれば、名前を訊くことなど、あのときは考えつきもしなかった。「キノコだとか、薬用ニンジンだとかを採りにきたんだと言ってました。あとは、片腕がなくて……肘から先が」

ボージャーは首を振った。「特に思いあたらねぇな」

ライスは放りだしてあった金てこを拾いあげ、最後に残されていたひと区画の羽目板を次々に間柱から引っぺがしはじめた。

「一匹もつぶさんでくれよ。仲間が攻撃されると、途端に凶暴になる」

「巣から壁板を剝がされるぶんには、かまわないと？」

「それだってたいして面白くはねぇさ。だが、煙のせいで、そっちまで気がまわらなくなってる」

何度かに分けて、羽目板をすべて剝がしとった。その間に、五匹以上の蜂に刺された。壁のなかの巣は、間柱と間柱のあいだ一面を、一・五メートルほどの高さまで埋めつくしており、その表面に、不運な蜂がびっしりとしがみついていた。

「ほれ、そこに蜂蜜がたんまり蓄えられとる」ボージャーが言って、一点を指差した。「冬のあいだに蜂どもが必要とするぶんだけ、もらっていくとしよう。箱に入りきるぶんだけな。そしたら、あとはあんたのもんだ。あそこの木箱に入れたらええ」掃除機の電源を切ると、ボージャーはバンガローのなかをざっと見まわした。このバンガローの大改築が進められていることに、いまはじめて気づいたらしい。「なんのためにここをぶっ壊してんだ？」

ライスは事情を説明した。この土地を所有する連中

——トラヴァー財団——が、このバンガローを研究者のためのゲストハウスに建てかえたがっているのだと。この地に滞在して研究を行なう者のための奨学制度の創設を進めているのだと。自然保護を研究テーマとする大学院生や博士号取得者を選定し、そうして選ばれた研究者は一学期から二学期のあいだ、ここで暮らしながら、研究にあたることができるのだと。「バスルームとキッチンを増設しなけりゃならないんです。ほとんどの作業は、自分ひとりでやれます。本職は大工じゃないが、二年ばかり、建設現場で働いていたことがありまして。どん底に落ちるまえに」

「あんた、アリゾナから越してきたんだろ?」

その問いにうなずきかえしながら、ライスは思った。ヴァージニア州のナンバープレートを手に入れることができたら、人目を引くこともずっと少なくなるだろう。ボージャーは道具箱から庖丁《ほうちょう》を取りだして、床に片膝をつき、間柱から巣を切りとると、それを小さく刻んだものを、巣箱のなかに垂直にはめこまれた木枠に輪ゴムで固定した。ボージャーはやけにゆっくり、まるでスローモーションのように手を動かしていた。群れからはぐれて腕や顔にとまった蜂を、払いのけようともしなかった。

「生まれもアリゾナか?」

「生まれはニューメキシコですが、育ちはアリゾナのツーソンです。人生の大半をツーソンですごしました。父が空軍にいたもので。おれが高校生のときに他界しましたが」

ボージャーはしばし動きをとめて、憐《あわ》れみの表情を浮かべ、無言で弔意《ちょうい》を示してから、こう告げた。「あんた、何かから逃げるためにここへ来たんだろ」それは質問ではなかった。六角形の小さな隙間にさなぎがぎっしり詰まった部分の巣は、ずっしりと重たげで、容易く壊れてしまいそうだった。ボージャーはそれをそっと持ちあげて、木枠にしっかりと固定しながら、こう続けた。「普通は逆方向へ向かうもんだ。何かから逃げてる人間は、たいてい西へ向かう」

ライスはソフトドリンクのロゴが入った古ぼけた木箱から工具を取りだし、パラフィン紙をなかに敷いた。蜜蠟で全面に蓋をした蜂の巣のように見えるものを、ボージャーが分厚く切りとり、差しだしてきた。ライスがそれを受けとって腕を曲げたとき、肘の内側に挟まってしまった蜂が針を突き刺してきた。ことさらにやわな部位を刺されると、電気ショックを浴びせられたかのような痛みが走った。ライスは痛みにたじろぎながらも、巣を落とすことなく、どうにか木箱におさめた。

「ほれ、いなすったぞ」ボージャーはそう言うと、胴体が長くて、丸々と肥えた一匹の蜂——羽よりも長い胴体を持つ、ひときわ大きな雌蜂——をつまみあげてみせた。「おれと一緒に来てもらうぞ、お嬢ちゃん。こちらのミスター・モートンは、ここに立派なゲストハウスをこしらえなきゃならんのだと」ボージャーはポケットからプラスチックケース——ラパラ社のフィッシング・ルアーのケースの上面に、錐《きり》でいくつか空気穴を開けたもの——を取りだし、そのなかに女王蜂をしまいこんだ。

「どれほど立派なものができあがるかはわかりませんがね」

「たいそうご立派なものができあがるだろうよ。お嬢ちゃんが大学出の学者さんなら、連中はあんたをそのゲストハウスとやらに住まわせてくれるんだがな。しかし、お嬢ちゃんがそこの道の先に住んでる熊猟師なら、あの〝処女林〟には一歩たりとも入れちゃあくれんだろう。おまえさんは、ミスター・モートンにとっちゃあ厄介者《もん》だ。連中は今回、腕っぷしの強いのを送りこんできたもんでな」

「ええ、それがおれですよ。〝わんわん保安官〟……犬のお巡りさんだ」会話の急激な方向転換に、どう対処するべきかわからなかった。ボージャーの語気は軽い。だが、トラヴァー家と自然保護区に対する敵意を一身に引きうけるのも管理人の務めだということは、ちゃんとわきまえている。「秋には、財団が後援する鹿狩りの大会が開かれるんですよね？」

ライスの問いかけに、ボージャーは返事もしなかった。トラヴァー財団は、州の狩猟管理局や地元の狩猟愛好会との共催で、年に一度の〝迷惑動物を退治しよう週間〟を後援している。その目的は、増えすぎたオジロジカの数を減らすことと、近隣住民とのいくばくかの親睦を促《うなが》すことと、貧困家庭に鹿肉を配布すること。大会は十一月半ばに開催されることになっており、ライスはいまから暗澹《あんたん》としている。言うなれば、おれのだいじな孤独を蹂躙《じゅうりん》する、一週間のテト攻勢みたいなものじゃないか。せめてもの救いは、参加者が山の麓《ふもと》のほうにしか立ち入れないということだけだ。

「おれの雇い主みたいな考え方を、あなたもあまりよく思っていないんですね？　禁猟区だとか、あの処女林を守ることだとかを」

「処女林を守るのは、上質な木材をふいにすることにしかならねえ。土地に鍵をかけておいて、これで片づいたとばかりにその鍵を投げ捨てちまうなんて、まちがっとる。人間も自然の一部じゃねえのか？」

最後の問いかけに、ライスは眉根を寄せて考えこんだ。その点については、トラヴァー一族もまちがいなく同意することだろう。

「そうだと思います。ただ、トラヴァー一族は遥か昔、自分たちの土地をどうしたいかという問題に、こういう結論をくだした。ありのままにしておきたいと。そのうえ、それを実現するだけの財力もあった」

「その結論が正しいとは思えねえ。聖書には、神が人間にこう命じたとある。地を治めよ、地にいるすべての生き物を治めよとな」この反論は、幾度となく口にしてきたお決まりのセリフに聞こえた。

「聖書には多くのことが書かれてますからね。それにしても、あなたがそんなに信心深いとは」

「いいや、そうでもねえ。そっちはどうなんだ？」

ライスはにやりとして、首を振った。メキシコの麻薬カルテルのあいだで沸き起こった、死の聖母サンタ・ムエルテ崇拝や、麻薬密輸の守護聖人ヘスス・マルベルデ崇拝といった、いかれた信仰のことが思いだされた。会話が途切れたのをいいことに、ライスは思いきって、もうひとつの質問をぶつけてみることにした。

「前任の管理人に何があったのか、ご存じありませんか。おれのまえにいた女性です」

ボージャーの顔から笑みが消えた。ライスを鋭く一瞥《いちべつ》したかと思うと、急に顔をそむけ、女王蜂をおさめたフィッシング・ルアーのケースを巣箱の上に載せた。まるで、自分が騙《だま》されていたことにたったいま気がついた、とでも言わんばかりの態度だった。

「なんでそんなことを訊く？」

「単なる好奇心で」

ボージャーは庖丁を手に取り、壁のなかに残されている巣のほうへ向かった。「おれが知ってんのは、ここいらの住民全員が知ってることだけだ」言いながら、四角く切りとったずっしりと重たい巣を手渡してきた。ライスはそれを木箱におさめた。さきほど入れた塊の上に置き、あいだにパラフィン紙を挟んだ。

「おれを雇ったご婦人が、こう言ってたんです。サラは地元住民とうまくやっていけなかったんだと」

「ふん、ものは言いようだな。あの女は、保護区んなかで取っ捕まえた連中を訴えた。投書を出して、農務省森林局の聴聞会に出席し、伐採者の魔の手から森を救った。まあ、そんなところだ」

「急進派の環境保護活動家ですね。主よ、われらを憐れみたまえ」

ボージャーはふたたびこちらを一瞥《いちべつ》したが、すぐに庖丁に視線を戻し、最後のひと欠片を切りとって、ライスの木箱に入れた。少なくとも一年は、蜂蜜に困ることはなさそうだった。

「悪い人間じゃなかったってことはわかっとるさ。だが、ここいらの人間は材木で食ってる。製材所で働いてる。何度か、不平不満を耳にしたよ。だが、あんなことを望んでた人間は、ひとりもおらん」

「あんなこと？」

「本当に知らんのか？」

ライスは続きを待った。

「ルート212でブレイクリーに向かう途中にある、公共のゴミ捨て場で拉致《らち》されたのさ。犯人どもは、あの管理人を無理やり車に連れこんで、シカモア・ホローを突っ走り、おれの家から八百メートルほど離れたところにある、狩りの際にしか使われていない森のなかの小道へ向かった。森のなかで女を車からおろし、殴る蹴るの暴行を加えてレイプしたあと、その場に置き去りにした。そのまま死んでもおかしくなかったろうな。けど、あの管理人は自力で歩いて森を出た。いや、きっと這って出たんだろうな。うちの近くに住んどるやつが、道端で倒れてるところを拾って、そのまま病院へ直行したそうだ」

「なんてことを……」とライスはつぶやいた。気づけば、ボージャーはすでに床から立ちあがり、じっとライスを見つめていた。おそらくは、さぞや間の抜けた顔をしていたことだろう。あんぐりと口を開けた顔。まさに〝びっくり仰天《ぎょうてん》〟の諷刺画《カリカチュア》だ。「犯人は捕まったんですか？」気を取りなおして、ライスは訊いた。

ボージャーは首を横に振った。いまから告げる情報がもたらすであろう効果を確信しているかのように、いかめしい顔つきになって、こう続けた。「そいつらは犯行時に覆面をしとったうえに、女も目隠しをされてたそうだ。保安官がまだ捜査を続けている」

8

　巣箱の左右に取りつけられた持ち手のひとつを、ボージャーが身ぶりでライスに示した。ふたりで両側から巣箱を持ちあげ、それを外へ運びだした。ボージャーはピックアップトラックの荷台にあがると、巣箱をすべらせて奥まで押しこみ、運転席の後ろに置かれた工具箱にぴったりと押しつけた。雲のない晴れた日だった。陽の光が霞みがかって見え、汗で濡れそぼったTシャツの背中をそよ風が冷やしていく。

「あの管理人の身に起きたことを、あんたが聞かされてなかったとしても、驚かんよ」留め鉤付きの擦り切れた太いゴム紐で工具箱に巣箱を固定しながら、ボージャーは言った。「いまやあの出来事は、フライパンから逃げだして、火のなかに飛びこんじまってる。あんたが西から、ここへやってきたようにな」

　返す言葉がすぐには思い浮かばなかった。ライスは自分の頭のなかで、サラ・ビルケランドの人物像をすっかりつくりあげてしまっていた。ボージャーから聞かされた話は、あまりにもそこから懸け離れている。受けいれがたい事実を前にして、ライスのなかで何かが燃えあがろうとしていた。「つまり、おれがレイプされてもおかしくないとでも？　それが、ターク山自然保護区の管理人に対して、この町の人間がいつもやっていることだとでも？」

　ボージャーは何も答えず、荷台から飛びおりた。ふたりはバンガローへ引きかえした。

「そのフライパンの話をしましょうか」燻煙器や、ボージャーが持ちこんだものをひとつずつ拾い集めながら、ライスは言った。ボージャーはその間《かん》に、蜂でいっぱいになった透明なプラスチック容器を掃除機から取りはずしはじめた。

「おれのいたアリゾナに、グティエレスっていう大物の密売人がいましてね。フェニックス市内のみならず、アリゾナ州やユタ州の全域で、手広くメキシコ産ドラッグの販売ネットワークを取り仕切ってた。マリファナ、コカイン、ヘロインにメタンフェタミン……それが一年ほどまえ、麻薬取締局《DEA》にしょっぴかれた際に、そいつは麻薬カルテルの幹部どもに対する不利な証言をすることに同意しちまったんです……」このことはいままで、誰にも話したことがなかった。どうしてボージャーに打ちあけているんだろう。

「グティエレスの証言は、DEAと、FBIと、メキシコ連邦警察が共同で捜査にあたっている事件に大きく関わるものでした。連中はグティエレスを、ティファナ市の南の沿岸部に建つ、どっかの将軍の屋敷に匿った。ところが、メキシコの警察内にいる内通者が、グティエレスの居所を外部に漏らした。シナロア・カルテルの執行組織ロス・アントラックスから数名が派遣され、グティエレスを強引に連れ去った。いっさいの消息がつかめないまま数日が過ぎたあと、グティエレスはフェニックス記念病院で発見された。救急治療室の入口に放りだされていたんです。監視カメラの映像には、灰色のパーカーを着た二人組の男が、グティエレスをベンチに寝かせるようすが捉えられていました。グティエレスの首から上は、透明人間みたいに隙間なく包帯で覆われていて、ショック死しかけているところを、誰かに発見され、集中治療室へ運びこまれた。包帯を取ってみると、頭と顔じゅうに縫合の痕《あと》があったけれど、それ以外に異常はなく、縫合はプロの手によるもの、腕のいい外科医によってなされたものと思われた。グティエレスは何も覚えていなかった。ずっとドラッグ漬けにされていたらしい。グティエレスの身に何が起きたのかが判明したのは、六つ切りサイズの写真をおさめたマニラ封筒が、病室や、スコッツデールの大邸宅で暮らす家族のもとに送りつけられてくるようになってからのことです。明るい照明のもとで撮影された鮮明な写真に写しだされていたのは、皮を剝がれてむきだしになった、グティエレスの血まみれの頭蓋骨や、誰かの指先からぶらさげられている、だらりとたるんだグティエレスの顔。どこかのくそったれが、それを覆面のようにかぶっている写真もあった。瞼《まぶた》の部分が指で押し広げられていた。口の部分の隙間からは、愉快げに笑う歯がのぞいていた」

「顔の皮膚を、そっくり剝ぎとりやがったのか？」

「そして、それをまた、グティエレスの顔に縫いつけた」

「なんだってそんなことを？」

「問題は、連中にはやろうと思えばなんだってできるってことです。こんなのは序の口で、もっと残忍にもなれるってこと、ほかに何をしでかすか、誰にも予想がつかないってことです。グティエレスは意識を取りもどすやいなや、証言を撤回しました。噂が広まり、ほかの証人までもが、いろんなことを忘れるようになった。ほどなく、連中を訴追するに足るだけの証言がなくなってしまった」

ふたりはいま、ピックアップトラックの脇に立っていた。蜂で満杯になったプラスチック容器は助手席に置かれ、女王蜂を入れたフィッシング・ルアーのケースはその隣に据えられている。ボージャーは深く息を吸いこみ、ゆっくりと吐きだすと、ダッシュボードからクールの煙草のパックを取りあげた。「そろそろ家路についたほうがよさそうだ。こいつらの世話をしてやらにゃ、死んじまう」

ライスはポケットから札入れを取りだした。トラヴァー財団から必要経費はもらっている。「どうもありがとうございました。いくらお支払いすればよろしいですか」

「いんや、お代ならこの蜂どもで充分だ。ゆうべ言ったろ。こいつらには、ほかの蜂を全滅させちまうようなものへの耐性があるってよ。まさに儲《もう》けもんだ。ただ働きにはならねえ。ただし、顔を剝がれた男の話は聞かせんでもらいたかったね。くそみたく気が滅入る」

「この町の誰かがサラ・ビルケランドにしたことよりはましですよ」

「悪いが、そりゃあまちがいだ」火のついていない煙草を口にくわえたまま、ボージャーは言った。火をつけようとするそぶりもなかった。見るからに平静を失い、一刻も早くここから立ち去りたがっているようすだった。「そんなことを考えつく人間がいるってことすら、おれには信じられんよ」

バンガローから運びだしたゴミをトラックに積みこみ、サラ・ビルケランドが拉致された現場でもあるゴミ捨て場へ向かった。荷台に立って、壁から剝がした羽目板やら、中身のずっしり詰まったゴミ袋やらを大型ゴミ容器《ダンプスター》に投げいれながら、ここで何があったのか、想像をめぐらせてみた。近辺に民家は一軒もない。ハイウェイとのあいだには並木が立ち、視界が遮《さえぎ》られているが、ルート212はわりあいに交通量が多く、いつなんどき邪魔が入ってもおかしくない。サラが攫《さら》われたのは、おそらく暗くなったあとだろう。男たちはサラを車に押しこみ、速やかにここから立ち去った。犯人は、誰でもいいから、ひとりでやってきた女を攫おうと、ここで待ち伏せしていたのだろうか。それとも、ここまでサラのあとを尾《つ》けてきたのだろうか。頭のなかで、あらすじをたどりはじめた。心臓の鼓動が急激に速くなるのを感じて、もう忘れろと自分に命じた。会ったことすらない女のことなど、考えてどうするのか。

タークは山へ戻る代わりに、ルート212を左へ進み、さらに半時間ほど車を走らせて、ブレイクリーに向かった。〈ブルー・ビーン〉の近くに車をとめて、店に入った。大学生の一団がソファにすわってテーブルを囲んでいるが、お互いには目もくれず、携帯電話の画面に見入っている。縮れた髪をひとつに結び、浮かぬ顔をした、ライスと同年輩とおぼしき男が窓ぎわの席にひとりですわっている。同程度に白髪の入りまじった、いかにも壮健に見える老夫婦が、一部しかないニューヨーク・タイムズ紙を分けあって読んでいる。さきほどロッジを出るまえに、管理人室から、いくらか時代遅れのノートパソコンを持ちだしてあった。XLサイズ（このコーヒーショップには、サイズをあらわすための仰々しい呼称はない）のレギュラーコーヒーを買ったあと、店の隅まで歩いていき、コンセントの近くに据えられた小さな丸テーブルに腰をおろした。IPアドレスを隠すために、いつものごとくオニオンルーティングを使い、暗号化通信方式でネットに接続した。

まずは雇い主であるトラヴァー財団の会長に、八月の経費をまとめた精算表と、この一ヵ月間に入力した最新および過去の生物学的データを添付して、メールを送った。自然保護区内で違法行為が確認された場合は〝即時〟報告する決まりになっていたため、熊の死骸を見つけたこと、自分なりに調べを進めてみるつもりであること、ことさらに騒ぎを大きくするのは本意ではないが、そうなる可能性が高いことを、思いつくままに書き連ねた。それが済むと、いつもなら、アリゾナ・デイリー・スター紙の記事にざっと目を通したり、メキシコの麻薬カルテルや国境沿いで発生した暴力沙汰について報じているウェブサイトやブログをいくつかチェックしたりするところなのだが、今日は熊の密猟について調べてみることにした。

数分もしないうちに、ボージャーの主張するマフィア関与論は、想像していたほど突拍子もないものではないと思えてきた。野生動物の商取引は大半が合法的な売買に限られており、数十年をかけてグローバル化も進んでいるため、野生動物やその身体の一部の密輸は、麻薬、偽造物、人身売買に次いで、世界で四番めに大きなブラックマーケットへと発展していた。そこから毎年、数十億ドルの利益が生みだされていて、テロ組織や〝伝統的に違法薬物のみを商《あきな》ってきた犯罪組織〟がこぞって業界に参入しはじめているというのだ。

さらに調べを進めたところ、ヴァージニア州の環境保護団体のブログに、熊胆《くまのい》の価格が近年高騰《こうとう》しているせいで、熊の密猟件数が急増しているとの報告が見つかった。

熊の胆汁は、古くから伝わる漢方薬の原料として、さまざまに珍重されてきたが、近年では、中国やアジアの国々において比較的裕福な中流階級の人口が増加したことにより、いまだかつてなく需要が高まっている。かつて、一九九〇年代から二〇〇〇年代はじめにかけての報道では、熊の胆汁や胆汁塩の取引価格とコカインや金の取引価格がたびたび比較されていた。アジアに棲息する熊の全種で絶滅が危惧《きぐ》されるようになると、業界はアメリカクロクマに着目しはじめ、アメリカクロクマの胆嚢によって莫大な収益を得るようになったブラックマーケットが、国内のマスコミや法執行機関から注目を集めるようになった。ちょうどそのころ、中国や韓国やベトナムでは、残虐非道な〝熊牧場〟の営業が拡大の一途をたどり、やがては、熊の胆汁が大量生産されるに至った。アメリカ国内における密猟件数は減少し、ヴァージニア州内のアメリカクロクマの個体数は劇的に回復した。

ところが最近、オフレコでこんな情報を耳にした。ある地域の猟師たちに対し、一頭ぶんの熊の手と胆嚢を二百ドルで買いとるとの申しいれがあったというのだ。熊の手は、(胆汁とちがって)いかなる最新技術を用いても、捕獲した熊から生きたまま抽出することができない。薬膳スープやその他の珍味の材料とされるものだが、近ごろでは、新たに富を得た消費者や特定の観光客を中心に、東アジアや東南アジアのレストランで人気を博しており、一種の流行ともなっている。

そんななか、特定の国々では、大いに困った事態が発生している。熊の密輸取引の支払いが、しばしば、現金ではなく物品でやりとりされている——麻薬密売組織が業界に参入したことにより、熊の手や胆嚢と引きかえに、メタンフェタミンや、処方鎮痛薬のオピオイドや、ヘロインが引き渡されている——というのだ。われわれが取材した狩猟管理局の職員によると、目下調査中の案件であるため、コメントは差し控えるとのことだった。

続いて、野生動物保護法関連の交流サイトものぞいてみた。そこでは、モンタナ州の大学の教授が、一九九〇年代に横行していた熊胆の模造品に関するこんな投稿をしていた。なんでも、とある密輸業者を摘発した際に押収された〝熊の胆嚢〟のうち、かなりの割合が豚の胆嚢であったことが、オレゴンにある国立野生動物医学研究所での検査により判明したというのだ。熊の胆嚢は通常、冷凍または乾燥の処理をほどこしてから売りに出されるのだが、冷凍した豚の胆嚢と熊の胆嚢を見分けられるかどうかは専門家でも難しく、乾燥した豚の胆嚢に至っては、乾燥した熊の胆嚢とまるで見分けがつかないらしい。この発見により、警察や検察は困った問題に直面した。証拠品がじつはまがいものであるとなった場合、野生動物の身体の一部の売買を禁止しているほとんどの州の法律が、訴追の妨《さまた》げとなってしまったというのだ。

この投稿を読んだことで、ある考えが閃いた。店内を見まわして、捨てられていたタービン・ウィークリー・レコード紙を見つけると、案内広告のページを開き、農業関連のセクションに目を走らせた。掲載されている広告は産みたて卵と堆肥に関するものが大半だったが、ついに、Pの文字の下に、それを見つけた。そこには簡潔に〝豚、売ります〟とだけ記されていた。ライスはそのページを破りとって、ポケットに押しこんだ。

コーヒーをおかわりしてから、続く数分は、狩猟関連で最近出された条例について調べてすごした。それから、ヴァージニアの州法のうち、密猟や不法侵入に関するものにも目を通した。最後に、これらのサイトや開いたファイルをすべて保存しておいた。店を出るまえにもう一度、メールソフトを開いてみた。案の定、すでに雇い主からの返信が届いていた。すぐに電話しろとのことだった。〈ブルー・ビーン〉には、いまだ現役の公衆電話が店の奥に設置されている。つまりは、ボスである雇い主の命令に逆らうことなく、いますぐに電話できるということだ。ライスはノートパソコンを閉じて、テイクアウト用のカップに三杯めのコーヒーを注ぎ足してから、店の奥まで歩いていって、暗い色調の羽目板に囲まれた密室——いまや誰ひとりすわる者のない密室——に引きこもった。二十五セント硬貨を投入口に何枚か落とし、番号を入力したあとは、身体を横に向けて、壁に背中をもたせかけた。

「どこからかけてるの？」問いかける声がした。〝もしもし〟も〝調子はどう？〟もなし。

「コーヒーショップです」とライスは答えた。

「また公衆電話に小銭をくれてやってるのね」

これにには何も答えなかった。

「いまどき、ヤクの売人でも携帯電話くらいは持ってるでしょうに」

「おれは売人じゃありませんので」

「はぐらかさないでちょうだい。熊の件を報告して」

ライスの雇い主の名はスター。姓は、あいだに古めかしくハイフンを入れた、トラヴァー‐ピンカートン。今年の二月、ライスは面接を受けるため、サンタカタリナ島の丘の上の広大な敷地に建つ、スターの自宅を訪ねていった。それまでの数週間はことさらに過酷な日々をすごしていたため、大きくて重たげな扉を前にして、ライスは思わず躊躇《ちゅうちょ》した。その扉は、メスキート材に見事な彫刻がほどこされた、あきらかな時代物――スペイン植民地時代のメキシコでつくられた、正真正銘のアンティーク――であると思われた。呼び鈴を探してあたりを見まわしはじめたとき、とつぜん、両開きの扉が内側に動きだし、その奥にスターが立っていた。莫大な富を持つ、老齢のヒッピー。レントゲン写真のように骨ばった身体に花柄のコットンのワンピースをまとい、髪は白髪まじり。瞳は鮮やかなブルー。頭のてっぺんからつまさきまでライスの全身を眺め渡してから、スターはようやく名前を名乗った。通された中庭には砂岩が敷きつめられており、アイスティーが用意されていた。そこにたどりつくまでの道中には、この土地の来歴に関する講義を聞かされた。スターの曾祖父である実業家マーシャル・P・トラヴァーが、一八〇〇年代後半にピッツバーグからはるばるこの島へおり立ったこと。片っ端から土地を買いあさり、ついには、広大な土地を所有するに至ったこと。マーシャルの死後、一家はこの土地を手つかずのまま放置していたのだが、一九七〇年代になって、一族の名を冠した財団にいっさいを寄贈したこと……などなど。スターはすでに、ライスの採用を決めていた。その理由として、大学時代におさめた優秀な成績だの、フィールド生物学における経歴だの、自立心に富んでいることだのを引きあいに出した。だが、いまになってみると、スターが魅力に感じたのは、ライスの風変わりな経歴のうちの、もっとほかの面だったのではないかと思えてくる。デンプシー・ポージャーが言ったように、財団は今回、腕っぷしの強い人間を求めていたのではないかと。

可能なかぎり手短に、ライスは事の次第を説明した。キノコ摘みの男と、熊の死骸のこと。ほかに何頭も死骸を見つけたと、ボージャーが言っていたこと。さきほどインターネットで調べだした、ブラックマーケットや、麻薬密売組織との関わりについての情報。ライスがひと通りの説明を終えると、スターはどことなく煮えきらない声で、狩猟管理局に通報してみてはどうかと勧めてきた。警察や行政機関に対して、ライスが過剰なアレルギー反応を示すことを承知しているのだ。

だんだんわかってきたことだが、STP——スター・トラヴァー＝ピンカートンの頭文字にして、アンフェタミンの別称——は、なかなかにできた雇い主だった。理想家で、少しばかり抜けたところはあるが、きわめて公正で、ライスの特異性を寛大に受けいれてくれている。存在の痕跡を残したくないという意向にも、協力を惜しまない。税務関係の申告をしなくても済むようにと、ブレイクリーの銀行に財団が開設している口座から〝ターク山自然保護区管理のための必要経費〟の名目で給料をおろせるよう、取り計らってくれてもいる（おろした現金は耐火性の小型金庫に入れて、寝室の屋根裏に隠してある）。それから、ほとんど連絡がつかないことにも辛抱してくれている。月に一度〈ブルー・ビーン〉から電話したりメールを送ったりするだけであることに、文句ひとつ言わずにいてくれる。

いまはまだ、狩猟管理局には通報したくないとライスは答えた。犯人ではないかと疑っている人間がいるから、少し周囲を探ってみて、何かわかったら、そのとき管理局に、ひょっとしたら保安官にも、出張《でば》ってきてもらえばいい。

「どうして保安官まで？」

「そっちこそ、どうしてサラ・ビルケランドの身に起きたことを話してくれなかったんです？」

　スターは「あら……」と言ったきり黙りこみ、息を深く吸っては吐きだした。立てつづけに二回も。どうやら、煙草を吸っているらしい。受話口から、サバクシマセゲラのさえずりが聞こえる。そういえば、あちらはまだ朝だった。サンタカタリナ島のあの邸宅で、中庭の木陰にすわって、コーヒーを片手に新聞を読んでいるスターの姿が頭に浮かんだ。高さ十メートルの柱サボテンが、石塀の上から頭をのぞかせている。

「ふたつの事件につながりがあると考えているのね」ようやくスターの声が聞こえた。

「その可能性はあると思ってます」

「それなら、もっと早くに話しておくべきだったわねえ。悪かったわ。サラのためを思って、プライバシーを尊重してあげようとしたの。それに、信じてもらえるかわからないけれど、あのときはわたしなりに気を使おうとしたのよ。あなたは、ガールフレンドがあんなことになったわけだから……」

「それはどうも。ですが、サラの一件はこの町じゃ誰もが知っていることです。おかげでおれは、不意をつかれる羽目になった」ふたたびの沈黙を、ソノラ砂漠の鳥のさえずりが埋めていく。その声に、記憶が呼び覚まされる。あの砂漠が恋しい。いつになったら帰れるだろう。ツーソンを車で離れた日に負った心の傷は、いまもまだ癒えていない。あのときは、目に映る風景までもが悲劇的に、それでいてなんだかメロドラマチックに見えた。街を見渡す丘の岩場に立ち並ぶ、何万もの柱サボテン。地平線に消えかけた冬の太陽のもとで眺めると、異様に背の高い、黒みがかった緑色の人間がずらりと整列しているように見える。全員が観念したかのように両腕をあげている。バックミラーを通して眺めるその光景は、あたかも、街じゅうの人間が丘にのぼって岩場に立ちつくし、世界の終焉《しゅうえん》をじっと待っているかのように目に映った。

「連絡が入ったあと、すぐにそっちへ飛んだわ」スターの言う声がした。「サラは数日間、昏睡状態にあった。意図的に、薬で眠らせておかなきゃならなかったの。脳の腫れがおさまるまでは。襲われたときのことは、いまもあまり思いだせないようだけれど、ずいぶんと回復して、いまは教壇に立ってるの。トカゲの研究も再開したわ。じきにあなたとも顔を合わせることになると思う。サラときたら、あんなことがあったあとでも、管理人の仕事を続けたがっていたのよ。退院したそばから、あそこへ戻るって言いだしたんだから。まだ冷静な判断ができない状態だと思ったから、よくよく言い聞かせなきゃならなかったわ。安全は保証できないってことをね」スターはそこで言葉を切った。たったいま自分が言ったことの含意に気づきはしたものの、それを撤回するのは不本意なのだろう。

「犯人に心当たりはなかったんですか？」

「ええ。最初から覆面をしていたそうよ。それから、疑わしい人物には、全員、アリバイがあった。ウォーカー保安官はよそ者の犯行じゃないかと考えてるみたい」

「そうですか」

またも、息を吸いこむ音が聞こえた。やっぱりそうだ。まちがいない。ライスはにやりとして言った。

「スター、煙草を吸ってますね？」

「いいえ」

「なら、パティオでコカインを？」

スターはくすくすと忍び声を漏らしてから、すぐに引っこめて静かになった。もはや熟練の域だと言える。そして、真剣そのものの声がこう告げた。

「熊猟師たちに話を訊くつもりなら、気をつけるのよ？　荒っぽいところのあるひとたちだわ」

「ちょっと話しに行くだけですよ。犯人を捕まえられたら、あなたが送ってくれたあのちっこいカメラで写真を撮ってやります。犯罪者は写真を撮られるのをいやがるから。そのあとで、警察を呼べばいい」

　スターはあらためてもう一度、くれぐれも気をつけてと警告してから、それじゃと言って電話を切った。ライスは受話器を戻してから、ふと思った。サラ・ビルケランドと顔を合わせることになるというのは、いったいどういうことなのだろう。

9

　養豚場の主人から口頭で伝えられた道順は、あまりにも大雑把《おおざっぱ》すぎて、まるで役に立たなかった。何度もまちがった道に入りこんでは、来た道を戻らねばならなかった。なかには、砂利道の途中で橋が崩落していて、それ以上進めない場所もあった。ぼろぼろに崩れかけたコンクリートの橋台のみが、急勾配の川岸にかろうじて残されていて、道に迷ったよそ者や酔っぱらいが車ごと川に落下するのを防ぐために、錆びたワイヤーロープが一本だけ張り渡されていた。

　まだ真新しいトレーラーハウスの前で、ライスはトラックをとめた。すぐ傍らでは十代の少年が、上下を逆さまにしたオフロードバイクの前で、懇願するかのようにひざまずき、おじぎするかのように頭《こうべ》まで垂れていた。砂利の上にはエンジンのパーツやら、レンチやら、ボルトやら、ぼろ切れやら何やらが、憤懣《ふんまん》やるかたなげに散乱している。ライスが車をおりると、少年はこちらを見あげた。オートバイの整備を手伝いにあらわれた魔法使いだとでも思ったのか、ぱっと目を輝かせたが、ライスが道を尋ねはじめると、すぐにぶすっと顔をしかめた。そこで仕方なく、系統的な手法に打ってでることにした。脇道に出くわすたびに、片っ端から入ってみるのだ。すると三十分後には、マリファナの俗称でもあるＳＥＮＳと書かれた郵便箱を見つけた。赤いペンキで手書きされた文字は、かなり色褪せ、消えかけていた。

　そこから延びる轍だらけの未舗装の私道に、ライスは車を乗りいれた。ターピン郡の南部には、地味の痩せた土地が多い。放牧のしすぎで、地表がまだらにのぞく牧草地。ヒマラヤ杉の木立。道沿いに立つ伸び放題の生け垣に植えられた、多輪咲きのバラ。反《そ》りかえった木製の門を通過し、家畜の脱出防止のために路面に敷かれた、雑草まみれのコンクリートの桟《さん》を渡ったところに、古い家畜小屋と、トタン屋根の小屋が数軒、建っている。その奥に、二階建ての木造家屋が見える。下見板張りの外壁には、大昔に塗られたとおぼしき白い塗料がうっすらと残っている。壁を塗りなおそうとして、こそげとってはみたものの、そのまま野ざらしにされたかのようだ。

　ライスはトラックをとめ、運転席をおりた。昼まえの熱気のなか、動いているものは何もない。小川に迫りだすように、スズカケノキの木立が枝葉を生い茂らせていて、そこにとまっているらしいセミが一匹、鳴いている。小刻みに震えながら、大きくなったり小さくなったりを繰りかえすその声は、眠りを誘うかのようだ。

　家畜小屋の横手に、木の引戸がついているのが見えた。錆びた滑車ひとつで、金属製のレールから吊りさげられている。ライスはそれを引き開けて、暗い通路に足を踏みいれ、暗がりに目が慣れるまで数秒待った。いちばん手前の柵のなかには、古びたモーターや、使われなくなったあれこれの器具が詰めこまれていた。次の柵のなかには、残飯桶がいくつも並び、床には敷き藁《わら》が散乱していた。小便と生ゴミのにおいがつんと鼻を衝いた。家畜小屋の外には、草の一本も生えていない小さな放牧場が隣接されていて、それを囲う柵の奥のほうに、ラバの死骸が横たわっている。硬直した後ろ脚が一本、空に敬礼を捧げている。

その房を奥まで進み、入口よりは比較的新しい扉を開けた。手探りで壁のスイッチを見つけて押すと、蛍光灯の光がちかちかとまたたきだした。扉の向こうは、床にコンクリートが敷かれ、天井から鋼鉄製の鉤がいくつも垂れていた。空気はひどくよどんでいて、生肉のにおいがこもっている。奥の壁ぎわに一台、長いテーブルが押しつけられている。真新しい箱型冷凍庫がふたつ、一九五〇年代製とおぼしき縦型の白い冷蔵庫――角の丸いずんぐりとした形で、クロームメッキをほどこした太い取っ手がついている、おなじみの冷蔵庫――を両側から挟みこんでいる。冷蔵庫のドアを開けると、口を結んで縛ったホットドッグ用のパンの袋がしまわれていた。それを袋ごと持ちあげ、光にかざした。血のすじが滴る、緑がかった小さな嚢《のう》が三つ。想像していたよりも小さい。いずれも、白くて細い紐で切り口を縛ってある。三つでは足りないかもしれない。七つはあると、電話で話したときに言っていた。自分はよそで仕事があって、日中は留守にしているけれど、父親がいるはずだとも言っていた。

家畜小屋を出て、金網のフェンスに囲まれた母屋《おもや》のほうへ近づいていくと、ポーチの下から一匹の犬が這いだすなり、一目散に駆け寄ってきたかと思うと、たわんだ金網を挟んで静かに立って、ぱたぱたと尻尾を振りはじめた。

「ごめんください！　ミスター・センサボー？」

犬がワンとひと声吠え、前脚をあげて跳びはねだした。コリーに似た長毛種で、ひどく痩せている。体毛は黒く、胸のところに白い星形の模様がある。母屋の網戸の向こうからは、プロレスの試合を実況中継する、昂ぶった男の声が聞こえてくる。ライスは入口の掛け金をはずして、なかに入った。犬はふたたびひと声吠えてから、ライスの脚に前足をかけて、甘えるように鼻を鳴らしはじめた。足もとの未舗装の地面に、黒い水たまりができていく。どうやら雌犬のようだ。ライスの手や、ズボンの脚や、ブーツのにおいを嗅ぎ終えるのを、ライスは黙ってじっと待った。それが済むと、頭や、ふさふさの毛が生えた首のあたりをひとしきり撫でてやった。

母屋から老人が出てきて、手を離した網戸がばたんと閉じた。犬は老人のもとへ駆け寄っていった。

ライスは強いて笑みを浮かべつつ、片手をあげてゆっくりと左右に振った。「ミスター・センサボーですね？」

「ああ」老人はポーチに立って、片方の頬をふくらませたまま、もごもごと顎を動かしていた。噛み煙草の形を整えなおしているようだが、唾を吐きだす気配はいっこうにない。一方の口の端から、茶色い唾液がひとすじ垂れ落ちている。身長は低く、背は曲がり、色褪せた青いつなぎの作業服を着ている。例の痩せこけた大型犬が老人の足の上に腹這いになり、前足に顎を乗せてくつろぎだした。

「どうも。おれはジョン・トリーという者です」と、ライスは名乗った。この偽名は電話帳から拾ってきた。〝本物の偽名〟は使いたくなかったから。「ウィスターとは電話で話がついてるんですが、今日ここへ来るなら、豚の胆嚢を勝手に持っていっていいと言われたんです。それで、胆嚢が三つ入った袋を家畜小屋の冷蔵庫で見つけたんですが……」言いながら、結び目のところをつかんでパンの袋を持ちあげてみせると、袋がゆらゆらと前後に揺れだした。すると、犬がそれに反応した。弾かれたように立ちあがり、期待に目を輝かせながら、ライスのもとに近づいてきた。「ですが、今日処理する豚は七頭いると、ウィスターは言っていたんです。残り四つの胆嚢をウィスターがどこにしまったか、ご存じありませんか？」

「いくつほしいんだ？」老人は喉の奥をカーッと鳴らすと、ふたたび口をもごもごと動かしはじめた。唇の隙間から、煙草の葉がところどころに張りついた、白っぽい歯茎がのぞいた。

「ええと……ウィスターは七つと言ってたはずですが」

老人はうわの空でうなずいた。「子豚はいらんのか？」

「ええ、いりません。胆嚢だけで結構です。おたくの養豚場では、今週、七頭を処分する予定だと息子さんから聞いたんですが？」

「あいつなら、それくらいはやれるわな。まだ小さいかもしれんがのう」

ライスは目を細めて老人を眺めた。こうなることはわかりきっていた。息子のウィスターと電話で話したときも、まるでコメディーのように、うまく会話が成り立たなかったのだ。

「家畜小屋に、豚は一頭も見あたりませんでしたが」

老人は考えこんだようすで、ゆっくりと目をしばたたいた。その目は小さくて、縁には涙がたまっていて、皺くちゃの顔のなかに深く落ち窪《くぼ》んで見えた。しばらくすると、老人は鉤のように曲がった指で、放牧場を指差した。

「あそこにおる馬んところを見てみい」

ライスは首をまわして、老人の指差したほうを見やった。乗ってきたトラックは、母屋からは見えないところにとめてある。腐肉の饐《す》えたにおいと熱気を含んだそよ風が、家畜小屋やトタン屋根の小屋の合間で揺らぎはじめている。

「ラバの死骸のことですか?」

ライスの問いに、老人は小さくうなずいた。ほとんど知覚できないほど、わずかに顎が下へさがった。金網のフェンスを開けて外に出ようとしたとき、背後で老人が声を張りあげた。

「あんたあ、スティーヴィーのやつの親類かね? あの小川んとこに住んどる?」

ライスは老人を振りかえった。「なんですって?」

「あんたあ、トリーって名前なんじゃろう?」

「ええ。ですが、この土地の生まれじゃない。このあたりに親戚はひとりもいませんよ」

ライスは放牧場まで歩いていって、白木の柵に手をつき、なかをぐるりと見まわした。ラバの死骸のほかは、何もない。木戸を開け、口で息をしながら、柵のなかに入った。ラバの死骸に近づくと、キンバエの大群がぶんぶんと群れをなして飛びあがったかと思いきや、またとつぜん静かになった。乾いた死肉の上で、スズメバチが何匹か蠢いている。ラバの腹部が一文字に裂けていて、そこから小さな肉片を千切りとっては、家畜小屋のほうへ飛び去っていく。何かがもがきあうような音がした。空に向けて突きあげられた脚がぴくりと動いた。

ブーツのつまさきで、土にまみれた背中を軽く蹴ると、何千匹ものハエが歌うような羽音を立てながら、宙に飛びあがった。どこか内側から、くぐもった鳴き声が聞こえる。ラバの表情は読めない。カラスにでもやられたのか、片目はむしりとられている。唇がめくれて、角ばった黄色い歯がむきだしになっている。なんとも名状しがたい表情だ。笑顔でもなければ、しかめ面でもない、何か別の表情。いまわの際に思いも寄らず、至高の叡智《えいち》を授けられでもしたかのような。もう一度、さっきよりも強く蹴ってみた。すると、血と糞にまみれた子豚が四匹、甲高い鳴き声をあげながら、わらわらと外に飛びだしてきた。まるで、一文字に裂けたラバの腹から、たったいま産まれでてきたかのように。子豚は放牧場を突っきって、家畜小屋のほうへ駆けだした。

小屋のなかに入るやいなや、子豚は揃って静かになった。ライスは暗い戸口に立って、四匹の子豚をしばらく目で追った。そうこうするうちに、ラバの死骸にはふたたびハエがたかりはじめていた。

母屋をもう一度訪ねていくと、あの黒い雌犬がまたもやフェンスまで出迎えにきた。

「ミスター・センサボー？」

呼びかけても返事はない。網戸越しに、くだらないCMソングが聞こえてくるのみだった。犬はその場にちょこんとすわって、尻尾でぱたぱたと地面を叩いている。ライスはフェンスの上から手を伸ばし、耳の後ろを掻いてやった。しばらく待っても、老人は姿を見せなかった。仕方なく、五ドル札を三枚、フェンスの門柱の隙間に挟んでおいた。ウィスターからは、お代なんぞいらないと言われていた。どうせ捨てちまうものなんだからと。なんのためにそんなものをほしがるのか、とは訊いてこなかった。トラックをUターンさせて、養豚場をあとにしたときも、犬はまだフェンスの向こうにすわっていた。耳を前にそばだてて、走り去る車を見つめていた。

ブレイクリーの町なかを通りぬける途中で、レンタル店の〈マーブル・ヴァレー・レント＝オール〉に立ち寄り、高圧洗浄機とモーター付きのポータブル・ヒーターを借りだした。荷台に固定するすべがなかったため、ターク山に帰る道中は、カーブを曲がるたびに運転に気を使った。どのみち、このところはつねにゆっくりと車を走らせるように心がけている。スピード違反の一枚の切符が、いや、故障したテールランプひとってすらも、連鎖反応を引き起こさないとはかぎらない。警察の調書、車両登録証、保険記録。その結果、良くても、懐《ふところ》が痛むことになる。最悪の場合には、自分の居所をみずから声高に言いふらすことになる。

トラクター用の納屋のなかには、木製の梯子《はしご》がひとつ据えつけられている。ライスはその梯子をのぼって、屋根裏へあがった。モノフィラメント製の釣り糸を三本、天井の梁《はり》に括りつけ、それぞれにひとつずつ、豚の胆嚢を吊るした。ぶらぶらと揺れる胆嚢を眺めながら、考えた。どう見ても、それほど貴重なものだとは思えない。完全に乾ききるまで、いったいどれくらいかかるのだろう。改築中のバンガローに移して、借りてきたヒーターの前に吊るしておくこともできるが、誰かに見られる危険性もある。オレンジ色の長い延長コードをトラクターのそばにあるコンセントに差しこみ、管理人室まで行って、首振り機能付きの卓上扇風機を取ってきた。しばらくのあいだ屋根裏の床にすわりこんで、にじみだす汗もそのままに、扇風機の微風に煽られてくるくると回転する血まみれのイチジクみたいな胆嚢を眺めた。

バンガローに移動したあとは、床板を剝がれてむきだしになった小梁《こばり》の上でバランスをとりながら、壁のなかに取り残されてぶんぶん飛びまわっていた二十匹ほどの蜂を、どうにかこうにか追い払った。床板は昨日、取り払ってあった。夕方遅くにデンプシー・ボージャーに電話をかけて、まだここを飛びまわっている蜂がいると伝えもした。こちらも回収したがるかもしれないと思ったからだった。

「はぐれもんの蜂なら、いらねえよ。壁んなかにこびりついてる蜂蜜と蜜蠟をきれいに洗い流してやりゃあ、もう戻ってこねえさ」いくぶん突き放した声で、ボージャーは言った。すでにビールを何杯か引っかけているのだろうか、とライスは思った。

ガーデニング用のホースを高圧洗浄機につないで、

電源を入れた。巣の残骸を吹き飛ばすのには、十秒ほどしかかからなかった。円錐状に噴きだした水が、魔法の杖のように、触れるものすべてをきれいさっぱり洗い流していった。こういうちょっとした快感というものを、久しく忘れていた気がした。それが済むと、白黴《しろかび》が生えないよう、壁を乾かすためにヒーターを設置した。第二の故郷のツーソンでは、そんな心配をする必要はなかったのだが。そのあとは、バンガローの正面と裏手にあるポーチ、木の外階段、駐車場までつながっている平らな踏み石にも洗浄機をかけた。先端から水滴の垂れるノズルを手にして砂利の上に立っていると、圧縮ポンプが立てる軽快な音が背後から聞こえてきた。

バンガローとトラクター用の納屋の外壁は、下見板に色づけ加工をほどこしてから二年と経っていないため、洗浄の必要はなかった。どのみち、納屋の裏手には、薪《まき》を山と積んである。あれを全部移動させるなんて、まっぴらご免だ。納屋の正面の壁に取りつけられた木製の大きな引戸を開けると、なかは広々としたガレージになっていて、そこにジョンディア社製の古ぼけたトラクターが鎮座している。ライスはそのトラクターをバックで納屋から出し、駐車場に移動させてから、コンクリート敷きの床に高圧洗浄機をかけた。引戸はいっぱいに開け放っておいた。そうすれば自然に乾くだろう。

トラックの後方に置かれた圧縮ポンプは、なおも軽快な音を立てている。ライスは〝魔法の杖〟を手にしたまま砂利敷きの小道を進み、フロントポーチの外階段へ向かった。ロッジにも、洗浄を必要としているものが何かしらはあるはずだ。中央の棟と、寝室を一室ずつ備えた左右の翼は、セメントを使わずに空積みした石の土台の上に建てられている。その石にひとりでにむした苔の緑は、色鮮やかで、見た目にも美しい。栗の木——胴枯れ病にかかるまえに、この自然保護区で伐採された栗の木——の太い丸太を組んだ壁は、百年の時を経て、古色蒼然《こしょくそうぜん》たる艶と趣《おもむき》とを帯びている。この場所に高圧洗浄機をかけようものなら、スターはきっと、おれを撃ち殺そうとするにちがいない。ライスはあきらめて、圧縮ポンプの電源を切った。長いホースを輪に束ねて、トラックの荷台に載せた。

　原因はわからないが、なんだか気持ちが落ちつかない。たぶん、センサボーの養豚場で目にした前時代的な光景のせいだろう。ライスはべつだん潔癖な質《たち》ではないが、あれからずっと、《ラバの死体からあらわれでる子豚》なる作品が頭のなかの劇場で連続上映されている。あまり高尚《こうしょう》でない人間は、ああいうもののなかに、なんらかの予兆や抽象的な意味あいを探してしまうものなのかもしれない。

　博士号も修士号も持っちゃいないが、大学で学んだのは生物学者になりたかったからだし、この世界のあらゆるものを、科学的な見地から——少なくとも、それに近い見地から——眺めるようにもしてきた。それからつねづね、こう考えてもいる。迷信とは、いまだ解明されていない何かを説明するためにもたらされたのではないか。みずからの存在意義を疑う人間に見せかけのなぐさめを与えるため、やむなく生みだされたものなのではないか。因果を予見するために用いられる、まったく頼りにならない道具なのではないか。そのくせ、この山で暮らすようになってから見る夢は、目が覚めているときの実体験にも劣らぬほどの現実味を帯びてきている。不安になるほど高い割合で、目が覚めているときに経験したことを〝妄想〟だとして退《しりぞ》けねばならなくなっている。森から何かが発せられていると感じることが、耳鳴りのようにひっきりなしに続いている。気にすればするほど、顕著になっていく。

　ポーチの下にある物置の戸を開け、がたの来た燃料式の芝刈り機を引きずりだして、ぼうぼうに芝の伸びた中庭まで運んだ。スターターのロープを引きつづけること七回めにして、ようやくエンジンがかかった。これは新記録かもしれない。作業を終えるまでに、長くはかからなかった。これまで芝を刈るたびに、草地の侵食を少しずつ許してきたからだ。三月にはじめて芝を刈ったとき真四角だった芝地はいま、ロッジやら納屋やらをかろうじて取り囲む、四分の一ほどの広さのいびつな空間と化している。きれいに芝を刈られた中庭よりも、野放図に生い茂る草むらのほうが、ライスとしてはずっと好ましい。だが、十月が来たら、冬眠に入る動物たちが巣を離れたら、トラクターを駆って、ロッジよりも山上にある五十エーカーぶんの草木を除去しなければならない。まるまる二日のあいだ、情け容赦なく、トラクターをぐるぐると走りまわらせねばならない。かつては、温暖な気候の土地に自生する植物から成る、もっと広々とした草地が、もっと麓に近い場所に存在していた。なのに、どうやら人間たちは、そうした植物を刈りとる代わりに、焼き払うことを選んだらしい。三年ごとに、百五十エーカーの草地が炎に包まれてきた。思うにそれは、さぞや壮観な眺めだったことだろう。

高圧洗浄のとき濡れたブーツに、刈りとられた芝が張りついている。ライスはブーツを脱ぎ、靴下も脱いで、日向《ひなた》に置いた。短くなった芝の上に仰向けに横たわり、深呼吸した。頭の赤いヒメコンドルが飛んできたかと思うと、目に見えない上昇気流に乗って、空高く舞いあがった。くるくると螺旋《らせん》を描きながら、空の青と白のなかへ吸いこまれていった。微粒子のブラウン運動を思わせる不規則な動きで、ぶんぶんと飛びまわっていたブヨの大群がそよ風に運び去られていくと、空のほかには何も見えなくなった。空の深みだけが残されていた。ブーツが乾いたら山に分け入って、予定どおり、横断標本地に生えた植物の状態調査を二カ所で行なうつもりだった。それと同時に、密猟者の警戒にもあたるつもりだ。標本地のひとつはライスのお気にいりの場所で、タ一ク山の向こう側の大きな峡谷の奥に広がる、原生林の一部にまたがっている。その場所で、特定の範囲をゆっくりと直進しながら、あらかじめ決めておいた多くの調査項目の観察と記録を行なっていく。特定の植物の、花の咲き具合や葉のつき具合。周辺にどんな虫がいるか。周囲に野生動物の姿はないか。痕跡は残されていないか。鳥の鳴き声。土壌の湿り具合。旧弊《きゅうへい》なやり方ではあるけれど、この自然保護区では十九世紀後半からほとんど途切れることなく、こうした調査が一貫して行なわれてきた。長期にわたって継続的に蓄積されたデータには、大きな価値がある。とりわけ、気候の変化が生態系に与える影響を研究している科学者らにとっては。

厚板材の扉を開けると、蝶番《ちょうつがい》が軋みをあげた。芝刈り機を物置に押しこもうとしたとき、床の上で何かが動くのが見えた。バネのようにとぐろを巻いたアメリカマムシが、立てつづけに三回、宙に噛みついた。

電撃を受けたように身体が戦慄《わなな》いた。アドレナリンがどっと噴きだす、おなじみの感覚。毒蛇は逃げようとしなかった。戸口の隙間から射しこむ長方形の光のなかで、じっと身じろぎもせずにいる。ぐっとS字に鎌首を曲げて、毒牙《どくが》を剝いた小さな頭をこちらに向けている。さきほどの宙を噛む動きは、本気でライスを襲おうとしたというより、警告であったらしい。その蛇の目は濁って見えた。皮もくすんで、艶がない。脱皮が間近に迫っているのだ。そのせいでほとんど視界がきかず、身を守るのが難しい。それゆえ攻撃的な態度に出ているのだ。ライスの影が触れるやいなや、毒蛇はふたたび宙に噛みついた。アメリカマムシの毒で人間が死ぬことはめったにない。だが、マムシと名のつく蛇に噛まれると、みるみる傷口が腫れ、壊死《えし》を起こし、筋組織が破壊され、場合によっては壊疽《えそ》にまで至る。タ一ク山自然保護区で体験しうる出来事のなかで、最も喜ばしくないもののひとつであることはまちがいない。ライスは戸口から腕と上半身だけを伸ばして、シャベルや熊手が積みあげられている場所を手探りし、三月に雪掻きをするときに使った、アルミ製の農作業用スコップを引っぱりだした。それで蛇を捕獲し、森まで運んでいって、逃がしてやるつもりだった。

身体の下にそっとスコップをすべりこませた瞬間、またも蛇が攻撃に出た。毒牙が金属にあたり、カッンと鋭い音があがった。数秒のあいだじっとしていると、蛇が落ちつきを取りもどしたように見えた。ライスはスコップを持ちあげた。ところが、外に出ようと後ずさりを始めたとき、その動きに蛇が驚き、激しく身体をのたくらせはじめた。ライスは蛇を落とすまいと、ラクロスのラケットみたいに両手で柄を握りしめ、必死にバランスをとろうとしたのだが、蛇はスコップの先端から身を投げだし、乾いた音と共に地面に落ちた。そしてそのまま、物置の奥へ這っていこうとした。

何が起きうるかなど考えもせずに、ライスはとっさにスコップを突きだし、蛇の進路を妨害しようとした。行く手を遮るスコップ面から、蛇は慌てて身をひるがえし、なおもパニックに陥ったまま、ライスの素足をめがけて突進してきた。蛇はスコップから逃れようとしただけだった。だが、ライスの交感神経はそれを襲撃と受けとめ、反応した。ライスがスコップを突きだすと、一瞬で蛇の首が飛んだ。頭部を失った胴体はなおものたうちまわっていた。まるでポロックの絵画のように、真っ赤な血飛沫《ちしぶき》が床に撒き散らされていく。ライスはおのれを罵りながら、中庭へと後ずさりした。皮膚がひりひりと疼《うず》く。ターク山自然保護区内において、野生動物を殺すことは許されない。たとえ、怒れるマムシであっても。

蛇の頭と、なおもぴくぴく痙攣《けいれん》する胴体をスコップですくいあげ、刈りたての芝生の端まで運んでいって、地面に置いた。そのうちカラスがついばみに来るだろう。芝刈り機をしまいに物置へ戻り、床にしゃがみこんで血痕を調べた。弧を描いてなすりつけられた跡も、血飛沫の跡も、すでに鮮やかな色彩と艶を失いつつある。これも新たな予兆なのか。血はすぐに乾き、固まってしまう。ライスは芝刈り機を抱えあげ、床に描きだされた不気味な絵画を踏まぬよう、慎重によけながら奥へ進んだ。

10

アリゾナ州シエラビスタ、〈カシータ・カンティナ〉。

エイプリル・ウィットソンは、豊かな黒髪をひと束の三つ編みに編んでいた。その緑の黒髪が左の肩から垂れ落ちるさまは、まるで、巨大な毒蛇ブラックマンバがすやすやとまどろんでいるかのようだった。この五日間、コロナド国有記念物と名づけられた記念公園ですごすあいだ、いったい何度、エイプリルに殺意をおぼえたことか。あの髪をぐるっと首に巻きつけて、ポプラの木に吊るしてやりたいと、そこに置き去りにして、ヘソイノシシに襲わせてやりたいと、そんなふうに思ったことが、それこそ数えきれないほどあった。

「わたしたち、もうチームを組まないほうがいいみたい」

エイプリルの声を聞きながら、ライスはからになった皿をテーブルのへりまですべらせた。ウェイトレスがテーブルの皿やグラスを、次々と片づけていく。ほかの面々は数分まえに、食事を終えて先に帰った。スピーカーから、スタンダード・ロックが流れだす。以前はいつも、ラテンふうのカントリー・アンド・ウェスタンがかかっていたのに。

「同感だね。ドクター・ワーニッケからも、単独の研究プロジェクトを立ちあげてみたらどうかと言われてるんだ」

「へえ、いいじゃない。ひとりのほうが気楽だし。それがいちばんかも」エイプリルの瞳は黒みがかったブルーで、ほとんど紫に近い。眉は濃くて、くっきりとアーチを描いている。鼻と口は大きすぎるほどで、作り笑いをしていないときなら、セクシーに見えなくもない。いつからかは忘れたが、左の眉の端っこに、銀のフープピアスをつけている。研究チームのリーダーはいちおうエイプリルということになっていたが、ライスが十歳近く年上だということもあり、ことあるごとに意見がぶつかった。どこにキャンプを張るべきか。エイプリルと、ライスと、ほかの四人の大学院生のために、どの程度の飲料水を用意していけばいいか。熊をおびき寄せるための餌を、どういうふうに木に吊るすべきか。短期フィールド調査のいちばんの目的である、土壌と水質の検査やコヤスガエルの生態調査を、どのように行なうべきか。あるとき、博士号取得をめざしている大学院生のひとりがこんなことを言っていた。エイプリルがリーダーを務めるチームの研究テーマは、エイプリルが選んでいるのにちがいない。匿名《とくめい》からの多額の寄付金を大学にもたらしたと、もっぱらの噂だから。その人物が何者なのかは、誰も知らないけれど。

いま、テーブルを挟んでエイプリルが投げかけてきたまなざしが、あまりにも憎々しげすぎて笑えるほどだったため、ゆるむ口もとを隠そうと、ライスはからっぽのマルガリータのグラスを取りあげた。グラスを口もとで傾けると、なかの氷がしばらく渋ってから、重力に屈してすべり落ち、こつんと前歯にぶつかってきた。

おろしたグラスを小さく揺すり、氷をカラカラと鳴らしながら、ライスは言った。「こう言っちゃなんだが、きみは一種の専制君主だ。あいつらは……」四人の大学院生がついさっき立ち去っていった駐車場のほうを顎《あご》で示し、「……きみを恐れてる」

エイプリルは軽く肩をすくめ、表情も変えずにこう答えた。「それでも、あのひとたちは自分の務めをまっとうしてる。それに比べて、あなたときたら、聞く耳を持たないくそ野郎だわ」

ライスはウェイトレスを呼びとめて、テーブルのグラスを指差してから、指を二本立ててみせた。ウェイトレスは無言でうなずき、カウンターへ向かっていった。エイプリルがその背中に向かって、「それから、《イ・ドス・》テキーラもふたつお願い《テキーラ・ポル・ファボル》！」と声を張りあげた。

ライスは椅子から立ちあがり、あまりにお粗末なスペイン語の発音に片眉をあげてみせた。

「甘ったるさを抑えてくれるのよ」平然としてエイプリルは言った。

ライスはトイレを探して、店の奥へ向かった。テーブルに戻ってみると、注文したカクテルは届いていたが、テキーラのショットグラスだけ、ふたつともからになっている。

「そっちのグラスに入れといたわ」マルガリータのグラスをさっと指差して、エイプリルは言った。「掻きまぜてから飲んだほうがいいわよ」

テーブルに唯一残されていたナイフを使って、追加のテキーラとカクテルを混ぜあわせた。エイプリルの視線を感じながら、できあがったものをごくごくと呷《あお》り、氷をいくつかガリガリと噛んで飲みこんだ。灯油を甘くしたみたいな味がした。

「テキーラの量を増やすだけで、ずいぶんと味が変わるな」

「それより、わたしに訊きたいことがあるんじゃない？」

ためらいも、ふざけているふうもない。ライスはマルガリータをもうひと口飲むことで、考えをまとめる時間をつくろうとした。

「いったいどうして、そんなに不可解なことばかりするんだ？」

あれはフィールド調査が始まって三日めのことだ。日の出まえに目が覚めて、テントの外で用を足していたとき、バックパックを背負ったエイプリルが自分のテントからこそこそと忍びでてくるのが見えた。ライスはそのあとを追って、三キロほどの距離を歩いた。国境に近づき、国境を越えた。人里離れたその場所では、メキシコとの国境《くにざかい》があまりはっきりとしていない。エイプリルはその場所で、南東の方角に向かって傾斜する涸れ川に飛びおり、斜面をすべりおりていった。ライスはそれに先んじて、少し離れた場所にある小さな丘にのぼり、双眼鏡をのぞきこんでいた。四輪駆動車が二台と、メキシコ軍のものと思われる迷彩服を着た男が三人、砂利を敷いた上陸地で待っているのが見える。エイプリルがそちらに近づきながら、一ガロン容量のポットが入るくらいの大きさをした黒い防水バッグをバックパックから取りだし、男たちに差しだす。男たちは防水バッグの口を開けて、なかをのぞき、また封を閉じる。誰の声も聞きとれない。一瞬の間を置いて、男のひとりがエイプリルにうなずきかけ、エイプリルもうなずきかえす。全員が踵《きびす》を返し、ばらばらと散っていく。ライスはエイプリルのあとを追って、合衆国に戻った。エイプリルに自分の姿は見られていないはずだった。

エイプリルはいまテーブルを挟んで、なおも質問を待っている。顎をぐっと引いているせいで、瞳の青がひときわ黒みがかって見える。嵐のまえの暗雲を思わせる紫色の瞳が、あの大きな弧を描く眉の下からじっとこちらを見すえている。

テーブルにグラスを戻し、天板の上をすべらせて前後に揺すりはじめた。汗をかいて曇っていたグラスの表面が、しだいに透きとおっていくのを眺めながら、ライスはようやく口を開いた。「じゃあ訊こう。あのバッグの中身はなんだ?」

エイプリルはゆっくりと一回だけ首を振った。テーブルに片方の肘をつき、親指とひとさし指で下唇をつまんだまま、まっすぐにライスの顔を見すえている。いくばくかの時間(どれくらいの長さだったのかは、いまだに定かでない)が流れたあと、急に視界がぼやけた。吐き気をおぼえるほどに激しく、すべてのものが左右に振れだした。目に見えない親指を眼窩《がんか》に突っこまれているみたいだった。

目が覚めると、エイプリルのジープの助手席にいた。手首は後ろ手に縛られ、足首にもプラスチックの結束バンドが巻かれている。エイプリルがジープの前に立っている。ライスの双眼鏡を使って、地平線のほうを眺めている。朧げな記憶が蘇ってきた。エイプリルがレストランの支払いを済ませながら、拙《つたな》いスペイン語で詫《わ》びているところ。ウェイトレスふたりに半ば引きずられるようにして、駐車場まで運びだされていくところ。ジープは、砂岩がむきだしになった断崖絶壁の上にとめられていた。あたり一面が見渡すかぎり、青い薄闇のなかに沈んでいる。ただし、西の方角では、見まがいようのないバボキヴァリ山の上空が鮮やかなサーモンピンクに染まっている。シエラビスタのレストランから、相当な距離を移動してきたらしい。

「そいつを落っことさないでくれよ」発した声は、望んでいたよりも弱々しかった。ひとつ咳払いをしてから、縛られた両足でドアラッチを蹴りつけた。ドアは開いてくれたものの、外に出ようともがいてようやく、シートベルトが締められていることに気づいた。ライスは身体を横に向けて、必死に留め具へ手を伸ばした。軽い吐き気が込みあげてきた。

そのとき、こちらに背を向けたまま、エイプリルが話しかけてきた。「あなたみたいなしみったれが、よくこんなものを買えたわね？」そのライカの双眼鏡は、フィールド調査で各地の秘境へ赴《おもむ》く際に、かならずライスが持参しているものだった。

「そいつは親父の形見でね。じつを言うなら、親父にも、そんなものを買う余裕はなかったんだが」そのライカの双眼鏡は、母親がライスのために保管しておいてくれた箱のなかにあった。箱には、ほかにもいろいろなものがおさめられていた。四五口径の拳銃はいま、ライスのトラックに常備されている。ロレックスのスチールベルトの腕時計は、航空パイロットのためにデザインされたプロ仕様で、父親が中東に派兵された際にも身につけていたものだが、ほとんど磨耗《まもう》がなかった。売れば数千ドルにはなるはずだから、必要なものを買うといいと伝えて、その時計だけは母親に返した。

エイプリルが双眼鏡から手を離し、首からストラップで吊りさげたまま、こちらを振りかえった。ジープの助手席側に近づきながら、右の尻に手を伸ばして、細身のセミオートマチック拳銃を取りだした。フラップ付きのホルスターに入れて、フィールド調査のあいだつねに持ち歩いているもので、ガラガラヘビから身を守るためだと、あのときは言っていた。エイプリルは開け放たれたドアの向こうで立ちどまると、そこからぐっと腕を伸ばし、シートベルトの留め具を手探りしていたライスのこめかみに銃口を押しつけた。

ライスは横目でエイプリルを見やり、その表情に目をこらしながら言った。「いい銃だ。コルトのウッズマン。いまはもう製造されてない」

シートベルトの留め具がはずれた。エイプリルが何歩か後ろにさがった。ライスはジープをおりると、平坦な岩床《いわとこ》の上を両足で跳びはねながら進んで、ジープの前に立った。ふらふらと身体を揺らしながら、三十秒ほどのあいだ絶景に見入っていたとき、とつぜん膝の裏を踵で蹴られた。ライスは地面にがくんと膝をついた。

「あのときもこの双眼鏡を持ってたんでしょ。あいつらの顔を見たわね?」

「はっきりとは見えてない。まだずいぶんと暗かっただろ」

「それがどんなに恐ろしいことか、あなたには想像もできないでしょうね。ほかの誰でもなく、よりによって、あいつらの顔を見てしまうなんて。あなたが潜入捜査中の覆面捜査官だろうが、余計なお節介にばかりかまけて、自分の務めもろくに果たさず、学者になりそこねた単なる不精者だろうが、知ったこっちゃないわ。後者だってことはわかりきってるけど、そんなことは関係ない。あなたに顔を見られたと知ったら、あいつらはかならずあなたを始末する。そのあと、わたしも始末する。それから、わたしの妹も……」とつぜん声が震えだした。エイプリルはつかのま黙りこみ、感情を抑えこんでから、ふたたび口を開いて言った。「あいつらはきっと、わたしの両親まで殺すわ。そんなのはちっともかまわないけど」

マルガリータに仕込まれていた睡眠薬だかなんだかのせいで、頭がまだぼうっとする。なのにどういうわけかライスはいま、この状況のゆゆしさと滑稽《こっけい》さの両方に心を奪われていた。靴底が岩肌にこすれる音がした。エイプリルがじりじりと後ずさりしていく。着弾の衝撃から、激しく飛び散るものと予想される血飛沫から、無意識のうちに距離をとろうとしているのだろう。こちらに有利な点は、行動に移す勇気がエイプリルにさほど備わっていないこと。不利な点は、いまにも行動に移そうとしていること。粗い岩肌にぶつけた膝が、擦りむけて痛む。ライスは首をまわして、後ろを見た。エイプリル・ウィットソンは本気だ。恐怖をにじませた黒い瞳は、ヒンドゥー教が伝える予言の神を彷彿《ほうふつ》とさせた。

ライスは思わずにやりとした。少し恋心をいだいていたことを、認めないわけにはいかないようだ。

「タフなふりをするのはやめてちょうだい、ライス」エイプリルはふたたび声を震わせていた。姓でなく名前で呼ばれたのは、これがはじめてだった。「ほんとにあんたをぶっ殺さなきゃならないかもなのよ」

11

ライスはバンガローの屋根のてっぺんに膝をついて、屋根から垂直に突きだした通気管の具合をたしかめ、屋根との隙間を埋めるシリコンコーキング剤をドライバーの先で突ついてみた。プロの配管工や電気工に依頼した工事は、昨日のうちに終わっていた。国の指定する検査官は、街道からあまりにも遠すぎるなどとぼやいてばかりいて、ほとんど一瞥もせずに正式の認可を出してきたため、ライスは仕方なく、みずから業者の仕事ぶりを点検することにした。すると、通気管のつなぎ目をふさぐためのコーキング剤は、用をなしてはいるものの、仕上げがまるで美しくなかった。そこで、屋根と同じ色でペイントした金属の薄い板で、通気管のまわりを覆い隠すことにした。それ以外の箇所の仕上がりは許容範囲内——いやむしろ、丹念と言えるほどだったから、あの配管工はきっと、屋根の通気管なんぞ誰もじっくり見ないだろうと考えて、ここだけ手抜きしたのにちがいない。

　そのとき、何か動くものが目の端に映った——森を抜けだして、私道をのぼってくる一台の車。ライスはあいたほうの手で屋根の頂を覆う金属の出っぱりをつかみ、向こう側の平面部へ跳び移って腹這いになると、私道から見えないところまですべりおりた。屋根の頂からそっと顔だけ出して、ようすを窺った。青のステーションワゴンがかなりのスピードでこちらへ向かってくる。まだ距離があって、エンジンの音までは聞こえない。

　空に雲はかかっていたが、陽射しは強い。すでに九月に入っているわりに、気温も高い。朝起きたとき、面倒くさがらずシャツを着ておくべきだった。毎度おなじみとなったセミが五、六匹、草地のはずれの木立で、今日も鳴きわめいている。この土地に棲息するセミは、西部のセミよりも声がでかい。そのうえ、エフェクターをかけたように増幅された声で、日がな一日、鳴きわめきつづける。まさに、アパラチア地方版のホエザルだ。あの鳴き声には、いまだに慣れることができない。先日やってきた配管工たちは、あのセミのことを勝手に〝バッタもどき〟と呼んでいた。毎年、夏になると活動を始めるのとおんなじセミだと。それから、こうも言っていた。来年の五月を楽しみにしておくといい。十七歳になった〝バッタもどき〟が何十億と地面の下から湧いて出て、森のなかで大合唱を始めるから、耳に指を突っこんでいなきゃならなくなるぞ。それを鵜呑《うの》みにすべきかどうかの判断は、その場ではつけられなかった。体長が二メートルもある真っ黒なクロネズミヘビを殺そうとする配管工を、慌てて制止しなければならなかったのだ。こいつには、頭の先から尻尾にまで毒があるんだぞ、と配管工たちは言った。絶対の絶対にまちがいない。何本ものシャベルで追い立てられ、バンガローの下の隙間へと這いこんだ蛇が、地面の上で尻尾を震わせている。あれがその証拠だと。あのクロヘビは、ガラガラヘビとも交尾するんだと。ライスはその大蛇を素手で捕まえてみせなければならなかった。それを見ていた配管工たちは、あまりにも無茶だと首を振った。ライスは大蛇をつかんだまま、広い草地を端まで突っきり、森のはずれまで運んでいって、放してやった。それをすべて見届けてから、配管工たちは作業に戻った。それにしても、理解できない。大自然に囲まれて生きる人々のこれほど多くが、どうして自分たちの暮らす土地に敵意をいだくのか。ときに恐怖すらいだくのか。単に、田舎暮らしの人間は仕事に追われがちで、都会者の生っちろい環境保護活動家が大騒ぎする大問題なんかにかまけている暇がない、というわけではない。人間は誰しも、特定の生態系に深く関わりながら生涯を送ることが可能だというのに、迷信や、風習や、偏見に邪魔されて、そのことから目を逸《そ》らしつづけている者がどれほど多いことか。それがライスには不思議でならなかった。ちなみに、遙か西部の牧場主にとって、特定の生態系とは〝捕食者との聖戦〟を意味する。西部は気候があまりにも乾燥しているため、牧場主はみずからが飼育する外来種の家畜を、崇拝に近い思いで守り、育てるのだ。一方、このアパラチア山脈では、田舎育ちの屈強な男たちが、夏のあいだは森に入りたくないと言う。理由は、蛇が怖いからだというのだ。

　ライスはドライバーをポケットに押しこんでから、ふたたび屋根の上にしゃがみこみ、近づいてくる車を観察した。森からここまで、一・五キロ以上にわたって続く私道は、その道のりがすべてこちらから見晴らせるため、ロッジにも、バンガローにも、納屋にも、こっそり忍び寄ることはほぼ不可能だった。それに気づいたのは、三月にここへ来て迎えた最初の朝のこと、自分が行《ゆ》きついた場所を眺めようと、コーヒーを片手にロッジのフロントポーチに出たときのことだった。

車——おそらく、スバルの旧式のステーションワゴン——は午後のよどんだ大気のなかに、盛大に土煙を巻きあげながら、草地の合間を疾走してくる。よもや自分の仇敵《きゅうてき》が、真っ昼間の明るい陽射しのもと、青のアウトバックに乗ってやってくるとは思えなかったが、あれが誰であれ、なんらかの方法で錠のおろされたゲートを通りぬけてきたことはまちがいない。ライスは屋根の上を這って、バンガローの裏手側のへりまで進み、庇《ひさし》に立てかけてあった梯子をおりた。納屋の脇を走りぬけ、ロッジの裏口からなかへ駆けこんだ。寝室に入って手早くシャツを羽織り、ベッドサイドの引出しを開けて、着古したTシャツの下に手を伸ばし、拳銃をつかみとった。銃口を床に向け、まっすぐ伸ばしたひとさし指をスライドの基部に添わせたまま、親指で安全装置を押しさげる。左手でスライドをつかみ、薬室に入っている弾の真鍮の輝きが確認できるところまで、少しだけ後ろにずらす。スライドがカチリと鳴るのをたしかめてから、安全装置を完全にあげる。一連の動作を、ライスはなめらかな手つきですばやく終えた。撃鉄を起こし、安全装置はロック——その状態は〝第一段階〟と呼ばれる。薬室に弾が送りこまれ、撃鉄は起きているが、安全装置はかかった状態。

ロッジに閉じこめられるのを避けるため、裏口から外に出て、来た道をバンガローまで引きかえした。こうした行動はすべて、見知らぬ車が私道をやってきた場合に備えて、あらかじめ計画を練ってあった。銃を取ってきて、バンガローの陰に隠れる。訪問者が無害であると判明したなら、何ごともなかったかのように、バンガローの玄関から出ていけばいい。車のなかに刺客がひしめいていることが判明したなら、森へ走って逃げればいい。水道管やガス管を引くために掘りかえされたばかりの、土が軟らかくなった場所をまたいで、外壁の途切れるところまで行き、苔むした柱石の根もとに膝をついた。地面に顔を近づけて、建物の床下の隙間から私道を盗み見た。

フロントガラスに日光が反射しているせいで、車内のようすは窺えない。車はバンガローの前を通りすぎ、ライスのトラックの横でとまった。運転席からひとがおりてきた。ジーンズに包まれた脚と、茶色いサンダルを履いた足が見える。砂利を踏みしめる女の足。ライスは裏口からバンガローに入り、厚紙製の空箱に拳銃をしまった。小梁の上に渡したベニヤ板の上に立って、正面の窓から女のようすを観察した。特大サイズの黒いサングラス。裾をジーンズの外に垂らした、白いオックスフォードシャツ。ゆったりと肩にかかる、ブロンドの髪。女は車の脇に立ったまま、長いことじっとして動かなかった。開け放ったドアに片手を置いて、深呼吸をしながら、あたりを見まわしていた。恍《こう》惚《こつ》の表情で、何かを点検しているかのように。

正面の扉を開けて呼びかけると、女はびくっと肩を震わせて、こちらを振りかえった。これまで夢のなかで、ほんの何度か、その姿を鮮明に眺めることができた。ライスが勝手に思い描いていたのは、小柄で、いかにも学者然とした女性だった。ところがいま、砂利敷きの私道に立っているのは、長身で、骨格のがっちりした女性だった。見たところ、フイスよりは若いが、歳の差はそれほどない。サラがまだゲートの鍵を持っていることを、スターはなにゆえ言っておいてくれなかったのか。

「どうして電話に出てくれないの？」問いかける声には、この土地ではなく、南部の訛がかすかにあった。

「電話をかける必要が生じるまで、プラグは抜いておくことにしてるんだ」

その返答に、サラは声をあげて笑った。耳に心地よい響き。そういえば、こういう声を聞くのは、ずいぶんと久しぶりのことだった。

「スターが言ってたわ。あなたはある意味、変わり者だって」

ライスは私道まで歩いていって、サラの前に立った。サラは顔に笑みをたたえたまま、サングラスをはずした。左の頬骨がかすかにつぶれ、縦に一本、細い傷痕が刻まれている。スカイブルーの瞳。鼻梁《びりょう》に散ったそばかす。幅の広い口。白い歯。サラの笑みが見た目の印象にもたらした変化は、あまりにも劇的すぎた。まるで、動物行動学で言うところの〝誇示行動〟、飾り羽を広げるクジャクのようだった。

「どういう意味で？」とライスは訊いた。

サラは片手を差しだして言った。「元管理人のサラよ」

「リック・モートンだ」

サラはふたたび笑いだした。きっと、ライスの本名をスターから聞かされていたのだろう。サラの握手は力強く、まるで男同士の握手みたいだった。

「電話のプラグを抜きっぱなしにしておくような意味で。偽名を使うような意味で。『彼に過去を語らせようとするのは、絶対にやめてちょうだい』って、スターが言ってたわ。なんてミステリアスなの」

ふたりは連れだってロッジへ向かった。その間ずっと、サラは喋《しゃべ》りどおしだった。〝スターからの贈り物〟を預かってきたこと。物置部屋に置きっぱなしになっている本や書類を回収しなくちゃならないこと。

人里離れた場所での独居生活を長らく続けるうちに、ライスは想像上のサラ・ビルケランドに対して、かなりの親しみをおぼえるようになっていた。それが今日になって、本物のサラ——現実に存在する、お喋り好きな女性——色白の素足に履いたストラップサンダルで、ポーチの板張りの階段を軽やかに踏みしめ、いまでも自分の家のように思っているにちがいない場所へ向かっている女性——の前に、いきなりぽんと投げだされてしまった。サラの身に起きたこと、サラが乗り越えてきたこと、それを前景から押しのけることができなかった。どんな声をかければいいのかわからなかった。**やあ、おかえり？　リハビリの調子はどうだい？**　何を言ってもそぐわない気がした。だから、口をつぐんだままでいた。サラのために網戸を開けてやったとき、そうしたためらいが顔に出ていたのにちがいない。通りすぎざまにサラが投げかけてきたのは、容認のまなざしであって、挑発のまなざしではなかったから。つまり、ライスだけではないのだ。まわりにいる人間の多くが、サラを前にしてどうふるまうべきかわからずにいるのだ。

サラはロッジに入ると、答える隙を与えることなく、当たり障りのない質問を矢継《やつ》ぎ早《ばや》に発してきた。この仕事は好き？　テレビとＤＶＤプレイヤーを購入させてほしいと、スターに交渉していた件はどうなった？　あなたは映画なんて見ないかもしれないわね。でなきゃ、古い研究日誌のデータをパソコンに入力する作業が、あんなに捗《はかど》るわけがないもの。ひょっとして、音楽も聞かないのかしら――などなど。研究日誌に代々残されてきた自然研究のデータをデジタル化することは、サラの発案であったらしい。そうすれば、世界じゅうの研究者がデータを閲覧できるというわけだ。そのためのソフトウェアは、ヴァージニア工科大学の誰だかとサラがふたりでつくった。いまライスはそれを使って、数十種もの動植物を調査対象とした生物季節学のデータベースを作成しているところだった。どうせ、もとよりよく眠れない。だから夜は、科学史や自然史に関する蔵書を読んですごすのに加えて、データベースの作成にも何百時間と費やしてきた。すでに亡くなって久しい先任の管理人たちやトラヴァー一族が残した記録を、ひたすらノートパソコンに入力してきた。おかげで、眠れない夜を、自分自身の考えや、自分自身の記憶以外の何かで埋めることができたのだった。

　不眠症を患っていることを、サラに打ちあけるつもりはない。だから、管理人室へとサラを案内する道中、一歳になった例の子熊の話をすることで会話をつなごうと試みた。子熊がバンガローの玄関からふらふら出てきたこと。壁のなかに巣をつくっていた蜂のこと。蜂を掃除機で吸いとっていった男のこと。管理人室の電灯のスイッチを入れるなり、ここへサラを通したことを後悔した。だが、物置部屋へ行くにはここを通るしかない。

「すてき」室内を見まわすサラの顔には、中途半端な笑みが浮かんでいる。おそらくは、笑いと驚きを半々にした表情。

　室内の壁は、三方が本棚に覆われていて、残る一方には、北向きの窓の横に小さなデスクが据えられている。デスクの上には、備えつけのノートパソコンと、目下ライスが執筆中の日誌が開いたまま置いてある。

　だが問題は、本棚のほうだった。いまそこに書物のたぐいは見あたらず、代わりに、ライスが拾い集めてきた品々の膨大なコレクションがひしめいている。ライスはまるで強迫観念に取り憑《つ》かれたように、森からさまざまなものを持ち帰ってくるようになっていた。たぶんこれは、シャーマニズムにおける呪物崇拝のようなものなのだろう。スイカほどの大きさをした、住むもののいなくなったスズメバチの巣。半透明の蛇の皮。ハチドリからコヨーテに至るまで、大小さまざまな動物の頭蓋骨が十以上。先住民族がかつて使用していた、銛《もり》や矢尻。水晶の欠片。齧歯類《げっしるい》にかじられた跡が残る、鹿の枝角。亀の甲羅《こうら》。軟体動物の化石。シチメンチョウや、鷹《たか》や、フクロウや、コンドルの羽根。

「科学的にとりたてて価値のあるものではないんだ」最上段の棚に載せてあった鍵を手に取りつつ、ライスは言った。物置部屋はつねに施錠しておくことになっている。なかに、ウィンチェスターライフルのモデル52が保管されているからだ。これは旧式ながらも扱いに優れた射撃用ライフルで、穴照門《ピープサイト》や、軍用の負い《スリング》革《ベルト》がついていて、口径は二二。凶暴なスカンクや野良猫を退治するために用意されている。

「気にいったわ」サラは紙のように薄い蛇の皮の切れ端をつまみあげ、電灯の光にかざした。「これはヨコシマガラガラヘビの皮ね」

「だと思う。そこまで厚みのある皮はほかにないからね」

「ものすごく大きなガラガラヘビを、ここで何匹も見たわ。普通のひとが見たら、その場でただちに殺すのが市民としての務めだって考えそうなくらいに大きかった。なかでも特に大きいのはみんな、どういうわけか、皮膚の色相が黄色だったの。すごくきれいな色なの。不思議なことに、巣穴は一度も見つけられなかったけど……」

　床下の物置でアメリカマムシを殺してしまったことは、サラには打ちあけないとすでに決めていた。本棚からおろした書物は箱に詰め、物置部屋に入ったすぐのところに積んであった。箱に詰めた本は、おおかた、春のうちに読み終えてしまっていた。論文集、小論集、専門書、それから、ネイチャー、サイエンス、コンサベーション・バイオロジーといった学術誌のバックナンバー。

「おれも八月に、旧道の先で黄色いやつを見かけたな」ライスは言いながら、入口に山積みされた箱を引っぱりだしはじめた。「ただ、行動がちょっと妙で、まるでニシダイヤガラガラヘビみたいだったんだ。何もかもが気に食わないといったようすで、おれを山に追っぱらおうとしてきた。ヨコシマガラガラヘビはおとなしい性格だと思ってたんだが」

　サラは蛇の皮を棚に戻し、窓の横の壁に近づいた。そこには、七・五分の単位で区切られた地質調査所発行の地形図が、何枚も並べて貼りつけられていた。ライスがテープでとめたもので、タークス山自然保護区の境界線は、赤のマーカーでなぞってある。さらには黒の鉛筆で、さまざまな書きこみもなされている。熊を見かけた場所。その他の興味深い事象が見つかった場所——滔々《とうとう》と流れでる湧き水や、野生動物が塩を舐めにいくとされる干あがった塩湖や、洞穴の入口。そして、五月にヨコシマガラガラヘビがちょうど這いでてきたところを見つけた、巣穴が二カ所。

サラはそうした書きこみを、ひとつずつ指先でなぞりはじめた。

「ずいぶんと多くの時間を山ですごしてきたのね」

消防活動用に切り拓かれた旧道をあらわす点線の脇に、鉛筆で書きこまれたTRの文字。ライスはそれを指先で示した。「ちょうどこの地点だ。黄色くてでっかいガラガラヘビを見たのは」

物置部屋は小部屋ほどの広さ——管理人室の半分くらいの広さ——があって、天井に蛍光灯が取りつけられている。奥の壁は床から天井まで、金属製の灰色のメタルラックが埋めつくしている。銃身の長い射撃用ライフルは、壁の隅に立てかけられている。

「いろいろと見てきて気づいたんだけれど、あの子たちは驚くほどそれぞれの個性が強いの」

「ガラガラヘビが？」サラが物置部屋に入れるよう、戸口の脇に寄りながらライスは訊いた。

「ええ、そうよ。おそらく、キングコブラの場合はそうした傾向がいっそう強い。個々の性格に、ものすごく差があるの。わたしの大好きなトカゲたちは、そうでもないけれど」

サラは少しためらってから、意を決したように物置部屋に入った。目の前を通りすぎていくとき、懐かしいシャンプーの香りがライスの鼻腔をくすぐった。三月にここへやってきたとき、容器に四分の一だけ残されていたあのシャンプーは、もうすべて使い果たしてしまっていた。あのときは、使えるものを無駄にするほどの金銭的余裕がなかったから。一月にサラがここへ来たときは、いったいどんなふうだったのだろう。襲撃で受けたダメージからほとんど回復もしきらないまま、放心状態で持ち物を箱に詰めているあいだ、雪やみぞれが窓ガラスを掻きむしるなか、いったい何を思っていたのだろう。

サラはメタルラックの前に立ち、肩の高さにある棚に手を乗せた。棚には、厚紙製の箱がぎゅうぎゅうに詰まっている。「この棚にあるのは、すべてわたしの私物よ。中身は全部、専門雑誌。もう必要ないと思っていたんだけれど、信じられないことに、このうちの二冊だけ、まだオンラインで公開されていなかったの。おかげで、統計分析上の問題にぶちあたってしまった。その問題を解決しないことには、一歩も先に進めない。そしてその答えが、ここにあるいずれかの箱のなかに眠っているってわけ」

サラは重たげな箱のひとつを抱えて、棚から半分ほど引っぱりだした。つまさき立ちになって、なかをのぞきこもうとしたとき、箱がぐらりと手前に傾き、サラをめがけてすべり落ちてきた。フイスはとっさに前へ跳びだした。前腕でサラの肩を抱きとめつつ、もう一方の手で箱を受けとめ、もとの場所へ押しもどした。

頭に食らわされた肘鉄は、すばやく、強烈だった。棚をつかんでいなかったら、床に崩れ落ちていたことだろう。最初は、誤っての事故だと思った。ところが、痛みから回復して顔をあげてみると、サラは壁に背を押しつけていた。物置部屋のなかで最も距離をとれる場所まで逃げて、プラスチック製の黒いスタンガンをかまえていた。

ほんの一拍か二拍、視線が絡みあった。捕食者と獲物。サラは目を血走らせている。余裕と自信が消えうせている。ライスはその表情に、自分を見た。目の前にぬっくりと立ちはだかって、男の汗のにおいをぷんぷんさせながら、いまにも食らいつこうとしてくる恐ろしい怪物。だが、そこにはほかにも何かが見えた。どうなろうとも屈しはするまいという、決死の覚悟。旧道で出くわした黄色いガラガラヘビを思いだした。追いつめられたガラガラヘビが尾を振り立てて発する、あのシャーッという警告音を。

「ああ、しまった、すまない」ライスは言いながら、てのひらを前に向けて両手をあげた。攻撃の意志はないと、伝わることを願いながら。スタンガンの先端から突きだした銀色の二本の電極に、電気火花は散っていない。まだスイッチは入れていないということだ。これはいい徴候だと考えていい。ライスはゆっくりと後ずさりして戸口を抜け、管理人室のデスクの引出しをあさったあと、赤色の油性ペンを持って物置部屋に戻った。サラはまだ、壁に背中を押しつけて立っていた。目を閉じて、スタンガンは握りしめたままだが、腕はおろしている。自分の呼吸に集中しているふうに見える。もしかしたら、セラピストに教わるか何かした方法なのかもしれない。ライスは上半身と腕をゆっくり伸ばし、棚の上に油性ペンを置いた。

「必要な箱に、これで×印をつけてくれればいい。きみの用意が整ったら、呼びにきてくれ。それまで、コーヒーを淹れておくよ」それだけ言うと、返事も聞かぬうちに、ライスは物置部屋をあとにした。

12

挽《ひ》いた豆をフィルターに入れ、コーヒーメーカーに水を八カップそそいだあと、スイッチを押した。文明人としてそつなく他者と交流する能力が、あきらかに退化している。もっと気をつけるべきだった。〝わたしならもう平気〟という見せかけの芝居を、真に受けるべきじゃなかった。しばらくすると、コーヒーメーカーから湯の沸き立つ音が聞こえはじめた。サラはまだ来ない。ライスは食器棚の戸を開けて、派手に物音を立てながら、あれこれ食器をいじくりはじめた。マグカップを取りだし、砂糖壺をテーブルに置き、地元でとれた牛乳を冷蔵庫から出した。こちらはキッチンで家事にいそしんでいるのだと、扉の陰だかどこだかにひそんだりはしていないのだと伝えるために。サラはあのスタンガンを、ホルスターか何かに入れて、シャツの裾の下に隠し持っていたにちがいない。自分はどれだけマヌケなのか。

コーヒーメーカーが沸騰《ふっとう》した湯をすべて吐きだし終えた。そろそろようすを見にいったほうがいいだろうかと考えはじめていたとき、キッチンの入口にサラが姿をあらわし、戸枠に軽く肩をもたせかけた。

「いい香りね」頬や額が湿りけを帯びていた。髪は後ろでひとつに束ねられていた。バスルームに寄ってきたのにちがいない。疲れきってはいるものの、落ちつきは取りもどしたようだ。

「これが悪癖でね。毎日、コーヒーのがぶ飲みをやめられない」ライスは言いながら、テーブルから椅子を引いてやった。だが、サラはその場を動こうとしない。

「ビールのほうがよかったかな」

「いいえ、ちょうどコーヒーが飲みたかったの。それと、さっきはごめんなさい。わたしを助けようとしてくれただけなのに……思いちがいじゃなければ、わたし、あなたの頭を殴りつけたわよね」

ライスは手をひと振りし、詫びる必要などないと告げた。流し台に向かって手を洗っているとき、いまさらながら気がついた。手洗いはたしか、コーヒーを淹れるまえに済ませていたこと。それからまちがいなく、左のこめかみの真上にこぶがふくらんできていること。だがおそらく、こぶは髪に隠れて見えないだろう。これもようやく気づいたことだが、ライスの髪はいま、長く伸びて不揃いなうえに、あまり清潔とは言えない状態だった。

「あなたのおかげで、背骨を折らずに済んだみたい。何が原因でパニックに陥るか、自分でも予測がつかないの。起きてみないとわからない」

「いや、おれのほうこそ、あんなふうにいきなり駆け寄ったりするべきじゃなかった」ライスはそう詫びたあと、あのときサラが見せた反射神経や、あきらかにどこかで学んだにちがいない護身術を褒《ほ》めようとして、考えなおした。そういう発言も、やはり無神経かもしれない。「……それにしても、スタンガンを突き立てるのを思いとどまってくれて、本当によかった」

「わたしもよかったと思ってる。インストラクターが言うには、ああいうもので襲われた人間がお漏らしするのを、何人も見てきたんですって」

布巾《ふきん》で手をぬぐいながら、ライスはにやりとした。「そりゃあ、ものすごく気まずいことになってたろうな」

落ちつかない気分にさせられるほど、じっくり顔を眺めてから、ようやくサラは口を開いた。「スターが言ってたわ。あなたは見た目よりも、ずっと優しいひとだって」

それになんと応じればいいのかわからなかったが、サラのほうは返事を期待していないようすだった。ライスが勧めた椅子にすわると、背もたれに寄りかかって、脚を組んだ。北欧系に特有の面長《おもなが》な顔が間接照明の光を受けて、なおのこと青白く見えた。「それと、あの話もスターから聞かせてもらったわ。見知らぬ男に見せられたっていう、熊の死骸のこと」

おそらくは、こんなふうにごく普通の会話を強いてするのも、サラにとっては勇気や努力の要ることなのだろう。それがライスにはありがたかった。自分もまた、女を怯えさせるたぐいの男なのかという自己嫌悪感を、いくぶんやわらげてもくれた。ライスはポットを取りあげて、ふたりぶんのマグカップにコーヒーを注いだ。砂糖と牛乳はすでにテーブルに出してある。

「きみも何か、そういったものを目にしたことはないかい。熊の死骸だとか。片腕のキノコ摘みだとか」

「ありがとう、ブラックで大丈夫よ。いいえ、特に目にしたことはないわ。ただ、ひとつ話しておきたいことがあるの」

ライスは向かいの椅子に腰をおろし、自分のコーヒーに牛乳を注いだ。

サラによると、ヴァージニア工科大学の野生生物学者でもある親しい友人が、狩猟管理局と共同で熊の研究にあたったことがあるのだという。研究の目的は、数を増していく熊と地元住民が相互に与える作用を管理すること。研究チームはブルーリッジ山脈に棲息する熊の相当数に、無線探知機付きの首輪を取りつけた。ところがこの冬、わずか三週間のあいだに、首輪をつけた熊の大半が殺されてしまった。密猟者はどうやら、首輪の発する周波数を頼りにして、熊の居場所にまっすぐ近づき、冬眠しているところを撃ち殺しているようだった。熊の手を切断し、胆嚢を取りだして、死骸はその場に置き去りにしていったという。

「そうした事態が発覚したあと、研究チームは生き残った熊を探しては麻酔で眠らせ、首輪を取りはずしたそうよ。だけど、研究チームが探しだすまえに、さらに二頭が殺されていたとか」

「全体の被害はどれくらいだったんだ？」

「具体的な数は聞いてないわ。でも、一度に二十五頭くらい、首輪をつけていたんじゃないかしら。去年の秋にテレビで特集が組まれたとき、そう言っていたから」

サラは元気を取りもどしたようすだった。もしかしたらコーヒーのおかげかもしれない。さらに続けて、こう語った。当時、狩猟管理局はその研究を大々的に喧伝《けんでん》しており、地元テレビ局も研究チームのもとへ撮影隊を送りこんでいた。撮影隊は実際の熊をカメラにおさめることを望んでいたため、首輪をつけた熊を眠らせて血液サンプルを採取したり、体長を測定したりするときだけ、現場に同行していた。プロデューサーは先端技術を用いた首輪にも着目し、熊の居場所がどのように突きとめられているのかも、番組のなかでとりあげた。密猟者はたまたまそうした番組を目にして、あの方法を思いついたのにちがいない。

ライスはその可能性について考えた。たしかに、ありえない話ではない。「プログラミングの可能な高周波受信機を手に入れて、その使い方さえマスターすればいい。機材も、かなり容易く入手できる。軍の余剰品を手に入れればいい」

「てっきり、凶悪な電子機器オタクの仕業とばかり思っていたわ」

ライスは横に首を振った。「おそらく、そうした技術を身につけた地元住民の仕業だろう。そいつらが熊をたとえば十二頭殺して、胆囊ひとつにつき二百ドルで売っぱらったとするなら、得る金はここいらではかなりの大金になる」

そして、マフィアの興味を引くにも充分な額だ。だが、いずれにせよ、犯罪組織の人間が手ずから熊を撃ち殺しにくるとは思えない。連中はあくまで、それを買いとり密輸する側。それによって、利益を得る。この件については、今夜、探りを入れてみるつもりだった。じつは前日、州間高速道路沿いにある長距離トラックの休憩所まで行って、電話を一本かけてあったのだ。そこならいまだに公衆電話が設置されている（ロッジから電話をかけるというリスクは、これ以上冒せない）。その電話を使って、〈ビア＆イート〉のトイレで見つけた番号にふたたびかけてみた。今回は売り物の胆嚢があるということで、あちらも快く取引に応じた。その結果、今夜九時以降にどこかで落ちあうことが決まった。取引の場所は、ライスが七時ごろにもう一度電話をかけて、そのとき伝えられる。まどろっこしいと抗議したが、あちらはなんとしても譲らなかった。

「わたしにとっても大金だわ」サラが言うのが聞こえた。唇をぎゅっと引き結び、マグカップを持ちあげて中身を飲み干すと、重たいカップを大袈裟《おおげさ》にどんとテーブルに叩きつけて、「ひとでなしども」と毒づいた。

どちらの反応も新鮮だった。ライスは椅子から立ちあがり、コーヒーのおかわりを注ぎながら言った。

「信頼できそうな男がひとりいるんだ。熊猟師で……地元に住んでる」〝シカモア・ホローに〟と言いかけて、寸前に思いだした。シカモア・ホローは、サラがレイプされた場所だということを。「ここまで出向いて、バンガローの蜂を掃除機で吸いとってくれた男だ。密猟の件を打ちあけたら、ひどく腹を立てていた。死骸が置き去りにされていたという点が、我慢ならなかったらしい」

マグカップに注ぎ足されたコーヒーをじっと見つめたまま、サラはこくりとうなずいた。

「その男はこうも言ってた。ターク山の熊は、人間に対する敬意ってものをなくしちまった。狩りに怯える必要がほとんどないからだと。それから、地元の連中が保護区に勝手に入りこんでることなら知ってるとも言っていたが、当の本人も出入りしてるんじゃないかという印象を受けた。あの男も、熊猟文化の継承者のひとりなんじゃないかと思う。保護区の境界線も、州の法律も、ここの連中には通用しないってことだ」立ち入ったことを訊くのは気が進まなかったが、ライスはあえてこう切りだした。「保護区内で熊の密猟をしている人間を捕まえたことはないか？」

「あるわ。二回。森林局が設置したゲートのあたりで、オフロードの四輪バギーを走らせてたのが一回と、旧道を走りぬけてきたのが一回。スターに頼んで、旧道の入口にフェンスを立ててもらうまえのことよ。連中ときたら、〝そっちがおれらの土地に入りこんできたんだ〟ってな態度だったわ。いますぐ出ていってと頼むと、急に喧嘩腰になって、銃までちらつかせながら、逃げた飼い犬を捜してるだけだと言ってきた。いつもそうやって言いわけしてるみたいね。で、わたしが携帯電話で狩猟管理局に通報したものだから、連中はいろいろと面倒なことになって、結局、罰金を支払う羽目になった」サラはそう言って肩をすくめた。たいしたことじゃないとでもいうふうに。別になんの関係もないのかもしれないとでもいうふうに。「それはそうと、コーヒーを淹れるのがお上手ね。独身男のわりに」

「そいつはどうも。コーヒーをうまく淹れる秘訣《ひけつ》は、豆をたっぷり使うことだ」とライスは応じた。心のなかの触角がひくひくと蠢いていたが、サラが話題を変えたがっているのはあきらかだ。

「独身男ってのは、たいがいがケチんぼだもの。水っぽいコーヒーしか淹れられない」

「おれはちがう」

「そうね。あなたはこの山奥で、贅沢三昧《ハイ・オン・ザ・ホグ》に暮らしてる」

しだいに会話が尻すぼみになっていった。ふたりはめいめいに、コーヒーを口に運んだ。そのときライスはふと思った。ハイ・オン・ザ・ホグという表現は、いったいどこから来たのだろう。どうして〝贅沢三昧〟という意味で使われるようになったのだろう。ホグとは、食用豚のこと。なら、最上の肉は肩からとれるってこととか？　だけど、ベーコンは腹の肉でつくる。ベーコンが嫌いな人間なんていない。サラの意見も訊いてみようかと思ったが、なんだか表情が張りつめて見えた。サラは椅子から立ちあがり、流し台まで歩いていって、窓の外を見つめだした。陽射しのなかに浮かびあがる静止したシルエットを眺めながら、ライスは思った。森のなかで女ひとりに銃をちらつかせるような輩《やから》は、法に訴えられた腹いせに、いったいどんな仕返しをしてくるだろう。

窓外では、空に雲が垂れこめ、あたりが薄暗くなってきている。本当ならいまごろは、山に入っている予定だった。今週は一日も欠かさず山に分け入って、靴跡だの、煙草の吸い殻だの、オイルサーディンの空き缶だの、四輪バギーのタイヤ痕だのなんだのを捜しまわっていたのだ。できれば今日も、長距離トラックの休憩所に行って電話をかけるまえに、二時間ばかり捜索にあたっておきたかった。

なおも窓の外を見つめたまま、サラが不意に口を開いた。「保護区内で熊を密猟している猟師をつかまえたら、どうするつもりなの？」

「スターには、写真を撮ってやるつもりだと話した。そのあとで警察なり管理局なりに通報してもいい。きみがしたように」

サラはこちらを振りかえって微笑んだ。あなたはそこまでばかじゃないでしょうと言わんばかりに。そして、おもむろに首を振りながら、こう告げた。「そんなことしたって、なんにもならない」

物置部屋の棚に並んだ箱のうち、六つに赤い×印がつけられていた。ふたりはそれを二往復で車まで運んだ。ライスは一度に二箱。サラは自分も手伝うと言って聞かず、結局、一度に一箱ずつ運びだした。後部の荷室スペースから運送会社《UPS》のロゴが入った箱——スターから預かってきたという箱——を取りだしたあと、あいた場所に四箱がおさまった。残る二箱は、取り散らかった後部座席にライスが無理やり押しこんだ。大量のダイレクトメールやら、生物学の教科書やら、教え子の書いたレポートやら、トレーニングウェアやら、食料雑貨店の空袋やらを強引に押しのけると、ようやく充分なスペースをつくることができた。

スターから預かってきたという箱は、送り主の欄にはウィスコンシン州にある企業の住所、宛て先の欄にはブラックスバーグにあるサラの自宅の住所が記載されていた。スターがサラの自宅を宛て先に指定したのは、おそらく、UPSが施錠されたゲートの前に荷物を置き去りにして、盗難に遭うことを危惧しての配慮だろう。ライスはポケットナイフを使って、箱の封を開けた。なかには、野生動物の撮影に特化したデジタルカメラが五台と、盗難防止用の鍵付きケーブル、大量のメモリーカード、単三サイズのバッテリーや充電器がおさめられていた。

「あなたのせいで、スターったら、熊たちが心配でならなくなったみたい。設置を任せてもかまわないかしら。データの扱いにかけては、名人級みたいだし」サラはカメラを一台手に取って、バンガローのポーチの階段に腰をおろし、プラスチックのパッケージを開封しようと四苦八苦しはじめた。「これを使えば、あなたが熊の個体数を把握したり、夜間にも熊の行動を観察したりできるだろうかって、スターに訊かれたわ。だから、わたしはこう答えた。あなたならきっと使いこなせる。グリッドマップ上に表示された分布図を利用して、これまでに収集したデータの穴を埋め、完全なものとすることができるはず。それにきっと、あなたは熊だけじゃなく、ほかの動物たちのデータまでたくさん収集してくれるだろうって……ごめんなさい。

じつを言うと、これはわたしのアイデアでもあるの。でも、結果として、あなたの仕事を増やすことになってしまう」

ライスもカメラを一台、箱から取りだした。素手では開封のしようもないほど頑丈なプラスチックにポケットナイフで切りこみを入れたうえで、左手でカメラを持ち、右手でパッケージを剝がしとった。パッケージの表面には、こう銘打たれていた――〝プロ仕様／高出力／赤外線カメラ〟。かなり高性能な代物だ。アリゾナで使っていたのとは段ちがいの優《すぐ》れ物。一般にトレイルカメラと呼ばれるもの。主に、獣道沿いに立つ木の幹などに設置して、そこを通過する生き物を撮影するのに用いられる。

サラは自力でカメラを取りだすのをあきらめて、パッケージごとこちらに手渡しながら、ライスが恐れていたことをしはじめた。つまりは、このカメラによって補足されるデータにどのような価値があるのかについて、長広舌《ちょうこうぜつ》をふるいだしたのだ。サラ曰《いわ》く、ターク山自然保護区における熊の個体数は、二十世紀を通してずっと、他のすべての地域で激減が報告されたときでさえ、大きな変動がなかった。そのことは、ライスが目を通した研究日誌にも記録されている。その要因について、サラの友人でもある、熊を専門とする生物学者はこう考えているそうだ。人間による乱獲から長期にわたって隔絶された環境、また、枯木や枯れかけた木にあいた大きな洞《うろ》などが原生林にかぎって豊富に存在することにより、巣穴に困ることのない環境が要因となって、唯一ターク山においてのみ、熊の個体数が維持されてきたのかもしれない。それからまた、その生物学者はこんな興味深い予想も立てているという。ターク山自然保護区に棲息する熊は、自分より年嵩の熊に山中で出くわす機会が数多く存在するはずだ。それによって、熊の〝文化〟が綿々と受け継がれていっているのではないか。アメリカクロクマというのは、狼《おおかみ》やライオンのように群れをなすことはないが、利口で、雑食性でもあるゆえ、人間に撃ち殺されでもしないかぎり、四十年は生きることができる。そして、その行動範囲の広さを考えれば、おおよそ高い確率で、ほかの熊と縄張りを共用したり、縄張りの一部が重複することを許容したりしているものと思われる。そうした互恵的な関係が、数多くの熊のあいだで何十年にもわたって保たれてきた自然保護区域という場所においては、概して、複雑に入り組んだ社会的ネットワークが構築されうるのではないか。

熊の〝文化〟という発想に、ライスは興味をそそられていた。そんなことはこれまで考えてもみなかった。なんらかの知識——なかでも、同じ地域に棲息する同種の熊たちに関する知識——が複数の熊のあいだでやりとりされたり、時を経ても、その知識が老齢の熊のなかに蓄積されていたり、さらには、世代を越えて受け継がれていったり……そんなことが本当にありうるのだろうか。サラの長広舌が道を逸れ、統計分析うんぬんの話へ向かいはじめると、ライスはそれを遮って言った。カメラの件はいっこうにかまわない。仕事が増えることは気にしない。それより、バンガローのなかを見てみないか。

壁のスイッチを押すと、天井からぶらさがっている裸電球が灯った。いざこうして眺めると、特に見せるほどのものでもなかった。床下にあいたスペースから立ちのぼってくる土のにおいや、ベニヤ板の発する木材のにおい、配管工と電気工が床下の小梁にドリルで穴を開けたときに出たおが屑の残り香が、鼻孔をくすぐる。拳銃は厚紙製の箱に入れて、バンガローの奥に置いてあるが、サラの目に入ることはまずないだろう。

「キッチンとリビングスペースはひと部屋にまとめることになる。キッチンの隣には、浴槽や、シャワーや、洗面台や、トイレをすべて備えたバスルーム。寝室はあそこの奥だ」ライスは言いながら、西の方角を指差した。家を売ろうとしている不動産業者の気分だった。ひょっとしたら、サラはスターに送りこまれてきた密偵なのかもしれない。おれの仕事ぶりをたしかめにきたのかもしれない。だが、それも無理もない。スターはかれこれ半年以上、指図も視察もしないまま、ライスにすべてを任せっきりにしている。トラヴァー財団は、会長であるスターにしろ理事会にしろ、写真の一枚すら見ようともせず、改築のための費用を湯水のようにそそぎつづけている。

室内をひととおり見まわしたサラは、こくんとひとつうなずいて、おざなりな褒め言葉を並べたてた。床に敷かれたベニヤ板を渡り、キッチンが設けられる予定の場所まで歩いていって、食器棚やら冷蔵庫やらがどこに配置されるのかを思いめぐらすかのように、あたりを見まわした。やがて、おもむろにライスに向きなおると、大きく息を吸って、両手を腰にあてた。なぜかはわからないが、緊張しているらしい。「あなたにひとつ、打ちあけなきゃいけないことがあるの。あなたを困らせることにならないといいんだけど……」

ライスは静かに続きを待った。

「じつはわたし、奨学制度の第一期生に応募してるの」

一秒ほどの間を置いて、ようやくサラが何を言っているのか理解できた。「つまり、きみはトラヴァー財団が創設した奨学制度に申しこんでいて、受かればここに住むことになると……それがどうして、おれを困らせることになるんだ？」誰かが——それが誰であろうと——ここに住むことを考えるだけで、いまだにライスは不安をおぼえた。だが、それがサラなら、そこそこ耐えられるような気がした。

「だって、わたしはあなたのまえに管理人をしていたわけだから、あなたが不安に感じるかもしれないなと思って。わたしがあれこれ出しゃばってくるんじゃないかとか、やることなすことに目を光らせてくるんじゃないかとか、いちいち仕事ぶりを評価しようとしてくるんじゃないかとか」

ライスはにやりと微笑みそうになって、どうにかそれを抑えこんだ。いまサラの精神状態がどの程度、繊細になっているのかわからないなら、むやみに刺激しないほうがいい。「いいや、そういうことは心配してない。それと、きみはきっと審査に受かると思う。スターもきみのことを高く評価しているようだったから」サラの顔が赤らむのを見て、ライスは悟った。サラははたと気づいたのだ。打ちあけ話を予行練習することも、ライスがどんな反応を示すだろうかと思い悩むことも、とんだ取り越し苦労であったと。これほどわかりきったことに、どうして気づかなかったのかと。ここですごした一時間かそこらのあいだに、気づいて然るべきだったのではないかと。サラはあたふたと追加の弁明をまくしたてはじめた。奨学制度に応募した動機について。元管理人という立場を利用するようで、最初は気が進まなかったこと。こうする以外に執筆中の論文を完成させるのは難しいとの結論に至って、意を固めたこと。

「ここなら簡単にトカゲを見つけられるしな。裏口から一歩出れば、そこらじゅうにうじゃうじゃいる」

「そのとおり」サラは感謝の笑みを浮かべると、その場でくるりと一回転しながら、内装を剝がしとられたバンガローの壁を芝居がかった手ぶりでぐるりと指し示してみせた。「ところで、壁の塗装はどうするつもりなの？　ほんのり淡い黄色なんてすてきじゃないかしら」

「壁の色？　そんなの、まるで念頭になかった」

「わたしったら、余計な口出しだったわね」

「いや、指摘してもらえてよかった。でなけりゃ、特に考えもせず、白く塗って終わりだったろう」ライスは新たな視点から室内を見まわしてみた。「くそっ、まいったな。スターがきっと、ペンキの色見本を見せろと言いだすぞ」色の濃淡だの、ニュアンスだの、醸《かも》しだす雰囲気だのといったやりとりが繰りひろげられることを想像して、ライスは心底げんなりした。

「大丈夫よ。いまはそういうのがネットで確認できるから。イ、ン、ー、タ、ー、ー、ネ、ッ、ト、で。壁板の打ちつけが終わったら、室内の写真を撮って、スターに送ってあげて。そうすれば、仕上がりをイメージしやすくなるわ。どんな色がいいか、スターが自分で選んで、注文することができる。あなたはその色をペンキ屋さんで受けとってくるだけで、あとは〝ボブおじさんに任せておけ〟よ」

「なるほど。教えてくれてありがとう」ライスはそう言うと、ポーチに出て外階段の上に立った。おそらくははじめから、サラが奨学制度の第一期生に選ばれることは決まっていたのではないか。そもそも制度を創設するに至ったのも、それが主な理由だったのかもしれない。つまり、おれが雇われたのは、サラのための新居を用意させるため、そして、管理人の仕事を〝肩代わり〟させるためだったのだろう。

サラもポーチに出てきて、隣に立った。ふたりは仲よく空を見あげた。雨はまだ降りだしていないが、そう長くは持たないだろう。「ねえ、もしわたしが奨学生に選ばれたら、あなたのお邪魔は極力しないと約束するわ」

「ボブおじさんって誰なんだ？」

「え？　ああ、あれはただの決まり文句よ。〝大丈夫〟って意味の。たしか、イギリスかどこかの……いいえ、じつを言うと、わたしにもまるで見当がつかないわ。ボブおじさんが誰なのかも。ボブおじさんが自分のおじさんであることで、どんな得があるのかも」

「だったら調べてみればいい。イ、ン、ー、タ、ー、ー、ネ、ッ、トで」長く引きのばした独特な発音をそんなに多用しただろうかと訝りながら、ライスはポーチをおりた。サラもあとに続いてくれることを期待して、とめてある車のほうへ向かった。サラはこちらの意図を察しながらも、車のドアの取っ手に手をかけたまま、なかなか動こうとしなかった。

「最後にひとつだけ」サラは言ってドアを開けると、ライスを振りかえり、真正面から顔を見つめた。「ここで猫を見なかった？」

「あの黒い家猫のことかい」

「撃ち殺したりしてないわよね？」

ライスは首を横に振った。これまでに二、三回、小さな黒い猫をちらっと見かけたことはあったが、じっくり眺めるほどの機会はなかった。「きみの飼い猫なのかい」

「そういうわけじゃないの。あの子は野生に返ってしまってるから。道端で何回か見かけたってだけ。最初はイタチか何かだと思ったの。すごく痩せていて、胴体がひょろ長く見えたものだから。でも、あるとき、郵便受けの近くの茂みにあの子を見つけて、話しかけてみたの。なんて言ったのかは覚えてないけど、とにかく、そうしたらその次の日の朝、あの子がここまでやってきて、わたしのあとをついてまわるようになった。幽霊か何かみたいに忽然《こつぜん》と姿を見せては、ポーチの屋根の梁や外階段の下にちょこんとすわって、身じろぎもせずに、じっとわたしを見つめてるの。正直言うと、少し気味が悪かったわ。そのくせ、わたしがちょっとでも撫でようとすると、急に息を吹きかえしたようになって、するりと脇をすりぬけ、どこかへ消えてしまうの」

「保護区内に侵入した家猫は、射殺する決まりになってる。ライフルがどこに保管されているかは、きみも知っているはずだ」言いながら、ロッジのほうへ頭を傾けてみせると同時に、サラがにっこり微笑むのが見えた。どうやらさきほどの失敗を経て、ライスの心の内をずっとうまく読めるようになったらしい。それを尻目にライスは続けた。「モリツグミのことも考えてやらないと。ニシマキバドリやトカゲだって、その猫に食われでもしたらどうするんだ？」

「わかってる。でも、なぜだか殺すことができなかったの。だから、あの大きなケージ型トラップを納屋のなかに仕掛けて、捕獲しようとしてみた。獣医のところに連れていって、ノミやマダニを駆除するスプレーを噴霧してもらったあと、あの子をもらってくれるよう、家族の誰かを説得しようと思って。だけど、あの子はケージに近づこうともしなかった。そこで、ウェットタイプのキャットフードを買ってきて、ケージのなかに置いてみた。ところがあの子は、興味を引かれてすらいないみたいだった。お腹がすいているそぶりもいっさい見せない。ただ、不思議そうに見ているだけ。用心深くね」

　サラは猫の話題を続けたがっているようだが、ライスにはそれにつきあっている暇がなかった。今夜は熊《くま》胆《のい》の仲買人との会合が控えている。そのまえに済ませておきたいこともある。ライスがしばらく黙りこむと、サラはようやくあきらめて運転席に乗りこみ、そこから顔を見あげてきた。

「その猫のことは、気にかけておくよ」とライスは告げた。もう一ヵ月かそこら、あの黒猫の姿は見かけていない。コヨーテに殺されたり、食われたりしていてもおかしくはない（ここには大きめの群れが少なくとももふたつは存在している）。だが、それとはまったく別のことを、ライスは最後に口にした。「その猫の名前は？」

　サラはドアを閉め、エンジンをかけてから、窓をおろして言った。「わたしがあの子に名前をつけたって、どうしてわかったの？」

13

町の西端にかかる古びた橋を渡りながら、速度をゆるめることなく、欄干《らんかん》の隙間にちらりと目をやった。一本の通りに面した、仄かな明かりの灯る公営駐車場が二十五メートルほど下方に見える。そこで夜を越すのだろう車が数台、ちらほらとまっている。橋を渡りきったところで右折して、さらに数ブロック進み、住宅地に入ってから、道端に車をとめた。電話はさきほど、長距離トラックの休憩所からかけてあった。仲買人の男は、そこで待機しろとだけ言って電話を切り、三十分後に向こうからかけなおしてきた。そこでようやく、落ちあう場所が伝えられた。

運転席のドアを開けるまえに、助手席へ手を伸ばし、シートの切りこみに右手をすべりこませて、四五口径の銃把《グリップ》に指をかけた。そのままグリップを握りしめていると、詰め物のクッションが指の関節を圧迫してくる。ホルスターはロッジに残してきた。今夜はメキシコ流に運べばいい。以前もそうしていたように。

だが一方で、いまのライスには前科がある。許可証のない拳銃を隠し持っているところを捕まれば、確実に刑務所行きになる。だいいち、今夜は武装する必要がない。この行動は——真夜中の密会をまえにして銃をつかむのは——ただの身についた習慣だ。今夜、危険が及ぶことはない。スティラー兄弟に代表されるこの町のごろつきどもには、いまだに南部連合支持者的な、血気に逸《はや》るところがあり、罵声や怒声の浴びせあいが銃撃戦へと発展するのを上等だとするきらいもある。だが、今夜の相手は——願わくは——こちらが銃を取りだして応戦するようなことがないかぎり、命を奪おうとまではしないはずだ。加えて、熊の密猟に関する調査は、あくまでも自然保護区の管理人として行なうものであり、雇用契約書の内容をやや利己的に解釈したところによれば、勤務中に拳銃を持ち歩いてはならないことになっている。シートの隙間から、ライスはするりと右手を出した。銃はここに残していくことにしよう。

雇用契約書に実際に記されているのは、タークル山自然保護区の管理人として、保護区内で拳銃を携帯することは禁ずるという内容。理事会はおそらく、拳銃を手にした管理人が不法侵入者を撃ち、訴訟を起こされるような事態を危惧しているのだろう。しかしながら、密猟者が武装した不法侵入者であるのは自明のことだ。山中で密猟者の捜索にあたる際、二二口径の射撃用ライフルを持っていこうかと検討したこともある。あのウィンチェスターはべらぼうに優れたライフルだ。三月に物置部屋ではじめてあのライフルを見つけたとき、三十メートルの距離で試し撃ちをしてみた。じっくり狙いを定めれば、七発の弾を寸分の狂いなく撃ち放つことができた。的《まと》には、ずたずたの穴がひとつ残されているだけだった。だが、あのライフルは重たいうえに、ひどく嵩張《かさば》る。山歩きに持っていきたいとはとうてい思えない代物だった。そこで、先週スターにも言ったとおりに、ライスは今夜、オートフォーカスの軽量デジタルカメラを持参することにした。このカメラは、フィールド調査の際に種類の判別がつかなかった植物の記録に使うようにと、春にスターが郵送してくれたものだ。どこだかで読んだ記憶があるのだが、侵入者を写真に撮るのは、単にここから出ていくよう命令するより効果的であるらしい。

そのカメラはいま、ボタンを留めたシャツポケットのなかにある。スティラー兄弟のひとりを写した写真――胆嚢入りのビニール袋を手にしたマヌケ顔の写真――は、ライスにとっての〝梃子〟となるかもしれない。やつらを保護区から遠ざけておくための、ひとつの手段となるかもしれない。

　橋の手前側から下に向かって、ひび割れたコンクリートの階段をおりると、車を五台ほどとめることのできる、パーキングメーターのない駐車場に出た。日没後の雷雨がもたらした水滴が橋桁《はしげた》からぽたぽたと滴り、洞穴を思わせる薄暗い空間にその音がこだましている。橋の裏のどこかにとまっている目に見えない鳩が、足音に呼応してクークーと鳴きだす。霞みがかった空から降りそそぐかすかな月明かりが、あたり一面を仄かに照らしている。橋脚の下から伸びる暗い影に身をひそめながら、ライスは歩を進めた。

　雨に洗われた夜気は冷たく、湿ったコンクリートとかすかなゴミのにおいを含んでいた。近くでコオロギが鳴いている。そのリズムはのんびりとしていて、どこか眠たげだ。駐車場の奥まで進み、アンティークふうにデザインされた街灯に向かって息を吐きだすと、逆光を受けた呼気が灰色に見えた。肩からさげたナイロン製のクーラーバッグは特に重くもなかったが、ライスは足もとの舗道にそれをおろした。

　五分。十分。周囲に目を配りつつ、ライスは待った。近づいてくる車はない。だが、相手ももうここに来ているはず。ライスは持参した懐中電灯を握りしめ、親指をスイッチにかけていた。暗がりに光を向けてみようかとも考えたが、そんなことをすれば、自分の居場所を無防備にさらすことになる。この懐中電灯のスイッチを一度押すことで放たれる光線は、かなり強力だ。光束にして二百ルーメンほどもある。スイッチをもう一度押すと、薄暗い光に切りかわる。電池を長持ちさせたいときに便利な機能だ。この小型の懐中電灯は、すべてが――アリゾナで築きあげてきた人生が――横ざまに傾きだす直前にエイプリルからもらったもので、武器としても使えるよう、両端に特殊な改造がほどこされていた。一方はレンズのまわりに、もう一方は電池入れかえ用の蓋についているプッシュボタン式のスイッチのまわりに、王冠のてっぺんのような頑丈な仕込み刃がぐるりと突きだしているのだ。

十五分が経過。相手もどこか近くにいる。こちらとまったく同じことをしている。暗がりに身をひそめつつ。周囲に目を配りながら、待っている。

右に目をやると、駐車場の奥に小さなピクニックエリアがあって、赤みを帯びた光が一瞬だけ見えた。あの場所に街灯はない。じっと目をこらしていると、ふたたび赤い光が灯り、カーハートの黒いワークジャケットを着た男の姿が見えた。胸もとに縫いつけられた白のロゴラベルが、暗がりにはっきりと浮かびあがっている。男はピクニックテーブルに尻を乗せている。ライスは野球帽のつばを目深《まぶか》におろし、クーラーバッグを拾いあげてから、そちらへ向かった。

ライスが近づいていくと、男がテーブルから立ちあがり、丸く固まっていた影が縦に伸びた。男の正体はスティラー兄弟ではなかった。

「車はどこだ？　ここにとめる手筈《てはず》になってたろ？」

低く抑えた声で男は言った。受話器越しに聞いたときほど、訛は色濃く出ていない。

「そっちこそ、どこにとめたんだ？」

男の身長はライスより低いものの、それでも長身だと言える。おそらくは百八十三センチ程度。肉づきは中程度ながらも屈強な肉体からは、緊張がひしひしと伝わってくる。みなぎる力を体内におさめきれずにいるかのように、動作もまた力強い。街灯を背にしている点は、あちらにひとつ分《ぶ》がある。ライスはクーラーバッグをテーブルに置くと、懐中電灯のスイッチを二回押してからてのひらを返し、弱く絞った光を男の顔にさっと照らした。年齢は四十代。黒みがかった赤毛。短く揃えた顎鬚。寸前まで指で引っぱっておいたかのように、肌はぴんと引き締まり、額や頬骨が秀でている。緊張で張りつめた顔。中央に寄った青い目が細められると同時に、片腕があがって光を遮った。

「そいつを消せ」

男も懐中電灯を手にしていた。警察でよく使われている、四、五十センチは長さがあろうかという金属製の代物で、レンズのところに赤いフィルターが張ってある。そこから放たれているぼんやりとした赤い光――さきほどライスが目にした光――は、遠目にはあまり目立たず、暗闇でいきなり灯しても目が慣れやすい。

「腕をあげろ」

「ちょっと待て。いきなり強盗を働く気か？」

「ボディチェックをするだけだ」

「ふざけるな」

「取引がしたいなら、おとなしく腕をあげやがれ」

ライスはあきらめたように肩をすくめてから、案山《かか》子《し》のように両腕を真横にあげた。やはり、拳銃を車に置いてきたのは正解だった。男がライスの背後にまわり、脇の下から腰のあたり、太腿、足首などを、ぽんぽんと順に叩いていく。こんなふうにされたことは以前にもあった。だが、今回はそれよりずいぶんと手早く、なおざりとも思えるくらいだった。

「おたくの電話番号は、あいつから聞いたんだ。ほら、スティラー兄弟と組んで仕事をしてる……スティラー兄弟は知ってるよな？　ディーウェインと、その兄貴と……おたくもやつらと――」

「クーラーバッグのジッパーを開けろ」

「そうかい。わかったよ。そりゃそうと、聞いたところによると、スティラー兄弟はここいらであれこれ手広くやってるそうじゃないか。おたくが全員の身体検査を済ませてくれたら、一緒にひとヤマ、何かでかいことができるかもしれないな」ライスが後ろに一歩さがると、男は懐中電灯の赤い光をクーラーバッグのなかに向けた。

「熊の手はどこだ？」

しまった。こういう事態はまったく想定していなかった。「手のことなんて、電話じゃ何も聞いてないぜ」

「手も必要だってことくらい、誰でも知ってるはずだ」

「そんなもの、何に使うんだ？」

「知るか。韓国に住んでる東洋人がスープでもつくりやがるんだろ。なんだろうが、てめえにゃ関係ねえよ」

「なんと、はるばる韓国まで送るのか？」

「ああ。ソウルにいるムン・ドゥンビンって野郎にフェデックスでこいつを送ると、ペイパルのオンライン決済サービスで代金が振りこまれるのさ」

いまのがジョークなのかどうかを見きわめようとするかのように、充分に長い間をとってから、ライスはおもむろに笑いだした。「まいったな、くそっ。なんならこいつをもっと用意することもできるぜ」

「ほう、そうかい。どうやら熊猟の腕は一流みてえだな？」問いかける声の張りつめた響きが、どうにも耳に引っかかった。

「ああ、いとこと組んでやってるんだ。ウェスト・ヴァージニアにも仲間がいて、去年は十一頭も仕留めたらしい。おれらはふたりで八頭だ。全部、胆嚢を捨てずにとってある」

「なのに、手はないと」

「手も売れるなんて知らなかったからな」

「ものを知らないにも、ほどがあるだろうが」

「くそったれめ。この胆嚢を買うのか買わないのか、どっちだ？　ひとつにつき百ドルでいい。手を持ってこられなかったからな」

男はやけに芝居がかった仕草でクーラーバッグに手を伸ばし、なかに入っていたジップロックのMサイズのビニール袋を持ちあげてみせた。透明なビニール越しに、萎《しな》びた三つの胆嚢が見えた。男はそれを赤い光にかざし、たいして面白くもなさそうににやりと笑った。唇のあいだからのぞいた歯が、懐中電灯の光を受けて、血に染まっているかのように見えた。

「三つまとめて、五ドルで買いとってやるぜ。そのクーラーバッグもオマケによこすってんならな」

どうやらまずいことになりそうだ。ライスは吐き捨てるように「ふざけんな」と毒づくと、男の手からジップロックを引ったくり、クーラーバッグに投げいれた。スティラー兄弟に関する問いかけは、特に否定はされなかった。ただ、この男はおとなしく写真を撮られるようなタマではなさそうだ。ライスがクーラーバッグのジッパーを閉じようとしたちょうどそのとき、とつぜん男が懐中電灯をひと振りして、テーブルの上からクーラーバッグを叩き落とした。

「てめえが手を持ってこられなかったのは、こいつが熊の胆嚢なんかじゃねえからだろう？」

男が懐中電灯を顔に突きつけてきた。ライスは慌てて片腕をあげ、それを押しのけた。男にくるりと背を向けて、地面からクーラーバッグを拾いあげながら、計画のほころびをなんとか取り繕《つくろ》おうと、思いつくままにぺらぺらとまくしたてはじめた。こんなおいしい話が目の前に転がってるってのに、せっかくのチャンスをみすみすふいにするようなマヌケ野郎ってのは、どこにでもいるもんだ……などなど。ところが、その間に男は、すばやくテーブルをまわりこんできていた。特大サイズの懐中電灯を膝の裏に叩きつけられ、膝からがくんと力が抜けて、ライスが横ざまに倒れかけると、男はすかさずライスの首に腕を巻きつけ、全力で喉を絞めあげてきた。

「これがどんなに苛立《いらだ》たしいか、てめえにわかるか？」首に巻きつけた腕を男が後ろにひねりあげると、逞しい前腕が頸動脈《けいどうみゃく》を圧迫した。このままでは絞め殺される。ライスは必死に顎を引き、首を守ろうと肩をすぼめた。男の攻撃はあまりにも突発的で、迷いがなかった。その動作は、力ずくで他人を制することに慣れた人間のものだった。「無知で、愚かで、インチキばかり働きやがる、山暮らしのくそったれどもには、心底うんざりさせられてんだ」

　懐中電灯がふたたび振りおろされた。今回は膝ではなく、足首に。だが、ブーツがクッションになって、衝撃を吸収してくれた。手にはまだ、エイプリルからもらった懐中電灯が握りしめられていた。王冠のように突きだしたその仕込み刃を、ライスは男の肘にすばやく三回突き刺した。三回めにしてようやく、尺骨神経が通っている骨の窪みに刃が当たり、尺骨神経が火を噴いた。「ぐあぁ！」という驚きの声があがると同時に、男の腕がだらりと垂れた。ライスはぜえぜえと大きく息を喘《あえ》がせながら、感覚の麻痺《まひ》した男の腕をつかむと同時に、あいたほうの手を男の膝の裏に伸ばした。重心を低くして一気に足を踏みこみ、消防士が怪我人を担ぎあげるときのやり方を即席でまねて、男を背負ったまま地面から立ちあがった。ところが、ピクニックテーブルに背中を叩きつけてやろうとしたその瞬間、こめかみに冷たい金属が押しつけられた。

「もういい、ここまでだ。さっさとおろしやがれ」

　ライスは男を足から地面におろし、振りほどくようにして身体を離すと、両手を見える位置に掲げたまま、ゆっくりと後ずさりして距離をとった。男はテーブルに軽く尻を乗せて立っていた。駐車場の奥に立つ街灯の光のなかに、そのシルエットが浮かびあがっている。地面に落ちた懐中電灯が放つ赤い光のなか、右手に握られたミディアムフレームのセミオートマチック拳銃が見てとれた。男の息は乱れているが、かまえた銃はぐらついていない。そのポーズが伝えているのは、〝引鉄《ひきがね》を引くのは可能だが、いますぐにというわけではない〟ということだ。視線を銃に据えたまま、ライスはゆっくりと腰を落として、地面に落とした懐中電灯と野球帽を拾いあげた。クーラーバッグのストラップをつかんで引き寄せ、肩にかけた。ところが、胆嚢を入れたジップロックがなかにない。すばやく視線を走らせたが、どこにもちらとも見あたらない。まあいい。気にするな。

「てめえはいったい何者だ？」男が訊いてきた。その声は落ちつきはらっている。どうやら癇癪《かんしゃく》はおさまったらしい。「いったい何が目的なんだ？」

その問いに答えることなく、ライスは銃口に背を向けて歩きだした。コンクリートの階段をのぼって橋の上まで出るあいだも、ピンや針に刺されるような鋭い感覚が背すじを走っていた。欄干に手をついて下を見おろすと、男の姿はすでになかった。あとを尾《つ》けられていないことを確認するために、いちばん手前のブロックをぐるりと一周した。右膝を庇《かば》うようにして、軽く足を引きずって歩いた。ガラスのように脆い膝の皿を狙われなかったのは幸いだった。それにしても、自分に腹が立ってならなかった。潜入捜査の一日め、その一歩めから、取っ組みあいを繰りひろげるとは。トラックをとめた場所が近づいてきた。歩道に立つクロカエデの根が、敷石を浮きあがらせている。ライスはその太い幹にもたれかかった。町は静寂に包まれている。耳に届くのは、かすかな音楽の調べのみ。どこか遠くでカレッジパーティーが開かれているらしい。二十分後、ようやくライスはその場を離れた。トラックに乗りこみ、走り去った。

14

天然の湧き水を地下から汲みあげる装置の脇に立って、ライスはホルスターから拳銃を引きぬいた。人形《ひとがた》を模して厚紙でつくった手製の的に、次々と風穴があいていく。ライスはその後も、立てつづけに弾《たま》を放った。一度に一発ずつ、二発ずつ、三発ずつ。頭を狙ったショット。胴の中央を狙ったショット。胴の中央に二発、次いで頭部に一発を撃ちこむ、モザンビークドリル。両手撃ち、右手撃ち、左手撃ち。立った姿勢から、すわった姿勢から、腹這いの姿勢から、木陰から、歩きながら、引鉄を引く。走りながらも撃とうとしたが、熊胆の仲買人に懐中電灯で殴られた膝のこわばりが抜けきらないため、断念した。続いて、スライドが後退してロックするまで弾を撃ちつくしてから、手早く弾倉を交換する練習もした。べらぼうな数の銃撃戦をくぐりぬけてきたという男たちから聞かされたことなのだが、実戦では、自分が何発撃ったのかなど数えてはいられないから、とにかく夢中で引鉄を引きつづけ、弾が出てこないと気づいたときには、叫びだしたくなるほどのパニックのなかで弾倉を交換することになるというのだ。

自分も口にすることになる地下水の汚染を防ぐため、練習用の弾は、鉛《なまり》の使われていない弾薬を大量に仕入れてあった。ライスはその弾を使って、だいたい一カ月おきに、射撃練習を繰りかえしてきた。車を走らせて、急勾配《きゅうこうばい》に囲まれた小さな谷間までやってきては、未開拓の森のなかで、映画《タクシードライバー》のデ・ニーロよろしく自己鍛錬に励むのだ。使っているホルスターは、四五口径と同じく、亡き父から譲りうけた。パンケーキホルスターと呼ばれる、腰に装着するタイプのもので、なんでも、ドイツのボイツェという町の職人がすべて手作業で仕上げたという。右の腰の高い位置に固定できるため、シャツの裾で拳銃をすっぽり隠しておける。装着すると、銃のグリップが脇腹にぴったり添うような恰好になる。形見として譲りうけた時点では、このホルスターも新品に近かったのだが、その後二年間、ライスが砂漠で使いこんだ結果、いまでは革が汗染みにまみれ、くったりと体形になじんできてもいる。

ライスは以前に、地元の住民と交わる際は銃を携帯しないと決めていて、それが当然だと思っていたが、いまとなっては再考の余地がありそうだ。ゆうべ会った仲買人には、ほんの少しばかり、たじろがされた。あの男は銃の扱いにとことん慣れていた。ライスの肩に担ぎあげられた状態で、瞬時に銃を引きぬいてみせた。こちらに向けられた銃口は、ぴくりとも動かず安定していた。おそらく、元軍人だ。あれはただの与太者ではない。田舎町の公共の場で、トイレの壁に自分の電話番号を落書きするような、薬用ニンジンの綴《つづ》りをうっかりまちがえるような、そういうただのごろつきではない。アリゾナの犯罪組織——メキシコの麻薬カルテルや、ストリートギャングや、バイクを乗りまわして暴れる荒くれ集団——は、軍人の勧誘を積極的に行なっていた。砂漠の国への派兵を終えて故郷《くに》に帰ったすえ、社会の底辺でくさくさしているような、実戦経験のある元軍人を仲間に引きいれていた。あの仲買人も、東海岸を拠点とする犯罪組織の人間と通じているのだろうか。

次に何をしてみるべきなのかは、わからなかった。いちばん手っ取り早いのは、保護区内で密猟者を取っ捕まえること。だが、監視のため山に入る時間は以前より増しているものの、ターク山は大きく、保護区は広い。そのうえ、デンプシー・ボージャーの話によれば、密猟者はクロスボウを使っているらしい。となると、銃声を頼りにすることは期待できない。もう一度ボージャーに電話をかけてみようか、話を聞かせてもらえそうな猟師を誰か紹介してもらおうかとも考えたが、先夜、電話をかけたとき、ボージャーの話しぶりはやけによそよそしかった。ライスに対して、これ以上は関わりあいになりたくない相手だとの結論をくだしたかのようだった。

地面に転がった薬莢《やっきょう》を拾い、手製の的を回収してトラックに積みこんだ。土の削れた箇所をざっと均《なら》してから、落ち葉の上のほうを掻き集めてきて、その上に撒《ま》いた。耳栓をはずした途端に、異様に大きな水音が汲みあげ装置のほうから聞こえてきた。かつてトラヴァー家が設置したこの装置は、外観が石造りになっていて、ミニバン程度の大きさがあり、石灰岩から成る岩盤の割れ目の上に立っている。そして、百メートル以上も標高の低い位置にあるロッジまで、ここから地下でパイプが通じているため、ポンプを使わずとも重力の力だけで、湧き水を供給することができる。また、汲みあげ装置のてっぺん付近からは直径二十センチほどのパイプが突きだしていて、あふれだした水は、ペリー・クリーク――川下でダッチ川に合流する、カワマスの漁場として知られる小川――の源流へと流れこむ。年に二度、その小川に引き網を仕掛けて、網にかかった稚魚《ちぎょ》の数を数えるというのも、管理人としての職務に含まれる。

片づけを終えてトラックに乗りこもうとしたとき、その装置の上に何かが見えた。動物が一匹、そこにすわっている。身じろぎもせずに、こちらを見つめている。そいつは胴体がひょろ長くて、まるで墨《すみ》のように、底なしの穴のように真っ黒だった。黒いイタチだろうかと考えかけて、思いだした。あれはサラの言っていた、野生返りの家猫だ。それにしても、あれだけの銃声が轟《とどろ》いていたというのに、遠くへ逃げださなかったとは。それどころか、銃声に引き寄せられてやってきたかのようにすら見える。ライスはゆっくりとトラックをおり、そちらに近づいていった。

「やあ、きみがメルだね」メルという名は、この猫にはあまりそぐわしくなかった。もしや黒色素過多症《メラニズム》の略なのかと尋ねると、サラは軽く肩をすくめたあと、自分は自然科学者であって詩人ではないと答えた。

メルはぐっと目をすがめてこちらを見た。それから忽然と姿を消した。身体の動きも見てとれないほどに、忽然と。ライスは汲みあげ装置によじのぼり、きょろきょろとあたりを見まわしてみた。だが、まったく、どこにも見あたらない。これも白昼夢なのかと疑ってしまうほどだった。とはいえ、念のため、明日にでもここにケージ型トラップを仕掛けてみよう。道義上、こんな山奥にいるのを放っておくことはできない。

管理人室のデスクの上で銃の手入れを終えたあとも、強いてその場にとどまって、何本か注文の電話をかけることにした。下張り床用に、有害物質を使用していない合板。リサイクル素材を原料とする断熱材。特殊素材の化粧ボード。すべて、スターに指定されたとおりのものを注文した。電話を終えて、バンガローの改築に関するあれこれをメモするために使っているノートをデスクの引出しに戻そうとしたとき、引出しの奥に押しこめられている紙束の存在に気がついた。ヴァージニア工科大学に勤めていたときに使っていたと思われる、サラの名刺の束。電話線はまだ抜いていない。気が変わるまえにと思いきって、ライスはその番号に電話をかけてみた。

あの黒猫を見たと言っても、サラの口調に驚いたようすはなかった。「生きてるだろうと思ってたわ。だって、あの子は逞しいもの」

「それはどうかな。あの大自然のなかで生きぬいていけるとは思えない。とりあえず、納屋にあるトラップを仕掛けてみるよ。きみよりはツキに恵まれるかもしれない」

そのあとサラから、トレイルカメラのほうはもう仕掛けたかと尋ねられた。すっかり忘れていたと、ライスは小声でぼそぼそ答えた。するとなんと、水曜にまたそちらへ押しかけてもいいかと、サラが訊いてきた。ひとつには、カメラの設置を手伝うために。もうひとつには、ライスが捕獲するかもしれないメルを引きとるために。

　すぐには返事が出てこなかった。

「ねえ、ライス、いいでしょう？　わたしはいま、ものすごく勇気を出して訊いたのよ。崖から落ちかけてる女を見殺しにするつもり？　お願いだから、助けてちょうだい」

「水曜ならあいてると思う」

「いつだってあいてるでしょうに。ディナーくらいは誘ってくれたらどうなの？　今後、お互いの存在をどんなふうに我慢しあうことになるのか、たしかめてみましょうよ」

15

　アリゾナ州ツーソンの西、トホノ・オーダム特別居留地を南へ進むこと奥深く、ライスとエイプリルは月明かりを頼りに涸れ川のなかを歩いていた。このルートはわりあいに歩きやすく、かれこれ六回は利用している。左右の土手は四、五メートルの高さに聳えており、その深い溝を通っていけば、誰の目にもとまることなく国境を通過することができる。ふたりはこれに先立って、フェニックスにある隠れ処に立ち寄り、二十リットル容量の防水バッグふたつを取ってきた。バッグには、組織が最近使いはじめたという、不正開封防止用の特殊なテープで封がされていた。エイプリルと共に国境を越えるようになってまだ日が浅いライスいるんだろうか。ただ、うわべだけ見ると、そう見えないこともない。ときどき、ライスは、〝バッグの中身はなんなのか〟ということに、余計な気力を費やしてばかりいた。計算だけなら簡単だった。もし中身が札束であるなら、そして、すべてが百ドル札であるなら、ひとつのバッグにおさめられている現金はおよそ二百万ドルになる。だが、それならもっと重いはず。二十キロかそこらにはなるはずだ。しかも、中身はぱんぱんには詰まっていない。だとすると、札束よりもっと興味深いものなのかもしれない。たとえば、ダイヤモンドの原石とか。無記名の約束手形とか。九千九百ドル相当のプリペイドカードとか。これまでにエイプリルがこともなく運びつづけてきたものの値打ちを思うと、衝撃をおぼえずにはいられなかった。

遡ること三カ月まえ、バボキヴァリ山を見晴らす岩棚の上で、ライスはエイプリルにこう語りかけた。きみには仲間が、見張り役を務めてくれる人間が必要だ。相手の側もそれを望むだろう。いや、いままでも、そういうふりだけはしてきたんじゃないのか。あの堂々たるふるまいからして、そうとしか思えない。あんなふうにみなぎる自信は、どこか近くに身をひそめてきみを守っている人間がいる、銃を手にして周囲に目を配っている人間がいる、そういうことを自分はわかっているし、相手が知っていることもわかってる、そんな人間だけが醸しだせるものだ。だけどそのうち、噂が出まわりだす。あの女は完全に単独で行動しているぞ。そしてある日、どこかのくそ野郎が、それにつけこもうとする。

エイプリルはひどく面食らっていた。ライスとしては、そうした反応を狙ったわけではなかったけれど、思いつくままに滔々とまくしたてることで、とにかく、頭を撃ちぬくのを忘れさせることはできた。そして、そこからは激しい議論になった。エイプリルは砂岩の上に拳銃を置いて、あぐらをかいた。しばらくするとナイフを取りだして、結束バンドを切ってくれた。届け物をしていたことは認めると、エイプリルは言った。

〝密輸〟という言葉は使わなかった。それから、すべては両親のもとから逃げだしてきた妹を助けるため、統合失調症を患《わずら》う妹の医療費を稼ぐためなのだとも語った。最初はそれをジョークと受けとめて、ライスはくっくと笑ってみせた。だが、エイプリルの顔は真剣そのものだった。運び屋にならないかと声をかけられたのは、国境沿いの辺境の地を歩きまわるのを一種の生業《なりわい》としていることに目をつけられたからだった。それから、国境警備隊のなかに数多くの顔見知りもいた。そうした隊員たちはみなエイプリルのことを、単なる度はずれな環境保護活動家だと見なしていた。声をかけてきた男が取引する売り手側のメキシコ人は、麻薬カルテルで将来を嘱望《しょくぼう》されているやり手の傑物だった。あのときいたなかの誰なのかとライスが訊いても教えてくれなかったが、なんとなく察しはついた。とにかく、そのメキシコ人はエイプリルを気にいっていた。エイプリルの度胸のよさと、信頼が置けるところを買っていた。おかげで、そのメキシコ人の階級があがると、エイプリルの立場も自然とあがった。これは異例の待遇だった。また、どうやらそのメキシコ人は、さまざまな形態の輸送方法を採りいれたいと望んでいるらしかった。そうなれば、それなりの価値やべらぼうに値打ちのある少量の物品を双方向に運び届ける任務において、エイプリルの右に並ぶ者はいない。まさに打ってつけの人材だったというわけだ。

国境を越えて届け物をするようになってから一年半後には、妹の医療費を充分にまかなえるだけのお金がたまった。自分の身に何かあったときに妹に遺していくための貯金もできた。自分が参加するべきだと思えるいくつかの研究プロジェクトに、匿名で研究資金を寄付することまでできた。エイプリルによると、研究資金を寄付したのは、あの辺境の地への一種の恩返しであったらしい。国境沿いの山岳地帯こそ、この大陸に唯一残された〝本来の自然〟なのだとエイプリルは言った。ところが、十年ほどまえから、南から北へ国境を越えようとする移民の流れを国境警備隊がもっと僻地《へきち》へ、歩行すら困難な領域へ、名前ばかりが妙に詩的な危険きわまりない地形の土地——ドアノブという意味のペリラ山脈だの、岩石だらけという意味のペドゥレゴサ山脈だの、ふたつの頭という意味のドス・カベサ山脈だの——へと追いやるにつれて、そうした地域の自然環境もしだいに乱されているというのだ。ちなみに、エイプリルのいちばんのお気にいりは、チリカワ山脈であるらしい。巨大で峨々《がが》たる天空の孤島。驚異的なまでに多様な生物が棲息し、アパッチ族の長にしてエイプリルの血族とも言えるコーチスやジェロニモの霊魂がさまよう山。

国境を越えて密入国をめざす人々にとっては、安全を保証されたルートなどどこにも存在しなかった。よって、祖国に絶望した数百もの移民の群れは、夢と、希望と、水を入れたプラスチック容器を抱えて、〝無垢《むく》〟なる荒野へと分け入るしかない……そうとも、エイプリルにとって、あの山々は特別な場所なのだ。エイプリルはアパッチ族の血を半分受け継いでおり（ライスからすると、ときどきそのことに囚《とら》われすぎるきらいがあるのだが）、よちよち歩きの幼児期に、いまの両親に養子として引きとられた。超がつくほど保守的なウィットソン夫妻が養子をとることを決断したのは、突発的な〝包容力〟の発現によるものだった。だが時を同じくして、ミセス・ウィットソンの体内では、中年期における生殖機能の混乱までもが発生していた。要するに、妊娠していたのだ。そうして一年も経たぬうちに、妹のトレイシーが誕生したことによって、問題行動ばかり起こす色黒の少女を買った消費者の後悔はいや増すばかりとなった（念のため、こうした表現はすべてエイプリルの言である）という。

そして今夜も、足音を忍ばせて涸れ川のなかを歩きながら、エイプリルはささやくような声でこんな話を打ちあけてきた。曰く、アリゾナ州とメキシコの国境沿いに建てられるという、壁の建設を防ぎたい。そのためにはまず、国境を越えて移動する絶滅寸前の大型動物類に、その壁がどれほどの害を与えることになるかを示す大掛かりな研究プロジェクトを立ちあげ、資金を提供しなければならないというのだ。ライスは思わず考えこんだ。そんなプロジェクトを立ちあげたところで、いかなる絶滅危惧種に関するデータも、充分には得られないのではないか。絶滅危惧種のリストに挙げられている大型動物の種類自体が限られているし、いずれにせよ、国土安全保障省は環境保全優先地域のことなど、いっさい顧みないだろう。

真夜中であるにもかかわらず、意識が朦朧《もうろう》としてくるほどの熱気のなか、集中力が途切れかけていくのを感じながらも、ライスはかまわずそのまま進んだ。やがて、密入国者の一団を引き連れた二人組の案内人《コヨーテ》が湾曲部の陰から姿をあらわしたとき、ライスは思わず不意打ちを食らって、とっさに反応することができなかった。密入国者の一団——機転をもって苦境を切りぬけようとする者たち——は、即座に踵《きびす》を返して走りだした。案内人のひとりが一発めの銃弾を放つと同時に、ライスとエイプリルは巨岩の陰に駆けこんだ。ライスも銃を取りだし応戦したが、その一発だけで、銃口から噴きだした閃光に目がくらみかけた。もうひとりの案内人がオートマチックということだけはわかる銃を立てつづけにぶっ放しはじめ、何発もの弾が飛んできては、岩を削りとり、跳ねかえった。聞こえてくる音からすると、九ミリ弾のサブマシンガンであるようだった。

エイプリルはライスの傍らにしゃがみこみ、二二口径を握りしめたまま悪態をついていた。一方のライスは、精神が現実から分離していくような感覚に陥っていた。ぼんやりと取りとめのないことを考えていた。

自分はいまはじめて銃撃戦を経験しているのだ、とか。いっそのこと生物学者ではなく、砂漠のマヌケな無法者でもめざそうか、とか。自然科学に耽溺《たんでき》するクライドと、相棒よりもほんの少しだけ頼りになるボニー、とか。弾が脇をかすめていくシューッという音が、なんだか虫の音のように聞こえるな、とか。

だが、ライスもエイプリルも、銃に関してまったくのど素人というわけではなかった。こうした事態には充分に備えてきたつもりだった。銃撃戦というものに関して、どちらにも映画で目にする以上の知識がなかったため、ライスはあるとき、有無を言わさぬ口調でこう提案した。砂漠のずっと奥にある、いまは使われなくなったゴミ捨て場まで、週に一度かそこら車を飛ばして、射撃の練習をしよう。錆の浮いた冷蔵庫やら何やらを、それぞれの銃で撃ってみよう。そこはまるで終末後の世界のような、不吉な雰囲気の漂う場所だった。誰かが——ふたりが思い浮かべたところによると、走行中の車からの射撃の腕前に磨きをかけようとしたギャングの一味が——マシンガンか何かで、目に映る柱サボテンを片っ端から破壊しつくしていったかのような場所だった。荒っぽい場面に遭遇することにでもなったら、自分たちが火力で劣るだろうことはどちらもわかっていたが、人目を忍ぶ技術や、生物学者という恰好《かっこう》の身分や、国境付近の僻地に関する知識等々を駆使して、これまでのところはうまくやってきていたし、幸運にも恵まれていた。ところがいま、このソノラ砂漠の最果てで、ちっぽけな——ともすれば大きくなる可能性を秘めた——未来をバックパックに詰めこんだふたりは、二人組の無法者からサブマシンガンをぶっ放されている。

ライスはエイプリルに顔を振り向け、きみの銃をこっちに渡してくれと告げた。まったくもって当然のことながら、エイプリルがそれを拒むと、ライスはその手から銃をもぎとった。サブマシンガンの攻撃がやみ、ふたりめのほうの案内人が弾を装塡しなおしはじめた。ライスは岩陰から身を乗りだし、案内人がいるほうに向けて、弾倉がからになるまで両手で銃を撃ちつづけた。可能なかぎりのすばやさで続けざまに引鉄を引き、合わせて十七発の銃弾を放った。激しい轟音と、閃光と、さらなる跳弾。ライスの狙いは、相手方に勘ちがいをさせることだった。こちらにも優れた装備が整っているのだと、向こうに思いこませることだった。四五口径に新たな弾倉を叩きこむと、ライスはエイプリルの腕を引っぱって、涸れ川を二十メートルほど駆けもどった。地面から露出した岩の陰にエイプリルを押し倒し、その上に覆いかぶさった。案内人がフルオート機能を使って、ふたたび三、四十発の弾を手当たりしだいにぶっ放ちはじめる。エイプリルがライスの下で、懐かしのアニメ《ペペ・ル・ピュー》に出てくる猫のようにもがきながら、さっさとそこからどいて銃を返せと、押し殺した声で脅しつけてきた。

　しばらくすると、手持ちの弾を使い果たしたのか、案内人たちはぴたりと攻撃をやめて、後退を始めた。おそらく土手をよじのぼり、涸れ川の外へ逃れたにちがいない。そのあとは二度と姿を見かけることがなかった。そして、この出来事に対してエイプリルが示した反応は、いかにも〝らしい〟ものだった。今度また銃を取りあげようなんてしたら、その場で撃ち殺してやると脅《おど》したあと、断固たる口調でたったひとこと、「もっと強い武器が要るわ」と告げてきたのだ。それに異議を唱えることはできなかった。しかして数週間後、ふたりはフェニックスのはずれまで出向き、ライフル射撃の三日間集中トレーニング講習に参加することと相成った。ふたりはそこで三日のあいだ、アリゾナ州全域から集まってきた生粋《きっすい》のガンマニアたちと交流した。共に講習を受けた参加者はみな、至極まっとうに見えるごく普通の一般市民ばかりだったが、その多くは、今後起こりうる三つの事態、あるいはいずれかの事態に備えて参加したのだと、公言して憚《はばか》らなかった。ちなみに三つの事態とは、(a) イスラム教徒なり社会主義者なりの武装蜂起によって、イスラム教や社会主義を信奉する大統領が誕生し、国が混乱の坩《る》堝《つぼ》と化すような事態や、(b) 麻薬をめぐる大規模な抗争が勃発《ぼっぱつ》して、国境沿いの警備が手薄な場所をメキシコの麻薬カルテルが占拠するような事態や、(c) これまでもつねに懸念されてきた、国連があの無印の〝黒いヘリコプター〟を使って、わが国を乗っとりにかかるような事態であるという。

ふたりはそこで学んだ知識や技術に基づいて、国境を越える際に携帯する銃は軍用のセミオートマチックライフルにしようと決定した。エイプリルは持ち前の完璧癖を発揮して、その種のライフルに関することを調べあげた。さまざまな口径のそれぞれのメリットや、ガスピストン式とダイレクト・インピンジメント式のちがいや、スコープ、スリングベルトなどなどを、徹底的に比較検討した。いまのきみはまるで、きみが日ごろ嫌悪しているカルテルの〝いかれ野郎〟かマフィアの〝すかし野郎〟のようだとライスはからかったが、最も過激と評される麻薬密輸カルテル、ロス・セタスの台頭により、ここ数年で状況に変化が生じていることはたしかだった。エイプリルが言うように、〝この軍用ライフルが何がなんでも絶対必要〟なことにまちがいはなかった。

かつてのライスはこう考えていた。自分が銃を手に取るようになっていったのには、もっともな理由があるのだと。自分は過去のあやまちに苦悩する無抵抗主義者でもなければ、一攫千金《いっかくせんきん》を狙って目を血走らせる与太者でもない。銃を撃つこと自体を楽しんではいるが、近視眼的なガンマニアなどでは絶対にない。大量破壊兵器をも生みだすテクノロジーを人間社会の日々のスープにまで溶けこませんとする動きについては、少なくとも葛藤《かっとう》をおぼえている。一方のエイプリルはというと、完全菜食主義者《ビーガン》にして非暴力主義者の友人から銃の所持や携帯を非難された際、こう答えたという。科学技術を遠ざけたって、なんにもならない。そんなことをしたって、あなたのように良心の呵責《かしやく》を感じることのない、卑劣で愚かな人間の食い物にされるだけだと。〝この科学技術ってやつは、まさに英知の結晶だわ〟と、エイプリルはよく言っていた。エイプリルが言うところの〝科学技術ってやつ〟には、たぶん、先を尖らせた棒やステンレス庖丁に始まって、二二口径の拳銃や大容量マガジンを装塡できるセミオートマチックライフルに至るまでのものがすべて含まれる。ただし、五〇口径のマシンガンだの、ロケット推進擲弾《てきだん》発射器だの、携帯式地対空ミサイルシステムだの、空対地ミサイル《ヘルファイア》だの、アパッチ戦闘ヘリコプターだのは（いまのところまだ）含まれていない。それでも、ライスはエイプリルにこう告げた。これはあくまでも手始めだ。やるべきことは山ほどある。ライスにとって、いまやこれは、身を守るための欠くべからざる自衛手段——一種の軍拡競争——と化していた。これから立ち向かうことになるかもしれない暴漢が特殊な武器を所持していたなら、自分も同じものがほしくなることだろう。

講習を終えて数週間後、ふたりはふたたびフェニックスへと車を走らせ、ニュージャージー訛の色濃い肥満体の白人の男を訪ねた。そして、ピックアップトラックの荷台を使って、ブラックマーケットならぬグレーマーケットに出まわる小火器を売り歩いているというその男から、砂漠の砂の色をしたＦＮスカー16Ｓモデルを三千ドルで手に入れた。名品として高額でやりとりされるライフルというのはある種のシグナルを送ってくるものだが、この一挺がまさにそれだとエイプリルは言った。五・五六ミリ弾を使用する、この真新しいベルギー製アサルトライフルは、銃床を折りたたむことができるため、バックパックのなかに隠し持つにも便利だし、接近戦でも重宝するが、三百メートル近く離れた的にも弾を命中させることが可能なのだという。ふたりはほかにも、ライフル本体の半分もの高値がついているトリジコン社製の小型スコープをひとつと、スリングベルトを一本、それからこれまた高価な弾倉を大量にまとめて買った。かなり満足のいく買い物だった。その後、一年の大半はライスがそれをバックパックに入れて持ち歩き、カルテルの人間とエイプリルが荷物のやりとりをしているあいだは、それをバックパックから取りだして、物陰からようすを見守った。それをかまえて誰かを撃たなければならないような事態には一度も陥らなかったものの、そのライフルがもたらしてくれる自信――無敵の感覚――に、かえって不安になるほど酔い痴《し》れはじめている自分がいた。そしてついに、終わりの時が迫りくるころ――エイプリルが最近親しくしはじめたミア・コルテスという女友だちには裏の顔があるのではないかと疑いはじめたころ――ライスはそのライフルをチリカワ山脈の遥か山奥まで持っていき、塩化ビニル管に詰めて密封したうえで、非常時に備えるかのように土に埋めた。ミアに対する疑惑が取り越し苦労であったならば、いつでも戻ってきて掘りかえせばいい。そんなふうに考えながら。

16

キッチンのクロックラジオから流れるニュースに半ば耳を傾けながら天気予報を待っていたとき、サラがやってくる日が今日であることを思いだした。ラジオではニュースが終わり、スポーツコーナーが始まっている。ライスはラジオの電源を落とし、キッチンの窓から外を見やった。完全に真っ黒というほどではなかった空が、どっちつかずの暗灰色に変わろうとしている。雲も多い。今日は雨になりそうだ。

あの日、サラに電話をかけたのはやっぱりまちがいだったと、ライスはふたたび自分を責め立てた。あんなことをした自分に、いまだに驚いてもいた。これまで何カ月ものあいだ、孤独に満ち足りた生活を送ってきたというのに、いったいどうしてしまったのか。急に人恋しくでもなったのか？　だが、もういまさらどうしようもない。この日二回めとなるコーヒーを淹れながら、シャワーを浴びたほうがよさそうだと考えた。シャワーを終えて、着替えも済ませたとき、正面のポーチにサラの姿が見えた。サラはポーチの階段にすわって、螺旋綴じのノートに何かを書きこんでいた。ポニーテールにまとめた豊かなブロンドの髪が、背中に垂れている。ポーチの床の上には、青いクーラーボックスが置いてある。

ライスは網戸を開けて、ポーチに出た。サラはその音に振りかえり、にっこりと微笑んだ。

「コーヒーができてる」

「においでわかったわ」ライスがクーラーボックスを抱えあげると、サラは網戸を開け放ったまま、こう訊いてきた。「それで、わたしの猫はどこにいるの？」

「代わりにオポッサムを捕まえた。どうしてもケージから出ようとしないんで、強引に振り落とさなきゃならなかったがね」

キッチンに入ると、サラはクーラーボックスからいくつものプラスチック容器やらガラス製の蓋付き耐熱皿やらを取りだしては、冷蔵庫に詰めこんでいった。続いてテーブルの上に、オーストラリア産のシラーズ・ワインのボトルが二本、登場した。ようやくジャケットを脱ぎはじめたとき、ライスがスタンガンを捜していることに気づいて、サラは言った。

「車に置いてきたわ」

「思いきって賭《か》けに出た？」

「まあ、そんなとこね」

ピーナッツバターと蜂蜜を塗ったサンドイッチをふたりでつくり、できあがったものはサラのバックパックに入れた。ライスのバックパックにはトレイルカメラや取付け器具がおさめられており、そうしたものにピーナッツバターのにおいが染みつくことだけは、絶対に避けておきたかった。食べ物のにおいがしなくとも、トレイルカメラというのは、熊から手ひどく扱われるものだから。

山道をのぼるあいだ、ライスが歩くペースをいくぶん抑えていたとはいえ、サラは難なくそれについてきた。ライスが一台めのカメラを木の幹に取りつけているあいだ、サラは静かに見守っていたが、内心何かをこらえていることは、ひしひしと伝わってきていた。

そしてほどなく、ライスがうなじに手を伸ばし、ぬぐいとった汗をカメラの保護ケースになすりつけるのを目にするなり、サラは抗議の声をあげた。ライスは懇切丁寧に説明した。アメリカクロクマってのは、カメラを破壊するのがとにかく好きなんだ。だから、それなりのデータが集まるまでカメラを守りきるためには、熊に存在を気づかれないようにする方法を摸索しなくちゃならなかった。それで思いついたのが、人間の体臭をほんのわずかにでも残してやれば、あいつらを怯えさせるとまではいかなくとも、カメラの保護ケースを噛み砕かれるような事態は防げるかもしれないってことだ。まあ、個体差にもよるだろうがね。何はともあれ、今後もまだまだ試行錯誤が必要だろう。

そんなことをどうやって知ったのかと尋ねられて、ライスはこう打ちあけた。以前、メキシコの国境沿いにトレイルカメラを設置して観測調査を行ないたいという自然保護団体の依頼で、電子機器の設置やら何やらを手伝ったことがあるのだと。それは、エイプリルの考案による複雑に入り組んだルートを通じて、ふたりで資金の一部を提供した研究プロジェクトでもあった。国境に建設予定の壁が現実に建設された場合に、わが国とメキシコにまたがって広がる棲息地に暮らす大型動物——なかでも、ジャガーや、ジャガランディや、ソノラ・プロングホーンといった稀少種——がいかなる影響をこうむるかについて見きわめるのが、そのプロジェクトの目的だった。たしか去年、ライスが人生で築きあげてきたものがすべて崩れ去ったあの時点では、あともう少しで調査の結果が出るという段階に入っていたはず。だが、論文のたぐいはいまだ発表されていないようだ。もしかしたら、国土安全保障省の検閲が入って、闇に葬られてしまったのかもしれない。

こうした詳細は何ひとつ、サラに打ちあけるつもりはもちろんない。ライスはその代わりとして、そうしたカメラによっておさめられた数々の写真のことを話した。移動する移民の群れ。即席で手作りしたばかりでかいバックパックにマリファナを詰めこんで歩く、数人の運び屋。鹿や、コヨーテや、アライグマや、ハナグマや、ヘソイノシシ。ごく稀《まれ》に姿を見せるピューマやジャガランディ。好奇心旺盛なアメリカクロクマをクローズアップで写した、ピントのぼやけた写真。研究チームはこの調査に何カ月もの歳月を費やした。その結果、国境沿いに棲息する動物を写した何千という写真のうち、主張の裏づけとなる写真——ジャガーを写した三枚の写真——の撮影に成功したのだった。

それを聞いたサラは、ライスの知識と経験に一目置《いちもく》くようになったらしい。モーションセンサーの調整が捗《はかど》るよう、カメラの前を行ったり来たり歩きながら、あれこれとお喋りを始めた。話題はじつに多岐に渡った。自生のトカゲやサンショウウオから、動物学部の教育方針に至るまで。それから、自身が行なっているトカゲの研究プロジェクトについて。研究のテーマは、自然保護区に棲息するコールスキンクの個体群と、そうした恩恵を受けづらい地域に棲息するコールスキンクの個体群にゲノム検査を行ない、その結果を比較するというもの。どうやらこれまで多くの時間を費やして、爪切りを片手にトカゲを追いまわしては、鱗だの、尻尾の先だの、つまさきだのを切りとることで、DNA検査のサンプル採取に励んできたらしい。

管理人の仕事は二年近く続けたのだと、サラは言った。いまは講師としての仕事の都合で、秋学期と春学期のあいだ、週にふた晩はブラックスバーグですごさなければならない。でも、保護区には誰かが常駐していたほうが絶対にいいと思う。特にいまは。熊の密猟が頻発しているからには。ライスとしては、サラが保護区内で捕えたという密猟者のことを詳しく聞かせてほしくて、辛抱強く待っていたのだが、その件について話すのは、まだためらわれるようだった。

カメラの設置がすべて完了するころ、空では、低く垂れこめた雲が厚みを増し、あたり一面を覆いつくしていた。霧雨がしとしとと降りだして、気温もぐっと落ちている。いつ本降りになってもおかしくない。ふたりはこの横断標本地をあとにして、山間《やまあい》の峡谷を見おろす崖へと向かうことにした。その崖のへりに立つと、互いにひとことも話すことなく、しばしの時間が過ぎ去っていった。そこから望む景色は、息を呑むほどだった。三十メートル眼下では、穢《けが》れなき処女林の樹葉がつくる天蓋《てんがい》が、ぼうぼうと生い乱れつつ不規則に伸び広がりながら、峡谷の底を覆いつくしている。聳え立つベイツガ、アカガシワ、ホワイトオーク、ヒッコリー、ゴムの木、トネリコの、青々とした樹冠。種類は少なくとも十はある。しかも、そのすべてが巨木。霧雨まじりのそよ風に吹かれて、薄い靄のなか、ざわざわと巨体を震わせている。緑の天蓋のそこかしこから突きでた裸の枯木が、骨ばった指のように見える。視界の先では、谷の向こうに切り立つ崖が、低く垂れこめた雲のなかに呑まれていく。あの雲はおそらく、谷底を流れる川の数キロ下流から、谷間を縫いつつ這い進んできたのだろう。あの谷底の森から発せられる不思議な力が、こちらへ迫りくるように感じられた。ライスの胸のなかで唸りをあげているような気がした。パイプオルガンの真横に立っている気分だった。

サラがバックパックからサンドイッチを取りだし、包みを開いた。崖のてっぺんの岩棚には、車ほどの大きさがある石灰岩の巨岩が突端に沿ってドミノのように並んでいたため、そのうちのひとつにもたれて、ふたりは昼食をとった。食事を終えると、ライスは巨岩のひとつの裏手にまわり、茂みのなかに分け入って用を足した。サラのいるほうへ戻ろうとしたとき、踏みつけた小枝がブーツの下でポキッと鳴った。その瞬間、間近に聳える巨岩の上で、一羽のエリマキライチョウがけたたましい鳴き声をあげたかと思うと、すぐさまばさりと翼を広げて、峡谷をすべるように降下していった。やがて谷底が近づくと、エリマキライチョウはぐんと首をあげて滑空し、巨大なストローブマツの樹冠のなかへ飛びこんで見えなくなった。

「気配を消すのは、あんまり得意じゃないみたいね」

バックパックから取りだしたリンゴを、サラが差しだしてきた。ライスが首を横に振ると、サラは続けてこう言った。「わたしたちときたら、一日じゅう野生動物を怖がらせてばかりいるわね」

サラの言うとおりだ。今日だけでもふたりで多くの野生動物を目にしたが、いずれも逃げていく姿ばかりだった。シチメンチョウの大群は、旧道から一斉に飛び立っていった。数頭の鹿は、尻尾をぶらぶら揺らしながら、慌ただしく駆けだしていった。泉のそばで見かけた大型動物（たぶん熊だろう）は、姿形を確認する隙も与えず、前方に繁茂する藪のなかへ飛びこんでいった。だが、自分ひとりで行動しているときに、こんな経験はしたことがない――そう言いたいところを、ライスはぐっと抑えこんだ。よくよく考えてみれば、こういうこともときどきある。するとそのとき、とつぜんあることに気づかされた。怯えて逃げだす動物が、こちらの存在を密猟者に知らせてしまう可能性があるのではないか。

ふと我に返ると、サラがじっと顔を見つめていた。

「いま何を考えてたの？　急に顔が明るくなったわ」

「ギリースーツって、知ってるか？」

サラは首を横に振った。

「ギリーってのは、もともとはスコットランドの羊飼いのことを指していたんだ。でもって、そのギリーってやつらは、自分の気配を消したり、擬装して自然に溶けこんだりする能力にとんでもなく長《た》けていた。やがて、その能力に目をつけた裕福な地主たちが、猟場の管理人や番人としてギリーを雇うようになった。ギリーたちは猟場をうろつきまわっては、密猟者を捕獲した。その際には、手ずからつくりだしたカムフラージュ用の衣服を身につけていた。全体がふさふさの長い毛のようなものに覆われていて、そこに枝やら葉やらが縫いつけられているって代物さ。しかも、自分の体臭をごまかすために、ひどい悪臭まで放つようにしていた。軍の狙撃手はいまでもギリースーツを採用しているはずだ。ギリースーツを着用したうえで、どのように行動すべきかさえわきまえていれば、誰でもみずからの存在を消し去ることができる。それはもう魔法のように」

「あなたなら、いまのままでもギリーのようなものじゃない。そのギリースーツってやつまで手に入れられたら、ひょっとすると、密猟者を捕まえることができるかもしれないわね」サラは手にしたリンゴをひと口かじると、てのひらで口もとを隠しながら、こう訊いてきた。「その悪臭って、なんのにおいなの?」

「おそらく、においのきついものであればなんでもいいんだろう。オポッサムの糞とか、ヒマラヤ杉の枝とか。スーツを一週間、森のなかに放置しておいて、熊に小便を引っかけてもらってもいいな」

しばしの沈黙が訪れた。ライスは森のなかの一点——エリマキライチョウが姿を消したあたり——を見すえたまま、どうやってギリースーツをこしらえようかと思案をめぐらせていた。サラはリンゴを食べ終えると、残った芯をビニール袋に入れてから、バックパックの外ポケットに押しこんだ。霧雨が本降りに変わろうとしている。ふたりは上着のフードをかぶって、顔を庇った。

「あそこを歩いてみたことはある?」谷底を指差して、サラが言った。フードのせいで、その声がくぐもって聞こえる。ライスはそちらに顔を向けようとして、サラが着ている青い防水ジャケットの背中で視線をとめると、そこを流れ落ちていく雨水のすじをじっと見つめた。

「ライス?」

サラがこちらを振りかえり、顔をのぞきこんできた。

「ああ、いや、歩いたことはない」

「なんだかうわの空みたい」

「すまない。ずっとよく眠れてないんだ。いつもは特に問題にならないんだが……」ライスはぐっと目をすがめて、意識を集中しようとした。「山の尾根のあたりなら、ほとんど歩きつくしてる。だが、谷の底までおりたことは一度もない。近づくなと言われてるから」

「わたしもそう言われたわ」

棲息環境の調査のために設けられた唯一の横断標本地――崖が一段低くなっている、北西のはずれにまたがる一帯――を除いて、この峡谷への立入りは固く禁じられていた。地球温暖化や人類による侵食が至るところで発生している現代――いわゆる人新世《じんしんせい》――においては、いかなる土地も〝無垢〟なままに保つべきだとする風潮は、保全生物学者の存在と共に、すでに廃《すた》れてしまっていた。ところが、そんななか、トラヴァー一族が長きにわたってこの土地を守りぬいてきたおかげで、ターク山自然保護区のなかでもとりわけ深奥部にあるこの一帯は、有効な防衛ラインとしての役割を――大部分の自生の種がなおも現存するアパラチアの原始林に残された、稀少な（ことによると唯一の）聖域としての役割を、いまもなお果たしつづけてくれているのだ。

よって、〝人間の立入り禁止〟の方針はもとより厳格なものであるうえに、外来種の危険性に対する理解が進むにつれて、よりいっそうの厳格化が進んでいた。この峡谷に立ち入るには、財団の理事会に許可の申請をしなければならないし、むろん、相応の理由がなければならない。ライスの知るかぎり、自分が管理人になってから申請書を出した人間はいまのところひとりもいないが、これまで目を通した日誌によると、年に一、二回、個人や団体に許可が与えられてきたようだ。そのほとんどは自然科学に携わる者たちだが、稀に、詩人や音楽家、画家、写真家、アメリカ先住民族の活動団体や〝精神的探究者〟にも、立入りが許可されている。今後、サラの考案したデータベースが完成した暁《あかつき》には、さらに多くの申請が舞いこむものと予想される。ターク山自然保護区は、森に関わる研究を行なう者にとって重要な人気スポットとなるだろう。もしかしたら、それがみんなの望みなのかもしれない。

青いフードの洞《ほら》のなかから、サラが微笑みかけてきた。ライスははじめから、この土砂降りはそのうちやむものと読んでいたのだが、いままさに雨足が弱まりだしていた。

「正午を過ぎて、まだ少ししか経ってない。いまから谷底の川までくだっていっても、暗くなるまでにたどりつけるわ」

まさか本気じゃないだろうな、とライスは思った。谷底へとくだる急斜面は、ひょいひょいとくだっていけるような代物じゃない。頭のなかに、管理人室の壁に張られた地図を思い浮かべた。幅の広い川を下流から上流へたどっていき、一・五キロかそこら進むと、川幅が急に細くなって、深い裂け目のようになる地点に差しかかる。なかでも、崖が一段低くなっている一帯は、地図に示された茶色い等高線のあいだが狭まり、重なりあわんばかりになっている。そのせいで、そこの部分だけやけに茶色が濃く見えており、そのすぐ脇では、川の流域を示す青いすじが蛇行したり、湾曲したりしている。七・五分の単位で区切られた地形図からも、そこに何が待ちうけているのかをはっきり読みとることは不可能だった。

強風が峡谷を吹きぬけていく。巨木の樹冠がそれに押されて、スローモーションのようにゆっくりと前後に揺れ動きはじめる。いま立っている場所に風はない。雨もすでにやんでいる。ライスはかぶっていたフードをおろした。この瞬間にはいつも、ちょっとした驚きがある――これまで聞こえていなかった音、大空、広がる視野。少しの間を置いて、サラも同じくフードをおろし、ジャケットの袖から雨粒を振り払った。

「あそこにどんな爬虫類がいるのか、ずっと見てみたかったの。あそこへ行って調査を行なうための許可をとってあげましょうかってスターに訊かれたことがあるんだけど、そのときはなんだか躊躇してしまって……辻褄《つじつま》の合わないことを言うやつだなって思うわよね」

たしかに辻褄は合ってない。どうして気が変わったのかと訊こうとしたが、寸前で思いとどまった。サラが味わった苦しみの十分の一も、自分は経験したことがない。それにときどき、自分のＤＮＡがまにあわせに掻き集められたもののように感じることもある。

ふたたび小雨がしとしとと降りだして、峡谷の向こうに広がる緑の斜面と切り立つ絶壁をぼんやりと霞ませはじめた。眼下では、一陣の風が木々の葉を大きく揺らしている。見あげた空では、灰色の濃密な雲がゆっくりと渦《うず》を巻いている。今日は一日、雨が降ったりやんだりを繰りかえすだろう。

「あそこは正直、気味が悪い。なんたって太古の森だ」谷底を見おろしてライスは言うと、立ちあがってバックパックを背負った。「行くなら、さっさと出かけよう」

17

岩壁を縦に貫く、細長い裂け目が見つかった。崖の表面よりかはいくらか勾配がゆるやかなうえに、密生した大きなツツジの茂みがしっかりと根を張っている。ライスが先に裂け目へおりた。岩壁にしがみつくような恰好で、つかまる場所や足場を一歩ごとにたしかめながら、徐々に下へとくだっていった。だが、岩肌がごつごつとしているおかげで、手や足を置く場所に困ることはほとんどなく、弾力に富んだツツジの幹や大枝を、梯子の踏み板のように使うこともできた。

森の樹葉がつくる緑の天蓋を少し越えたあたりで、空がとつぜん暗くなった。崖から少し突きでた岩棚で、ひとまず休憩をとることにした。ふたりは苔むした岩に背をもたせかけて、雨雫《あましずく》を滴らせる葉や、濡れそぼった逞しい大枝にじっと見入った。気温がぐっとさがり、身を切るような風が、川沿いに群生するベイツガの香りを運んでくる。だが、それだけじゃなく、ほかの場所とはあきらかに異なる何かがあった。どちらも口をきかなかった。ライスにはなんだか、異国に迷いこんだかのように感じられた。暗くて、あたり一面に緑があふれる、原始の国に。ここから三十メートル下を流れる小川の水音ですら、いまだかつて耳にしたことのない風変わりなものに思えてきた。

岩壁の裂け目をくだり終え、崖の下におり立つやいなや、サラがささやくような声で訊いてきた。「あなたも感じた？」ライスは無言でうなずいた。

サラは小川のほとりを這いまわりながら、石を持ちあげては下をのぞきこんだり、落ち葉の山をそっと掻き分けたりしはじめた。珍しい植物や虫やトカゲを見つけては、その名をひとりつぶやいた。携帯電話を取りだして、見つけた生き物の写真も撮った。やはり声をひそめたまま、離れた場所からライスを呼んで、小さな黒いサンショウウオを指差しながら、ジェファーソンサラマンダーだと伝えてもきた。その身体を覆っていた落ち葉を戻してやったあとは、「次はあっち」と顎で指し示し、立ち枯れしかけた一本の木の前まで連れていった。完全に腐敗の進んだ部分をサラが手でどけると、指し示された指の先に、さきほどより大きくて、全身に横縞の入ったサンショウウオがいた。こちらはタイガーサラマンダーというらしい。

「どちらも自然環境にいるところははじめて見たわ。ジェファーソンサラマンダーも珍しいけど、タイガーサラマンダーのほうはもっと珍しい。ヴァージニア州では絶滅しかけていて、これまでにほんの数カ所でしか生存が確認されていない。でも、ここではようすがちがうみたいね」

サラはまたもや四つん這いになって、さらにあちこちを這いまわっては、ノートに何かを走り書きした。
ライスは一本の木の幹にもたれると、太古の森のなかへと意識がさまよいゆくのに任せた。いま自分は、本当にこの谷にいる。だが、胸に迫るものはさほど強くないように思える。それは単に、この森があまりにも広すぎて、それぞれに異なる個性を持ったそれぞれの木々に、訴えかけてくる力が散在しているためだろう。それにしても、ここに群生する巨木は、さながら眠りについた神々のようだ。ライスには名前もわからず、感じとることすらほとんどできない何かに心動かされ、打ち震えている神々。それぞれがそれぞれとは異なる。それぞれが何世紀にも及ぶそれぞれの物語をささやきかけてくる。その足もとには、栗の倒木が転がっている。胴枯れ病にかかって幹が腐ったらしく、胸の高さくらいに残った幹も土のように軟らかくなって、分厚い苔に覆われながら、やはり何ごとかを静かにささやきかけてくる。そのとき、何かに呼ばれた気がして、ライスはそちらを振りかえった。聳え立つ一本のユリノキが見えた。老人のように腰が曲がり、節くれ立ったその高木は、腐敗によるものなのか、落雷によるものなのか、はたまた古《いにしえ》の炎に焼かれでもしたのか、幹に大きな洞《うろ》があいていた。ライスは皮膚が粟立つのを感じた。

サラが一匹の蛇を手にして、こちらへ近づいてきた。体長は三十センチほどで、カーキ色の体表に黒い斑点が散っている。特に慌てたふうもなく、一方の手からもう一方の手へするりと移動したかと思うと、不意に逃げるのをあきらめたらしく、手首にぐるぐると巻きつきだした。

「マウンテンアーススネークよ」サラが言って、目の高さに蛇を持ちあげた。ライスはそっと手を伸ばし、クリーム色をした顎の下にひとさし指を添えてみた。蛇は指の腹に顎を預けると、小さな舌をちろちろと出し入れしながら、ライスの指の成分を綿密に分析しはじめた。

「この蛇は、一度も見かけたことがないな」

「今後もないでしょうね。この子たちはものすごく稀少なうえに、穴を掘って、そこで暮らすの。だから、この地域に棲息しているってことすら報告されていなかった。ここはまるで、〝失われた世界〟みたいね」

手首に巻きついていた蛇がふたたびゆっくりと動きだし、もう一方の手へと移っていくのを眺めながら、サラは独り言のようにつぶやきだした。「蛇が嫌いなひとって、ものすごく多いのよね。たぶん、蛇が人間の世界観を脅かすからなんじゃないかしら。人間の目から見た蛇は、異質で、手足もなくて、どうにも受けいれがたい、黒魔術的な存在……きっと、小枝に命が吹きこまれたものみたいに思えるんだわ。だけど、もしかしたらわたしたちもみんな、小枝に命が吹きこまれただけの存在なのかもしれない」蛇が親指に巻きつきだすと、サラは感情の見えない小さな顔を見つめたま ま、さらに続けた。「わたしたち人間は、自分たちは特別な存在なんだと、魂を吹きこまれた存在なんだと、天使か妖精、あるいは神の愛《いと》し子なんだと信じたがってる。生きて動く物質だってだけでも充分な奇跡なのに、それじゃあ物足りないのね」

サラは自分の歩幅で距離を測って、二十メートル四方の正方形の辺をたどりながら、角の部分に目印となる小枝を並べると、自分が発見したものを携帯電話のカメラにおさめてほしいと、ライスに頼んできた。即席のフィールド調査をちょこっと済ませておきたいのだと、サラは説明した。そうすれば、研究計画書をスターに提出するとき、少しでも体系の整った資料を添えることができるから。それに、どのみちあなたはいろいろとわたしを手助けしなきゃならなくなる。春になったら一緒にフィールド調査に出かけることもできるし、論文を共同執筆するのもいいわね。

ライスは思わず微笑んだ。「ここでフィールド調査をしたところで、スターに報告はできないぞ。この谷においてはいけないことになってるんだから」

「あなたのせいで道に迷ったって言うわ」

共同執筆する論文は、アパラチア山脈中央の森に棲息する脊椎《せきつい》動物門の多様性に関して、新たな基準を確立することになると、サラは続けた。何世代にも及ぶ歳月を経るうちに、森のあるべき姿とはどういうものなのかということを、人々は顧《かえり》みなくなってしまった。二次林、三次林、四次林といった、伐採と再生を繰りかえすことによって劣化した森を、正常なものと見なすようになった。けれども、この論文が発表されれば、従来の手前勝手な認識によってでたらめに動かされてきた防衛ラインを、劇的に押しもどすことになるだろう。結果として、この森のような場所がいくつか、チェーンソーの攻撃を免れることにもなるかもしれない。人々がそういうばかなまねをやめるようになるかもしれない。

あまりにも楽観的な見通しに、ライスは小さく首を振ったが、サラはそれに気づかなかった。サラと一緒にいることも、その理想主義も、そのひたむきさも、口数の多さすらも、好ましく感じはじめている自分がいた。だから、いま思っていることを口にはしなかった。数千年の歳月をかけて森がどれだけ再生しようとも、いまだにライスを芯まで震わすほどの神秘的な力を、この森がどれほど秘めていようとも、最後の氷期が終わって以降、陽の光をぞんぶんに浴びてきたはずのこの森が、さほど遠くない未来に地上から姿を消すであろうことは厳然たる事実なのだと、サラに告げることはしなかった。こうした知識をライスが得たのは、管理人室の本棚に並んでいた学術雑誌を読んだときのことだ。その知識はライスの潜在意識に染みこんで、生来の悲観的性向を増大させた。まず最初に、ベイツガが消える。いまのところこの谷にカサアブラムシはいないが、いずれかならずやってくる。陽射しを遮る常緑樹を失ったことによって、小川の水温があがり、谷全体の乾燥が進む。それとほぼ時を同じくして、多種多様な事象の結果が相互に影響を与えあうことにより、大陸全体の気候がきわめて不安定になる。誰ひとり想像すらしていなかったような災禍《さいか》が次々と襲いかかる。そのとき脳裡に浮かんだのは、広大な森の枝葉が炎に包まれている光景だった。燃えさかる炎が土壌をも死に追いやっていく、見るに堪《た》えない大惨事だ。乏しい焼け跡には、雑草しか生えることができない。乏しい養分を奪いあったすえ、外来種が生き残る。大地の歴史からすればほんの一瞬、まばたきをするようなあいだに起きる、種の同質化。ここだけじゃない。至るところで起きる。そして七千万年後。同じことが繰りかえされる。

サラから差しだされた携帯電話を、ライスは微笑んで受けとった。論文の件は喜んで力になろうとも言い添えた。きみの論文が世界に変化をもたらしてくれるといいなとも言った。

二時間後、小川を一・五キロほど下流へ進んだところにある、高さ三十メートルほどの滝の上に屈みこんで、ライスは手ですくった小川の水を飲んでいた。サラもつかのまためらってから、ライスに倣って同様にした。数メートル先では、何十もの支流を集めて勢いを増した水流が、鋭く尖った崖のふちを乗り越え、白く泡立つ滝壺へと流れ落ちている。臓腑を震わす轟音が風に運ばれ、滝の上まで押し寄せてくる。滝の両側には、苔に覆われたすべらかな絶壁が聳えている。間断なく降りつづけるこぬか雨が、防水ジャケットのフードを叩いている。谷底まで届く光は乏しく、冷たい水のなかを歩いてきたせいで、ズボンが腿まで濡れそぼっていた。サラは身体が震えだしている。ライスはバックパックからフリースジャケットを取りだして、差しだした。サラは遠慮して断ろうとしたが、ライスは一歩も引くことなく、防水ジャケットの下に着るよう指示した。時と場合によっては、寒さでかじかんだ手足がサラだけでなく、双方の命取りとなることも充分ありえるからだ。

いま目の前にあるのは、三番めに行きあたった大きな滝だった。手前で出会ったふたつの滝は、左右いずれかの崖の岩壁にしがみつくようにしてどうにかおりた。いずれの場合も、岩壁はいっそう険しく、いっそう危険になっていき、ともすれば命を奪いかねないような障害がそこらじゅうにひそんでいた。サラに荷物を預けておいて、ライスはルートの探索を始めた。獣道をしばらく進んでいくと、幅が三十センチほどしかない岩棚に出た。そこをじりじりと進んでいくと、いきなりぷつりと道が途切れた。ライスは来た道を慎重に引きかえし、今度は、岩壁を縦に走る大きな亀裂をくだってみた。雨に濡れた岩がすべるせいで、二度も足を踏みはずし、そのたびに真下の岩棚までずるずるとすべり落ちては、どうにかこうにか着地した。だが、そこから下には、あんなふうに足をすべらせようものならひとたまりもないほどの、奈落の底が待っていた。

ライスは焦りを感じた。暗がりのなかで崖をくだっていくことに不安も感じた。仕方なく、崖下までのルートに目星をつけられそうなぎりぎりの地点までどうにかおりて、そこからは崖をのぼりはじめた。滝の上に戻ってみると、サラは水面《みなも》を見つめていた。小川の流れがとつぜん途切れ、緑がかった半透明のレンズのように姿を変えたあと、崖の縁から流れ落ちていくあたりに、じっと目をこらしている。ライスにもまさるほど疲れ果てているようだ。得意のお喋りも鳴りをひそめている。ライスが戻ってきたことに気づくと、サラはバックパックに手を伸ばし、ビニール袋から携帯電話を取りだして、ライスのほうに画面を向けた。

「何を見せようっていうんだ？」

「〝圏外〟の文字」にっこりと笑って、サラは言った。

「それが意外だとでも？　こんな谷底まで電波が届くと思ってたのか？」

サラはやれやれと首を振ったが、それ以上詳しく話そうとはしなかった。ライスは自分のバックパックについているナイロン製のストラップを使って、急ごしらえのハーネスをつくりながら、これからたどるルートにはところどころに少しおっかない場所があるのだと説明した。懸垂下降のやり方を知っているかと尋ねると、意外なことに、サラは首を横に振った。そうなると、サラが崖をくだっているあいだ、自分はロープの確保に努めたほうがいいかもしれない。非常時に備えてバックパックに入れてあったロープは、長さが八メートル弱しかなかった。つまり、一度にくだる距離を短くしなければならないということだ。

まずは、ライスが後ろ向きに崖から身を乗りだして、岩壁を縦に走る幅の広い亀裂のなかに入った。そして、サラが亀裂をくだっていくあいだは、岩肌に足の裏をつけて踏んばったまま、ロープを少しずつ繰りだしていった。ライスが事前に示しておいた幅の狭い岩棚まで、なんとか無事にたどりつくと、サラはこちらも指示されたとおりに「ビレイ解除！」と叫びながら、親指を立ててきた。それからすかさず、岩壁に背中をぴったりつけて岩棚にすわり、ロープを背中に通したあと腰のまわりに巻きつけると、今度は「オーケイ！」と叫んできた。たったいまライスが自分のためにしてくれたことを、今度は自分がするつもりらしい。自分なら大丈夫だ、とライスは叫びかえした。ロープを確保してもらわなくても、自力で下までおりられると。だが、サラは引き締まった表情で首を横に振った。薄明かりのなか、驚きから憤慨へと切りかわる表情が見えた。ライスは崖下へロープを垂らし、ゆっくりと亀裂のなかをくだっていった。

岩棚の上で合流するやいなや、サラはぐるぐると輪に巻いたロープをライスの顔の前で振り立てた。

「何よ！　いったいどういうことなの？」

ライスはこう説明した。懸垂下降をする際に、サラの身体をしっかりと支えるためのカムやナッツといった確保器具が何ひとつここにはないし、サラがライスの体重を支えるすべもない。「もしおれが足をすべらせたら、きみまで巻き添えになってしまうんだ」

「それなら、これのことは忘れてちょうだい」サラは腰に巻いていた急ごしらえのハーネスをはずすと、ロープが結びつけられた状態のまま、それをライスに手渡した。

道理もへったくれもなく片意地を張るサラに、疲労と苛立ちが募った。「いいか、サラ。考えてもみてくれ。おれがきみのロープを安定させていれば、それだけリスクを減らすことができる。こういう方法をとったのは、おれたちふたりのため、チームのため……パートナーとして当然のことだからだ。ただし、この方法は一方にしか通用しない。下にいる者が上にいる者を支えることはできない。当然ながら、きみを危険にさらすわけにはいかないんだから、後ろめたさなんておぼえなくていい」

「後ろめたさ？　わたしが後ろめたさをおぼえるのをいやがってるとでも？」サラはいきなり声を荒らげはじめた。そこに手ぶりまでもが加わって、いまにもバランスを崩しかけていた。だが、ライスが重心を低く落とし、いざとなったらサラの身体を支えようとしていることに気づくと、ぴたりと口をつぐみ、両腕を力なく脇に垂らした。

「あなた、疲れて目が飛びだしてるわ」サラはかすれた笑い声をあげながら、ひんやりと湿った岩壁にもたれかかった。

雨がようやくあがって、空は晴れていたが、肌を刺すような風が谷底から吹きあげてくる。いまやどちらも全身に震えが来ていた。ライスは低体温症の症状をざっと説明すると、舌がもつれたり、唇が真っ青になったりといった症状が自分に出ていないか、念のためサラに確認してもらった。

「ここもロープを使っておりよう」ライスが言っても、サラは何も答えなかった。弱々しい灰色の光のなかで、足もとから下へと伸びる岩壁をじっと見つめてから、ロープを使わずにおりはじめた。ゆっくりと、慎重に、それでいてためらいなく、サラは岩壁を伝っていった。ライスはそのようすを見守りながら、ひんやりと湿ったロープをバックパックにしまった。すっかり冷えきってしまった擦り傷まみれの両手を口に近づけ、はあはあと息を吹きかけた。いったいどうして、こんなことになってしまったのか。本来なら、トレイルカメラの設置を済ませたあとロッジに戻り、ディナーを楽しんでいるはずだった。なのに、どういうわけだか、禁断の谷へおりるなどという逸脱行為に走ってしまった。これも潜在意識のなせる業なのか！　ライスが思う、正常な認識機能の喪失。あるいは、幻覚がライスに見せた、独特な個性を持つ森の精霊。稀少種を見つけては、興奮に目を輝かせるサラ。意固地になったサラが打って出た暴挙。待ちうける障害が、心躍らせるものから刺激的なものへと、さらには恐ろしいものへと、しだいに変化していく。こんな状況に陥ることになったのは、いかにも典型的な、気恥ずかしくなるほどに月並みなヘマをやらかしたからだった。急な思いつきに飛びついたこと。もはや後戻りのできないいくつかの地点で、後先も考えずに無謀な選択をしたこと。陽が傾き、気温がさがってきたこと。不安が腹に重くのしかかる。鉛と化した臓器がいつものように、肝臓のどこか近くを占拠している。自分とサラの関係は互いのためにならないのではないかとの思いが、ふと頭をよぎった。

次の岩棚でサラに追いつくなり、いよいよ手詰まりになったとライスは悟った。さきほど、最後のルートに目星をつけた際に、崖下までの距離の目測を誤ってしまったのだ。いま立っている岩棚から、水が渦巻く滝壺まで、少なくとも六メートルはある。しかも、上から確認したときには目視できなかったのだが、この岩棚は顎のように張りだしているため、壁を伝っておりることもできない。ふたりは無言のまま、滝壺を見おろしていた。

「オリンピックの飛びこみ台に比べたら、かわいいものだわ」サラが言った。

「だが、滝壺の水深がわからない」とライスは答えた。水面に目をこらしても、あたりが暗くて、深いとも浅いとも判断がつかない。ここに来るまでに迂回してきた滝壺はみな、せいぜい一・五メートル程度しか水深がなかった。一・五メートルでは、とうてい足りない。

「水の底に岩や丸太が沈んでる可能性もある。泡に隠れて見えないだけで。それよりも、おれがロープを支えてきみをおろすことならできるかもしれない……」

言いながらあたりを見まわして、それも無理だと気がついた。この岩棚の奥行きは、ライスの靴底がかろうじておさまる程度しかないうえに、下に向かって傾斜している。この場所に立ったままで、ひとひとりの体重を支えきるすべはない。アンカーとして利用できそうな木の根も、こぶのように盛りあがった岩も、何ひとつない。六メートルほど上方の、壁が割れて大きな亀裂になっているところなら、片脚と片方の肩を楔《くさび》代わりにして、身体を固定することができるかもしれない。だが、あそこから下へ垂らすには、ロープが短すぎる。

ここでぐずぐずしていても仕方ないのだが、ふたりはしばらくその場に立ちつくしていた。ライスの太腿の前面を覆う筋肉が痙攣を起こしていたからだ。サラもまた、寒さで膝を震わせていた。休息をとるには、あの亀裂まで戻るしかない。だが、それには、暗がりのなかで崖をよじのぼらなければならない。そのあとも、さらに滝の上まで崖をよじのぼったうえで、来た道を引きかえさなければならない。その際には、ライスが持参してきたヘッドライトを点けることになるだろう。ライスが先に崖をのぼって、ヘッドライトにロープを通し、下にいるサラのもとへするするとすべらせる。ヘッドライトをつけて崖をよじのぼってくるサラを、上からロープで支える――そうすることを、サラが許してくれるのであれば。滝の上までたどりつくには、それを二回繰りかえさなければならないが、どちらも距離としては短い。滝の上にさえ着いてしまえば、雨をしのげる場所を探して、朝になるのを待てばいい。そこならライスが火も熾《おこ》せる。そして、夜が明けたら、また別のルートを探そう。ともかく、いますぐ、この岩棚だけは離れなければ。なのに、太腿の痙攣がおさまってくれない。

サラが首をまわして、こちらを見た。そして、くたびれた笑みを浮かべるやいなや、滝壺めがけて飛びおりた。背中に垂れていたポニーテールがふわりと宙に浮きあがったかと思うと、頭の上でひらひらと揺れだした。

そのときほんの一瞬、ライスの頭をよぎったのは、自分が思っていた以上にサラは気持ちが参っていたのかもしれないということだった。次の瞬間には、カメラのフラッシュのように、これからとるべき行動や起こりうる事態が、いくつも脳裡《のうり》に浮かんでは瞬時に消えた。まずは、意識があるかを確認する。怪我がないかを確認する。生命の危険を冒すことなく、どうやってサラのもとまでたどりつこうか。脚を骨折していたなら、添え木をあててやらなきゃならない。複雑骨折をしていたら、止血帯も必要になる。ところがそれも過ぎ去ると、今度は頭が真っ白になった。サラが水面に到達するのも待たずに、ライスは「どうとでもなれ」とつぶやくなり、自分も滝壺へ飛びこんだ。

いくつかの物理法則が働いたせいで、水面にたどりつくまでには一秒と少ししかかからなかったのだが、本人のいだく印象は、それと一致するものではない。冷たく湿った空気のなかを、ずいぶんと長いこと落下していたような気がした。ライスの左側から飛びこんだサラの身体が水面を叩き、水中に沈んでいく。ライスも息を深く吸いこみつつ、靴底が水面へ達する直前に、両腕で膝を抱えこんだ。水の抵抗を受けにくい直立不動の姿勢では、川床に足を打ちつけてしまうかもしれないから。冷たい水が手荒く頭を包みこんだ。バックパックのショルダーストラップに強く肩を引っぱられた。靴底で川床を踏みしめたときも、ライスはまだ膝を抱えこんでいた。水深は一・五メートル以上あるが、それでも充分というわけではなかった。荷物の重みで身体が少し後ろに傾いていたおかげで、バックパックが衝撃をやわらげてくれたのだが、肺のなかの空気はほとんど一気に吐きだしてしまっていた。吐きだされた空気は銀色の大きなあぶくとなったあと、いくつもの小さな泡へと分割しながら、ライスの頭上へと浮かびあがっていった。きらきらと輝く水面《みなも》に向かって、ライスは腕を伸ばした。滝が水面を叩く鈍い轟音が、耳もとで喋りたてる大声のように耳に響いた。さざ波はライスが想定していた以上に冷たかった。さざ波立った水面を照らす光が縦横にひび割れて見えて、氷の天井を眺めているかのようだった。ライスは浮かびあがろうとしなかった。なおもそこにとどまった。耳を澄まして、滝の声を聞きとろうとした。やがて、てのひらで水面を掻き分けるようにして、勢いよく水から顔を出すと、口から水を吐きだしつつ、激しく息を喘がせながら、サラを捜した。

ライスはサラの身を案じていた。サラはきっと、どこかを怪我しているにちがいない。脚か、足首を骨折しているにちがいない。あのときサラは、水深のいちばん深いところを見定めようとすらしなかったのだから。ところがそのとき、水の流れに身を任せて、滝壺の端にある浅瀬のほうへ流されながら、小川の下流へ顔を振り向けたとき、そこにサラの姿が見えた。バックパックを肘からぶらさげ、ズボンの布地を脚に張りつかせたサラが、小川の水に洗われた砂利の上にあがりながら、あたりをきょろきょろと見まわしている。震えのとまらない身体から、ぽたぽたと水が滴っている。びしょ濡れの髪が背中に張りついている。大きく目を見開いた顔は、日没後の青みを帯びた残照のなかで、恍惚《こうこつ》としているようにも、生気を取りもどしたかのようにも見えた。サラはライスを見つけると、満面の笑みを浮かべながら腕をあげて、ある一点を指差した。指の先に目を向けると、今朝ロッジを出発してからはじめて目にする人工物——滝壺の向こう岸近くから突きだした、錆まみれの重たげな鉄パイプ——が見えた。一九二〇年代に誰だかがダッチ川沿いで運営していたという、小さなサマーキャンプ場へ水を引くための取水管だった。大恐慌のさなかにそのキャンプ場が廃業に追いこまれたため、トラヴァー家が土地を買いとり、保護区に加えたという経緯《いきさつ》がある。

ライスは力強い足どりで浅瀬を突っきり、サラの隣に立って、こう告げた。「ここがどこなのか、わかったぞ」

18

ふたりはキッチンのテーブルに並んですわり、蓋を開けただけの耐熱皿のなかにじかにフォークを突っこんで、冷えたラザニアを食べていた。時刻は午前一時をまわっている。一本めのシラーズ・ワインは、もうほとんどどからになっている。

暗がりのなか、ライスがよく知る踏み分け道をたどって、小川からロッジへと歩いて戻る道のりは、重い疲労感と沈黙のうちに過ぎた。ロッジに着くと、サラは乾いた服に着替えると言って、使われていないほうの寝室に鞄《かばん》を持ちこんでいったものの、いっこうにそこから出てこなかった。ライスも服を着替えたあと、ソファに寝転がったまま眠りに落ち、谷底に落ちる夢を見て目を覚ますと、すでに真夜中を過ぎていた。サラのいる寝室の扉をノックして、何か食べないかと声をかけると、数分後、寝惚《ねぼ》けまなこのサラがキッチンに入ってきた。

ラザニアは正直なところ本格的とは言いがたかったが、全粒粉《ぜんりゅうふん》のパスタや、ほうれん草、キノコ、松の実、シチメンチョウの挽肉《ひきにく》を加えるなど、健康を考えた工夫があれこれなされていた。ライスにとっては、久しぶりにお目にかかるまともな食事だったため、盛大に食べすぎてしまった。

「もう無理だ」ライスはフォークをテーブルに置いた。ガラス製の耐熱皿のなかをのぞきこんで、サラは言った。「これだけ多めにつくっておけば、しばらくは持つだろうと思ってたのに」

そのあと、サラが席を立とうと腰をあげた瞬間、椅子の脚が床に引っかかって、ぐらりと後ろに傾いた。ライスはとっさに背もたれをつかみ、そのままの姿勢で凍りついた。初対面の日にサラが物置部屋でパニックに陥ったときの記憶が、脳裡に蘇ってきた。背もたれを握りしめたまま、覚悟を決めて待ったが、いくら待っても肘鉄は襲ってこなかった。一瞬の間を置いて、サラの顔がほころんだ。「いまのあなたの顔ったら！　まるで、手榴弾《しゅりゅうだん》が爆発するのを待ってるみたい」

ライスは口のなかでもごもごと、怖がらせるつもりはなかったとかなんとかつぶやいた。

それを見たサラはおもむろに腕組みをした。ライスの反応が面白くてならなかったらしい。「じつを言うとね、わたしにはかなり高性能なレーダーが搭載されてるからわかるの。あなたがわたしに言い寄ることはないって」

会話のとつぜんの方向転換に、片眉をあげてはみたものの、返す言葉は見つからなかった。この手の話題はどうも苦手だ。

「これでもわたし、けっこうもてるのよ。たいていの男のひとはわたしのことを、お手ごろな女だと思うみたい。見た目はそこそこ整ってるけど、美人というほどではなくて、男のひとから親切にされると、それはもう大感激しちゃうようなタイプだろうって。わたしがレイプされたことを知ってるひとたちは、そういうことは強いて控えようとしてくれてるけど、あなたの場合は、そういう可能性すら考えたことがないみたい。別に、それが不満だっていってるんじゃないのよ。ただ、あなたとふたりきりでいても、わたしが全然不安にならないのは、そういう部分が大きいんだと思う。だけど、ちょっと気になるわ。あなたは別に意気地《いくじ》なしってわけでもないし、同性愛者ってわけでもないでしょう？」

「ああ、ちがう。きみは？」

「そんなふうに思う男のひともいるみたい。それで一回、試してみたわ」

「本当に？」

「あら、すごい。急に興味を持ちだしたわね」

　ライスはそれを否定しようとしたが、サラは大袈裟に目を見開きながら、「ほんとに男ってやつは！」と声をあげると、背もたれに寄りかかり、ぐっと細めた目でライスを見つめはじめた。ワインのせいで、いくらか抑制がきかなくなっているようだ。科学者に特有の旺盛な好奇心に、なんとも言えない居心地の悪さを感じた。サラに研究されているトカゲの気持ちが、少しわかる気がした。ライスはサラの手をじっと見つめた。いまにもポケットから爪切りを取りだして、おれのDNAサンプルを採取しようとするんじゃなかろうか。

「それで、どうだった？　わたしのレーダーの性能は？」

「ああ、たしかに高性能だ。おれはいま、その手のこととは距離を置こうと決めてるんでね」そこまで言って黙りこみ、ライスはふと考えこんだ。あれからまだ一年にもならないのか。この世界にふたたび十一月が訪れることなど、なんだか不可能に思えてくる。去年起きたすべての凶事は、カレンダーなんて跳び越してくるべきなのに。関係のない季節はみんなすっ飛ばして、地獄なり忘却なりが待ちうける場所へ、一直線にライスを投げこむべきだったのに。

「あら、やだ。ごめんなさい」表情から何かを感じとったのだろう。サラが急に詫びてきた。「ひどい別れ方をしたの？」

「……ああ」

「無理に話さなくていいのよ」

　ライスは何も答えなかった。あの捜査官が口にした〝性的拷問殺人〟というフレーズが頭をよぎった。だがもしも、この話を聞く権利のある人間がこの世にいるとするなら、それはサラだ。ただし、それはいまじゃない。

残りわずかとなったラザニアの耐熱皿に蓋をして、サラが冷蔵庫のドアを開けた。庫内から漏れる黄色い光に照らされた顔は、落ちつきはらってはいるが青ざめている。落胆しているともいないとも、判断がつけがたい。サラはドアを閉めて振りかえるなり、訝しそうに眉をひそめた。

「今度はそっちが見つめてる」

たしかに、ライスは見つめていた。心のなかで決意を固めながら。

「保護区内できみが捕まえて、狩猟管理局に通報したっていう密猟者のことなんだが……大柄で体格のがっしりした赤毛のやつらじゃなかったか?」

「ええ、そうよ。父親がスタンプでお店を経営してるわ」

「そいつらに脅された?」この質問は不快に思われるかもしれないと心配したが、どうやらこちらにかなりの信頼を置いてくれているらしく、一瞬の躊躇もなくサラは答えた。

「もちろん、脅されたわ。正真正銘の下種《げす》野郎どもね。あの件も保安官事務所に通報したけど、案の定、わたしが襲われた夜のアリバイが全員にあった。容疑者リストからはずさざるをえないって、保安官に言われたわ」

「ここいらじゃあ、アリバイをでっちあげるなんぞそう難しくない。スティラー兄弟は二流どころのヤクの売人で、暴力的な傾向もある。もし連中がこの山で熊を密猟して、その胆嚢や手も売り物にしているんだとすれば、連中にはきみを傷つけようとするだけの、きみをここから追いだそうとするだけの動機があるってことになる」

「はっ!」つくったような声で笑って、サラは言った。

「だとしたら、裏目に出たわね」

「どういうことだ?」

「わたしの代わりに、あなたが来た」

キノコ摘みの男に見せられた熊の死骸のことを思いだした。豚の胆嚢を仲買人に売りつけようとして行なった危険な潜入調査での大失態も。「いや、これまでのところは、たいした抑止力になっていないようだ」

サラは何も答えなかったけれど、その表情は挑みかかるようで、ほんの少しだけ獰猛《どうもう》でもあった。まるで、あいつらがまた山にやってきたら、自分が取っ捕まえてやりたいとでも考えているふうだった。ライスは想像をふくらませた。強烈な肘鉄とスタンガンの電気ショックで、密猟者の息の根をとめる〝自衛捜査官〟サラ。小便をちびる密猟者ども。管理人がライスで、むしろ幸運だったかもしれない。

「そいつらに話を訊いてみるよ」

「誰に？　スティラー兄弟に？」

ライスは無言でサラに目をやり、肩をすくめた。

「あなたには何も話さないわよ」とサラは言った。

19

砂漠を横断して走る乾いた道路、エル・カミノ・デル・ディアブロのすぐ南。カベサ・プリエタ国立野生動物保護区の南端。メキシコ北西部ソノラ州に入ること数百メートル。時刻は午前四時を過ぎている。

ライスは懐中電灯を口にくわえて、革手袋をはめた。ハイウェイ2号線の下に掘られた暗渠《あんきょ》の北端で、サソリに用心しながら、出入口の手前に山と押しこめられていたゴミ屑や、小枝や落ち葉、ウチワサボテンの欠片を取りのけていった。すると、そこにあらわれたのは、鉄筋を熔接してつくられた鉄格子だった。いかにも頑丈そうではあるが、確認のため一度ずつ、力いっぱい引いたり、押したり、ブーツの底で蹴ったりしてみたところ、どこからか入りこんでいたらしいガラガラヘビが一匹、奥の暗がりへと逃げこんでいった。念のためもう一度蹴ってみたが、どこにもへこんだ形跡はない。ライスは懐中電灯を切り、鉄格子が接合されたコンクリートの支柱の前を離れ、半月の手前まで欠けた月から降りそそぐ薄明かりのもとに進みでた。

「まったくもう……」小声で毒づくエイプリルの声が背後から聞こえた。

一台の大型トレーラーが頭上のハイウェイを通りすぎていく。その轟音がすっかり遠のいたあともまだ、さきほどの蛇が尾を振り立てる音は響いていた。あれはおそらく、ニシダイヤガラガラヘビだろう。捕獲棒は持ってきているが、鉄格子に関しては、どうにかする時間も工具もない。となると、頭上のハイウェイを歩いて渡らなければならないが、そんなことをするくらいならあの蛇と格闘するほうが、ライスとしてはずっとましだった。後ろを振りかえると、国境沿いに立ち並ぶ保護柱の向こうで、アメリカ合衆国において最も辺鄙《へんぴ》にして最も近寄りがたいエリアが暗闇に沈んでいる。だが、ここメキシコ側では、日の出までまだだいぶあるというのに、長距離輸送トラックのたぐいが驚くほどせわしなく行き来している。

エイプリルは支柱の上に首を伸ばして、ハイウェイに目をこらし、往来に目を配っている。ライスは最後にもう一度だけ、説得を試みることにした。

「なあ、エイプリル、これは何かの予兆だ。今日は引きかえしたほうがいい」

エイプリルはこちらに顔を向けようともしなかった。

「入口がふさがれてるかもしれないって、ミアからも聞かされてたわ。こんなのたいしたことじゃない。このあたりは警備がわりと穴だらけだから……いまよ、行きましょう」

腰を折り、頭を低くしたまま、エイプリルが走りだした。タールで舗装されたハイウェイに駆け寄り、一目散に突っきりはじめた。アルマジロの気分に陥りながら、ライスも続いて走りだしたとき、東の方角に目をやって気づいた。四百メートルほど離れたところから、ヘッドライトの光がこちらへ向かってきている。トラックの運転手はみな、このハイウェイをこそこそと横切っていく人間を数多く目にしてきたことだろう。だが、その大部分は反対側をめざしていたはず。

ここ数カ月は、エイプリルの友人であるミア・コルテスが、カルテルから送りこまれてきた連絡役として取引の仲介にあたっており、そのミアから命じられたのが、今回の任務だった。なんでも、ソノラ州における麻薬ビジネスを一手に取り仕切る組織の連中が、エイプリルとライスの能力を買って、特別な仕事を頼みたがっているという。つまりいまは、その面会に向かっているところだった。ちなみに、アリゾナへ移ってくる以前のミアは、カルテルがシカゴで展開していたビジネスを監督するような立場にあったらしい。そのため、メキシコの麻薬組織にも大いに顔がきいた。エイプリルとライスが稼いだ金をきれいに〝洗浄〟して、国境の壁に関する研究調査へ寄付できるよう手助けしてくれたのもミアだった。だが、ライスはミアに対してつねづね、何やら胡散《うさん》臭いものを感じており、そのことでエイプリルと揉めて、コンビが解消しかけたこともあった。そして、この面会をめぐる数々の争点のなかで、ライスが押しとおすことのできた唯一の主張はというと、銃はすべてチリカワ山脈に埋めるか何かして、アメリカ側に置いていくというものだけだった。誰だって、銃を所持したままメキシコで逮捕されたくはないはずだ。

ゆうべは、クイトーバキート・スプリングスと呼ばれる泉のほとりで野宿をした。面会の場所を早めに訪れ、周囲を下見しておくためだった。ミアはフェニックスから車で向かい、現地で合流すると言っていた。だが、ライスの直感は、ミアからのメールが真夜中すぎにエイプリルのもとへ届くまえから、この計画の先には破滅が待ちうけていると告げていた。ミアからのメールに綴られていたのは、街を離れられない事情ができてしまったから、約束の時間にはまにあいそうにない、面会をすっぽかしたり、時間に遅れたりするわけにはいかないから、自分を抜いたふたりで行ってきてくれ、との知らせだった。冗談じゃないとライスは言った。計画は中止だ。約束はキャンセルしよう。だが、エイプリルはそれに応じなかった。わたしの判断を信じてほしい。これまでわたしがあなたを信じてきたように。ライスはすでに覚悟を決めてあった。この先に待ちうけている破滅から逃れるよう、エイプリルを説得することができなかったら、自分もエイプリルの手を取って、まっすぐそこへ突っこんでいこうと。

ハイウェイを南へ渡ったあとは、ほとんど涸れ川と言っていいソノイタ川沿いにあるギョリュウの茂みまで、ほぼ平坦な開《ひら》けた土地を、八百メートルほど突っきらなければならない。膝の高さまで育ったハマアカザの葉を除いては身を隠せるものが何もない空間を、ふたりは足早に歩きはじめた。できるだけ頭を低くして、見つけうるかぎりの物陰をたどりながら、ライスの持参した方位磁石を頼りに南をめざした。ギョリュウの茂みにたどりついたあとは、月明かりのもとで二十分もかけて探しまわったすえに、ようやく目的のものを見つけた。川床の上に、ピラミッドのように丁寧に石が積みあげられた、大きな石塚《ケルン》。ここにつくられてから、そこそこの年月が経っているようだ。ライスは想像をめぐらせた。石工の才能に恵まれたどこかの子供が、この場所に特別な意味を持たせんとして、ひとつめの石をそっと川床に置くさまを。あるいは、祖国メキシコを離れ、希望の地アメリカ《エル・ノルテ》をめざす誰かが、起程の印に残したのかもしれない。

ふたりがこの石塚の前までやってくるのを、どこかで相手が見ているはずだった。依頼の内容はまだ知らない。ひとつかそれ以上の防水バッグを国境の向こうへ運ぶよう頼まれるだけなのかもしれないし、そうではないのかもしれない。もしそうであるなら、預かった荷物をあちらでどうすべきかは、ミアに知らされるのだろう。

石塚のそばにエイプリルを残して、ライスは周辺のようすを探りに出かけた。予想していたものを見つけるのに、長くはかからなかった。ばかでかいタイヤを履かせた、屋根なしの古ぼけたフォード・ブロンコが二台。制服を着た男がそれぞれに四人ずつ、座席にゆったりとすわって、小声で何ごとかをやりとりしながら煙草を吹かしている。これなら、目をつぶっていたって見つけられたろう。

ライスは石塚のところへ駆けもどり、エイプリルの手をつかんで、茂みのさらに奥へと引っぱりこんだ。

「警察がいる。下流に四百メートルくらい行ったあたりだ」ライスは耳もとでささやいた。

「そのひとたちに会いにきたのよ、わたしたち」

ライスはまじまじとエイプリルを見つめた。

「取引の相手は連邦警察よ。どっちの側も。帳簿外の取引だけど。それ以上詳しいことは話せないわ。いまのところはね。あなたが見たひとたちは、警備のためにいるんだと思う」

「ちょっと待て。いったい何を言ってるんだ？」卒倒しそうなほどに腹が立った。エイプリルはミア・コルテスのやつに脳みそを盗まれちまったのか。「ミアからそう聞かされたのか？　くそっ、あの女がサツの手先だってことはわかってた。一緒に来い」

川沿いに生えた茂みのなかを下流へと進み、茂みの端まで這っていって、双眼鏡をエイプリルに手渡した。

「あの連中は、おれたちに仕事を依頼しにきたんじゃない。逮捕しにきたんだ」

エイプリルはしばらくのあいだ、じっと双眼鏡をのぞきこんでから、無言でそれを返してきた。

「引きかえすぞ。いますぐ。じきに明るくなる」

ふたりは茂みの端まで引きかえした。遠くに望むハイウェイは、どちらへ向かう車線もがらんとしていて、車の影はない。遮るもののない平坦な草地を小走りに駆けぬけ、暗渠までもうあと半分というときになって、パトロールカーが四台、回転灯をまたたかせながら、西のほうから近づいてきた。

「おれたちを追ってるとはかぎらないさ」ちがうと知りながら、ライスは言った。地面が小さく隆起した箇所の陰へまわりこみ、ふたりは砂に突っ伏した。

パトロールカーが速度を落とし、ハイウェイの脇で停止した。暗渠の左右で二台ずつに分かれている。大きな黒のSUVがそこへ近づいてきて、先頭を走っていたパトロールカーの前でとまった。すると、背後の川床のほうから、エンジンが息を吹きかえした音が爆音のように轟きだし、さらにもう一台がそれに続いた。二台のエンジンが泣きごとを言ったり、不服を訴えたりしながらも回転をあげ、それと同時に、二台のフォード・ブロンコがそろそろと低速ギアで川岸にあがってきた。

身柄の確保は完全に整然と執《と》り行なわれた。おそらくは、麻薬取締局《DEA》の捜査チームが手伝いにきていたことが大きいのだろう。銃を置いてきたのは正解だったと、ライスは胸を撫でおろしていた。銃さえ所持していなければ、逮捕される理由など何もないのだから。

ところがそのとき、DEAの面々が一斉にくるりと背を向けて、祖国のほうを見つめだした。そしてその隙に、メキシコ側の指揮官が何か——おそらくはコカイン——の詰まったコンドームをふたつ取りだし、ライスのバックパックのなかにぽとりと落とした。指揮官はライスを急《せ》きたてて、パトロールカーの一台に押しこんだ。その間に、DEAの捜査官がエイプリルをシボレー・サバーバンに押しこんで、国境の町ルークヴィルの方角へ走り去っていった。

20

ビルトン・スティラーが営《いとな》むよろず屋は、下見板張りに塗装をほどこした築百年の家屋の一階にあって、ダッチ川を臨む低い土手の上にうずくまるようにして建っている。店のなかは、一階部分をすべてぶちぬきにした横幅の広い空間になっていて、入口から奥に向かって床が少し傾斜しており、その奥には、一端だけが固定された片持ち梁の小さなポーチが、川岸の上に張りだしている。天井にぶらさげられた蛍光灯が、低いノイズを発しつつ、ときおりちかちかと明滅しながら、明るすぎる光を降りそそいでいる。その強烈な光のなか、壁の上方からこちらを見おろす鹿と熊の頭部が、何かに憤慨したような、何かを問いただされているような表情を浮かべている。ビルトン・スティラーが品揃えを誇る、各種ビールが取り揃えられたウォークインタイプの冷蔵室は、この古い家屋に近年新しく建て増しされていた。夏のあいだにそこに入ると、南極大陸の一部が小さな立方体に切りとられ、魔法か何かでヴァージニアの山奥へ転送されてきたかのように感じられる。入口の扉の側柱には、ダッチ川が氾濫《はんらん》した際に到達した水の跡がうっすらと残されており、その横にそれぞれの日付がステンシルで刷りだされている。いちばん上のものは、ライスの胸の高さまであり、一九八五年十一月五日と添えられている。いちばん古いものは、腰くらいの高さで、一九二七年十月十七日とある。

レジの奥に立つ少女は、ライスの目には高校生くらいに見えたが、最近はこの手のことにとんと自信がない。少女はカウンター越しに、長身のけだるげな男と顔を寄せあってお喋りしていた。男はカウンターに肘をついており、刑務所で彫ったとおぼしき、墨のにじんだ青い刺青を両腕に入れているが、刑務所帰りにしてはずいぶんと若く見える。ライスが店に入っていくと、ふたりは揃って、やけに愛想のいい笑みを投げかけてきた。こちらが何者なのか、わかっていないのにちがいない。ライスはふたりに向けて、ディーウェインかやつの兄貴にどこへ行けば会えるか知らないかと尋ねた。

「兄貴って、どっちのほう？」にやりとしながら、男が訊いてきた。

ライスもにやりとして答えた。「いま刑務所に入ってないほうだ」

「なら、ナルドだね」男は言って、少女に顔を向けた。「今週は一度も見かけてないわ。〈エイプ・ハンガー〉でよく飲んでるから、あとでのぞいてみたら？」

「あのふたりがバイク乗りだとは知らなかったな」

少女はくすくすと笑いだした。「バイクは持ってないわよ、まだ。単に、ある男《ひと》につきまとって――」少女はとつぜん言葉を切った。男のほうが目を向けもせずに「おい」とつぶやいた途端、口を開けたまま黙りこみ、ゆっくり口を閉じてしまったのだ。

そのあと男はライスに向かってこう言った。「ねえ、旦那。ブツがご入り用だってんなら、おれがなんとかしますよ」

ライスは首を横に振り、あることに関してディーウェインやお仲間に話を訊かなきゃならないんだと告げた。店を出たあとは、四十分間、車を走らせて、クリフトンの町に向かった。州間高速道路からそう遠くない脇道に、その酒場はあった。店の前にはハーレーが二台、後部のタイヤが左右にふたつずつ並んだシボレーのピックアップトラックが一台とまっていて、トラックのほうには、やけに肉感的な女のシルエット――幼稚な男が夢に思い描く、第二次性徴を終えた女の姿態――をペイントした泥よけがつけられている。酒場の窓は黒い布で覆いつくされ、安物のビールを宣伝するネオンサインが掲げられている。よろず屋の店番をしていた少女は、〝つきまとって〟という言い方をした。〝つるんでいる〟のではなく、あえて〝つきまとっている〟と表現した。つまり、スティラー兄弟はこの店をたまり場とするバイク乗りどもの仲間入り――バイカークラブへの加入――を望んでいるということだ。ヤクの売人として事業の拡大を狙ってのことであるなら（まずまちがいなく、それがやつらの狙いだろうが）、そうなった場合、あのバイカークラブは、巷《ちまた》でバイカーギャングと呼ばれる無法集団に成り果てることだろう。

今回も、銃は車に残していくことにした。武器を必要とするような事態に、この店で巻きこまれるとは思えなかった。バイク乗りと揉めたことはこれまで一度もない。連中の縄張りにあえて入りこんでいったときにも、毎回、それなりの待遇を受けてきた。連中のバイクが轟かせる爆音は好きになれないし、ああいう集団によく見られる、〝大人のためのハイスクール〟的なノリや複雑な人間関係は少しばかげているように思えるが、無法集団と化したバイカーギャングでさえ、麻薬カルテルに比べれば、精神の異常性も、暴力性も、遙かにかわいいものだと言える。それに、バイクというサブカルチャーを愛する連中の〝主流と戦おう〟という気風には、自分とも相通じるものがある。

カウンターのスツールに腰をおろすやいなや、いくつかの視線がゆっくりとこちらへ向けられてはきたが、〈ビア＆イート〉を訪れたときほど気づまりではなかったし、ブレイクリーのコーヒーショップにいるときよりかは、段ちがいにくつろげた。〈ブルー・ビーン〉に行くと、店内にいる学生たちが携帯電話の画面からどんよりとした目をあげて、店に入りこんできたハイイログマを眺めるような目つきで見つめてくることがときどきあるのだ。

カウンターのなかに立つバーテンダーは、ずんぐりとした体形に、いかにもひとのよさそうなあどけない顔をしていて、バイク乗りが集う酒場ではなかなか見かけないタイプの青年だった。青年はまるで常連客のように、ライスを迎えた。ライスはバドワイザーの瓶ビールと、ワイルドターキーをストレートで注文してから、スツールをまわして、客足の鈍い午後にいる常連客をざっと確認した。まずは、ライダーブーツを履いたカップル。カウンターに、男三人と若い女一人の四人組。スピーカーからヘビーメタルが聞こえてくるが、音量はいまのところそれほどやかましくない。

地元のバイカークラブを気にかける理由はこれまで何ひとつなかったけれど、いまは事情が変わった。バーテンダーが酒を運んできたが、自分から会話をしようとはしてこなかった。それが身のためだと、経験から学んできたのだろう。仕方なく、ライスはバーテンダーを手招きして、こう切りだした。

「このあたりだと、タウンカラーは何色になるんだい?」

「州外からいらしたんですか?」

ライスは軽くうなずいた。「二年ほどまえに、バイクが大破しちまってね。しばらく乗ってなかったんだが、ようやくいいのを見つけたんだ。今日、頭金を振りこんできた。今後は愛車を乗りまわすことになるから、いろいろと把握しておきたくてね」

「ここのバイカークラブだと、骨とピストンのモチーフを入れてますよ。けど、実際に入れてるひとはそんなに多くないな。大半のひとは準会員みたいなものだから。お客さんも、特に心配しなくて大丈夫ですよ」

そのモチーフを入れた連中なら知っていた。アリゾナにいたころ、何度か関わりあいになったことがある。あれはまちがいなく、無法なバイカーギャングだ。規模も大きく、そこそこ統制もとれているし、お決まりの犯罪行為にもどっぷり首を突っこんでいる。

「別に心配してるわけじゃない。こいつは敬意の問題でね」

「ああ、なるほど」

こちらが何も言わないうちから、バーテンダーはビールとワイルドターキーのおかわりを用意しはじめた。ここしばらくで飲んだウイスキーの量の新記録となりそうだ。

「それで、車種は？」

「車種？」

「お客さんが注文したっていうバイクですよ」言いながら、横目でこちらを見つめている。どうやらこの坊主はおれを試す気でいるらしい。笑いだしたいところをぐっとこらえて、ライスは言った。

「ハーレーのショベルヘッド、八一年式。少しいじってやる必要はあるがな」これはかつて、エイプリルが買ってすぐに大破させたバイクだった。ライスと組むようになった直後のことだ。エイプリルの軽率さを端的にあらわす出来事のひとつだった。

この返答に、バーテンダーはぱっと目を輝かせた。

「ショベルヘッドの八一年式……そりゃあ、いいのを選びましたね」

「ああ、そいつを乗りまわすのがいまから楽しみだ」

「けど、ほかのバイカーには用心したほうがいいですよ」

ライスは意味がわからずに、ゆっくりと首を振ってみせた。

「ほら、《SOA》に熱狂してる連中ですよ。週末になるとどやどや押しかけてきて、バイクにかけちゃあ右に出る者はいねえぞってなふるまいをしやがるんです。そんでもって、〝一パーセントの人間〟を探しまわる」両手のひとさし指と中指で、空中にちょんちょんと引用符を描いてから、バーテンダーはやれやれと首を振った。世に倦《う》んだベビーフェイスの消息通。

「そいつらはみんな、ある男をひと目見ようとやってくるんです。顎鬚だけ伸ばして、ほかの毛はみんな短く刈り揃えた男なんですけどね。その男の写真を、隙あらば隠し撮りしようとするもんで、店から放りださなきゃなりませんでしたよ。でなきゃきっと、こてんぱんにぶん殴られてたでしょうね」

「そのSOAってのは、いったいなんなんだ？」

「テレビドラマですよ、バイカークラブを題材にした。観たことないんですか？」

「ああ、テレビはほとんど観ないんだ」

「あんなの、ハリウッドのでまかせですよ」バーテンダーはそう言って、首を振りだしたかと思うと、不意にぴたりと動きをとめ、ライスの肩越しにテーブル席のほうをちらりと見やった。声をひそめて「ちょっとだけですよ」とささやくと、携帯電話を取りだして、親指で画面をタッチしたり、すべらせたりをしばらく繰りかえしたすえ、カウンター越しにそれを差しだしてきた。ライスは画面をのぞきこんだ。強面《こわもて》にサングラスをかけた、黒髪の女の宣材写真。髪をメッシュに染めており、中年にしてはなかなかに色っぽい。一流どころと比べるといささか見劣りはするが、想像を掻き立てるには充分だ。

「バイカークラブの総長の奥さんですよ。ドラマのほうの。歳は六十前後のはずだけど、全然そうは見えないでしょ？」

ライスはあらためて写真に目をやり、隔世の感をおぼえながら、携帯電話をバーテンダーに返した。「ったく、まいったな。その女を目の前にしたら、きみだって骨抜きにされかねないぞ」

「ははっ！　もちろん、そうなるでしょうね」

バーテンダーは同じセリフを去りぎわに繰りかえしてから、カウンターの反対側の隅に向かっていった。その座を占めている四人組は、いよいよ箍《たが》をはずしはじめていた。まだ昼の三時だというのに、生ビールをピッチャーですでに何杯も飲んでいて、さらにおかわりを要求している。だが、ライスもひとのことを言えた義理ではない。頭がゴム風船みたいにふくらんでいく。強い酒を飲むと、いつもこうなる。保護区を出るまえに、何か腹に入れておくんだった。この店は酒しか提供していないようだ。二本めのビールと二杯めのウイスキーを一気に飲み干すと同時に、ぶらぶらと引きかえしてきていたバーテンダーが目を見開いた。どうやら、こいつはホンモノだと感心したらしい。

ライスはおもむろに腕時計を見おろした。「ここでひとと会うつもりだったんだが、来るのが早すぎたようだ。スティラー兄弟を知ってるかい。ディーウェインとナルドを」

「ええ、知ってますよ。ちょくちょく店に来ます。もうひとりの仲間と一緒に」

「痩せっぽちの骸骨みたいな野郎か？」

バーテンダーは声をあげて笑った。「そう、そいつです。ジェシーってやつ。けど、おれならそいつにちょっかいを出すようなまねはしませんよ」

「ここのバイカークラブに加入するつもりだと聞いたんだが」

「まさか。あいつらは下っ端のメンバーと仲良くツーリングに出かけるようなタマじゃないでしょ。ここいら一帯を取り仕切ってる大将に、見込みがあるってんで目をかけられてるだけですよ。そんな奇特なことをする人間は国じゅうでひとりなんじゃないですかね」

「そいつは何者なんだ？」

だが、バーテンダーは首を横に振って、にやりと笑うだけだった。ライスも同じくにやりとしてみせた。言えないのなら、別にいいさ。

「おれはてっきり、連中が勝手につきまとってるだけだと思ってたんだが」

「自分では候補生なんだって言ってましたよ。おれたちは固い結束で結ばれてるんだ、とかも言ってたな。ほんとかどうかはわかりませんけど」そう言って、バーテンダーは肩をすくめた。

ライスが承知しているところによると、もしも誰かがあるバイカークラブへの加入を望むなら、まずは、そこのメンバーや取り巻きどもがたむろする店をうろつくことから始めなくてはならない。そしてそこで、精一杯のご機嫌をとる。それで相手に気にいってもらえたら、〝候補生〟として迎えいれられる。だが、そのあとも、見習いの立場としてさまざまな労働を強制されたり、大学の友愛会の新入りいじめをもっと手荒にしたような所業にも耐えたりしなければならない。それが何年も続く場合もある。ただし、晴れて仲間入りを認められたなら、兄弟のような固い絆《きずな》で結ばれるようになる。連中はそういうことを大真面目にやっている。ある者にとっては、それが生きるか死ぬかの大問題であるらしい。

ウイスキーの味わいがまだ舌に残っている。三杯めに手を出すまえに、店を出るべきだろう。ライスは勘定を済ませて、チップをカウンターに多めに置いてやった。席を立って歩きだしたとき、新たに今日できた相棒が、後ろで声を張りあげた。ショベルヘッドが届いたら、絶対に見せにきてくださいよ！　ライスはひとつうなずいてから、扉を押し開け、まばゆい午後の陽射しに目を細めつつ外に出た。本当に一台、バイクを買うべきかもしれない。ターク山自然保護区の管理人がハーレーにまたがり、ターピン郡を縦横無尽に切り裂いて、怯えた野生動物を追い散らす。スターならきっと、諸手をあげて賛成してくれるはず。

とめておいたトラックに近づいてみると、運転席側の窓ガラスが叩き割られていた。ガラスの破片がシートや砂利の上に散乱し、陽の光を受けてきらきらと輝いている。ドアハンドルに手をかけてみると、まだロックされていたため、キーを使って解除した。車内を荒らされた形跡は特にない。拳銃もいつもの隠し場所にちゃんとあった。盗む価値のあるものは、ほかに何もない。

　トラックのまわりをぐるっと一周してみたが、窓ガラス以外に被害を受けた箇所は見つからなかった。直射日光を受ける駐車場に、人影はない。さきほどと同じバイクが日陰に、これまた同じピックアップトラックが日向にとまっているだけ。州間高速道路のほうから響いてくる往来の喧噪《けんそう》のほかに、聞こえる音もない。

運転席の後ろに放りこんであった荷物をあさって、ハンマーを見つけだした。それを使って、窓枠に残っていたガラスをすべて叩き割り、車内に飛び散った破片をてのひらで払った。運転席にすわってドアを閉め、しばらく待ってからエンジンをかけた。ビールとウィスキーの影響で、この新たな展開を正確に把握できているのか、自信が持てない。にわかに眩暈をおぼえながら、ライスは思った。この町の住民の注意を引くのにも、長くはかからなかったようだ。

21

　その骨はコヨーテに嚙み砕かれて、関節がはずれていた。小型の腐食動物や肉食の昆虫などによって、肉もきれいに食いつくされていた。邪魔となる皮がもともとなかったわけだから、ここまでするのにそう長くはかからなかったろう。ばらばらにされた赤黒い骨は、松葉の合間に散乱していた。背骨は地面を引きずられていったらしく、松の根もとから少し離れた場所にあったが、なおも一部は原形をとどめており、そこにつながったままの肋骨が、オークの落ち葉の吹きだまりのなかから空に向けて、ゆるやかな弧を描いている。コンドルでさえもが食べ残した内臓の残骸がからからに干からびて、胸郭からぶらさがっているさまは、さながら腐敗した乾燥肉《ジャーキー》のように見える。

ライスは踵に体重を預けて、松の大木の根もとにしゃがみこみながら、キノコ摘みの男にここへ連れられてきた日のことを、この熊の死骸を発見した日のことを思いだしていた。ずいぶんと昔のことのように思えるが、まだ数週間にしかならないはず。近ごろはますます睡眠時間が減り、起きているときでも夢を見ているかのように、時の経過を把握するのが難しい。今日ここへやってきたのも、一部には、キノコ摘みの男とすごしたあの日の午後の記憶が、白昼夢ではないことをたしかめるためだった。

首にあたる陽射しは温かいが、光そのものは秋めいて湿っぽく、土埃をかぶった松葉のカーペットが木漏《こも》れ日のなかできらめいている。今日は土曜のはずだから、サラとふたりであの峡谷におりたのも、ほんの数日まえということになる。ライスは足もとに手を伸ばし、堆積《たいせき》した枯葉をてのひらで掘り進んで、土に触れた。ひんやりとして冷たいが、それほど湿ってはいない。あれだけ降った雨も、たちまちのうちに乾いてしまったようだ。州内でも特にこの地域では、まだまだ日照りが続いている。上空に高気圧が居すわっている影響で、いまも北の空が、何物も寄せつけないほどの深い青に染まっている。ふわふわとした丸い綿雲がいくつも、西の地平線を飾っている。ゆうべは霜のおりる恐れがあったが、月のない夜空では、無数の星々を集めた天《あま》の川が、きらきらと明るい光をまたたかせていた。

昨日は、クリフトンの町の北で見つけた廃品集積所に立ち寄って、トラックにぴったり合いそうな窓を買った。代金はたったの五十ドルだったうえに、もう五十ドルで取りつけまでしてもらった。何かを修理する必要があっても、いつもなら先延ばしにしてしまうのだが、車上荒らしに遭ってもかまわないと言いきれるほど、いまは懐に余裕がない。ライスに窓を売ってくれた男はこう言っていた。こういう真っ昼間の蛮行ってのは、きわめて迅速《じんそく》に、またたくまに働くもんだ。おそらくは車を横づけしておいて、助手席のやつが窓から腕だけ出して、ハンマーか何かでガラスを叩き割ったんだろう。車をおりることもなくな。あんた、どっかに敵でもいるのかい。最後にそう訊かれて、思いあたるふしはないと答えたものの、本当はかなり確信していた。ライスがあのよろず屋を出ていくやいなや、店番をしていた少女とそのボーイフレンドが、スティラー兄弟に連絡を入れたにちがいない。廃品集積所から保護区へと戻る途中で、もう一度よろず屋に寄ってみたが、あのふたりの姿はなく、レジの前のいつもの場所に、兄弟の父親であるビルトンがどっしりと腰を据えていた。ビルトンは、あのふたりの名前を教えることも、息子たちがどこに住んでいるのかを教えることも、それ以外の何もかもを、すべて拒んだ。あきらめて店を出たあとは、〈ビア&イート〉のハンバーガーで夕食を済ませた。金曜の夜の店内は当然ながら混みあっていたが、これといったトラブルに巻きこまれることもなかった。ライスは窓ぎわのテーブル席にすわって、表にとめたトラックから目を離さずにいた。幾度か会話を試みようとしたけれど、ライスの発した問いかけは、いずれもどこにも届かなかった。三本めのビールをちびちびやりながら、閉店まぎわまで粘ってみたが、結局、スティラー兄弟が顔を見せることはなかった。

松の大木の幹に手をついて、ライスは地面から立ちあがった。肋骨の一本をつまんで引っぱりあげてみると、背骨と胸郭がひとつにつながったまま、落ち葉のなかから浮きあがった。その骨は思いのほか軽く、かすかな腐臭を放っていた。地面に転がっているほかの骨もひとつずつ調べながら、ふと考えた。このなかのどれかひとつを持ち帰って、管理人室のコレクションに加えるべきではないか。いちばんいいのは頭蓋骨だが、あいにく、密猟者が皮と一緒に持ち去ってしまっていた。ライスはブーツのつまさきを使って、地面に堆積した落ち葉や松葉をあちこち掻き分けてまわった。大腿骨《だいたいこつ》か、どこかしらの大きめな骨がないかと探しているうちに、一種独特な胸のむかつきをおぼえた。無残に殺された熊の骨を一本失敬しようというのは、やはり、けしからぬことなのかもしれない。その理由を考えてはみたが、それがわからないということだけは、はっきりとわかっていた。そして、そのことを認めてしまうやいなや、かねてから胸にくすぶっていた審判の火が勢いを増し、腕の毛が逆立つのをとめられなかった。ライスは周囲の茂みを見まわした。殺された熊の顔が、どこからかこちらを見つめているのではないかという気がした。もう百回めにもなることを、もう一度自分に言い聞かせた。おまえは迷信を信じようとしているわけではない。〝現実〟の周縁でぼんやりと霞んで見える、打ち消しがたいものを受けいれようとしているわけですらないのだと。

灌木の茂みを掻き分けて、旧道に引きかえそうとしていたとき、それが聞こえた。長く、たなびく、かぼそい悲鳴。声は背後から、どこか遠くから聞こえてくる。峡谷の底のほうから。原生林のどこかから。ライスははっと息を呑み、ざくざくと落ち葉を踏みしめていた足をとめて、耳を澄ました。

聞き覚えのある声ではなかった。しばらく待ってから、頭のなかでその声を再現しようとしたが、いったいどんな声であったのか、とんと思いだせなかった。深く息を吸いこんでから、少しでも助けになればと、軽く丸めたてのひらを耳の裏にあててみた。今日は昼すぎからずっとまったく風がなかったのに、このときはじめて、大気の動きが感じられた。温かな風が顔にあたっている。神の吐息のような風が、峡谷から吹きあげてくる。苔と、腐りかけた落ち葉のにおいがする。松やベイツガのにおいが、つんと鼻を刺す。松の枝が風に揺られて、低く、悲しげな音を立てている。そのとき不意に風がやんだ。絶え間なく響きつづける、かすかな滝の音だけがあとに残された。すると次の瞬間、さきほど耳にした声が聞こえた。甲高くかすれた声。それが途中で調子を変えて、一段と低い唸り声になった。物悲しい鳴き声。これは猟犬の遠吠えだ。また聞こえた。もっと遠くから。

ライスは地面を蹴って駆けだした。キャッツクローの蔓に足を取られて転びかけたが、月桂樹の枝に助けられた。足を踏んばり、ふたたび走りだした。勾配が険しくなるにつれて、月桂樹やツツジの茂みが松やオークの木立に変わり、足の運びが容易くなったぶん、スピードの制御がきかなくなった。いったんとまったほうがいいとはわかっていた。木の幹にもたれて、息を整えてから、あらためて肉体に指示を出したほうがいい。わかっているのに、いまはどういうわけだか、脚が独立した意志を持ってしまったかのようだ。腰のあたりにもうひとつ、第二の脳――しかも、草食恐竜の脳――が発生して、今日は反乱を起こそうと勝手に決めてしまったらしい。そうなると、腰から上の部分もそれについていくしか仕様がない。

そのとき、行く手に倒木があらわれた。ライスは歩幅を小さく刻んで、どうにか倒木を跳び越えた。つかのま宙に浮かびあがってから、ふたたび地面におり立ったとき、柔らかな粘土質の土と落ち葉に足をすべらせて、危うく転倒しかけながらも、どうにかバランスを取りもどした。ふたたび歩幅を小さく刻んで、大きく宙に跳びあがり、今度は三メートルほど宙に浮かびあがったあと、靴底をうまくすべらせながら着地すると同時に、肉体の制御を取りもどした。ライスは山の斜面を飛ぶように駆けおりていった。自分の肉体を空中で巧みにコントロールしながら、目前に迫る木々を寸前でよけると、顔のすぐ脇を木の幹が一瞬で通りすぎていく。時間や距離といった感覚をすべて失っていたが、自分が禁断の領域――保護区の深奥――に向かっていることだけはわかっていた。猟犬の吠え声が、さっきよりも大きく聞こえる。落ち葉を踏みしだく足音をも越えて、サイレンのような、苦悶《くもん》の叫びのような、そしていまは水中でクジラが歌うような声がこだましている。そのときついに、避けようもなく、落ち葉にひっそりと忍んでいた木の根を踏みつけてしまった。足がつるっと前に抜け、宙に浮いた身体が尻から地面に墜落した。大きくひとつ弾んだ身体は横向きに倒れ、そのままごろごろと斜面を転がり落ちて、ベイツガの幹に激突した。

その衝撃で、肺のなかの空気がすべて押しだされた。ライスは地面に伸びたまま、必死に息を吸おうとした。気づけば、猟犬の声がやんでいた。幹に叩きつけられた部分の肋骨が痛い。バックパックから何かが飛びだしたらしく、それがごつごつして背中に当たる。だが、骨折はしていないようだ。重傷を負った際に伴う眩暈も、吐き気もない。ライスは地面から身体を起こし、すばやい深呼吸を繰りかえした。血液に酸素が供給されたことで、意識がはっきりしてきた。周囲に立ち並ぶ木々は大きい。峡谷の底に生えている巨木にも届かんばかりだ。そのせいで、地上まで届く陽射しが乏しく、あたりは薄ぼんやりとしている。空気は少しじめじめとして、土の香りに満ちている。もっと斜面をくだったほうから、川の流れる音がする。

立ちあがると膝が痛み、腿が震えた。ベイツガの陰から首を伸ばし、水音のするほうに目をこらすと、それが見えた。あと十メートルほどくだったところが崖になっていて、緑に覆われた大地がぷつりと途切れた先に、鬱蒼とした森の天蓋がのぞいている。ライスは力の抜けた脚でよろよろと崖に近づき、切り立った石灰岩の絶壁の上に立って、谷底を見おろした。遙か下方を流れる小川の底で、苔むした小石に絡まった水が銀色の渦を巻いている。まちがいない。ここはサラとふたりで谷におりた地点の、少し上流にあたる場所だ。蝶の羽がそわそわと腸《はらわた》をくすぐり、巨大な手が背中を押して、前へ進めと急《せ》きたててくる。ライスは崖から後ずさりして、落ち葉の上にすわりこんだ。もしあのとき、根っこに蹴つまずいていなかったら……アニメのキャラクターのように、崖から宙へ飛びだしていく自分の姿が見えた。両脚をばたつかせ、両腕を風車のように振りまわしながら、きれいな弧を描いて落下していくさま。あそこに落ちて怪我をしても、誰かが見つけてくれることは永遠にないかもしれない。岩に叩きつけられて全身を骨折し、即死する可能性もある。その場合には、腐敗した遺骸《むくろ》が何カ月にもわたって、川の水を汚染しつづけることになる。下流のマスが病気になることもあるかもしれない。

アメリカアカリスがどこか近くで、せわしい鳴き声をあげている。耳のなかで脈打っていた鼓動がようやくおさまったとき、それとはまた別のリズミカルな音――心臓の鼓動とはあきらかにリズムのずれた音――が、斜面の上のほうから聞こえてきた。ライスは後ろを振りかえった。犬が一匹、木陰からこちらを見つめている。口を横に開いて舌を垂らした、笑っているような顔で、はあはあと息を喘がせている。犬は大きく二回吠えたあと、斜面をまっすぐに駆けおりてきた。白と赤褐色の毛が入りまじった雌犬。毛には少しウェーブがかかっている。猟犬は猟犬でも、セッターに近い。首輪には、こぶしくらいの大きさがある赤い円柱形の物体がついていて、そこから突きだした短いワイヤーアンテナがゆらゆらと揺れている。ライスがおいでと声をかけると、その雌犬はそろそろと近寄って、膝に顎を乗せてきた。ライスは雌犬の首と、栗色の毛がまだらに入りまじった白い頬っぺたを撫でてやりながら、首輪に取りつけられている無線送信機をざっと調べた。雌犬はその間、ライスの手やズボンや耳のにおいを嬉しそうに嗅ぎまわっていた。首輪には小さな真鍮のプレートもぶらさげられていて、そこには〝デンプシー・ボージャー／ヴァージニア州ワンレス、シカモア・クリーク・ロード二二一番地〟との文字と、電話番号が刻まれていた。

「デンプシー？　こりゃあいったい、どういうことだ？」ライスが驚きの声をあげると、セッターとおぼしきその雌犬は、戸惑ったようにこちらを見あげた。

「大丈夫、おまえのせいじゃないよ」そう語りかけながら、ライスは首輪をはずしてやった。だが、それをどうするつもりなのかは、自分でもよくわかっていなかった。無線機付きの首輪を勝手にはずす行為は、実際には法に触れる。そのことは〈ブルー・ビーン〉で調べ物をしていたときに、たまたま知った。思うに、その法令が可決されたのは、欲得ずくの結託が陰でなされていたおかげなのではないか。傍聴席の片側には熊とアライグマを狩る無骨な猟師たちが、その反対側にはキツネ猟をする身ぎれいな猟師たちが居並んでいて、どちらも互いの存在に気づかないふりを貫《つらぬ》いている、そんな状況のなか審議が進められていたのではないか。

そのときとつぜん、雌犬がぴくりと耳をそばだて、小川の上流のほうへ顔を振り向けた。耳を澄ますと、激しく交錯する犬の唸り声と吠え声がかすかに聞こえた。どこか西のほうで、犬の一団が喧嘩をしているようだ。ライスは地面から立ちあがり、音のするほうへ向かった。雌犬もすたすたとライスの前まで進みでて、ライチョウ狩りでもしているかのように、あちこちの地面をくんくんと嗅ぎまわりはじめた。するとほどなく、ひどい悪臭が鼻を衝いた。喉が詰まるほどの悪臭。これまでに嗅いだことのある死骸のにおいなど、比べ物にもならない。腐敗した肉のにおいに、異様に甘ったるいにおいが重なった、目に見えそうなほどに濃厚な悪臭だった。ひとすじの煙をたどるかのように揺るぎない確信を持って、ライスはそのにおいのするほうへ向かって歩いた。

右手から犬が二匹、飛びだしてきた。黒と黄褐色の毛をした犬が、鼻を高くあげたまま駆けてくる。ライスの存在に気づくと、二匹は一瞬たじろいだものの、そのあとすぐさまおすわりをして、じっとこちらを見あげてきた。「おいで、こっちだ」ライスが呼びかけると、二匹は尻尾を振りだして、そのうちの一匹が、どこか切なげな遠吠えのような声を出した。するとその直後、もう少し毛の色の薄い猟犬がさらに三匹、弾むような足どりで斜面を駆けおりてきた。三匹は先にいた二匹に覆いかぶさらんばかりの勢いで合流すると、五匹揃って、悪臭のするほうへ向けて走り去っていった。五匹の犬すべてに、無線送信機付きの首輪が巻かれていた。

甘草《カンゾウ》――それが甘ったるいにおいの正体だった。熊をおびき寄せるための餌だった。そういえばデンプシー・ボージャーも、発見した熊の死骸に人間から餌を与えられた形跡があったと語っていたし、ライス自身もインターネットで調べ物をした際に、そういう記述を目にしていた。腐った食べ物を詰めこんだずだ袋を森のなかに仕掛けておいて、異常に腹をすかせた熊が超高カロリーな食料のにおいに釣られてやってきたところを、物陰から銃で撃つ猟師もいるのだという。ライスは崖のきわに立つヒッコリーの大木の陰にうずくまって、眼下の森にさっと視線を走らせた。唸り声や吠え声は、さらに音量を増している。例の雌犬は、すぐそばをうろうろしている。猟犬にしては痩せっぽちなうえに、かなり臆病なようだ。熊猟のお伴をする猛々《たけだけ》しい猟犬たちのなかで、これまでよくやってこられたものだ。

そのとき、見つけた。十四以上の猟犬が一ヵ所にとどまって、同じ場所をうろうろ動きまわっている。地面の隆起に隠れて、ここからは見えない何かに興奮している。その手前では、四、五メートルの高さに吊るされた巨大な牛の頭のまわりを、ハエやスズメバチがぶんぶんと飛びまわっている。牛はもともとは白い毛のシャロレー種だったようだが、いまはその毛も薄汚れており、両の眼窩を左右から一本の短い鉄筋に貫かれ、ワイヤーで木の枝に吊られている。切断された頭がそよ風に吹かれて、右へ、左へ、また右へ、木立の上のどこかにある何かを探すかのように、ゆっくりと首をまわしている。真下には、倒木の幹と枝を集めてつくったほぼ正方形の囲いが落ちていて、そのなかで猟犬が三匹だけ、裸の土を前足で引っ掻いたり、においを嗅ぎまわったりしているが、大半の猟犬は少し離れた斜面からそれを遠巻きにしていた。ライスは崖のきわから後退して、今度は北のほうへ走りだした。例の雌犬も共犯のように、ぴたりとあとをついてくる。ライスはしばらく行った先で石灰岩の露出部に這いあがり、そこから顔だけ出して、斜面の下を見おろした。

　さっきまでやかましかった鳴き声がやんでいる。もしやにおいで勘づかれたのだろうか。だが、こちらに視線を向けている犬は一匹もいない。するとそのとき、それが見えた。牛の頭の先にある少し開けた場所に、熊の死骸が横たわっている。さきほどの三匹以外の猟犬がみな、それを囲むようにして集まっている。

「くそっ」ライスが毒づくと、雌犬がまたもや戸惑いのまなざしを向けてきた。

「大丈夫、おまえのせいじゃないよ……たぶんな」

　群れのなかの一匹――頭の色は黒で、首から下は淡い黄褐色の巨大な雄犬――が、熊の耳に噛みついて、四本の足を踏んばりながら、熊の死骸をぐいぐいと引っぱっている。一メートルほど引きずったところで不意に足をとめ、ぱっと横に顔を向けると、近くまでにじり寄っていた数匹の犬に向かって、威嚇《いかく》するように吠えたてはじめた。その雄犬は去勢された若い雄牛ほどの大きさがあって、頭はがっしりとして肉づきがよく、闘犬のマスチフのように発達した顎を持っていた。

そこからさらに百メートルほど離れた場所では、また別の猟犬の一群が、もっと大きな熊の死骸に四方八方から牙を立てていた。

あたりに人影はない。猟犬を連れた猟師の姿も。ライスはすっくと立ちあがって、犬たちのいるほうへ斜面をくだり、一頭めの死骸に近づいていった。黒と黄褐色の巨大な雄犬がそれに気づいて、低い唸り声を発しながら身体を起こすなり、頭を低くした攻撃の体勢で睨みつけてきた。黒い緞帳《どんちょう》を思わせる重たげな口が割れて、黄ばんだ犬歯がむきだしになった。そこから発せられる唸り声はあまりにも低く、あまりにも禍々《まがまが》しい響きを帯びていた。思いも寄らず、うなじがぞくぞくとするのを感じた。雄犬の背すじに沿って立つ立派なたてがみを描くまねてか、全身の毛という毛が逆立《さかだ》つのも感じた。互いの視線が絡みあった。一人と一匹の哺乳動物が、獲物を仕留めんと対峙する視線。やがて、まわりにいた猟犬の一匹がその隙を狙い、熊の死骸をめがけて突進した。巨大な雄犬は大きくひと声吠えてから、すばやい動きで進路をふさぎ、肩の動きひとつでその猟犬を突き飛ばすと同時に、ふたたびこちらへ向きなおった。どうやら、この熊の占有権をめぐっては、こちらの人間のほうが脅威になると判断したらしい。

「全部おまえのものだよ、でっかいの」ライスは雄犬の脇を通りすぎ、もう一頭の死骸のほうへ向かった。数匹の猟犬がこそこそとあとをついてきて、どうにかしてかまってもらおうと、切なげに鼻を鳴らしたり、寝転がって腹を見せたりしはじめた。乾いた落ち葉の積もるくだり斜面で、その身体が自然とすべり落ちていく。ライスは一匹ずつ腹を撫でてやっては、無線送信機のついた首輪をはずし、それをバックパックに放りこんでいった。そのうちの何匹かはデンプシー・ボージャーの飼い犬だったが、ほとんどの犬はIDタグがつけられていない。そしてどの犬も、かすかにスカンクのにおいがした。

熊の死骸は、いずれも皮は剝がれていないが、手を切りとられ、腹を裂かれていた。殺されてからしばらく経つようだから、ここにいる猟犬たちが密猟に関わっている可能性はなさそうだ。ふたつめの死骸は身体の大きな雄熊で、体重も百五十キロ以上はあるだろう。小さいほうの熊よりもこちらのほうが、一日か二日早く殺されたようだ。銃痕とおぼしき傷は胸郭の上のほうにあった。木の上にひそんだ者から、いかにも狙いやすい位置だ。使い慣れたバック社製の折りたたみナイフを開き、傷口のまわりの毛をつまみながら、皮膚に沿って刈りとってみると、乾いた血に混じって、白い粉が付着していた。傷痕は、表面がXの形に裂けている。銃で撃たれたときにできる、きれいな丸い穴ではない。キノコ摘みの男に見せられた熊の死骸、あれに残されていた傷痕がどんなふうだったか思いだそうとしたが、そういえばあのときは、傷痕を確認しようなどとは考えもしなかった。

死骸の確認を終えて立ちあがると、セッターに似た例の雌犬に加えて三匹の猟犬が、ライスを取り囲むようにして集まってきた。ライスは自分に腹が立っていた。仲買人だの、バイク乗りだの、やくざ者の南部白人だのにかまけているあいだに、何者かが保護区に侵入し、二頭の熊を殺していった。職務を怠った結果がこのざまだ。管理人としての務めを果たす機会を、おれはみすみす逃したのだ。

続いて、牛の頭を餌に使った罠のほうに足を向けた。倒木を大雑把に組んでつくられた囲いのなかでは、三匹の猟犬が何かの欠片のにおいを嗅いでいた。見たところ菓子パンのようだ。欠片の表面には白い糖衣がまぶされていて、舌の力で平らに押し固められたものとおぼしき土の上には、蜂蜜がうっすらとこびりついている。甘草のにおいは、周囲に立つ木のほうから漂っていた。何本かの木の幹の、地面から百八十センチほどの高さのところに、ねっとりとした黒っぽいオイルが塗りたくられていて、そのうち何カ所かには、爪で引っ搔いた跡も残されている。そのとき、猟犬の一匹が後ろ足で立ちあがり、牛の頭を見あげながら、けだるげにぴょんと一回、跳びあがってみせた。あれだけ高い位置に吊られていれば、絶対に手が届かない。熊はさぞかし激昂したことだろう。さらにあたりを調べてまわると、一本のオークの幹に、スパイクの刺さった跡が何カ所も見つかった。木にのぼるとき膝下に装着して用いる補助器具のものだろう。スパイクの跡は、横へまっすぐに伸びた大枝のところまで続いている。きっとあの上で熊を待ち伏せしたのだ。

それからおそらく、暗視スコープか暗視ゴーグルも使用されていたはず。そうすれば、暗闇のなかでも獲物を仕留めることができる。クロスボウを使えば、音もしない。ここに入りこんできたのは、きっと、真夜中すぎになってからだろう。ライスは通常、暗くなったあとも保護区内を歩きまわっているが、夜じゅうずっとというわけではない。毎晩というわけでもない。だから、何かを見たり、聞いたりすることがなかったのだ。密猟者が使用しているとおぼしきスコープやゴーグルは、近ごろではさほど高価なものではない。アリゾナの南部では、軍用に匹敵するほど高性能な暗視ゴーグルを装着した国境警備隊が、ヘッドライトを消した車を走らせて、不法入国者を探しまわっている。わりあい装備の整った自警団であれば、同様に、さほど性能の劣らない民生品を取り揃えている。最近では、麻薬組織や一部の案内人《コヨーテ》も、暗視ゴーグルを使っている。闇に視界を奪われているのは、貧しい不法入国者と、下っ端の運び屋だけだ。ライスとエイプリルにしても、暗視ゴーグルをひとつ買おうかと計画していた矢先に、メキシコで逮捕されてしまったのだった。

囲いの仕掛けを下手にいじくるのは控えることにして、ライスは地面から小枝を拾い、土の表面を軽く均して、牛の頭の下につけてしまったブーツの靴跡を消した。

猟犬たちはみな、熊の死骸（生きた熊なら話がちがったかもしれないが）に対する興味をすでに失ってしまったらしく、あちこちをほっつき歩きだしていた。こいつらはおそらく、餌に釣られてやってきて、たまたま熊の死骸を見つけたのにちがいない。犬自体は密猟となんの関わりもないが、ここに犬を放した飼い主には、なんらかの関与が疑われる。

ライスは特別な目当てもなしに、しばらくのあいだ、例の雌犬のあとを追って歩いた。雌犬はライスの先に立って、小川の上流の方向へ向かっていった。峡谷を守るように聳える崖がそれほど高くない場所に差しかかると、胸くらいの高さに育った月桂樹の茂みを通りぬけて、急勾配の獣道をくだりはじめた。ライスも手足を使いながら、慎重に獣道をくだり、崖下の小川まででたどりついた。川べりにはすでに数匹の犬がいて、川の水で喉を潤《うるお》していた。

ライスも大きな平たい岩の上に腹這いになり、流れにじかに顔を浸けて、水を飲んだ。川の水は、歯が鳴りだしそうなほどに冷たかった。岩を覆っている苔は柔らかく、ひんやりとした感触が腹に伝わってくる。空気は湿りけを帯びていて、十二メートルほど上流にある小さな滝の飛沫が、霧のように漂っている。しばらくすると、あのすげないマスチフを含めた残りの猟犬もみなやってきて、ライスと一緒に川べりに並んで、水を飲みはじめた。あたかも、見知らぬ人間が入りこんできたおかげで、熊を探す任務から解放されたとでもいうかのように。いや、ひょっとすると、熊の死骸を見つけたことで、仕事へのやり甲斐を見失ってしまったのかもしれない。そうとも、絶対にないとは言いきれまい？　ライスは岩の上でごろりと寝返りを打って、仰向けになった。鬱蒼としてもつれあうベイツガの枝葉が、小川の上にまで覆いかぶさっている。そのから来させればいい。

奥では、緑と黄金色の入りまじったポプラの葉が、青天井にかかった埃を払っている。視界を覆いつくすあの樹葉が、遠く離れた空の星々のように見えてくる。それを支える太い幹や大きな枝は、たまたまそこにくっついているだけという気がしてくる。

セッターに似た例の雌犬がやってきて、すぐ隣で丸くなった。ほかの猟犬たちもめいめいに、岩と岩の合間に積もったベイツガの落ち葉の上でうずくまった。ここにこうして横たわっていると、自然と頭のなかがからっぽになっていく。ひんやりとした岩と、流れる水と、はあはあという犬の呼吸音のみから成る世界。

もちろん、ライスも犬たちも、本来ならここにいることなど許されない。本当ならいますぐに、犬たちを谷からも、保護区からも追いださなければならない。ライスは岩の上で身体を起こして、さらに数匹の犬から首輪をはずし、それをバックパックに放りこんだ。熊猟を行なう猟師を見つけられないのであれば、あちら

22

ライスはフロントポーチの階段にすわって、ビールを片手に、私道の先を見つめていた。例の雌犬と、ほかに五匹の猟犬も、日陰でうずくまっている。残りの犬はみな、巨大な雄犬のあとを追って、いずこかへと帰っていった。ロッジに戻ってきたあとは、バケツに水を入れてやったあと、キッチンの戸棚で見つけてきた古い缶詰の角形ソーセージミートも出してやった。無線送信機付きの十一本の首輪は、重ねあわせたものを軽く束ねてから、階段のいちばん上に置いてあった。その場所で送信機がいまも、みずからの所在地をひっそりと発信しつづけている。四五口径はベッドサイドの引出しに置いてきた。いつなんどき、怒れる猟師の一団が私道をぞろぞろやってくるやもしれなかろうと、みずから定めた方針は貫かなければならない。だとしても、入口のゲートからここへ至るまでの五キロに及ぶのぼり坂が、いくばくかの気力を奪ってくれているといいのだが。

さきほど見つけた罠の位置は、すでに管理人室の地図に書きこんであった。あの場所は、車が通れるどんな道からも遠く離れている。それが不可解でならなかったし、密猟者の捜索にあたるべき場所におおよその見当をつけることさえも困難にさせた。餌が仕掛けられていた場所から上の斜面は勾配が険しく、そこかしこに倒木が転がっているから、四輪バギーも使えない。その一方、あそこに餌を仕掛けるというのは、じつに利口な選択ではある。あの位置なら、多くの熊が住処としている谷底の原生林が近いから、獲物をおびき寄せるのはわけもない。あの断崖絶壁をのぼったりおりたりする手間もなく、保護区のなかで最も辺鄙で、最も守りの堅い場所から、効率的に獲物をおびき寄せることができるというわけだ。

右に目をやると、夕陽がターク山の山裾に沈んでいったばかりだということが見てとれる。目をすがめれば、そこから棘《とげ》のように小さな光線が放射状に伸びているのがわかる。だが、夕陽はすでに山並の向こうに姿を消しており、空気もひんやりとしはじめて、コオロギの鳴き声も弱まりつつある。日の入りと日の出――昼と夜の境目――は、唯一、太陽の動きを目で追うことのできる時間帯だ。たとえば、夕陽が山の背にかかって、しだいに姿を消しはじめる瞬間。それを目にした瞬間に、ライスはいつも思いだす。地球のほうがまわっているのだということを。太陽のほうが動いているのではないということを。だが、それがなんだというのか。ライスにはなんだか、〝時〟そのものが流れていくのを見つめているように感じられた。まばゆい光を放つ球体が、残り四分の一になり、八分の一になり、十六分の一になり、小さな点になり、ついには消え去る。明暗の反転した残光だけを、ライスの網膜に焼きつけて。

それにしても、信じがたい。本当に一日じゅう、あんなに速く動いていたのか？　太陽が猛スピードで大空を飛び去っていくさまを想像してみた。まるで巨大なほうき星のように、火の尾を後ろにたなびかせて飛ぶ太陽。なのに、誰ひとり空を見あげず、誰ひとりそれに気づかない。遙か遠い谷のほうでは、山の影がブルーリッジ山脈に向けて、じりじりと着実に這い進んでいく。しだいに広がりゆく青い陰影が、ゆるやかに起伏する農地と、それに隣接する植林地とから成るつぎはぎだらけの幾何《きか》学《がく》模様を、じわじわと呑みこんでいく。どこにいるのかわからないカラスが一羽、森のほうから二行連句《カプレット》のような鳴き声をあげだした。カァーカァー、カァーカァー、カァーカァー。まるで何かの信号のようだ。

ロッジの上空では、煙突に巣をつくっているエントツアマツバメの大群が、何ごとかをさえずりあいながら円を描いて旋回している。きっと百羽はいるにちがいない。あれだけのツバメが夜になると、あの石造りの煙突のねぐらに帰ってくるというのだから、驚きだ。羽が生え揃ったばかりの幼鳥たちが、いまでは悠々と空をはばたいている。あの幼鳥たちもほどなくこの巣を離れ、赤道を越えた南半球まで渡っていくのだろう。ツバメの群れはいま、旋回のスピードをどんどん、どんどんあげていた。それにしても、あれだけのスピードで遠心力が働いたら、一万キロ以上離れたアマゾン川流域まで、そのまま吹っ飛ばされていけそうだ。救いようもなく愚劣なことを考えた自分に、とつぜん嫌気が差した。ライスはツバメたちの旅の安全を祈って、残りわずかなビールで祝杯をあげた。からになった缶を背後の網戸のほうへ放り投げると、手すりの支柱の脇に置いてあった二缶めに手を伸ばした。まだひんやりとして汗をかいた缶を握って、プルトップを開けた。一日のなかでも、この瞬間は格別だ。太陽が地上を去って、憂いに満ちた青に世界が染まっていく瞬間。壁のカレンダーによると、明日は秋分であるらしい。昼と夜の長さが、ほぼ等しくなる日。ただし、地軸の傾きの関係で、このあたりでは、実り豊かな夏が終わりを告げる日にもあたる。

そのとき、地面にうずくまっていた犬たちが一斉に飛び起きた。地面にとつぜん電気が流れでもしたかのように立ちあがって、旧道の手前まで出ていくと、山の上方に向かって激しく吠えたてはじめた。犬たちが息継ぎのためにいったん黙りこんだとき、ライスの耳にもそれが聞こえた。2ストロークエンジンが発する、パッ、パッ、パッというかすれた音。一面に草の生い茂るつづら折りの山道を、四輪バギーがゆっくりとくだってくる。あのバギーに乗っている傍若無人《ぼうじゃくぶじん》な畜生どもは、旧道の入口にスターが新しく設置してくれたフェンスをぶっ壊してきたのにちがいない。森林局が設置したゲートを突破するのはまず不可能だ。鋼鉄製の支柱はコンクリートの土台にしっかりと埋めこまれているし、南京錠も、フェンスにじかに熔接された鋼鉄製のボックスで保護されている。たとえ鍵を持っていたとしても、あの南京錠を開けるには、手を高くあげて保護ボックスのなかに入れ、大型の蜂が周囲を飛びまわる大きな巣をどけてから、指先でつまんだ鍵で鍵穴の位置を手探りしなくてはならないのだ。

やがて、三台の四輪バギーがバンガローの脇を通りぬけ、砂利敷きの駐車場に入ってきた。犬たちはいま、ロッジの前に広がる芝地まで後退しつつ、なおも吠えたてつづけることで、タークル自然保護区の管理人こそが――缶詰のソーセージミートをくれた人間こそが――新たに忠誠を誓った主《あるじ》であることを表明している。

駐車場に一番乗りした先頭のバギーは、ワンレスの〈ビア&イート〉であの晩見かけた、大柄で赤毛のスティラー兄弟のひとり――ナルドではなく、ディーウェインのほう――が運転していた。二台めには、痩せっぽちのジェシーが乗っていた。ジェシーのバギーは、シートの後ろに金属製の荷台が取りつけられていて、そこに猟犬が三匹立っている。三台めのバギーには年嵩の男がふたり乗っており、〝ブラック&タン〟というロゴと猟犬のシルエットが刺繍された野球帽を、お揃いでかぶっていた。見たところ、双子であるらしい。血走った青い目も、短く刈った顎鬚も、ごま塩頭も、煙草のヤニで汚れた歯も、何もかもが瓜ふたつだった。そして、タンデムシートの後ろ側に乗っているほうの男はなぜだか、レバーアクションのアサルトライフルの銃床を片方の腰に載せ、銃口を上にして支え持っていた。おそらくは懐かしの西部劇で、そういう持ち方を目にしたのにちがいない。粗野が魅力の主人公が、用心棒として駅馬車の御者の隣にすわっている場面か何かをまねしているのだろう。

やがて、犬たちに気づいたディーウェインがバギーをおりて、そのうちの一匹に近づき、首をつかんだ。残りの五匹はそれにたじろいだ。手の届かない場所に逃れようと、小走りにポーチの前を通りすぎてから、芝の上にすわりこんで、じっとようすを窺いはじめた。ライスの存在に気づいた者は、ひとりもいないようだった。階段のいちばん上にすわっているせいで、手すりの陰になって見えにくいのかもしれない。ライスはそこから立ちあがり、ポーチの中央まで歩いていった。ここなら、あの四人も見すごしようがない。三台の四輪バギーから出る排ガスの、オイルが焼けるようなにおいが鼻を衝いた。

「首輪がねえ。どこにやりやがったんだ」ディーウェインがぼそりとつぶやいた。仲間のほうを振りかえり、「おい、ジェシー、あいつら――」と言いかけて、不意に黙りこんだ。仲間たちが指差すほうに目を向けて、ライスがいることに気づいたからだった。

ライスは中庭に立つディーウェインに向けて、軽く束ねた首輪を放ってやった。それから、階段の上に置いてあった缶ビールを拾いあげて、手すりの上に載せると、手すりに肘をついて、そして待った。ディーウェインの仲間たちが、かけっぱなしにしていたバギーのエンジンを切った。ディーウェインは抵抗する犬の頬を平手でぴしゃりと叩くと、首輪が落ちている場所まで引きずっていって、そのうちの一本を選びとり、犬の首に巻いた。残りの首輪も一本ずつ調べていって、何本かを地面に投げ捨ててから、犬を引きずって自分のバギーに向かった。犬は猫のような身ごなしで後部の荷台に跳び乗り、短い引き綱につながれるのをおとなしく待っていた。それが済むと、ディーウェインもまた、バギーのエンジンを切った。

にわかに訪れた静寂のなか、ディーウェインが小声で何ごとかをつぶやくやいなや、ジェシーの顔に不気味な笑みがつかのま浮かび、顎の下側に並ぶ茶色い乱杭歯がのぞいた。

「自分たちが不法侵入を犯しているということは、ちゃんとわかってるんだろう？」まずはライスが切りだした。

「おれらにゃあ、法的権利ってもんがあんだよ、くそったれが」ディーウェインが言って、茶色い唾液を地面に吐いた。下唇の下がふくらんでいる点からして、あそこに嚙み煙草を含んでいるらしい。「そこがどいつの土地だろうが、おれらにゃあ、自分の犬を連れもどしにいく権利があんだ。だいいち、てめえこそ軽犯罪を犯してんじゃねえか。勝手に首輪をはずしやがって」

「ヴァージニア州法第一八条第二項第九七号および第一三六号のことか」ライスは言って、にやりとした。「ならば言わせてもらうが、きみらこそ、犬を捜しにくる際に銃火器の携行は認められていないし、土地の所有者の許可なしに、そうした移動手段を用いることも許されていないはずなんだが。加えて、いまはあくまで猟犬の訓練期間中であって、猟は解禁されていないから、銃火器の携行はどのみち認められない。したがって、お互いさまということになりそうだな」餌を使った罠について、問いただすつもりはなかった。管理人があの罠のことを知っているなどという噂が、町に出まわるようなことがあってはならない。

ライスの長広舌に、ジェシーはにやにやとしはじめたが、ディーウェインはそしらぬ顔でこう訊いてきた。

「残りの犬はどこだ？」

ライスはひょいと肩をすくめた。「黄褐色のばかでかい大将にくっついていっちまったよ。無線機を使って捜せるんじゃないのか？　あのでかいのは、首輪をはずさせてくれなかったからな」

するとこの発言に、三台めのバギーに二人乗りしたままの男ふたりが笑いだした。やけに甲高くて間の抜けた、締まりのない笑い声だった。ひょっとして、少しオツムが足りないのだろうか。

「ビルトンの親父いげえに、あいつに近づける野郎なんぞいねえよお！」双子のひとりが甲高い声でわめいた。ディーウェインがとある侮辱的な言葉で怒鳴りつけると、ふたりはぴたりと黙りこんだものの、後ろにすわっているほうの男だけはひどい渋面をこしらえて、のろのろとライフルの銃床を肩にかけるなり、ディーウェインの頭に狙いを定めた。ライスはてっきり、いまからひとが殺されるところを目撃するものと思ったのだが、男は小声で「パーン！」とささやいただけで、すぐにライフルをおろした。ほかの三人はそちらに注意を向けることすらしていなかった。

ディーウェインがゆっくりとした足どりで、何歩かポーチに近づいてきた。そのようすからして、本当なら階段を駆けあがり、相手を絞め殺してやりたいところを、ぐっとこらえているようだ。だが、数秒後には、強いて嘲《あざけ》るような笑みを浮かべてみせた。

「てめえがおれらを捜してるって聞いたぜ。それと、どっかの誰かに、ちょいとトラックをいじくられたそうじゃねえか」

ライスも笑みを返しながら言った。「窓ガラスを叩き割っただけでとんずらするとは、無頼なバイカーをめざす人間にしちゃあ、ずいぶんとちんけなことをしたものだな、ディーウェイン」ディーウェインはこれに顔をゆがめたが、返す言葉がすぐには思いつかないようだった。

「ところで、いい犬を飼ってるじゃないか、ディーウェイン。ここまでおれのあとをついてきた犬たちなんだが、いくら払えば譲ってもらえるかな」

「おれのはあの一匹だけだ。それに、あいつは売り物じゃねえ」ディーウェインはそれだけ答えると、中庭に突っ立ったまま、じっとこちらを見すえてきた。その背後では、いまだにひとことも声を発しないまま無線受信機をいじくっていたジェシーが、バギーのシートの上に立って、Hの形をしたワイヤーアンテナに手を伸ばしていた。

「なら、ほかの犬は?」とライスは訊いた。

「デンプシー・ボージャーんとこのやつらだろ。おれらは、あの黒いのとはつるまねえ。そいつらがほしいなら、あの野郎に言え」

ジェシーはいま、水脈を探すかのように、アンテナを前後に大きく揺らしながら、しだいに揺らす幅を狭めつつ、受信機が発する甲高い受信信号に耳を澄ましていた。やがて、受信信号が小刻みで規則的な音に変わると同時に、アンテナを揺らす手がぴたりととまった。アンテナの先は、南の方角——ダッチ川のほう——を差している。それを確認したジェシーは、トランシーバーを取りあげて、どこかにいる誰かとやりとりを始めた。ところが、相手の声はやかましすぎるうえに、ひどく立腹しているようで、ライスには内容がまったく聞きとれなかった。すると、ジェシーがライスに顔を向けてきた。

「あのくそ忌々しいゲートを開けてくれよ。でないと、錠をぶっ壊すことになるぜ?」中央に寄った小さな灰色の目がこちらを見あげている。白い肌にはほとんど血色がなく、こめかみで枝分かれしている血管が青く透けて見えるほどだった。

ライスはしばし考えこんだ。この連中をこのまま見逃してやるつもりは毛頭ないが、狩猟管理局にも、保安官事務所にも、まだ通報はしていない。錠を破壊するという脅しは、おそらくはったりではないだろう。自分ひとりでそれを阻止する手立てはあるだろうか。ライスは駐車場にとめたトラックをちらりと見やった。あれを先頭で走らせてゲートまで行き、ゲートの真ん前にとめて道をふさいでやるというのはどうだろう。いや、だとしても、そのあとはどうなる? 連中は来た道を戻って山道を進み、入ってきたところから出ていくまでのことだろう。なんらかの教訓を与えることくらいはできるかもしれないが、あのばかでかい代物を乗りまわして、これ以上、自然を荒らされるのはご免だ。やれやれ、いったいどうしたものか。

「犬どもの首輪を勝手にはずすなんぞ、ふざけたまねをしやがって」じりじりとポーチに近づいてきていたディーウェインはいま、階段の下の芝地に立って、まっすぐこちらを睨《ね》めつけていた。つんつんと逆立った赤毛の下に、ピンク色の頭皮が透けている。眉間に皺の寄った広い額が汗ばんで、そばかすだらけの赤らんだ肌の上を、汗の雫が流れ落ちていく。そのさまはカミツキガメを思わせた。動きは鈍臭《どん》いくせに、食いついたら放さないところも。緑がかった白い目で、どんよりよどんだ池の底からこちらを見あげてくるところも。

「行こうぜ、ディーウェイン!」ジェシーはすでにバギーのエンジンをかけていた。だが、ディーウェインにはまだ、言い足りないことがあるらしい。

「おれらはいつでも好きなときに、あの山で狩りをする。それを邪魔しようたって、てめえにできることはねえよ」

「いや、それはどうかな。おれは毎日、あの山にいる。おれにできることも、たんまりある。きみに好かれることは永遠になさそうだ」

年嵩の男ふたりが、これに笑った。「この町に、あったらしい保安官が誕生したぞお!」

すでに赤らんでいたディーウェインの顔が、いっそうどす黒い赤に変わった。口に出されるまえから、次に何を言われるのか、予想がついた。

「そんなら、森にいるときゃあ、せいぜい背中に気をつけるこった」

ねじくれた興奮に、背すじがぞくっとした。こいつは底ぬけのぼんくら野郎だ。

「ディーウェイン、いまのは脅迫と受けとれるが」

ライスは言いながら、すでに階段をおりはじめていた。自分が何をするつもりなのかもわからずに。ディーウェインは緊張に顔をこわばらせ、一歩、二歩と後ろにさがりながら、赤いそばかすの散った逞しいこぶしを握ったり開いたりしている。それを見ながら、ライスは思った。たしかに、体重はあっちが重い。だが、身長はこっちが高い。それにしても、なんだってあんなにびくついているのか。スティラー兄弟に関する噂によれば、誰かを叩きのめすなんぞは日常茶飯事《さはんじ》とのことだったのだが。

「おれのまえにいた管理人を覚えてるか？　サラって名の女性だ。そのサラのことも、そんなふうに脅したのか？　自分がどんなに図体のでかい男かってことを、思い知らせてやったのか？」ディーウェインのいるほうへまっすぐ向かっていきながら、ライスは相手の反応を窺った。だが、目に見える反応は、どちらとも受けとれるものばかりだった。つかのま言葉に詰まったようすも。驚きともとれる表情がぱっと顔に浮かんだことも。一瞬、警戒をゆるめたことも。けれども、ライスにはそれで充分だった。

「何を言ってやがるんだ？　あの女にゃあ、そんなこたあ何ひとつしちゃいねえぞ」ディーウェインはそう言うと、最後にこう付け加えた。「だいいち、あの女は犬の首輪なんぞ盗みゃあしなかった」

「おい、ディーウェイン！　もう行かねえと！」ジェシーが声を張りあげた。「あいつらがいんのは、あの川んとこだ！」

ディーウェインは本人よりも先にライスの意図を察したらしく、引きさがるよりもむしろ、先制攻撃を仕掛けようとしはじめた。まずは、大声でわめきだした。口の端に唾液の泡がみるみるたまっていった。けれどもライスには、相手が何を言っているのかわからなかった。何ひとつ聞きとれなかった。耳に届くのは、何かを必死に哀訴するような甲高い声だけだった。バンガローの羽目板を取っ払ったあと、蜂たちが襲いかかってくる直前にあいた一瞬の間《ま》、そのつかのまに蜂の巣のなかで響いていたような音だけだった。そして、それを聞きながら感じていたのは、これまで何度も経験してきた、けっして不快ではない感覚——前に重心を傾けて、重力に身をゆだね、サラのあとを追って崖から飛びおりたときの感覚だった。ディーウェインがこぶしを振りあげながら突進してくる。ライスは右によけると見せかけて、すばやく左へ身体をかわした。ディーウェインの前腕が耳の横をかすめると同時に、一歩前に踏みだして、左フックを横っ面に叩きこんだ。ライスの頭のなかには、こぶしが頭蓋骨を貫通して、向こう側のこめかみを突きぬけていくイメージが浮かんでいた。だが実際には、ディーウェインの頭が自分の肩に当たらんばかりに弾き飛ばされて、唾液にまみれた茶色い嚙み煙草が口から飛びだしただけだった。ディーウェインは後ろに一歩後ずさりしてから、どさっと地面に尻餅をついた。

このまま追い討ちをかけたいところを、ライスはぐっと我慢した。ディーウェインはまだ地面にすわりこんでいるが、たいした怪我は負っていないはずだった。ライスはくるっと首をまわし、ライフルを携えている男に目をやった。その男も、バギーのハンドルを握っているほうの男も、ふたりしてにやにやと笑いながら、しきりに何度もうなずいている。まるで、いま目の前で繰りひろげられているのは、ライスが観客のために上演した道化芝居だとでも言わんばかりに。ライスはディーウェインのバギーのところまで歩いていって、犬の首輪の引き綱をはずした。左手が思うように動かなかった。以前、教えられたとおりに、肘を使うべきだったと反省した。引き綱をはずされた犬は、嬉しそうに尻尾を振りはじめた。はあはあと息を弾ませたまま荷台から飛びおりると、期待に満ちた目でライスを見あげてきた。今度は首輪だけじゃなく、ぼくらごと盗んでくれるの？　自由にしてやらないといけない犬はまだ三匹いたが、ジェシーのバギーの荷台に近づいていくと、ライスのことを知りもしない三匹は、ぐっと身を屈めて吠えたてはじめた。その猛り狂う大声が、鋼の大釘のように頭に突き刺さった。次の瞬間には、例の雌犬とボージャーの犬たちまでもが吠えはじめた。恐怖と不安に駆られて、中庭を右往左往しはじめた。ライスにはもはや、この事態を収拾できる気がしなかった。ふと運転席に目をやると、無線受信機を楯のように抱えたジェシーが、その場で固まっていた。次いで、ロッジのほうへ目をやろうとしたちょうどそのとき、年嵩の男のひとりがにやにや笑いを顔に張りつけたまま、薪の山から失敬してきたオーク材の棍棒を額に叩きつけてきた。

ライスは砂利敷きの私道に倒れこんだ。ディーウェインがよろよろとこちらへ近づいて、肋骨を蹴りつけてきたものの、さほど力は込められていなかった。あちらも万全の状態ではないらしい。それから、ディーウェインは足もとに手を伸ばして、ライスには見えない何かを拾いあげた。てっきりオーク材の棍棒だろうと思ったのだが、その直後に、金属がカチリと鳴る音と、ひやかすような抑揚をつけて「そおりゃだめだぁ」と諫《いさ》める甲高い声が聞こえた。ディーウェインは激しく悪態をつきながらも、手にしていたものを放り投げて、ライスの視界から消えた。

四輪バギーが走り去る音が聞こえた。ライスは地面から立ちあがろうとしたが、頭が真っ二つに裂けたかのように感じられ、意識まで遠のきかけたため、目を閉じてそこに横たわったまま、何も考えるまいとした。やがて、瞼越しに透けて見える光もほぼなくなった。犬が一匹近づいてきて、耳のにおいを嗅ぎはじめても、目を開けてどの犬なのかたしかめることはしなかった。ようやく身体を起こしたとき、犬たちは一匹もいなくなっていて、なぜだか無性に悲しくなった。ディーウェインを殴った左手は腫れあがっていて、第二関節と

第三関節がずきずきと痛んだ。目のなかに入りこんだ血が乾いてごろごろするし、耳鳴りもした。ポーチの手すりに置いてあったなまぬるいビールで、アスピリンを六錠、胃袋に流しこんだあとは、流れでた血で汚れないようタオルを頭に巻いてから、ソファに横になった。今日一日の自分の行動をいつか笑える日は来るのだろうが、頭蓋骨の内側で脈打つ痛みのせいで、いまはユーモアを解する気分になれなかった。ようやくアスピリンが効きはじめると、ライスはたちどころに眠りに落ちた。

23

ソノラ州、国境の町ノガレス、CERESO。五回めの面会日。獄中にいる人間なら誰でもみなそうであるように、ライスもまた、ものを数えてばかりいるようになっていた。収監されてから、二カ月と四日。出所までの日数。五回めの面会日。エイプリルとの五回めの面会。今日のエイプリルの装いは、タイトなジーンズに、擦り傷だらけのドクターマーチンのブーツに、レザージャケットに、黒いTシャツ。毎度おなじみの服装。ただし、顔には笑みをたたえている。これが意味するところは、ひそかにストレスを抱えているということ。その原因を強引に聞きだそうとするほど、ライスだってばかではない。エイプリルは以前、自分のせいで妹に危険が及ぶことを恐れていた。だが、妹のトレイシーはすでに説得のすえ、スコッツデールに住む両親のもとへ送りかえしていたはず。そのほうが、少なくとも自分といるよりは安全だから。

ふたりは面会室の隅にあるいつものテーブルを挟んですわった。壁ぎわに並んだ看守たちはみな、まっすぐ前を見すえている。ほかのテーブルにはほかの囚人が、恋人や、妻や、家族と一緒にすわっている。低い声でささやきあう、シナロア訛のスペイン語が聞こえてくる。ライスもいまでは、そのうちの四分の三くらいは聞きとれるようになった。いまここで語りあわれているのは、大半が家族の消息や家庭での出来事。獄中にいて、聞きたいことがほかにあるだろうか。

「調子はどう？」ライスの顔をじっと見つめて、エイプリルが訊いてきた。顔から笑みは消えている。いま抱えている悩みがなんであれ、それを脇へと押しやるほどに強く、ライスの身を案じているということか。

「べらぼうに健康だ。ビールもなし。テキーラもなし。栄養管理の徹底された三度の食事以外、口にすることもない。ここでできることといったら、筋トレくらいのものだしな。あとは、ラウルから殺し屋《シカリオ》の流儀を教わってる」

エイプリルは途端に目を剝いた。同房の男――ここへ来て最初の晩に、ナイフを貸してくれた男――の名前は、大声で口にしてはいけないものとされていたのだ。「いいかげんにして、ライス。そういうふざけた冗談につきあう気なんて、さらさらないから」

「あいつとはうまくやってるよ」

「やめて！」エイプリルはぐっとテーブルに身を乗りだし、いささか大きすぎる声でライスを制止した。いくつもの顔がこちらに向けられた。睨みつけてきた者が数人。戸惑い顔がほとんど。エイプリルは椅子に深くすわりなおし、ひとつ深呼吸をした。「いまのあなたは判断力に欠けてる。あちこちで訊いてまわって、わかったことがあるの。あの男はね、DEAのくそったれどもがこっちのやつらに指示を出して、わざわざあなたにつけさせたのよ。あの男とうまくやろうとする人間なんていない。あの男は、うまく切りぬけなきゃいけない相手なの。接触を避けなきゃいけない相手なの。それができなきゃ、たいへんなことになる。そして、たいていの人間はそれができずに終わる」

「なら、うまく切りぬけるさ。大丈夫。あいつは誤解されてるんだ」

何があろうとエイプリルには、DEAの要求に屈してほしくなかった。そんなことをすれば、今度はエイプリルがカルテルから命を狙われる。だからこそ、あのときエイプリルに告げたのだ。ラウル・フェルナンデスは自分のことを守ってくれているのだと。もう心配しなくていいと。ラウルは、元警官や現職警官で構成されるフアレス・カルテルにとって重要な人間だ。そのうえ、メキシコ系アメリカ人を中心としたギャング、バリオス・ロス・アステカスまでもが、背後からこちらを見張っている。つまり、このCERESOにいるかぎりは、ライスのほうが安全だった。アリゾナ州南部でDEAとシナロア・カルテルの板挟みになっているエイプリルより、遥かに安全だった。

当然ながら、エイプリルはライスの話をありえないと一蹴《いっしゅう》した。それから、やけに長々とライスを睨《ね》めつけることで、話題の変更を正当化しようとしていた。

「Mと寝たわ」しばらくしてから、唐突にエイプリルは言った。目を逸らしも、うつむきもせずに言ってから、左の眉を軽くあげてみせた。

「本当なのか？」とライスは訊いた。

エイプリルはこくりとうなずいた。その表情はなんだか嬉しそうだった。いま、ふたりにはすべてわかっていた。ミア・コルテスがDEAの覆面捜査官であったことも。以前はシカゴのカルテルに潜入していたのが、最近になって、ツーソンの支局へ異動になったことも。エイプリルが言うには、ライスがいま置かれている状況に関して、ミアに責任はいっさいないらしい。ライスを"梃子"に使うと言って聞かなかったミアの上司に、すべての咎《とが》があるのだという。面会室で会話をするとき、エイプリルはうんざりするほどに秘密めかした言いまわしばかり用いていたが、そこから最大限に理解したところによると、エイプリルはずっとまえから、DEAの捜査に協力していた。内通者として、ごくごく少量のおいしいネタをこっそり選りわけ、DEAに流すということを続けていた。内容はけっして打ちあけようとしない、ある壮大な計画にいつかミアを引きこむため、DEAとカルテルの双方に仕えるという、危険な綱渡りを続けていた。だからこそライスは、エイプリルのことがどうにも心配でならなかった。

「それで、どんなもんなんだ？　女同士ってのは」とライスは訊いた。

エイプリルは少し苛立ったように首を振り、顔をしかめた。「どういう意味か、わかるでしょ」

「ひょっとしてきみのジープに、LGBTサポートのレインボーフラッグ・ステッカーを貼らなきゃいけなくなるとか？」自分が少しばかり嫉妬《しっと》していることは、認めざるをえなかった。そのあとは当然ながら、自分もその場にいられたらよかったのにという思いが頭をよぎった。ミア・コルテスは魅力的な女性だ。身長はエイプリルと同じくらいだが、豊満で、肉感的で……想像の炎が燃えあがりはじめた。

「ライス……」またしても、あの紫の瞳がじっとこちらを見すえていた。何を考えていたのかは、すべてお見通しなのだろう。

「ああ、わかってる」その行為がどんなふうだったのか、ヒントくらいはくれてもいいのにと拗《す》ねたふうを装いながら、ライスは言った。「とにかく、グッドニュースだな」

24

　その晩、蛇の夢を見た。やけに大きな毒蛇が何匹もロッジに入りこみ、家具の上やら、ベッドの下やら、キッチンの調理台の上やらで、不遜《ふそん》に、物憂げに、とぐろを巻いている。頭の位置には、陶磁器のように艶やかな髑髏《しゃれこうべ》が載っていて、口は牙を剝いている。その姿は死神のように恐ろしげにも、神々のように無敵にも見える。ライスが周囲をこそこそ歩きまわっても、蛇たちはまるで相手にせず、我が物顔にふるまっている。そうしてついに、ライスは悟る。蛇たちに無視されているのは、自分が死んでいるからなのだと。自分はもはやだいぶまえに死んでいるからなのだと。自分はもはや亡霊にすぎず、蛇たちは、ライスとはなんの関係もない別の何かを待っているのだと。それに気づいた衝撃で、目が覚めた。夜明けまえの灰色の空気のなか、ソファに横たわったまま考えた。いま身体を起こしたら、どれくらい頭が痛むだろう。このごろは、死にまつわる夢を見ることがますます頻繁になってきた。ときどき、もしかして予行演習をしているんだろうかと感じることもある。まるで、自分には死ぬ練習が必要だと、潜在意識が勝手に結論づけたかのように。どんな人間も死ぬ直前に、夢のなかで死に方を学ぶものであるかのように。

　デンプシー・ボージャーは七時ごろ車でやってきて、クラクションを一度だけ、怒号のように長々と鳴らした。スティラー一味が脅迫どおり、ゲートの錠を破壊していったのにちがいない。あの手の輩《やから》にとって、ボルトカッターは標準装備があたりまえなのだろう。今朝は、ピックアップトラックがわざわざ後ろ向きに、荷台がロッジのほうを向くようにとめられていた。ボージャーはポーチに背中を向ける恰好で荷台の前に立つと、テールゲートをおろして荷台に手を伸ばし、硬直した犬の死骸を手前に引き寄せて、テールゲートの上に横たえた。荷台の奥に据えられたケージの金網越しに、二匹の猟犬がそのようすを見守っている。

ライスはボージャーのものとおぼしき首輪を親指に引っかけ、裸足のままフロントポーチに出ていった。すると途端に、身震いが出た。まだ九月の下旬だというのに、早朝の空気はひんやりとして、駆け足で冬へと向かう秋の気配を漂わせている。頭部の切り傷には、すでにガーゼが貼ってあった。できれば縫合が必要なようだ。痛みと出血のせいで、いまも軽い吐き気と眩暈がする。何もかもが自分のなかを通りぬけ、外へと流れだしていく感じがした。風すらも、身体を通りぬけていくようだった。

「デンプシー」呼びかける声に、ボージャーがこちらを振りかえった。

「あんたに見せたいもんがある」そう言うと、ボージャーは犬の死骸を抱えあげ、自分の足もとに横たえた。

「こいつのことは、モンローと呼んでた。声が独特だったもんでな」

砂利の上に横たわる犬を、ライスは見つめた。うっすらと口が開いている。さきほどモンローという名を口にしたとき、ボージャーは〝モ〟の音にアクセントを置いていた。きっと、哀愁を帯びた高音の声で鳴いたのだろう。全身に目をやると、毛はあちこち泥だらけで、ところどころに血も付着していた。

「いったい何があったんです?」

「どうやらここにいるモンローのやつは、うっかり車に轢《ひ》き殺されちまったらしい。どっかのくそったれの考えなしに、首輪をはずされちまったあとにな。今朝、峠の道に倒れてるところを見つけた。獣医の話じゃあ、同じように撥《は》ねられて、運びこまれてきた犬がもう一匹いたそうだ。セッターの血が混じった、小型の雑種がな。ほかにも何匹か、川べりをさまよってるところを発見した」ボージャーはふと黙りこみ、死んだ犬をじっと見つめた。ボージャーの声には、煙草呑みに特有の少しざらついた響きがあったが、その抑揚はなめらかで、リズミカルで、さながら語り部を思わせた。

「いまもまだ一匹、行方不明のまんまだ。あいつらは車にも、車の通る道路にも慣れちゃいねえ。だから普段から、道路には近づけんよう気をつけとるんだ」

　このままポーチにとどまっていることなど、とうていできなかった。だが、スティラー一味とのやりとりについて、ボージャーはどの程度承知しているのだろう。ポーチの階段をおりるライスの胸のなかに、怒りは微塵《みじん》も存在しなかった。ゆうべのライスを衝《つ》き動かした奇怪な力も、すべて消え去っていた。風は冷え冷えとしているが、顔にあたる陽射しは温かい。ひんやりとして乾いた砂利の感触が、素足にじかに伝わってくる。草地の果てにあるニセアカシアの木立では、小さな葉が雨のように、はらはらと音もなく大地に降りそそいでいる。

　ライスは地面にしゃがみこんで、ボージャーの犬を仔細《しさい》に眺めた。たしかに、この犬には覚えがあった。ゆうべ、ロッジまでついてきた雄犬の一匹だ。胸のあたりをてのひらで撫でてやると、肋骨のふくらみと窪みと、湿った毛の冷たい感触が、指先に伝わってきた。ゆうべ見たときも、すっきりと痩せて、引き締まった身体つきをしていた。すぐ傍らに立つボージャーを見あげると、服に染みついた煙草のにおいがふわりと鼻に届いた。申しわけないと謝りたかった。ディーウェインの仲間に叩きのめされることさえなかったら、ボージャーが迎えにくるまで、きちんと預かっているつもりだったのだと伝えたかった。

　犬の胸にてのひらを添えたまま、ライスは言った。

「あなたの犬たちは昨日、この保護区内にいた。そのことをあなたは知っていた。この土地で熊を狩る行為が百年もまえから禁じられていることは、誰もが承知しているはずです。タ一ク山に犬を放てば、犬たちが保護区にまで入りこむのは絶対に避けようがないということも。そして、管理人であるおれが、それを黙って見すごすわけにいかないということも」それだけ言うと、ライスは地面から立ちあがって、ボージャーの首輪を荷台のテールゲートに置いた。

「そんなら、おれがまた国有林で犬どもを放って、その犬どもがあんたんとこの敷地に入りこんじまったら、あんたはまた首輪をくすねるつもりだってのか?」

「首輪をどうするかはわかりませんが、いずれにせよなんらかの方法で、あなたが狩りを行なえないように対処するでしょう」デンプシー・ボージャーの場合、ゆうべのディーウェインのように法律を持ちだしてくるたぐいの人間だとは思えなかったが、運頼みで危ない橋を渡るわけにもいかない。第一級軽犯罪の容疑で出廷を強いられるようなことだけは、できれば勘弁願いたい。

ボージャーは着ていたGジャンのなかに手を突っこんで、シャツの胸ポケットからクールのソフトパックを取りだした。手首の付け根にパックを二回、とんとんと叩きつけ、煙草を一本振りだすと、吹きつけるそよ風から逃れるように運転台のほうへ顔をそむけ、木のマッチで火をつけた。マッチを振って火を消すと、それを荷台に放りこみつつ、長々と煙を吸いこんだ。そして、吐きだした煙越しにライスを見やり、ぐっと目をすがめた。

「でもって、あんたはそれを、理不尽だとは思わねえのか?」

「まったくもって理不尽だとは思いますが、それがおれの仕事なんです」

頭に巻いた包帯を一瞥してから、ボージャーは言った。「その仕事のせいで、いつか命を落とすかもしれんぞ。性懲りもなく、スティラー兄弟なんぞと衝突しつづけとったらな」

　気のせいかもしれないが、ボージャーの顔にかすかな笑みが浮かんだように見えた。いや、あるいは単に、疑るように細めて見るのが癖になっている目の下で、唇がきゅっと引き結ばれただけのことなのかも。ボージャーとスティラー兄弟は、あきらかに敵意をいだきあっている。ボージャーがライスとの会話に応じてくれる理由は、じつのところ、それが根底にあるのかもしれない。

「昨日は危うく殺されかけました」冗談ではないことが確実に伝わるしかつめらしい口調で、ライスは言った。

　するとそのとき、ピックアップトラックの助手席から、毛むくじゃらの白い頭がぴょこんとのぞいた。頭の持ち主は、セッターに似た例の雌犬——昨日一日、ライスの相棒を務めてくれた雌犬——だった。ライスがそちらに近づいていくと、雌犬は開いた窓から鼻を突きだして、てのひらや腕のにおいをくんくんと嗅ぎだした。ふと目をやると、左の後ろ足に、真っ青なガラス繊維のギプスがはめられている。耳の後ろを掻いてやると、雌犬は窓枠に顎を乗せて、気持ちよさそうに目を閉じた。

　煙草を口にくわえたまま、ボージャーがモンローを地面から抱えあげて、荷台に戻し、テールゲートを閉じた。そのあともその場で煙草を吹かしながら、ライスと雌犬のようすを眺めていた。

「ひどい骨折でな」不意にぽつりとボージャーが言った。

　のんびりとくつろいだ顔を見つめたまま、ライスは雌犬に語りかけた。「おまえはタフな婆ちゃん犬だな。そうだろ？」

「そいつはまだ三歳だ」

「名前は？」

「サディ」

「熊猟より、鳥猟のお伴のほうが向いてそうに見えますが」

ボージャーはそれには答えず、いきなり話題を変えてきた。「ビルトン・スティラーんとこの犬は、まだ三匹見つかっとらんらしい。そのうちの一匹は、やっこさんのいちばん優秀……かどうかは知らんが、ともかく自慢の一匹でな。黄褐色のばかでかい猟犬だ」

「そいつなら、昨日、会いました。まったく懐《なつ》いてくれなかった」

「あんたがあいつらを殺したんだと、ビルトンのやつは触れまわっとる。森んなかに置き去りにして、送信機のバッテリーを持ち去ったんだろうとな」ボージャーの口ぶりは、その糾弾《きゅうだん》を真に受けたふうにはまったく聞こえなかった。

「あなたがそれを否定してくれてたら、ありがたいんですがね」

「はっ！」ボージャーが大きく破顔した。ライスの目には、心から笑っているように見えたが、濃褐色の瞳だけは表情を変えず、冷たい光をたたえたままだった。

「どんな話題だろうが、ビルトン・スティラーと口をきくことなんぞ、まずありえねえよ」ボージャーはそう言ったあと、困惑したようすのライスに気づいて、さらに言い添えた。「おれはビルトンのやつとは毛色がちがうからな」

「何がどうちがうんです？」

「あんた、正真正銘のぼんくらなのか、それとも、わからねえふりをしてるだけか？　政治的正義を振りかざす、リベラル気どりのカリフォルニアっ子ってやつか？」

「出身はアリゾナですが」

ボージャーは不意に黙りこんだ。そこに答えを探すかのように、ライスの顔をまじまじと見つめだした。本当にばかになったような気分に陥りながら、ライスも相手を見つめかえしているうちに気づいたのだが、ボージャーの目の端からは、何本もの皺が放射状に伸びていて、高く張った頬骨の上にも深い溝が刻まれていた。ほとんど黒に近い濃褐色の瞳を囲む白目は、完全な白ではなく淡いクリーム色で、それが真っ赤に充血していた。まるで、ひと晩じゅう飼い犬を捜しまわっていたかのように。いや、きっとそうだったのだろう。

「それじゃあ、あなたが言っているのは、人種のちがいということですか？」

「そう、人種のちがいだ。おれたちみてえな、シカモア・クリークのはずれに暮らす黒人とチェロキー族の混血なんてのは、ビルトン・スティラーのモンスター級《ばかでかい》トラックにワックスをかけることすら許しちゃもらえねえのさ」

「それはまた……」ライスはつかのま考えこんだ。ターピン郡北西部における社会力学がこれほどまでに複雑化しているとは、まったく認識していなかった。

「それが何を意味するのかも、どうせあんたはわかっちゃいねえんだろ？」

「モンスター級の意味なら知ってます」

「それが意味するところはな、スティラーみたいな連中ってのは、自分より劣った人間がこの世に存在すると信じこまなけりゃ、やっていけねえってこった。あんたはどうせ、〈ビア＆イート〉で出会った男らが、猟犬を飼えと言っておれんちを教えたのが、いやがらせだってこともわかっちゃいねえんだろ？」

「よくご存じですね」

「あの管理人の野郎を、いっちょ、シカモアの穴蔵に放りこんでやるか。二度と出てこられねえかもしんねえなあ。くっくっくっ……だがな、ちょいと考えりゃあ、すぐにわかる。あんときあんたは、蜂の話しかせんかった。まあ、あんたがいずれ、熊の密猟のことでとやかく言いだすとわかってたら、即座に撃ち殺して、犬舎の裏に埋めてたかもしれんがな。いや、あんたがモンローを殺すことになるとわかっていても、おんなじことをしたろうな」

ボージャーは煙草の火をつまんで消すと、使用済みのマッチや、犬用のケージや、モンローの死骸を載せた荷台に吸い殻を投げ捨て、ふたたび胸ポケットから煙草のパックを取りだした。この男はもともとヘビースモーカーなんだろうか。それとも単に、苛立ちを静めようとしているんだろうか。

「あの黄褐色のばかでかい猟犬なら、おれが最後に姿を見たとき、まだ首輪をしていました。何かあったのでなければ、すぐに見つけられたはずです。ミスター・スティラーの店を訪ねていって、そう話すべきでしょうか」

「そいつは面白いことになるかもしれんな。おれの聞いた話によると、ビルトンの親父は飼い犬どもを溺愛《できあい》しとるそうだ。親父ほどではねえが、息子どもも似たようなもんだ。飼い犬が絡んでくるとなっちゃあ、ただでは済まされん。まあ、飼い犬にかぎった話じゃねえがな」

「餌を仕掛けて、熊をおびき寄せることもあるんでしょうか」

「餌を使う利点ってのは、犬を放つ場所の目星がつくってだけのこった。そっからにおいを拾わせて、獲物の居所を突きとめるわけだな。ただし、そのためには餌をあっちこっちに仕掛けたうえで、ポップコーンだの腐ったリンゴだのなんだのを、ちょくちょく補充してやらなきゃならねえ。それ以外にも、なんだかんだと余計な手間が要る。そんな面倒なことをしとる猟師は、おれの知るかぎりではひとりもいねえな」

「犬を使わないとしたら、どうなんでしょう。餌を仕掛けておいて、クロスボウを持って近くの木の枝にのぼり、熊があらわれるまで待つとしたら。あなたもまえに言ってましたよね。人間に餌を与えられていた熊の死骸を見つけたと」

「そいつはまた別の話だが、なんだ、またそういう態が見つかったのか？」

「ええ、二頭も。あなたがたの犬が、昨日、それを見つけていたんです」そう口にするなり、サディがくぅんと鼻を鳴らした。そちらに目をやると、サディは知らぬまに眠りこんでいて、小さく吠えたり、鼻を鳴らしたりするたびに、頬がふくらんだり、へこんだりしている。きっと夢を見ているんだろう。ライスはてのひらをサディの額にあてて、目の上から頭のてっぺんを通り、うなじのところまで撫でてやった。まえに何かで読んだことがある。犬が人間に撫でられるのを好むのは、幼いころ、母親に舐められた経験を思いだすからなのだという。サディの目がうっすらと開いて、すぐに閉じた。鎮痛剤が効いているのにちがいない。

「二頭の死骸が見つかったのは、あの峡谷のかなり上のほう、崖のてっぺんに近い場所でした。死骸からは、胆嚢と手が持ち去られていた。そして、以前あなたが言っていたように、矢尻の痕が残っていた。それから、その傷口には、白い粉が付着していた」

「ありゃあ峡谷なんかじゃねえ。ここいらの人間は、あそこを〝峡谷〟だなんて呼ばねえよ」

「じゃあ、なんて呼ぶんです？　おれには峡谷にしか見えませんが」

「洞《ほら》だ。洞《ホロー》だよ」

ライスは黙ってうなずくことで、会話のすじ道がもとの方向へ戻るのを待った。ところが、ボージャーは口から吐きだした煙の向こうからこちらを眺めているだけで、話を進めようとはしなかった。

「それで、どう思われますか」と、ライスは返答を促した。「餌の件です。スティラー家の連中はまたあの場所に、餌を補充しにやってくるでしょうか。あなたがさっき言っていたみたいに」

「誰かしらがやってくるだろうな」

「スティラー家の連中ではなく？」

「スティラー兄弟に、そんな凝った細工はできねえよ」

「誰かほかの人間だと考えているんですね？」

「まあ、いろいろと小耳に挟んだことがあってな」

「けど、それをおれに教えるつもりはないと」

「あんたの態度が、好ましいとは言いきれねえ」

ライスはやれやれと首を振ったが、口には何も出さなかった。

「おれが思うにはだな、あんたはおそらく、このちょっとした問題を自分ひとりで解決しようと心に決めとるんだろう。あんたのだいじな処女林に、チョコパイだの干からびたドーナツだのを捨て置いていく南部白人どもの相手くらい、ペットの熊どもを撃ち殺しにくる密猟者どもの相手くらい、ひとりでもどうにかなると思ってるのかもしれん」

「なるほど。かなり興味が湧いてきました。どうしてあなたが密猟者を庇おうとするのか、その理由が是非とも知りたい」

ボージャーはライスを睨《ね》めつけた。くたばりやがれというセリフが、いまにも口から飛びだしてきそうだった。それでも気を取りなおし、咳払いしようとしたところ、激しく咳きこみだしてしまった。喫煙者に特有の短い空咳が続いた。ボージャーはトラックから顔をそむけ、こぶしを口に押しあてた。

ふと目をやると、助手席のサディが目を開けていた。やりとりする声の張りつめた響きに反応したのだろう。サディはシートの上に立ちあがり、その場でくるくる回転しはじめたかと思うと、勢いあまってダッシュボードにギプスをぶつけ、横向きに倒れこんでしまった。すると今度は、尻を器用に動かしてごろんと仰向けに転がり、ギプスをぴんと上に突きだしたのだが、その体勢で楽にくつろげるとはとうてい思えなかった。ライスは窓越しに手を伸ばして、サディの腹を撫でてやった。そして、この機に話題を変えようと、ボージャーにこう切りだした。「そういえば、蜂たちはどうしてますか」

「つつがなくやってる」

「あのときの蜂蜜、すでにたくさんいただきましたよ。ずいぶんと精がつくもんですね」

「野生の蜂が集めた蜜ってのは、そういうもんだ」ボージャーが言いながら運転席に乗りこむと、サディがその膝に顎を乗せてきた。ボージャーは一瞬、見知らぬ犬でも眺めるかのような目で、サディのことをちらっと見やった。「あの蜜をあんまり食いすぎると、熊どもの仲間入りをしちまうかもしれんぞ。そうなったら、スティラーの連中は文字どおりに、あんたを狩ろうとするだろうな」

ボージャーはそう言ってドアを閉め、助手席の窓越しに何か言おうとした途端に、またもや激しく咳きこみだした。さきほどよりはやや短く、咳の発作がおさまると、ボージャーは自分の胸をとんとん叩きながら、指先で短くなっていく煙草をまじまじと見つめた。

〝こいつはどこから出てきやがったんだ？　もうこれ以上は吸いたくねえ〟。ボージャーは灰皿に手を伸ばして煙草を揉み消すと、涙の潤む目でライスを見あげてきた。とにかく早く家に帰って、少しでも眠ったほうがよさそうだった。

「あんたも、この土地を所有してる連中も、これだけは覚えといたほうがいい。ここいらにはな、祖父《じい》さんの祖父さん、そのまた祖父さんのころから、不動産屋に追いだされるまえから、二百年まえから、あの山で熊を狩ってきたって家がごまんとある。あんただろうが、ほかの誰だろうが、そいつらをとめるためにできることなんぞ、この世に何ひとつねえ。いまみたいなことを続けとったら、戦争になるぞ。きっと、後悔することになる」

「かもしれません。昨日も似たようなことを言われましてね」とライスは応じた。ふと寒けをおぼえて、胸の前で腕を組んだ。「チェロキー族はどうだったんです？　あなたのご先祖も、あの山で熊を狩ってたんでしょうか。追いだされるまえに」

「いや、そうでもねえ。ありゃあ、〝ひとならぬもの〟がさまよう山なんでな。チェロキー族はあの山を、ウー・ジュー・ティーア・ニー・スウ・イー・オウダーと呼ぶ。〝あまたの異様《ことざま》の山〟ってな意味だ」ボージャーはふんと鼻を鳴らし、キーをまわしてエンジンをかけた。顔はうっすらと笑っていたが、その目から親しみの色はほとんど感じとれなかった。「おれの言ったことの意味を、どうやらあんたもわかっとるようだな」

最後にそう言い置いてから、ボージャーはシフトレバーを動かして、ゆっくりと私道を走りだした。

25

ライスは買い置きしてあった南京錠の最後の一個を見つけだし、鍵の先端を使ってパッケージを開封した。森林局が設置したゲートのほうは問題ない。あっちの南京錠は、鋼鉄製のボックスのなかで、でっかい蜂どもに守られている。あとは、今週中に、重たい有刺鉄線を背負って山道をのぼり、スティラー一味が破壊したにちがいないフェンスのほうも、修繕しておかなくてはなるまい。

ブーツの紐を結び、コンビニエンスストアでもらったプラスチック製の特大カップにポット一杯ぶんのコーヒーをそそいでから、ライスは私道を歩きだした。のんびりハイキングでもすれば、頭がすっきりしてくれるかもしれない。ほとんど風のない穏やかな日だった。かすかなそよ風がときおり思いだしたように勢いを増しては、木々の枝を揺らしていくだけ。ブーツに踏みしめられた砂利の音が耳に響く。あちこちから聞こえてくるコオロギの鳴き声。遠くでカラスも鳴いている。枯葉が数枚、はらはらと落ちて宙を舞う。陽の光が透けて、一瞬のきらめきを放つ。

あまたの異様《ことざま》の山――いいや、きっとボージャーの作り話だ。

私道の入口のゲートは閉じていた。スティラーの一味が大きく開け放っていったものを、ボージャーが閉めてくれたのだろう。どれほど鶏冠《とさか》に来ていようと、ゲートを開けっぱなしにして立ち去る気にはなれなかったのにちがいない。ライスはひとまずゲートの外に出て、郵便箱を開けてみた。スティラー一味がまたやってきて、いやがらせにガラガラヘビでも放りこんだかもしれないと考えたのだが、箱のなかはダイレクトメールがぎゅう詰めになっていて、何かを押しこめるような余地はなかった。最後にここをからにしてから、ずいぶんになるにちがいない。カタログや広告。無料配布の地元新聞。サラに宛てたものの転送されなかった、非営利団体への寄付を募る郵便物。ライスにはなんの興味もない商品ばかりを集めた、分厚いクーポン冊子。郵便物は、近いうちに片づけると心に誓って、今日のところはそのままにしておくことにした。自分に宛てられたものは、ひとつもないはずだったから。以前の住まいであるツーソンの住所に送られてきた郵便物はすべて、二度と訪れるつもりのない郵便局の私書箱に転送されているはずだから。

そのときとつぜん、車高とマフラーを改造した赤いピックアップトラックが一台、爆音と共にカーブを曲がり、ゲートのほうへ向かってきた。ライスが路肩へよけると同時に、車は郵便ボックスを弾き飛ばさんばかりにかすめてから、スタンプの町の方角に向けて、直線道路を猛スピードで走り去っていった。助手席の男が後ろを振りかえって笑っているのが、リアウィンドウ越しに見えた。まばらな黒い鬚のまんなかに、白い歯がのぞいていた。これまで見たことのない顔だった。リアウィンドウの上のほうには半透明のステッカーが貼ってあって、肉太の文字で〝恐れよ《FEAR THIS》〟と書かれていた。地元のティーンエイジャーが好んで使っている〝恐れ知らず《NO FEAR》〟をもじったものだろう。いったいあいつらに、恐怖というものの何がわかるというのか。あのばかげたステッカーの投げかける意味が、わずかにでも理解できるというのか。

私道に戻ってゲートを閉め、チェーンを巻きつけてから、積層鋼製の新品の南京錠を取りつけた。しばらくあたりを探しまわったすえ、草むらに落ちている古い南京錠をようやく見つけだしたところ、案の定、ツルの部分が断ち切られていた。けっして小さなものではないのだが、こうなってくると、目の前の閂《かんぬき》からぶらさがっている双子（あるいは三つ子）の兄弟が、ひどく貧弱に見えてくる。ゲートの端に巻きつけるたびに、つねづね頼もしく思えていたチェーンですらも、見かけ倒しに思えてくる。もっと頑丈なものを買ってきたほうがいいかもしれない。錠とチェーンを買いかえることは、別にできないわけではない。ただし、その場合には、リストに挙げられた関係各所に、新しい合鍵を郵送しておかなければならない。まずは、なんのために必要なのか知らないが、ツーソンのスター宛てに一本。保安官事務所と狩猟管理局にも一本ずつ。消防署にも一本。それから、まえに目にしたところからすると、サラにも一本渡すことになるかもしれない。

からになったカップに壊れた錠を投げいれ、私道を引きかえしはじめた。はじめは早足で歩き、そのあと小走りに駆けだすと、すでに痛む頭がさらに痛みを増した。カップのなかの南京錠がカタカタと音を立てている。ライスは走る速度を無理やりあげた。ボージャーの言ったことは正しい。密猟の件は、自分ひとりでどうにかするつもりでいた。だが、結局は、手も足も出なかった。さらに二頭の熊が殺された。スティラーの一味は、なんら咎めも受けることなく、保護区内で四輪バギーを乗りまわしている。自分はなけなしの自制心を捨て去って、ディーウェインとの対決に踏みきった挙句、自分が割っておいた薪で叩きのめされるという羽目に陥った。そのせいで逃げだしてしまった犬たちのなかには、車に轢き殺されたものも、怪我をしたものもいる。そして今朝は、この町でただひとり、意思の疎通がとれると——ただひとりの味方だと——思っている人物から、手を引けとの忠告を受けた。

私道をひたすらに走りつづけて、ようやく草地が見えてきた。よろめく足で草地に駆けこみ、前につんのめりそうになりながらもどうにかこらえて、膝に手をつき、胃袋のコーヒーを吐きだした。ライスは私道にすわりこみ、髪の生えぎわの少し奥にある、腫れあがった切り傷に指先をそっと触れた。今朝、鏡で見たときにはすでに、赤黒い痣《あざ》が傷口から額の右側全体にまで広がっていた。ライスは鋏《はさみ》とカミソリを使って、その部分の髪を短く刈りこみ、石鹸《せっけん》と水で傷口を洗ったあと、消毒用のアルコールに浸した布を押しあてた。出血がとまるのを待って、皮膚接合用テープを二枚貼った上から、抗生物質の軟膏《なんこう》も傷口に塗りこんでおいた。

二頭の熊を仕留めたことで、例の密猟者はしばらくあの場所に近づかないかもしれないし、すぐにも餌の補充を再開するかもしれない。だが、遅かれ早かれ、あの場所に戻ってくることだけはまちがいない。保護区内には、他に類を見ない数の熊が棲息している。その魅力に抗《あらが》えるはずがない。その瞬間を狙って、そいつを捕まえればいい。見張りを行なうべきは、深夜。ボージャーが言うところの〝ひとならぬもの〟のように、夜の山をさまよい歩くのだ。ひとりで突っ走るなとボージャーは警告してきたが、あの男にはわかっていないことがある。それは、ライスがこれまで自分に歯止めをかけていたということだ。そして、その歯止めこそが、ライスの足枷《あしかせ》となっていたということだ。亡き父がこの世を去るまえに、なんとか息子に伝えることのできた数少ない教訓のなかに、こんなものがある。もしも何かに行きづまったなら、それは、おまえ自身が知らず知らずのうちに、失敗することを選択していたからだ。そのために、充分な努力をしようとしなかったからだ。自分に能力がないことを気づかされるくらいなら、わざと失敗したほうがましだと考える人間にとっては、それが妥当な選択なのだろう。だが、もしもおまえが今後、そういう選択をするのなら、せめて、自分がしていることに関して、自分自身に嘘をつくことだけはするんじゃない。

汗で濡れたシャツが肌に張りついて、身体が冷える。ライスはそれを脱いで、腰に巻いた。私道を先へ進むのをやめて、森の外周に沿って歩いていくうちに、ニセアカシアの木立にたどりついた。ロッジのフロントポーチからいつも眺めていたその木立の下には、いつのものとも知れない家畜の墓が隠されていた。陽にさらされて褪色した牛の骨が、下生えのなかに埋もれており、その真っ白な骨が日光を浴びてきらきらと輝くさまは、ミニチュアの遺跡を思わせた。それにしても、この牛はいったいどこからやってきたのだろう。誰かが草地に牛を放っていたという記録は、過去の日誌にはなかったはずだが。

ライスは牛の頭蓋骨を拾いあげ、陰になった暗い眼窩をのぞきこんでみた。内側が緑の苔に覆われていて、鼻の位置にあたる細い骨は一部が欠けたり、ひびが入ったりしている。こいつには、管理人室のあの祭壇に加わってもらうとしよう。ライスはその頭蓋骨を、地面に放置してあったマグカップの隣にそっと置いた。草に絡まっていた骨盤は、少し引っぱってやると難なくはずれた。てのひらで表面を軽く払ってから、手の上でそっと裏返した。陽に焼けて白くなった側は、傷ひとつなく、全体のラインも完璧な対称をなしているうえに、優美な曲線を描いており、形は兜《かぶと》によく似ていた。身体の正面にあたる側には、楕円形の穴がふたつ開いていて、なんだかじっと見つめられているような感じがした。ライスはそれも、頭蓋骨の隣に並べた。

強い陽射しの降りそそぐ草地のほうまで移動すると、数ある骨のなかから肋骨を選び、腰を折って拾いあげた。長さは六十センチほど。鎌のような形をしており、付け根のところはほぼ直角に曲がっていて、そこから節が突きだしている。湾曲した部分の内側の縁は、思いのほか鋭く尖っている。ライスはその肋骨を鎌のようにかまえると、背高く育ったアザミの花に向けて、さっとひと振りしてみた。アザミの上半分が宙に浮かびあがり、ゆらゆらと揺れながら地面に落ちた。ライスはもう一度、もっと勢いをつけて、肋骨を振るってみた。すると今度は、もっと根もとに近い部分の茎が切れた。

ライスはいま、激しい怒りに我を忘れていた。ある種のトランス状態に陥っていた。感覚が研ぎ澄まされるあまり、大気中を浮遊する微粒子がきらめき、弾けあうさままで見てとれた。そよ風に吹かれた一本一本の毛が肌を撫でる感触まで感じとることができた。これまでずっと、自分のなかの暴力的な一面が少しでも顔をのぞかせようとするたび、ライスはそれを頑《かたく》なに抑えこんできた。そうした一面こそが、あの災厄を引き起こすもととなったからだ。だが、いまこの場所で、自分が誰を傷つけうるというのか。ライスは草地を悠然と歩きまわった。四メートル近い高さに育ったヨウシュヤマゴボウの藪を見つけると、肋骨の鎌を手に、闘技士サムソンさながらに顎をいからせながら、手当たりしだいに薙《な》ぎ倒していった。身の内で猛り狂う凄まじい怒りが、ライスを呑みこんでいた。鎌を振るう勢いは、しだいに荒々しさを増していった。水分を多く含んだ柔らかな茎《くき》が、飛沫を散らしながら切り刻まれ、スローモーションのようにゆっくりと傾きながら倒れていった。紫色の小さな果実が、雨のようにぱらぱらと降りそそいだ。ついにすべての体力を使い果たしたライスは、その場でぴたりと動きをとめて、ばらばらに切り刻まれた茎の緑や、散乱する果実の紫から成る大虐殺の現場を眺めた。だが、ここで犠牲になったのは、ただの植物にすぎなかった。

地面の隆起の陰になった場所で、草が楕円形に押しつぶされた跡を四つ見つけた。鹿がここを寝床にしていたのだろう。ライスはそのうちのひとつにごろんと寝転がり、身体を丸めた。鹿が寝床を丁寧に整えてくれていたおかげで、素肌に突き刺さるような小枝も小石も、ひとつとしてなかった。気分がよくなるまで、ここで休むことにしよう。ところが、素肌を撫でるそよ風は冷たく、全身に鳥肌が広がっていく。太陽から得られるわずかなぬくもりでは、それを凌《しの》ぐには充分ではなかった。

ライスは夢ならぬ夢を見た。眠っているあいだもごく自然と、自分の周囲で何が起きているのかを感じていた。つねに一定の速度を保つ、ゆっくりとした太陽の動きも。草の葉を揺らす風の音も。温められた土が発する、黴《か》びた金属のようなにおいも。鹿が三頭、近づいてくるのが見えた。鹿は前足を踏み鳴らしながら、自分たちのねぐらで眠っている見知らぬ人間のにおいをしばらくくんくんと嗅いでいた。そして、そのにおいに耐えきれなくなるやいなや、真っ白い尾をひらひらとひるがえしながら、弾むような足どりでいずこかへ去っていった。アメリカ先住民の神霊とされるワタリガラスが一羽、真上の空をぐるりと旋回してから、一度も声を発することなく、森のほうへと飛び去っていった。蟻《あり》の行列が脚を這いまわり、蚊が一匹、腕の血を吸っていった。

激しい震えで目が覚めて、ライスはゆっくりと身体を起こした。身体は凍えているが、心は落ちついている。頭の傷からにじみでた血が眠っているあいだに乾いたらしく、こめかみの髪にこびりついている。全身から饐えた汗のにおいがする。なのに、あの三匹の鹿は近づいてきた。そこにいるものの正体をわかっていながら、あんなに近くまで寄ってきた。こちらがそうしようと思えば、殺すこともできるほど近くまで。この出来事に何か意味があるのなら、いったい何を意味しているのだろう。

太陽は天頂をゆうに過ぎていた。ライスは太陽にじっと目をこらして、夢のなかのように、その動きを肉眼で捉えようとしたが、まばゆい光に目がくらむだけだった。ライスは鹿の寝床を離れて、カップと牛の骨を取りに、ニセアカシアの木立に戻った。人類誕生当時の儀式用の頭飾りを気取って、骨盤を頭にかぶってみようとしたが、脊柱とつながる仙骨の部分が途中で引っかかってしまった。ひとまず骨盤を地面におろし、仙骨の一部を石で叩き壊したところ、今度はぴったり頭がおさまって、ふたつ開いた穴から外を眺めることもできた。

草地を半ばまで進んだところでいったん足をとめ、見晴らしのいい場所から眺める景色を、しばらく堪能することにした。ライスはカメラをパンするように、その場でゆっくりと回転しながら、小さな楕円形に狭められた世界をふたつの窓から眺めていった。まるで古くからの脅威のように、ロッジにのしかかるタークリッジ山脈の山の端《は》。そして、降りそそぐ光。秋分点。今日からは、夜が昼よりも長くなる。

太陽に背を向けて、草の上に伸びる奇怪な影を見おろした。骨の兜をかぶった人間の影。巨大な頭から、太くて短い角を生やした怪物の影。ミノタウロス。〝恐れよ〟。心臓の鼓動を感じる。正常なリズムを刻んでいる。〝我を恐れよ〟。山腹の木立で何かが鳴いている。一陣の風が草地を吹きぬけていく。勢いと冷たさを増した風が、昼の終わりを告げている。ライスはその場でじっと待った。陽の光がじわじわと、身体の芯にまで染みこんでいく。自分に与えられているのは、この骨だけ。この肉体は、光と空気、水と土とからできている。ふたたび身体が震えだした。ライスは熊のように全身をわななかせた。

26

ソノラ州、国境の町ノガレス、CERESO。前回の面会から、まだ一週間と経っていない。あのときのエイプリルは、いつもに輪をかけてうわの空だった。恐れを知らない人間だということを知らなかったなら、何かを恐れているのだと推測したことだろう。だが、エイプリルがこの八カ月で抱えこんだ問題よりも恐ろしいものなど、どこにあるというのか。いったいどうしたのかとライスがしつこく尋ねると、エイプリルはしばらく黙りこんで、どこまで話したものかと思案したすえに、話せることは多くないとの結論をくだした。「わたしなら大丈夫」とエイプリルは言った。その言葉が伝えうる以上の意味をそそぎこもうとするように、ひどくゆっくりと、そう告げた。「今後、何を耳にしようとも心配しないで。わたしなら大丈夫だから」

どういうわけだか、ほかの誰よりも早くラウル・フェルナンデスがその知らせをつかんできて、それをライスに伝えるという役目をみずから負った。国境付近では、麻薬に絡んだ暴力事件がとみに偶発する。エイプリルはロッキエイの町の近くで、コロナド国立森林公園に自生する稀少な植物の調査を行なっていたらしい。遺体は国境警備隊が発見した。アントニオ・キャニオンの土中に、無造作に埋められていたそうだ。まるでピューマが、あとで戻ってきて平らげようと、とりあえずその場に埋めておいたみたいに。だが、殺《や》ったのはピューマじゃない。それにこれは、偶発した事件でもない。そして、エイプリルも大丈夫ではなかった。

ライスはそのとき自分のなかで、とつぜん地面が消えてなくなったような感覚をおぼえていた。まるで、路面に張った氷の上に、足を乗せてしまったときみたいに。猛烈な吐き気が、睾丸から喉へと込みあげてきた。押し寄せる波のように一度、そしてもう一度。皮膚がぞわぞわとして鳥肌が立った。視界の隅に紺色の布地がぼんやりとあらわれて、うららかなソノラの朝を水びたしにさせる気かとどやしつけてきた。

エイプリルはセルズの北を走る道でない道《オフロード》に車を乗りいれ、トホノ・オーダム特別居留地に聳える秘境の山をのぼりはじめた。その目的を問われると、のぼってみたい大岩があるのだと、ひどくぶっきらぼうに答えてから、あの場所であなたと夜を明かしてみたいのだと言い添えた。目的地の山の上では、ライスの持参した携帯コンロで、プロシュート・ハムを挟んだエンチラーダをつくって食べた。安物のカベルネ・ソーヴィニヨンもまわし飲みした。コカインの白い粉も、一回ずつ吸いこんだ。本当に、一回だけ。まえにエイプリルはこう言っていた――ヤク浸《びた》りなんかと組む気はないもの。そのあとは月明かりのもと、携帯用エアマットの上で互いの肉体を貪《むさぼ》りあっているうちに、コカインの効果が失せた。

そう、あれが始まりだった。純白のコカインが描く一本の線。空で輝く、半月の手前まで欠けた月。裸足で踏みしめる砂岩のぬくもり。そそくさと逃げていくコヨーテの群れ。砂漠を吹きぬける風のうめき声。歌詞を暗記している歌が一曲もかぶらなかったため、何かを合唱しようとしては失敗して、笑いあったこと。エイプリルが屈託のない笑い声をあげるのを、ライスはこのときはじめて聞いた。エイプリルのなかにひそんでいた無邪気さに、はじめて気づかされた。そして、ずいぶんあとになって、ようやく気づいた。エイプリルがあんなふうに信頼を示してくれたことが、何を意味していたのかを。それにどれほどの意味があったのかを。エイプリルはけっして、心の内を他人に見せるタイプの人間ではなかった。そんなエイプリルがあの夜とった行動は、すべてが誓いの儀式だった。秘密の誓いに封をするための封蠟《ふうろう》だった。ほかに望むものは何ひとつなかった。すでにエイプリルの心は決まっていた。

生前、エイプリルが教えてくれた。愛は勇気と同じものなのだと。それが理解できたのは、CERESOに収監されてしばらく経ったあとのことのことだった。どうしてもっと早くに理解できなかったのだろう。

ライスはぶるりと頭を振って、駆けめぐる記憶を振り払った。ふと気づけば、いまも刑務所の中庭の隅に置かれたコンクリートのベンチにいて、隣にはまだラウル・フェルナンデスがすわっていた。ライスは弾かれたように立ちあがった。ラウルから放射線が放たれているとでもいうかのように、すばやくベンチから後ずさった。

ラウルはライスのことをライス - ムーアと呼んでいた。そしてなぜだか、〝ラシュモア〟という単語を口にするときのように、ファーストネームのラの音にアクセントを置いて、それを発音した。

「おまえは殺し屋《シカリオ》だろ、ライス・ムーア」

ラウルは軽く微笑みながら、妙に優しげな声でそう言った。ライスのような人間にこの称号を授けてやるのがいかに荒唐無稽《こうけいむとう》なことであるか。なのに、この自分はいかに度量が広いことかと言わんばかりに、ライスの耳にはその声が響いた。とはいえ、ラウルが言外に何を仄めかそうとしたのかは、ライスにもわかっていた。だが、エイプリルがされたようなこと——誰かを拷問のすえに殺害すること——を生業《なりわい》としてきた冷血漢に、心からとおぼしき憐れみを示されるという出来事が、あまりにも非現実的すぎて、善悪の観念まで狂わされ、気づけば、何カ月ものあいだ近づくまいとしてきた崖っぷちから、ライスは身を躍らせていた。

そうして次の日の朝から、訓練に身を入れだしたのだった。

27

あれからというもの、ライスは山中で夜を明かすようになった。暗がりにひそんで、いまかいまかと待ちつづけた。スティラー兄弟があらわれるのを。ヘッドライトの光がきらめくのを。廃棄処分された焼き菓子の袋やら、傷んだリンゴのバスケットやら、車に撥ねられた鹿の死骸やらを肩に担ぎ、銃身の長いリボルバーをベルトに差した、凶暴な顔つきの男どもが列をなしてやってくるのを。リック・モートンのような人間からの干渉など、けっして歓迎するつもりのない男どもが、ぞろぞろと姿をあらわすのを。

ライスは待った。だが、誰もあらわれなかった。

熊の餌が仕掛けられていた例の場所で、ライスは密猟者が使ったとおぼしき木にのぼり、太い幹にもたれて、ひっそりと待ち伏せした。陽の光が薄れゆき、夜の闇が迫りくるにつれ、仕掛けられた罠が——野蛮な儀式の残骸が——禍々しさを増していく。ずたずたに嚙み砕かれた熊の死骸。口にするのもおぞましい目的のために急造された、倒木の檻。ゆらゆらと宙に浮かびながら寝ずの番をしている、不気味な牛の頭。

それ以外の夜には、人声や、エンジンの音や、足音に耳を澄ましながら、山の尾根沿いを歩きまわったが、聞こえてくるのは、虫たちが最後の力を振りしぼって奏でる美しい調べや、三種類のフクロウのそれぞれ異なる鳴き声や、キツネのしわがれた吠え声や、イースタンコヨーテの群れが交わす、狼に似た遠吠えばかりだった。それから一度だけ、あまりにも悲愴な、まるで弔《とむら》いの声のようなボブキャットの鳴き声が聞こえてきて、知らず知らず涙ぐんでしまったこともあった。

三日月が日ごとに厚みを増して、切れ長の目のような楕円形へと変わった。月がセレット山の陰に隠れる時刻は、日ごとに数分ずつ遅くなっていった。そのころになると、仄かな星明かりのもとでも、保護区内を不自由なく歩きまわれるようになった。自分がいまどこにいるのかを、つねに把握していられるようにもなったし、頭のなかに作成された立体地図に、その位置を正確に指し示すこともできた。そうした進歩について、ライスはあれこれ考えてみた。おそらくは、これまで何カ月もの歳月を費やして、百年ぶんの研究日誌の記述内容をデータベースに打ちこんだり、日々の発見を強迫観念のように管理人室の地図に書きこんだりしてきたことが、ある種の総合的な記憶を——何世代にもわたって保護区で暮らしてきたかのような、緻密な知識の層を——意識下に形成してくれたのにちがいない。

深夜の見張りを開始したあとも、数日のあいだはバンガローの改築作業を並行して進めていたのだが、さすがのライスも睡眠不足が身体にこたえるうえに、手もとに集中できないことが多くなっていった。密猟者が昼のうちにやってきていたら好機を取り逃がしてしまうのではないかと思うと、気が気でなかったのだ。サラに電話をかけて、猟師たちとの遭遇を報告しようかとも考えた。けれども、きっとサラのことだから、そのうちのひとりにしかこぶしをお見舞いしなかったのかと、かえってがっかりするだろう。本当ならスターにも電話をかけて、侵入者のことや、南京錠を壊されたことなどを報告すべきだとはわかっていた。だが、電話のプラグを差しこむ気には、まだどうしてもなれなかった。

そうしてほどなく、ライスはバンガローの改築をそっちのけにして、山に行かなければできないような作業ばかりに精を出すようになった。スティラーの一味が破壊した、森林局の管理区内にあるフェンスを修繕したり、例の峡谷の崖に沿って延びる横断標本地を、調査がてらに歩きまわったり、五台のトレイルカメラのメモリーカードやバッテリーを交換したり。ちなみに、このトレイルカメラは、完全な暗闇のなかで撮影する際には赤外線が用いられるのだが、メモリーカードから取りこんだデータをノートパソコンで確認したところ、最初に撮影された十枚の画像には、ラブラドールの成犬くらいの大きさをした了熊が山頂近くの泉で水を飲む姿が写されていた。落ち葉の灰色と草木の葉の白を背景にして、背を丸めた子熊の身体が真っ黒に映しだされていた。五台のカメラはいずれも、モーションセンサーが何かを感知するたびに立てつづけに五枚の画像を撮影するように、そしてそのあとは、三分待ってからセンサーを再作動するように設定してあった。そうしておけば、同じ動物の似たような姿を写した百枚の画像で、メモリーカードの容量がいっぱいになってしまうのを防ぐことができるというわけだ。それから、次に写された五枚は十時間後の日中に撮影されたもので、オジロジカの雌が全部で五頭、泉の周囲で地面のにおいを嗅ぎまわる姿を写していた。そのあとは、翌晩に撮影された、二頭の熊の画像。どちらの熊も、最初の子熊よりもだいぶ身体が大きいようだ。ほかには、アライグマに、オポッサムに、キツネ。さっきの三頭とはまた別の熊。こちらはかなり巨大な雄熊だったのだが、あまりにも動きがすばやすぎて、五枚中三枚までしか、フレーム内に姿を捉えることができていなかった。

〝警告〟と記した金属製の看板と、フェンス用の資材をバックパックに詰めこんで、ライスは三十キロ近い距離を歩いた。保護区の境界線にたどりつくと、今度はフェンスに沿って歩きながら、色褪せた看板を新しいものに交換し、古い看板が取り去られてしまっている箇所には新しいものを取りつけなおし、フェンスが破損している箇所は、持ってきた資材で修繕した。それが済むと、隣接する国有林のなかを調べてまわった。木材の搬出用の林道をのぼり、セレット山の尾根を伝って、支脈にまで足を伸ばしてみたが、密猟者の痕跡はおろか、人間の痕跡すら見つけることができなかった。

最初の週が終わるころには、ロッジに戻る回数がめっきり減り、たとえ戻っても、長居することがなくなった。喉が渇けば、石灰岩の岩壁から滲《し》みだす湧き水や、小川の水を飲んだ。腹が減れば、熟れすぎたポーポーの実や、ヤマブドウをひとつかみほど、採って食べた。便意をもよおしたら地面に穴を掘り、汚れた尻は木の葉で拭いた。陽が落ちると、空気が湿りけを帯びて気温もぐっとさがったが、身体が休みなく震えていることが、いつのまにか気にならなくなった。

けれども、いまだに動物たちは、侵入者であるライスの存在を敏感に察知した。いまもなお、途方に暮れるほどの頻度で、ライスの存在自体が警鐘を鳴り響かせているようだった。鹿はそそくさと逃げだした。ワタリガラスは咎めるような目つきで、無言の圧力をかけてきた。カケスやリスはがみがみと叱りつけてきた。ひときわ深く霧の立ちこめたある日の夜明け直後には、二歳にも満たないであろう雌熊が餌の仕掛けに近づいてきて、あたりのにおいを嗅ぎまわりはじめたのだが、木の上にいるライスの存在をたちどころに察知して、見るからにたじろいだ。雌熊は十歩かそこら小走りに逃げたところで、不意に地べたにすわりこむと、なんとなくの好奇心から——おおかたは怖い物見たさから——木の上で必死に気配を消そうとしている樹上生活型の珍妙な類人猿を、遠巻きに観察しはじめた。ライスは自分が情けなくなった。木をおりて、例の峡谷に向かって歩きだすと、雌熊もあとをついてきていたが、しばらくすると興味を失って、どこかへふらりといなくなった。

霧が晴れ、あたりがすっかり明るくなり、爽やかなそよ風も吹きはじめた。あの日、雨のなか、サラとふたりでピーナッツバターと蜂蜜のサンドイッチを食べた場所にたどりつくと、ライスは崖のへりに腰かけて、足がぶらぶらと揺れるのに任せた。すると、不意に頭のなかに、あの日の記憶が蘇ってきた。ライスの存在に驚いて、森へと飛び立っていったエリマキライチョウ……そうとも、サラの言うとおり、自分にはギリースーツが必要なのかもしれない。

28

ロッジに戻って二時間ほど、倉庫だの、貯蔵庫だの、物置だのを、埃まみれになりながら引っ掻きまわした結果、基本となる材料はどうにか掻き集めることができた。まずは、クログルミの外皮を煎《せん》じてつくった、どろどろの液体。セイヨウノコギリソウ。トウワタ。イラクサ。スマック。青の食用着色料。それから、萎びたブラックベリーを数粒。これらの材料を塩水にぶちこんでぐつぐつ煮こむと、濃厚な緑色の染料液ができあがった。次に、できるだけ大きな深鍋を探してきて、黄麻布《おうまふ》の飼い葉袋とサイザル麻の梱包用撚《よ》り紐をなかに入れ、石で重しをした。さきほどの染料液を加えて火にかけ、これまたぐつぐつ煮こんでいった。

その間に、古びて使われなくなったバドミントン用のネットを適当なサイズにカットして、緑色のレインポンチョに接着剤をたっぷり使って貼りつけた。それを芝地の上に広げて放置し、朝陽に照らされて接着剤が乾くのを待つ。続いて、飼い葉袋と撚り紐を鍋から取りだしてみると、なかなかいい具合に染まっていた。緑の濃淡が入りまじるなか、ところどころが黒ずんで、自然なまだらになっている。それもポンチョの隣で天日干しにしておいて、乾くのを待つあいだはバンガローにこもり、午後いっぱいを使って、作業の遅れを少しでも取りもどそうと手を動かした。

そのあとは、コーヒーメーカーのスイッチを入れておいてから、このあと必要となる材料を探しまわった。染色されていない黄麻布の袋を数枚。鋏。大きめの縫い針と、豚の胆嚢を納屋に吊るすときにも使った、モノフィラメントの丈夫な釣り糸。サラが持ってきてくれたワインのコルク。園芸用の茶色い手袋。ぼろぼろに擦り切れた茶色い布巾。まえまえから窮屈だと感じていた、淡褐色のコットンTシャツ。こうして集めた材料と、さきほど下準備を済ませた材料をすべて合わせて、バックパックに押しこんだ。

山に入ると、今回は、例の餌場がある斜面の上方を見晴らすことのできる巨岩に向かった。そこにすわって斜面を見張りつつ、最後の仕上げとなる、時間と手間のかかる作業に取り組むことにした。まずは、黄麻布を細長くカットして、ポンチョに貼ったネットに片方の端を括りつけ、もう一方の端はずたずたに裂く。重みを軽減するために用意した綿のTシャツと布巾も切り裂いて、染色した黄麻布や、染色されていない黄麻布や、麻紐の合間に、端っこを縫いつけていった。午後七時半ごろ、陽が落ちてあたりが暗くなると、巨岩の陰に防水シートを広げて、額に取りつけたヘッドライトの光を頼りに作業を続けつつ、森の音に耳を澄ました。その晩はずっと露がおりていて、空気も地面も、小雨が降ったあとのような湿りけを帯びていた。

あとからもう少し黄麻布を足すこともできるが、とりあえず、持参した布地をすべてポンチョに縫いつけ終えると、今度は、茎に固まって生えている草や、葉の茂った枝を集めてきた。そしてそれを、ポンチョのフードや肩のあたりに、黄麻布やコットンの隙間を埋めるようにして、紐で括りつけていった。この部分の作業は、今後も毎日繰りかえす必要がある。古くなったものは捨て、その日向から場所の環境に合った草葉を選んで、それを新たに括りつけていくのだ。それから、ライスは最後の仕上げに、ガスライターを取りだした。コルクの一方の端に火をつけて、数秒のあいだ燃えあがらせてから、火を吹き消した。熱を持っていたコルクが冷めたら、焼けて炭になった部分を、鼻、頬骨、顎、額などにこすりつけ、出っぱっていて肌の明るさが目立つ箇所を黒く塗りつぶしていった。

できあがったポンチョを頭からかぶってみると、動物の毛皮をまとうかのように、すっぽりと全身を覆ってくれた。背中や肩やフードに縫いつけた布切れが、ところどころ絡まりあいながらふんわりと垂れさがっているおかげで、頭から肩にかけての〝いかにも人間〟っぽいシルエットを覆い隠すこともできた。慎重にゆっくり動けば、さほど音を立てずに歩けることもわかった。そして、地面に膝をついたり、しゃがんだりすれば、柔らかな布地の裾が自然と広がって、まるでこんもりとした小山のように、周囲の景色に溶けこむことができそうだった。まえに読んだ本か何かにも、そういう記述があった。ギリースーツを着て開けた場所を移動しているときに、ひとなり動物なりに遭遇して、身を隠せる場所がすぐ近くになかったなら、そのまま地面にうずくまって、じっとしていればいい。そうすれば、鹿も、レイヨウも、人間でさえも、こちらの姿をまともに直視したとしても、たとえ振りかえって確認までしたとしても、危険なものだと警戒することはけっしてないだろうというのだ。

ポンチョを羽織り、バックパックを手にさげて、餌場にたどりついたときには、そろそろ日の出の時刻も迫り、シャツは汗でびっしょりになっていた。こういう問題が起きるだろうことは、最初から予想していた。ポンチョが防水布でできているため、歩きまわると汗だくになってしまうのだ。ライスは葉陰に腰をおろし、木の幹にもたれかかった。ふと西に目をやると、頭上を覆う樹葉のなかに一カ所だけぽっかりと穴の開いた場所があって、そこから星明かりが降りそそいでいる。あれはたしか何年もまえに、ユリノキの巨木が倒れた場所だ。そのことには以前から気づいていたが、いまこうして眺めてみると、だから密猟者どもはこの場所を餌場に選んだのかもしれないと思えてきた。あの光があれば、暗視ゴーグルを使わなくても作業ができる。ライスはそのあともポンチョを着たまま、周囲に溶けこむことを意識しつつ、じっとその場にすわりつづけた。

アメリカフクロウが二羽、幻想的な声で互いに呼びかけあいながら、森の奥へと飛び去っていった。成体の熊がやってきて、古くなった餌には目もくれることなく、かつては二頭の熊であったもののまわりをずいぶんと長いあいだ嗅ぎまわっていた。仲間の死を悼《いた》んでいるのか、死肉を糧《かて》とするつもりなのかのどちらかだろう。しばらくすると、今度は雄鹿が二頭、餌場のそばを素通りしていった。夜明けごろには、一匹のアライグマが倒木の囲いにのぼって、あちこちを這いまわっていった。樹葉に開いた穴からのぞく空が、燃え立つような黄金色に変わった。てのひらを目の上にかざしてみると、つがいのワタリガラスがカアカアと声をかけあいながら、数十メートル上空で円を描くように飛びまわるさまが、朝陽にきらめく黒曜石の欠片のように見えた。

こうしてひたすらに待ちつづけていると、時間の流れがゆるやかに感じられることもあれば、めまぐるしく感じられることもあった。真っ黒な身体のオオベッコウバチが顔の前を通りすぎていくのには、何分もかかった気がしたが、太陽が山の背からすっかり顔を出すまでには、数秒しかかからなかったように思えた。だが、こうした時間のひずみ（のようなもの）にも、いまではすっかりなじんでしまって、あえて克服するつもりはなかった。自分のなかの科学者はそうした気まぐれに反発していたけれど、自分が新たに何かを理解しようとしているのだということもわかっていた。太陽が高くのぼるにつれて、森のなかにも木漏れ日が射しはじめた。ただし、宙に吊られてぴくりとも動かずにいる牛の頭に限っては、それを歓迎しているようには見えなかった。カラスについばまれ、蛆《うじ》にたかられた皮と肉はすでにぼろぼろとなり、頬は落ち窪んでいる。左右の眼窩から十五センチほど突きだした鉄筋には、灰白色の鳥の糞がこびりついている。ライスが見ているあいだにも、あの鉄筋の両端にカラスが一羽ずつとまり、大きく開いた牛の口のなかを嘴《くちばし》で突つきまわしていた。

しばらくすると、森林を住み処とする小鳥たちが次から次に飛んできて、低木の枝にとまりだした。にぎやかに鳴きしきるアメリカコガラに、エボシガラ、ユキヒメドリ、セジロコゲラ。鋭い嘴が鼻のようにつんと上を向いた、胸の毛の赤いゴジュウカラと白いゴジュウカラ。それからキバシリが一羽、まるで羽の生えたネズミのように、木の幹をちょこちょことのぼったりおりたりもしはじめたが、もっと喧《かまびす》しいたぐいの鳥をなだめようとするかのように、ときおりピーピーと鳴く以外は、じつに静かなものだった。鳥たちはみな食欲旺盛で、しきりにあちこちをついばんでいたが、餓えて必死になっているという感じはいっさいなかった。どちらかというと、日常のありふれた仕事にのんびり精を出しているといった雰囲気を醸しだしていた。

するとそのとき、つがいのアメリカコガラがポンチョの胸のあたりにとまって、黄麻布からぐいぐいと糸を引っぱりだしはじめた。思わず吹きだしかけてしまったせいで、黄麻布がかすかに揺れ、つがいのコガラも一瞬まごついたようすを見せたものの、そこから飛び去ろうとまではしなかった。そのうちの一羽は、ライスが知覚を有する生き物であることにふと気づいたらしく、フードの上に飛び乗って、じっと目をのぞきこんできたりもした。そういえば、サラも日誌にこんなことを書いていた。コガラという鳥には、人間が愛らしく感じたり、思わず人格化したくなったりするような、かわいらしい要素がたくさん備わっている。ぷっくりとしてまん丸い頭だとか、短い嘴だとか、ふわふわの羽毛に包まれた胴体だとか、大きくてつぶらな瞳だとかがその例だと。ライスはいま、そのコガラの顔を、わずか数センチの距離で見つめていた。きらきらと輝く片方の黒い瞳が、こちらを見つめかえしている。だが、これだけの至近距離だと、あまりかわいらしいとは感じられないようだ。その目はむしろ野性的に、もっと言うなら冷酷なものに感じられた。正体がばれることとの恐怖のほうが、ずっと強かった。

ライスが目をしばたたくと、コガラは即座に飛び去った。するとほどなく、ほかの小鳥たちまでもが次々に飛び立ちはじめ、斜面をくだって、峡谷の底のほうへと向かっていってしまった。目に見える景色のなかから、小鳥たちの姿だけが跡形もなく消え去ってしまった。あとには、奇妙な連帯感だけが残されていた。その場から動くこともなく、そうするつもりもなく、ライスは小鳥たちのあとを追っていた。眺める人間がいなくなった途端に、あの小鳥たちが消えてなくなるわけではないということを、いまはじめて知ったかのように、細胞のレベルで気づかされていた。

小鳥たちはいま崖にいた。岩間に根を張った月桂樹の木陰や枝の上を、ぴょんぴょん、うろうろと歩きまわりながら、漫然と何かをついばんでいる。そのなかを一緒に動きまわってでもいるかのように、ライスの脳裡には、小鳥たちの姿が鮮明に映しだされていた。本当にこれは、ただの想像なのか？　ひょっとしてこのギリースーツが、完璧な擬装が、何か影響を及ぼしているのだろうか。それとも、ほとんど睡眠もとらずに、森のなかで幾晩も見張りを続けてきたせいなのだろうか。あるいは、まったく別の原因があるのだろうか。

脳裡に浮かぶ想像の世界のなかで、ライスは小鳥に手を伸ばしつつ、そっと近くに寄ってみた。仲間に加わってもいいかと、伺《うかが》いを立てているような気分だった。アメリカコガラは目敏《めざと》いうえにはしっこくて、とつぜん空に飛びあがったかと思うと、次の瞬間には、嘴に挟まれた小さな黒い甲虫が必死に脚をばたつかせていた。嘴に力を入れて外殻を噛み砕くと、油っぽい味がした。そのあとは、草の先の尖ったところからぶらさがった朝露の雫を吸って、喉を潤した。小鳥たちが崖から飛び立つと、ライスもあとを追って飛びあがり、目には見えない大気の海を悠々と泳ぎはじめたところ、不意に眩暈に襲われた。遙か下方を流れる小川が、生い茂る木々の梢が、果てしない空に浮かぶ雲が、猛烈な勢いで視界を流れ去っていったかと思うと、次の瞬間には視界が定まる。心臓の鼓動のリズムが崩れ、跳んだり、ずれたりしはじめている。慌てて息を吸いこむなり、とつぜん、無限の宇宙のバルブが開く。頭のなかの峡谷が吹き飛ぶ。すべてのものが砕け散る。ありとあらゆる色彩が弾ける。紫外線を射し貫く赤外線。何もかもが生気に満ちあふれている。無数の声が同時に喋りだす。想像も及ばない存在たちの幻影が去来する。地球の放つ磁力がライスを取り囲み、鮮やかに拍動する。

ライスは悲鳴をあげて跳ね起きた。見まわすと、いまもまだ、あの餌場の近くにいた。

森は静けさを取りもどしていた。柔らかな陽の光が地表を温め、木の葉を揺らす風もない。いま自分は、現実の悲鳴をあげたのだろうか。頭が不意に痛みだしたが、けっして不快な痛みではない。なんだか、小さな手か小鳥の爪が、薪で殴られた治りかけの切り傷を通って内側に入りこんできて、ゆっくりとした三拍子のリズムで前頭葉を優しく握りしめているかのようだった。

自分はなんらかの境界を越えて、また戻ってきた。だが、訪れた場所の痕跡は、いまもなお泥のようにこびりついている。ライスは深呼吸を繰りかえしつつ、大地にゆっくりと溶けこんでいった。地球の動きが骨の芯にまで伝わってくる。どっかりと軸を定めて、ゆっくりと回転しながら、太陽を中心にいつもどおりの軌道をまわっている。隣りあう大陸プレートがこすれあって、へりがぼろぼろと崩れていく。遙か彼方のどこかでは、太陽が海から水を奪っては、それを雨へと変えて大地に戻している。生命がもがきながら芽生える。吸っては吐きだし、喋っては泣いて、生みだしては死んでいく。

もう一時間だけ待った。ようやく立ちあがったとき、ギリースーツがかさこそと柔らかな音を立てた。何ものにも揺るがない、強い力を手にしたような気がした。

29

ギリースーツを身につけるようになってから動物たちが示した反応は、好奇心から容認までさまざまだったが、おおかたはライスを無視して素通りした。だが、ライス本人としては、自分が捕食動物と化しているように感じていた。ここ数日はずっと、アニメに出てくる狼のようにぺこぺこに腹をすかせていたため、山中で生き物に遭遇するたびに、肉食獣の判断基準に従って、ごちそうかそうでないかを篩《ふる》い分けるようになっていたのだ。たとえば、森のなかを歩いているシチメンチョウは、きれいに羽根を抜かれたあとオーブンでこんがり焼かれた、皮がパリパリの丸焼きに見えた。ワタオウサギは、炭火で炙《あぶ》られ、融けだした油がぎらぎらしている串焼き肉に見えた。鹿はというと、頭のなかで解体処理して、腿肉や、肋《ばら》肉や、テンダーロインといった、さまざまな部位の切り身に変わった。さらに餓えが高じると、ことの後先も考えず、ついには槍までつくりだした。先を尖らせた長い枝よりもずっと手の込んだその槍を握りしめて、ライスは狩りを開始した。

ところが、さんざん苦労したすえに、カエデの幹に槍を突き刺して、大きなキツネリスを仕留めてみると、獲物はこちらの予想に反して、静かに事切れてはくれなかった。大声でキーキーと悲鳴をあげながら、手足を激しくばたつかせ、槍の先から逃げようともがきだした。ライスは慌ててナイフを取りだした。すぐに息の根をとめてやらなければ、苦しみを終わらせてやらなければとの一心だったのだが、頭蓋骨の根もとにある脊椎を切断する直前に、キツネリスが指に嚙みついてきた。

その瞬間に、はっとなった。捕食動物の呪縛が解け、後悔の塊が胸をずんと押しつぶした。ライスはキツネリスに恐る恐る手を伸ばした。毛皮に包まれた温かな身体を両手で持ちあげて、目の奥をのぞきこんだ。だが、何もなかった。ついさっきまでそこに存在していたはずの命が――意識を有する魂が――一瞬のうちに、永遠に、どこかへ消え去ってしまっていた。ならば、命はどこへ向かった？　この宇宙の仕組みはいったいどうなっているんだ？

なんらかの助けになるかもしれないと考えて、ライスはキツネリスの骸《むくろ》に向かって、すまなかったと声をかけた。食べるために動物を殺したあとは、かならずその動物に詫びるのが先住民の習わしだと、何かで読んだことがあったのだ。それで気持ちが楽になることはなかったけれど、その習わしが意味するところは理解できた。きっと、大切なのは、この世のリスというリスに愛情と敬意を表するということなのだろう。生命を維持するために必要な肉を――リスという形をとって生まれてきた命を――いただく際には、天からの恵みだとしてありがたく口にするべきだということなのだろう。ただし、それを実践していくのは、簡単なことではない。捕食という行為には、さまざまな影響がつきまとう。犠牲となった生き物に感情移入しすぎるあまり、他の個体として、強いて客観視しなければならないこともある。知覚を左右する神経細胞が異常を来たすこともある。捕食された動物の生きてきた世界――自分のものとはあきらかに異なりながらも、重要な意義のある世界――に思いを致すこともある。みずからの行ないを顧みることが要求される。野生動物を観察することにこれまで多くの時間を費やしてきたからこそ、自分のしでかしたあやまちを忘れることは不可能だった。

自分は情というものを失ってしまったのだろうか。心を非情にすれば、苦しみから逃れる助けにはなるけれど、それはまた、ひととしての意識にも害を及ぼす。またいつか、この問題をじっくり考えることもあるかもしれないが、いまはとにかく、腹がすいて死にそうだった。ライスは巨岩にあいた亀裂にヒッコリーの枯れ枝を詰めこんで、小さな火を熾した。キツネリスの皮を剝いで、内臓を取りだし、若木の枝を串のように突き刺して、火で炙った。

獲物を追いつめる能力があがるにつれて、息の根をとめる手際も向上していったが、いかにすばやく相手を仕留めようとも、命を奪っているという事実に変わりはなかった。自分の命を守りぬくことだけに腐心している抜け目のない生き物が、槍の一撃で、食料とすることのできる無抵抗の死骸へと一変していくことが、なんだか不思議だとライスは思った。痛ましく思う気持ちも、少しだがあった。おまえもいずれは死すべき運命にあるのだと、執拗になじる声も聞こえた。いずれかならずツケはまわる。こうして口にした肉に対して——おのれを生き長らえさせるために、他の命を奪ったことに対して——代償を払うことになる。だが、そうした懸念とは裏腹に、ライスはみるみるうちに、捕食する生き物の対象を広げていった。キツネリスから始まって、トウブハイイロリス、ワタオウサギ、そしてライチョウ。いずれも身体が小さいうえに、二日に一度ほどのペースでしか獲物を仕留めることができなかったため、餓えをしのぐには充分でなかった。そのうち自然と、シチメンチョウや鹿を仕留めたいという思いが頭をもたげるようになった。だがそれには、もっと強力な武器が必要だった。

　いま起きている出来事は、いずれ密猟者を捕らえるときの助けとなるにちがいないと、ライスは確信していた。だが、そこには、それ以上の何かがあった。自分が完全に抑制を失っていることは自覚していた。心の奥底にずっと封じこめてきた記憶が、じわじわと染みだしはじめてもいた。そしていま、その衝撃をやわらげてくれるはずのもの——科学者としての客観的な視点や、積み重ねてきた思い出や、それを紡《つむ》ぐ言語や、自我そのもの——までもが取り払われようとしていたが、ライスはあえてそのことを考えないようにしていた。

30

ライスはバンガローのなかに立って、バスルームの上の天井を見あげていた。そこに渡された梁の上に、まるでフクロウのように、サラの黒猫がちょこんとすわっている。それにしても、いったいどうやってここに入りこんだのか。

　いや、待てよ。きっと、床板を運びこんでいたときに、こっそり忍びこんだのにちがいない。じつを言うと、数週間まえに注文した床板のことをすっかり忘れてしまっていたために、錠のおろされたゲートの向こうで野ざらしになっていた荷物を、みずからトラックに積みこんで、ここまで運んでこなければならなかったのだ。しかも、その床板は、数にしておよそ千枚はあった。ペンシルヴェニア州のどこだかに十九世紀に建てられたという倉庫を解体する際に回収されていた年代物で、側面に彫った溝と突起を嚙みあわせることで板を接《つ》いでいく、さね接ぎという工法が用いられている。スターのような人々——普通の人々がトマトの産地や、ポークチョップにする豚肉の品種を知りたがるような感覚で、建材の由来を気にする人々——を顧客としている会社を通じて、スターがみずから買いつけてきたものだが、たしかに美しい木材だった。重厚で、鉄のように硬く、ウイスキーのように深みのある色あいをしていた。

　ブレイクリーのレンタル店でテーブルソーと電動研磨機を借りてくるつもりでいたはずだが、バンガローのなかを捜しても見あたらなかった。外にも置いてなかった。ひょっとして、レンタル店に行くのも忘れていたのか？

　まあいい。電動工具がただちに必要というわけでもあるまい。こちら側の世界ですごしていると、なんだか、何もかもが少し離れたところにあるような感じがする。まるで、誰かほかの人間の肉体を操縦しているような感覚。しかも、そのコントローラーは反応が鈍いうえに、指示が正確に伝わらない。森のなかでならたいていのことがうまくやれていたはずが、ひとたび外に出てみると、何かとつまずいてばかりになる。帰ってくる寸前にも、草地のはずれでしばらく二の足を踏んでから、しぶしぶこの世界に戻ってきた。森がライスの腕をつかみ、ロッジに帰るなと引きとめている気がした。人間の築いた世界を長く離れることでしか、蓄積されてきた自己欺瞞《ぎまん》を霧散させることはできないのだと、森は言っていた。蒸気で曇った窓ガラスから、水分が蒸発するように……いや、窓ガラスではなく鏡だったか……どっちだったかは、忘れてしまった。森のなかで着ていたギリースーツは、落ち葉の積もった土のなかに埋めておいた。人間の世界のにおいが少しでもつくのを防ぐためだ。

黒猫をじっと見つめると、向こうも見つめかえしてきた。薄明かりのもとで眺めると、顔の凹凸《おうとつ》も見てとれない。まるで、頭からベールをかぶって、鮮やかな緑の瞳だけ出してるみたいだ。

「やあ、メル」

見たところ、メルが弱っているようなようすはないが、長いことここに閉じこめられていた可能性は否めない。ライスには、今日が何曜日なのかも思いだせなかった。七種類あるうちの、どの曜日であってもおかしくないと思えた。そのうちのひとつを除外することすらできなかった。

もしかしたら、すでに十月に入ったという可能性もある。あとで、スターにでも訊いて確認しなければ。

「本当ならおまえを撃たなきゃならないんだぞ」

そう脅してみても、メルは軽く目を細めるだけだった。なんともけったいな猫だと、ライスは思った。それでもとにかく、メルをあそこからおろさなければならない。バンガローを出るよう促さなければならない。もしかしたら、すでにどこかに糞をしているかもしれない。特ににおいは嗅ぎとれないが。いま嗅ぎとれるのは、松の心材を使った床板の発する、松脂の香りだけだが。梯子を取ってこようか。そう思うのに、なぜだか身体が動かない。たぶん、夢を見ているんだろう。一心不乱に、がむしゃらに、死の物狂いで夢を見ているせいで、目を閉じる必要すらないのだろう。これまでの経験から、夢のもつれを解こうとするのはあきらめることにしている。

　そのとき、潜在意識の片隅で、背が高くて重たい何かが傾きだした。アンティークの硬材を使った戸棚だ。高価な陶磁器をいっぱいに詰めこんだ戸棚が、こちらに傾きかけている。いつもならまっすぐになるように、いちいち押しもどしていたのだが、いまにかぎっては、それが重要なことだとは思えなかった。だから、ライスは何歩か後ずさりした。ああいうものの下敷きになるのは、最善の策ではない。いちばんいいのは、あれが倒れるのに任せて、一日を棒に振るよう仕向けさせることだ。

　その男はひどく痩せこけていて、予想以上に背が高かった。それから、歳も若かった。おそらくは十九、どう見ても二十一がせいぜいだ。服装は、殺し屋《シカリオ》とまではいかなくとも、いかにも麻薬組織の一員然とした形《なり》――シルクのジャケットに、ばかでかいシルバーのバックルに、蛇革のブーツ――を、これ見よがしにしていた。そのレトロな服装を目にするなり、胸に湧きあがってきた憐れみが、一瞬、ライスをうろたえさせた。男は両手首と首のまわりに、蛇とおぼしき図柄の刺青を入れていた。それから、丸刈りにした黒髪と、大きな口と、肉厚な唇と、太い眉。目は顔の端に寄っていて、瞳は黒。ライスが立てた物音に、警戒の色を浮かべている。ライスは拳銃を引きぬいて、テルメックスのマークが入った、使う者のない公衆電話ボックスの陰から足を踏みだした。男はとっさに反撃を試みた。だが、酒に酔っているせいで、動きが鈍くなっていた。ジャケットのなかに手を入れて、ショルダーホルスターか何かにおさめてあるものを引きぬこうとしたときには、ライスが引鉄を引いていた。ライスは二発の銃弾を命中させてから、さらに男に近づいていった。頭のなかには、ラウル・フェルナンデスの教えが浮かんでいた。ためらえば、おまえが死ぬ。頭は狙うな。モザンビークドリルなんぞ、くそ食らえだ。あの自惚《うぬぼ》れ屋の子山羊肉《カブリト》野郎は、防弾ベストなんぞつけちゃいねえよ。とにかく、野郎の胸を狙え。ぶちこめるだけの弾をぶちこめ。だから、ライスは男の上半身を撃った。九ミリの弾を八発。撃ち損じは一発もなかった。男は地面に倒れこんだ。土の押し固められた路地に倒れて、血を流していた。ごぼごぼと喉を鳴らしながら、緩慢な痙攣発作のように、右足をぴくんと蹴りだしていた。

あと数秒もすれば、誰かがやってくるかもしれない。

ライスは靴のつまさきで、倒れている男のジャケットの前を開いた。ショルダーホルスターにおさめられていたのは、H&Kのばかでかい九ミリ拳銃。高い地位にあることを示す、ドイツ製の高級品。上腕には、所属をあらわす、死の聖母サンタ・ムエルテの刺青。だがそれは、ライスの探しているモチーフではない。ライスは男をうつ伏せに転がした。いま感じているのは、頭がくらくらするほどの恐怖だった。もしかしたら、自分は騙されたのかもしれない。こいつは別人なんじゃないか。人違いをしたんじゃないのか。まったく無関係な若者を殺すよう、デマをつかまされたんじゃないのか。するとそのとき、それが見つかった。首の反対側の、襟に隠れた部分から、マヤ文明の象徴たる仮面がこちらを睨みつけていた。

内臓の液状化がおさまって固体化が始まり、全身の細胞が引き締まった。まちがいない。こいつは通り魔に遭った不憫《ふびん》な若者なんかじゃない。頭のいかれた人殺しだ。エイプリルを殺した犯人だ。おれの餌食《えじき》となるのが当然の人間だ。

仮面の刺青は、ファミリーの証《あかし》だった。この件で復讐にやってくるだろう兄貴のほうは、同じものを後頭部に彫っている。

ライスはベレッタについた指紋をきれいに拭きとってから、電話ボックスの上に置き、北へ向かって歩きだした。

天井を見あげると、猫はまだ梁の上から、あの超然とした目でこちらを見おろしていた。ライスには、あの猫を槍で突いて、命を奪い去ることもできる。もう一匹、リスを殺すように。もう一羽、ウサギを殺すように。おれは殺し屋なんだから、あの猫を殺すくらいはわけもない。なのに、目は涙で潤んでいた。

ファアレスの街で自分があの男にしたことに対する恐怖は、これまでのところ、ぶりかえしてきたことはない。けっして疑いを持たないよう、必死に押しこめてきたからだ。なのに、さっきのあれはなんだ？　最悪なのは、いったいどっちのほうなのか。恐怖を感じるのと、感じないのとでは？　エイプリルは、ライスが信条としている格言のことを〝ライス・ムーアの普遍的パラドックスとあらゆる苦悩の種〟と呼んで、よく茶化していた。たとえば、〝個々の生物自体に重要性はないが、個々の生物は重要な問題に大いに関わっている……うんぬん〟。ライスはそうしたパラドックスのなかで生きようと、これまで最善を尽くしてきた。ひとつめの真実も、ふたつめの真実も否定することなく生きようと。

「だが、もう気にしない」猫に向かって、ライスは言った。

「いいえ、気にしてるわ」と猫は言った。

「気にしたくないんだ」と、ライスは言いかえした。

返事は返ってこなかった。ライスは首を振り、ズボンの尻の埃を払った。手袋をはずし、床に落とした。最後に一度だけ、ちらりと猫を振りかえった。猫は身じろぎもせずに、そこにすわっていた。幻覚が日常となりはじめているのだろうか。扉を開けっぱなしにしたまま、ライスはバンガローをあとにした。

31

峡谷の東側に聳える断崖の上で、ライスは葉叢《はむら》のなかを音もなく歩いていた。崖に沿ってゆっくりと歩きつづけて、もうずいぶんになる。雲のない夜空の果てに浮かぶふくれた月が、枝葉の隙間からところどころに、柔らかな白い光を投げかけている。もう長いこと眠っていない。リスの肉と熟れすぎたポーポーの実ばかり食べているせいで、胃を壊してしまったため、食事もしばらくろくにとっていない。ただ、それがいつからだったのかは、よく覚えていない。三日まえのような気もするし、四日まえのような気もする。食事をほとんどとらないでいると、まずは意識がぼうっとしてくる。次に、胃が痙攣しはじめる。だが、ライスは何をするでもなく、じっとそれをやりすごした。そしていまは、夢のように超現実的な情景のなかを、目を覚ましたまま歩いていた。

頭のなかに浮かぶのは、まるで意味をなさない曖昧《あいまい》模糊《もこ》としたものばかりになっていた。頭のなかに語りかけてくる男の声も、もはや聞こえなくなっていた。餓えと睡眠不足のせいかもしれないし、森のなかにひとりきりで長くいすぎたせいかもしれない。それとも、これまで何カ月もかけて、徐々にライスを支配しようとしてきた、なんらかのもののせいなのか。じつは今朝、例の峡谷で老木のあいだを縫って歩いていたときに、とつぜん、何かに首の後ろに嚙みつかれ、子猫のように持ちあげられるのを感じた。その何かはライスを宙に持ちあげたまま、円柱形の幹をのぼって、いちばん下の枝まで運んだ。下に目をやると、ギリースーツに全身を包んだ薄汚い男のまわりに、仄暗い緑色の光が降りそそいでいた。黒く塗りつぶされた男の顔は、なんだかひよわで、途方に暮れているように見えた。

山頂付近では、アメリカワシミミズクが一羽、ホーホーと五回続けて鳴いている。夜の空気が水のように顔を撫でていく。それからかなり長いあいだ、森は静寂に包まれていた。ライスはふと、自分もまた、この時間帯に目を覚ましている数少ない夜行性の生き物の仲間であるにちがいないと感じた。すると、それに呼応するかのように、どこか後ろのほうでキツネが二回、鳴き声をあげた。もう眠くなかった。少なくとも、昼の森に負けないくらいに、夜の森を居心地よく感じるようになっていた。

押し寄せる記憶の波に何度か呑まれるうちに、しばしの時間が過ぎていた。ふと我に返ると、一頭の熊がこちらに向かって斜面をのぼっていた。頭上から射しこむ月の光のなか、影のなか、それからまた光のなかを通って、その熊が徐々にこちらへ近づいてくる。年老いた、大きな雄の熊だった。黒かった毛が灰色がかって、少し足を引きずっている。それから、ギリースーツを着ているにもかかわらず、ライスの存在に気づいているようだった。ライスは待った。好奇心はおぼえても、恐れはいだいていなかった。ところが、熊が影のなかに消えたと思った次の瞬間、月明かりのもとに進みでてきたのは、なんと、ひとりの人間だった。キノコ摘みの男が背囊を背負って、険しい斜面をのぼってきている。

けれども、いまの状態のライスには、熊が人間に化けたとしても、それほど驚くべきことだとは思えなかった。そんなことよりも、自分はいま〝女の熊〟を殺した犯人を追っているのだということを、男に説明することのほうが重要だと感じていた。ところが、キノコ摘みの男は「しっ」と言ってライスを黙らせると、地面にゆっくりと片膝をついた。それから、月明かりに照らしだされた小さなスペースに背囊をおろし、背囊の口を縛ってあった紐をほどきはじめた。ライスも地面にしゃがみこんで、男の手もとに視線をそそいだ。男は背囊のなかに手を入れて、しばらく手探りしてから、鳥の死骸——アメリカチョウゲンボウの雄の死骸——を取りだすと、横に倒して口を開けたままになっている背囊の垂れ蓋の上に、そっと乗せた。その死骸は、羽をぴったり折りたたまれて、頭を横に向けていた。下に向かって丸くなる淡黄色の鋭い嘴は、先のほうに向かって黒のグラデーションになっている。風切羽《かざきりばね》の青と背中の赤は、月明かりのもとでも目に鮮やかで、見事なコントラストをなしている。艶やかな漆黒の瞳は、まるで液体のような輝きをたたえている。本当に死んでいるのだろうか。その鳥の美しさに心打たれながら、これはいったいどういうつもりなのかと訝りながら、ライスはその鳥を見つめつづけていた。

すると、キノコ摘みの男はふたたび背囊のなかに手を入れて、今度はカラフルな袋を取りだした。懐かしのレインボ・ブレッドのロゴが入ったビニール袋で、口のところが軽く結んである。男は切断された腕の端を使って袋を胸に抱えこみ、右手で袋の口を開いて、何かを三つ取りだすと、それをてのひらに載せて差しだしてきた。親指の爪くらいの大きさをした、乾燥した白っぽいキノコ。それを見て、ライスはためらった。これはいわゆるマジックマッシュルームではないか。幻覚を誘発するとされる、シビレタケだ。だが、いまはハイになっている暇などない。

「一刻も早く、密猟者を捕まえられるようにならなきゃいけないんだ」とライスは言った。

男は無言でうなずくと、そのためにこれを持ってきたんだと言わんばかりに、てのひらをもう少し高く持ちあげてみせた。そのときふたたび、時間の流れにずれが生じた。差しだされたキノコが目の前でぴたりと静止している一方で、ライスは必死に頭を働かせて、なんとか決断をくだそうとしていた。なのに、理性を司《つかさど》る部分の働きがひどく緩慢で、建設的な思考に適応できなくなっていた。

そのキノコがどうして密猟者を捕まえる助けとなるのかが、どうしても理解できない。ひょっとしたらハイになることで、片足をかけたまま踏んぎりがつけられずにいた境界線を、跳び越えさせてくれるのだろうか。いや、もしかしたら、すでに始まっていると思われる〝進化〟の過程を、一気に終わらせてくれるのかもしれない。煙のように姿を消して、森とひとつに同化できるようにしてくれるのかもしれない。タークル山をさまよう新たな亡霊が、ここに誕生するのかもしれない。だとすると、そのうちにサラが、行方知れずのライスを捜しにやってくるだろう。そして、この場所で見つけるのだ。はらりと落として捨て置かれたような服の山を。もはや無用となったギリースーツを。そう、そのときすでに、ライスは復讐に燃える凶暴な亡霊と化している。密猟者や侵入者どもを痛めつけている。悪党どもから恐れられる存在となっていることだろう。

何をにやにや笑っているのかと訊かれるものと思ったが、キノコ摘みの男はそのことに気づいてもいないようだった。妙に決然としているうえに執拗だ。ライスにこのキノコを食べさせることが、男にとっては何か重要な意味を持っているのだろう。ライスは地面に置かれた鳥の死骸をちらりと見おろした。すると、あのチョウゲンボウがいつのまにやら息を吹きかえし、キャンバス地の背嚢の上にちょこんととまって、小首をかしげたまままこちらを見あげていた。

ライスはキノコを手に取り、舌に載せた。それを噛んで、呑みこんだ。舌にいやな苦みが残った。するとその直後、男がにっこりと微笑んだ。黒い影のような顎鬚が割れて、白い前歯がのぞいた。男は（死んでいるのか、眠っているだけなのかは判然としない）チョウゲンボウを持ちあげて背嚢のなかに戻し、口の紐を縛ってから肩に背負うと、最後までひとことも話さないまま去っていった。

ほどなく、がらんとしていた餌場の近くに、身体の大きな熊が三頭あらわれた。三頭の熊は後ろ足で立ちあがって、甘ったるいにおいのオイルが塗りたくられていたあたりの幹を引っ掻いたり、においを嗅いだりしはじめた。ライスはなんだか、トレイルカメラを通して、赤外線撮影された光景を眺めているような気がした。仄かに光る白を背景に、三つの真っ黒いシルエットだけを見ている感じだった。その三つの影が、スローモーションのような動きで、戯《たわむ》れたり、叩きあったり、取っ組みあったりしている。するとそこへ、さらに何頭もの熊がやってきた。雄もいれば雌もいたが、いずれも巨大な図体をしていて、喧嘩にもならずに迎えいれているところからすると、みんな家族なのかもしれない。やがて、そこにいる熊たちが次々と一ヵ所に集まって、地面にぺたんと腰をおろしはじめた。おそらくは共通の目的のために、会議を開くために、あそこに集まっているのだ。宙吊りになった牛の頭の下にある開けたスペースで、十二頭ほどの熊たちがゆるい輪をつくっている。そのうちの数頭がこちらを振りかえり、期待するような目で見つめてくる。あれはたぶん、こっちに来いと誘っているのだ。抗しがたい引力を感じた。だが、いざとなると、恐ろしくもあった。自分があの輪に加わることは、ある種の死を意味する。いまふたたび境界線を越えてしまえば、もう二度と戻ってはこられまい。それが本当に自分の望んでいることなのか。

　熊たちは待っていた。ふたたび、身体がどこかへ運ばれていくような感覚をおぼえた。

　しばしの間を置いて、ライスはうつ伏せの体勢からごろりと横向きになり、上半身を起こした。枯葉が何枚も、袖にしがみついてきた。ギリースーツが身体にまとわりつき、裾は尻の下敷きになっている。ライスはゆっくりと立ちあがり、脚と腰を伸ばしながら、あたりを見まわした。いまいる場所は、餌場からそれほど近くない。ここから斜面を数百メートルくだったところが崖のふちになっていて、そこに沿って帯状に開けたスペースがあり、月明かりが降りそそいでいる。どうやらここは、キノコ摘みの男に遭遇した場所から、八百メートルほど北西に進んだ地点であるようだ。となると、眠ったままここまで歩いてきたということだろうか。十代のころ、父の死の直後に夢遊病を患ったことはあるが、あれ以来ずっと、そういう症状は出ていなかったはずだ。

　月の光は樹葉の隙間を通って、ライスの背後からやや左寄りに射しこんでいる。月はじきに沈みはじめる。つまり、いまは真夜中近く、いや、もしかしたら真夜中を少しまわっているかもしれない。ならば、本当に寝ながら歩いていたのかどうかはともかくとして、少なくとも一時間は眠っていたということだ。これは、ここしばらくでとった最長の睡眠時間だった。ライスは気を取りなおし、寝乱れたポンチョを直そうと、肩に手をやりかけて、動きをとめた。息を殺して、耳を澄ました。

低い唸り声のような音。かすかだが、音の特徴ははっきりと聞きとれる。自分の到着を待つ熊たちに、ちらりと目をやった。これは絶対に、熊が発する声ではない。どういうわけだかわからないが、知覚がめざましい発達でも遂げたのだろうか。この場にそぐわない異質な音を、瞬時に察知できるようになっていた。そして、その異質な音は、峡谷に面した斜面のもっと上のほう、西の方角から聞こえてくる。これは動物の唸り声ではなく、押し殺されたエンジンの音だ。エンジンを積んだ何かが、アクセルを抑えながら斜面をくだってきている。ライスはそちらに向かって走りだした。斜面を横に駆けぬけた。あれは四輪バギーの音ではない。そもそも勾配が急すぎて、四輪バギーでは走れない。オフロードバイクなら、音がもっとやかましいし、チェーンソーみたいに甲高いはず。こんなエンジン音は、これまで一度も耳にしたことがない。

かすかな赤い光が、斜面の真上にあらわれた。あらわれては、すぐさま木陰に消えた。それを目にするなり、胆嚢の仲買人が使っていた、赤いフィルターを張った懐中電灯を思いだした。ライスはその場で立ちどまって待った。赤い光が左右に行ったり来たりしながら、ゆっくりと近づいてくる。オートバイのようなものにまたがっている男の姿が見えた。男は大きな黒いバッグを背負っている。大きなジグザグを描きながら斜面をくだっている。左斜めに三十メートルほど進んだあと、地面の枯葉や土を蹴散らすなどして目立った痕跡が残るのを防ぐためなのか、やけに慎重にターンしたかと思うと、今度は右斜めに向かって、浅い角度で四十メートルほど進んでいく。そこでまたターンして、また左へ。かなり根気よく、完全にバイクを制御している。こんな急斜面は、どんな乗り物だろうとくだることは不可能だと思っていたが、あれならいっさい危なげない。帰りもきっと、同じようにしてのぼっていくのだろう。

ライスはすばやく予測を立てて、左に百メートルほど移動してから、大きなツツジの葉陰にうずくまった。ライスから見て右手にある、月明かりに照らされた一角を、バイクが通りすぎていく。ホンダのオフロードバイクだ。ごつごつとした太いタイヤを履いている。タイヤはいくらか空気を抜いてあるらしく、地面に接する部分がへこんで見える。車体の横で出っぱっているのは、特大サイズの延長マフラーのようだ。手製とおぼしきそのマフラーは、キッチンペーパーのロールをふたつつないだくらいの大きさがあって、急斜面でターンをしても地面にこすれないよう、高い位置に取りつけられている。こうして至近距離で聞くエンジンの音は、しゃがれた低い咳のようだった。

次のターンのとき、バイクはライスが身をひそめるツツジの上側を、かすめるように通りすぎていった。そのとき、ヘッドライトの赤い光のなかに、ハンドルを握る男の顔が浮かびあがって見えた。見たことのない顔だった。スティラー兄弟のいずれでもない。痩せっぽちのジェシーでもない。橋の下で会った仲買人でもない。この男はもっと若くて、背も高い。おそらく、ライスと同じくらいに上背がある。きちんと手入れをした顎鬚と、明るい色あいの肌と、黒っぽい色の髪。深く落ち窪んだ、暗い色の目。高く突きでた頬骨。いかつい顔つき。背中に担いだ軍用バックパックのてっぺんには、クロスボウと、矢筒と、大型の赤外線ゴーグルが、紐で括りつけられている。それから、シートの後ろには、U字形をした金属製のバーのようなものが縦に取りつけられており、建設現場で使われる丈夫なゴミ袋みたいなものが、そこに縛りつけられている。ゴミ袋のなかには、ものがいっぱいに詰まっているようだが、目方はそれほどなさそうだ。きっと、餌場に補充するための、硬くなった菓子パンやポップコーンが入っているのだろう。

ライスの姿は相手に見えていなかった。ヘッドライトに照らされているときでさえ、バイクの男はこちらをちらとも見ようとしなかった。バイクがすぐそばをかすめていったとき、ライスはツツジの陰から手を伸ばして、U字形のバーに触れてみた。ゴミ袋のなめらかな表面が綿の手袋を撫でた瞬間、力が湧きあがってくるのを感じた。不可視の存在であることが——相手に気《け》どられない存在であることが——もたらす圧倒的な力に、ライスは知らずと酔い痴れた。全身に震えが走っていた。

バイクがふたたび向きを変えた。それと同時に、ライスも茂みを抜けだし、あとを追った。三十メートルほどの距離をとって、ゆるやかな波線を描くように、短めにターンを繰りかえしながら、バイクの軌跡のまんなかを突っきるようにして、斜面をおりていった。

悪臭を放つ排ガスに、喉が詰まる。峡谷の入口が間近に迫っている。あと三回、向きを変えれば、崖の上にたどりつくだろう。だが、餌場にたどりつくためには、あそこから禁断の谷におりなければならない。

覚悟を決めたかどうかもわからない。気づけば、地面を蹴って駆けだしていた。ギリースーツをはためかせながら、全速力で斜面を駆けおりていた。足音はほとんど立てなかった。靴底が地面に触れる感覚もほとんどなかった。影のように形を持たない黒い怪物と化したものが、月の光がまだらに降りそそぐ森のなかを飛んでいた。

32

遠くで何かが唸るような音が、また聞こえた。ライスは目を覚まそうとした。どうにか起きあがろうとしたが、胸の上で猫が居眠りしているかのような、重すぎる疲労感に押しもどされた。この場所は柔らかくて心地がいいが、あの音を立てている何かは、だんだんこちらに近づいてきている。重たい瞼を無理やりあげた。ライスは自分のベッドにいた。開いた窓から、明るい陽射しが降りそそいでいる。

まぶしさに目を細めながら、白い天井を見あげた。カーテンの投げかける朧な影が、そよ風に吹かれて揺れている。頭がひどく痛んだ。枕から持ちあげるだけでも、ひと苦労だった。アドレナリンが全身の血管を駆けめぐりはじめた。

砂利を踏みしめるタイヤの音がする。麓のほうから草地を抜けて近づいてくる。

ライスは横に寝返りを打って、床に足だけおろし、小卓の引出しを開けて四五口径を取りだした。いつものように動作を確認しようとしたところ、両手がうまく動かないことに気づいた。右手の指は、完全に閉じることができなかった。左手は、スライドを握ることができなかった。ライスは手にした拳銃をウールの毛布の上におろし、身体のすぐそばに置いた。

撃鉄を起こし、安全装置はロックした状態で。

いったい何がどうしちまったんだ？　上半身を起こして、ベッドのへりに腰かけた。見おろすと、キャンバス地のゆったりとしたズボンは、ひどく汚れているうえに、あちこちが破れていて、腿の上のほうには、泥以外にも、もっと暗い色をしたもの——血のようなもの——が飛び散っていた。緑色のTシャツは、ずたずたに裂けていた。ウールの靴下からは、饐えたにおいがした。身につけているものは、それで全部だった。

　ギリースーツは床の上にあった。バックパックの隣に、ごちゃっと丸めて置かれている。いったい何をしているのか。あれは家のなかに持ちこんじゃあならないというのに。ため息を吐きだしつつ、振りかえって枕を見た。枕カバーに、乾いて黒ずんだ血の跡が残っている。血はカバーの下にまで染みこんでいて、まだ湿っているように見えるところも二カ所ある。

　ブーツは扉のそばにあった。ベッドから立ちあがろうとすると、右膝ががくんと折れて、ライスは前のめりに倒れこんだ。とっさに両手を床について、背中を丸めた腕立て伏せのような体勢をとったものの、左のてのひらにいきなり激痛が走って、身体が肘から崩れ落ちた。

　苛立ちがじわじわと、パニックに変わりつつあった。左膝を立てて右手を床につき、腕の力を借りつつ左足で立ちあがってから、右足をそっと床におろしてみた。膝が腫れあがって、水を含んだように柔らかくなっている。左手を開くと、てのひらに深い切り傷が一本走っていて、そこから水っぽい血と血漿《けっしょう》がにじみだしていた。右手も、たいしてましとは言えなかった。指の関節は皮膚が擦りむけて腫れあがり、親指は爪の一部が剝がれていた。身体のほかの部位からも、続々と痛みのシグナルが送られてきた。まずは右側の肋骨が、火を噴いたように熱くなった。左の脇腹の上あたりでも、何かが燃えているかのようだった。そこに吐き気と頭痛までもが加わった。特に頭痛は、これまでの人生で本当の頭痛を味わったことなどなかったのかと思えるほどの激痛だった。音となって聞こえてきそうなほどの痛みだった。するとそのとき、猛烈な吐き気に襲われた。鳩尾《みぞおち》から喉へと何かが込みあげてきたけれど、口から出てくるものは何もなかった。

　ライスは窓の外を見やって、目を細めた。まるで尖った爪のように、まばゆい光が眼球の裏をえぐりとろうとする。風のない朝の空気のなかに、土煙が舞いあがっている。フロントガラスに光が反射する。かなりのスピードで近づいてきているようだ。ライスは拳銃を手に取ると、ブーツも履かずに靴下のまま、裏口から外に出た。上空で輝く朝陽。湿りけを帯びた暖かな空気。鳥のさえずりと、虫の声。自分の見る夢はいつだって現実との区別がつかないほどに鮮明だが、いまのところ、違和感をおぼえるようなものはひとつもない。

ライスは納屋の脇を通りぬけて、いつもの場所に隠れるため、バンガローの裏手にまわりこもうとした。するとその直後、すぐそこにサラのスバルがぬっとあらわれ、そのまま駐車場に飛びこんできた。急ブレーキをかけられたタイヤがロックして、車が横すべりしながら停止した。大きなサングラスをかけたサラが、フロントガラス越しにこちらを見るなり、あんぐりと口を開けた。

まずい、拳銃を隠さねば。ライスは腕をさっと後ろにまわし、腰の窪みに銃を差しこんだ。氷のような銃身の冷たさにたじろぎつつも、片足を引きずりながら、サラの車に近づいていった。

「おはよう」とライスは声をかけた。だが、〝おは〟の部分はささやきと見なすのも難しいほどかすれていたし、〝よう〟の部分はうめき声のようだった。しばらく声を出していなかったのにちがいない。そのあとも、どうにか笑みをつくろうとしたところ、顎の下に痛みが走った。もともと肉まで裂けていたらしく、ふさがりかけていた傷がまた開いてしまったようだ。指先で触れてみると、じっとりと濡れた感じがして、離してみると、血がついていた。

サラはエンジンをかけっぱなしにしたまま、じっとこちらを見つめていた。しばらくしてからようやくエンジンを切ると、車をおりてドアを閉め、そのドアにもたれて立った。熱の冷めやらぬエンジンがカチカチと音を立てるなか、サングラスを額の上へ押しやると、ぐっと目をすがめてライスの顔を見つめ、その顔に触れようとするかのように手をあげかけてから、思いなおしたように腕組みをした。

「ライス……いったいなんてざまなの」

ライスは顔をうつむけて、汚れきったシャツを見おろした。夢でも見ているかのような、どこか超然とした思いでシャツに見入ったまま、脇に垂らした左手をもぞもぞと動かして、乾いた血のこびりついたひとさし指を親指にこすりつけていると、てのひらの切り傷から染みだした血が小指を伝い、地面にぽたっと滴り落ちた。自分の状態を確認しようと、ライスは身体を軽くひねり、車の窓ガラスに顔を向けた。するとそこに、それが見えた。腫れあがってゆがんだ顔。炭と泥とから成る手製のフェイスペイントがところどころ剝げ落ちて、まだらに黒くなった顔。待てよ、これは鬚だろうか。手を伸ばして、顎に触れてみた。やっぱりそうだ。顎鬚だ。まさか、こんなに早く伸びるとは。まるで、数週間は放置されていたみたいじゃないか。それから、ひときわ黒いすじが縦に走っている箇所があるけれど、これはコルクの炭ではなく、どうやら乾いた血のようだ。

サラはライスの顔をまじまじと見つめていた。すでに驚きを抜けだして、いまは分析の目を向けていた。ライスは今度こそ笑みをつくろうとした。自己陶酔と知覚麻痺の沼から、どうにかして這いあがろうとした。

「ゆうべはいろいろあってね」とライスは言った。

「ゆうべだけじゃなく、一週間半のあいだでしょうに」苛立ちもあらわに、サラは言った。

「まさか。そんなには経ってないだろう?」

ふたたびの長い沈黙。ライスの顔をよくよく眺めてから、ようやくサラは口を開いた。「スターに頼まれたのよ。あなたのようすを見てきてほしいって。つい先立って、かなり興味深い会話をしたらしいわね」

ライスは眉根を寄せつつ、首を振った。

「スターと話したことは覚えてる？」

「それは……」いくら考えても、何も浮かんでこなかった。

「ライス、いったい何があったの？　その銃はなんなの？　密猟者を見つけたの？　そういうことなの？」

顎鬚を生やした顔が見えた。赤い光に照らしだされた顔が、手の届く距離を通りすぎていく。低く唸るような、くぐもったエンジン音が聞こえた。顔に吹きかかる排ガスのにおいがした。ライスは前へつんのめるようにして飛んでいた。音もなく、すばやく、獲物に向かって急降下するフクロウのように。その瞬間、いきなり眩暈に襲われて、ライスはぐらりとよろめいた。右膝から力が抜けそうになるのを、どうにか必死に持ちこたえた。

「ライス？」

「わからない。そうじゃないかとは思うが……この銃は……銃は、山には持ちこんでない」

サラはゆっくりと首を振っていた。ライスの頭のなかで超然とことのなりゆきを見守っているもうひとりの自分は、どこか近くにひそむカタアカノスリのかぼそい鳴き声を聞きとっていた。周囲で起きているさまざまな事象を感知する能力が、打ち寄せる波のように、戻ってきたかと思えばまた去っていく。肌に照りつける陽射しのぬくもりを、不意に感じたり。BGMのように鳴りつづけていたコオロギの声が、急に聞こえだしたり。サラの薄いブルーの瞳が、一分も経たないうちに、驚きから懸念へ、さらに困惑へと表情を変えていった。ところが、しばらくすると、そこへ持ち前のユーモアまでもが、じわじわと顔をのぞかせだした。サラは大袈裟にゆっくりとまばたきをしてみせてから、おもむろに口を開いた。

「それで、写真は撮らせてもらえたの？」にやりとしてみせようとしたのか、口の端が持ちあがりかけたものの、笑みと呼ぶにはあまりにも中途半端だった。けれども、サラが自分なりに場の空気をなごませようとしてくれたことが、ライスにはとにかくありがたかった。そして、ふと思った。サラもまた、つらい経験を乗り越えてきた。それがあまりにもつらい経験だったから、たいていの出来事が、大騒ぎするほどのことだとは思えないのだろう。サラのそういうところが好ましく思えた。それは、ふたりに共通するところでもあった。

「またこっぴどくやられたの？」サラが訊いてきた。

どういうつもりで〝また〟とつけたのか、最初はわからなかったのだが、少し考えてぴんと来た。ディーウェイン・スティラーの仲間に薪で殴られたときのことを言っているのか。なるほど、スターと話したときに、そのことも報告したのにちがいない。

するとそのとき、サラの顔に本物の笑みが浮かんだ。ただし、車にもたれて腕組みをするという、非難を込めたポーズはそのままだった。

「スターはあなたのことを、タフな人間だと考えていたみたい。だからあなたを雇ったのね」

ライスは肩をすくめて言った。「次の候補でも探すか」最後の最後で語尾をあげ、問いかける形になった。

サラの笑顔が途端にこわばり、悲しげな色を帯びた。サラは大きくため息をついた。

「今回は、相手にも怪我をさせたの？」

「いや……たぶん、それはないと思う」

「たぶん？」

「たぶん、おれは逃げだしてきたんだろう」

長い沈黙が垂れこめた。きっと失望したんだと、ライスは思った。森のはずれでアオカケスが一羽、鷹のような鋭い声をあげた。カタアカノスリを追い払おうと、器用に声をまねたのだろう。

「あなた、山羊みたいなにおいがするわ」

ライスは自分のにおいを嗅いでみた。特に何も感じない。もう慣れてしまったのか。

サラはふたたびため息をついたが、この状況をほんの少し楽しみはじめているふうにも見えた。「スターが言ってたわ。電話で話したときのあなたは支離滅裂だったたって……そっくりそのまんま、スターの使った表現よ」

「そうか」

「ドラッグか何かをやってたんじゃないの？　何か強烈なやつを」

「コーヒーと蜂蜜を大量に摂取した。寝不足もかなり効いた。それと、たぶん、ゆうべはキノコもやった」

疑るように眉をひそめつつも、話の流れを途切れさせまいとして、サラは言った。「そんなもの、どこで手に入れたの？」

「キノコ摘みの男にもらった」自分で言っておきながら、あまりにもばかばかしすぎた。思わず笑いだしそうになるところをぐっとこらえて、ライスはにやりとしてみせた。「ほかにいるかい？」サラの表情に変化はない。「ほら、熊の死骸のところまで連れていってくれた男だよ」

「また会ったの？」

「たぶん」

「何があったのか、説明できる？」

ライスはゆうべの出来事を思いだそうとした。だが、考えれば考えるほど、頭が混乱するばかりだった。

「それは難しそうだ」とライスは答えた。

33

　サラがどうしてもと言って聞かなかったため、ふたりはこれからブレイクリーまで車を走らせ、救急治療を受けつけてくれる外来診療所へ向かうことになった。サラも以前その病院にかかったことがあるため、診療費の請求をトラヴァー財団へじかにまわしてもらうことができるという。とりあえずロッジを出るまえに、ライスはバスルームの洗面台で顔を洗い、血と、泥と、コルクの炭を落とした。消臭剤を腋につけ、汚れの少ない服にも着替えた。全身に痛みをおぼえていたが、サラが運転する車の助手席に何もせずすわっていると、しだいにうとうととしはじめた。温かな陽射しが降りそそぐなか、夢うつつにまどろむうちに、ゆうべの記憶のようなものの断片が浮かびあがっては消えていった。シビレタケを差しだす、キノコ摘みの男。宙吊りにされた牛の頭の下で取っ組みあう熊たち。木々の合間を縫いながら進む、ヘッドライトの赤い光。脇腹にナイフを突き刺してくる、見知らぬ男。ライスは大声をあげながら、びくんと肩を震わせた。サラが横目で見やってきたが、特に何かを言うことはなかった。

　診療所に着くと、ライスは看護師に連れられて診察室に入り、検査着に着替えた。点滴を受けながら、怪我の状態をチェックしている看護師にいろいろな質問をされたものの、答えられる質問はひとつもなかった。何があったのか、よく覚えていないのだとライスは告げた。そのあとはひたすら、サラとふたりで考えだしておいた無理な説明を繰りかえした。岩壁にのぼって植物の調査を行なっていた際に、珍種の植物を見つけて、分析にまわすためのサンプルを採取しようとナイフを取りだしたところ、足をすべらせて落下したのだと。そのとき、自分で自分を切りつけてしまったにちがいないと。頭は岩にぶつけたのだろう。ライスはふたたびうとうととまどろみながら、妙な満足感をおぼえていた。きっと、この点滴のなかに、何かが仕込まれていたのにちがいない。

　二時間後には、帰宅の許可が出た。服を着替えて待合室に戻ると、小型のノートパソコンを広げて何かの作業に打ちこむサラの姿が見えた。全身に力が戻ってくるのを感じた。頭もすっきりとしていた。あまりの効果に感動して、看護師に思わずその旨を伝えると、点滴による薬剤の投与は最も奇跡に近い効果をもたらすのだとの答えが返ってきた。てのひらには縫合の跡があった。顎の傷も、その部分の顎鬚だけを剃ってもらったあとに縫合を受けた。左の広背筋を裂いていた、深い切り傷も縫ってもらった。こめかみの後ろには、新たな擦過傷がもうひとつ加わっており、軽い脳震盪《のうしんとう》も起こしていた。薪で殴られたほうの傷はすでにほとんど癒えていたが、本来ならこちらも縫合を受けるべきであったらしく、生えぎわに傷痕が残るだろうと言われた。それから、肋《あばら》のあたりにも何カ所か打撲の痕があったが、骨に異常は見られなかった。膝も骨には異常がなく、打撲と捻挫《ねんざ》との診断を受けたが、一日か二日経っても体重をかけられないようであれば、あらためて整形外科の予約をとるようにと告げられた。そのほかにも、深刻な脱水症状に加えて、貧血、疲労などの重い症状も見られた。診察室から解放されるまえには、鎮痛解熱剤のタイレノールを大量に処方されて、何か食べてから睡眠をたっぷりとるように、尿から濁りがとれるまで水分をこまめに摂取するようにと申し渡された。帰りぎわに、サラが町はずれのショッピングモールにあるデリカテッセンに寄って、シチメンチョウのサンドイッチをふたつ買ってくれたので、ライスは助手席でそれを食べた。ロッジに戻ると、そのままベッドに倒れこんだ。眠りに落ちる寸前に、スターへ報告の電話を入れるサラの声がかすかに聞こえた。ライスがいかに仕事熱心であるかと言わんばかりの口ぶりで、これまでの経緯が語られていた。

目が覚めてベッドから起きだしてみると、キッチンのテーブルに置き手紙が残されていた。講師の仕事があるから自分は戻らなければならないが、目が覚めたらこちらに電話を入れるように、管理人室の電話機のプラグを差しこんでおいたから、ちゃんと椅子にすわって電話をかけてくるように、と綴られていた。さらには、ダイヤルのまわし方から受話器の持ち方に至るまでの、ひとを食ったような説明書きまで添えられていた。そして、最後の結びにはこうあった。もしライスが電話をかけてこなかったら、明日もう一度、ブラックスバーグからはるばるそちらへ駆けつけなければならなくなるが、自分にそんな暇はない。本当にそうしなければならなくなったら、奨学金の申請期限にまにあわなくなる。そうなれば、例の峡谷で共同調査を行なおうという件も、あきらめざるをえなくなる。自分の研究に対する敬意がほんのちょっとでもあるのなら、あの忌々しい受話器を持ちあげて、自分なり、スターなり、その両方なりに電話をかけてくるように。それから、冷蔵庫も戸棚もからっぽだから、可能であれば、自力で食料の買いだしに行くように。

ライスはサラに電話をかけて、留守番電話にメッセージを残した。自分なら大丈夫だから心配ない。今後はきちんと休息もとるし、尿から濁りがとれるよう、水分もこまめにとるようにする。

実際には、全身が痛かった。痛みはまえよりもひどくなっていた。頭も、肋骨も、背中も、膝も。切り傷は三つとも、それ自体が生きているかのように、どくどくと脈打っていた。処方されたタイレノール三錠をてのひらに出し、大きめのグラスにそそいだ水で喉に流しこんでから、ベッドに戻った。どこか遠くで鳴り響く雷鳴が聞こえる。しばらくすると、土砂降りの雨が金属の屋根を叩く音が聞こえてきた。窓の網戸を通りぬけた雨の飛沫が、顔に降りかかった。眠りがじわじわと忍び寄ってくる。それと共に、夢の訪れが迫りくる。大きな傷痕のある年老いた熊が、ぽつんと照らしだされた月明かりのなかに立っている。熊はすぐ目の前にいる。においを嗅ぎとれるほど、手で触れられるほど、近くに。ライスはがばっと跳ね起きて、シーツと毛布を払いのけた。雨に濡れた草のにおいのする風が、むきだしの背中と肩をひんやりと撫でていった。

あの晩、森で何があったのかが、どうしても思いだせない。何かたいへんなことが起きたはずだ。記憶の回路をショートさせるほどに、たいへんなことが。肉体に受けた暴力だけでなく、精神にまで打撃を受けるような、精神が崩壊しかねないような何かがあったはずだ。断片的に頭に浮かぶものはあったが、どれが幻覚で、どれが現実なのか、判断がつかなかった。ライスは床に足をおろして、ベッドのへりに腰かけた。膝に肘をつき、頭《こうべ》を垂れて、目を閉じた。意識を集中して、時間を遡ろうとした。最も鮮明に覚えているであろう、いちばん新しい記憶からたぐり寄せようとした。

頭に浮かぶのは、ぼんやりとにじむイメージのようなものだけだった。森のなか……目に見えない、影のように形を持たない存在……まるで、ひとならぬもののような……何とは知れぬもの。ライスは懸命に手を伸ばして、記憶の欠片をつかもうとした。なんでもいいから、いまつかむことのできる記憶。そこから記憶の糸をたぐりよせるきっかけとなりそうな、すじの通ったもの。だが、思いだせたのは、何かから解き放たれたかのような、鮮烈な昂揚感だけだった。どれほどの期間であったのかもよくわからないほどの長いあいだ、ライスは森をさまよっていた。ギリースーツに身を包んで、昼も夜も森をさまよい歩くうちに、頭のなかが静寂で満たされていった。ひっきりなしに語りかけてくる声――自分自身であると思われるものの声―

——も、しばらく聞こえなくなっていた。するとそのとき、これまでになくはっきりと、ゆうべの記憶が立てつづけに蘇ってきた。キノコ摘みの男。アメリカチョウゲンボウ。三つのキノコ。輪になって集まる熊。輪に加われとの誘い。峡谷の上をいつのまにか八百メートルも移動していた、空白の時間。くぐもったエンジン音。オフロードバイクにまたがって、すぐそばをかすめていく密猟者。山の斜面を飛ぶように駆けおりていくときの昂揚感。だがそこで、連続していた記憶がぷつりと途切れた。残されたのは完全な無。真っ白いスクリーンが目の前に見えるようだった。映写機のリールが回転を続けるなか、千切れたフィルムの端が、ぱた、ぱた、ぱた、とはためく音まで聞こえてくるようだった。

ベッドから立ちあがって窓を閉め、濡れた窓台をタオルでぬぐった。鎮痛剤が効いているのか、全身の痛みがやわらいでいた。ベッドに横になってひと息つくと、しだいに意識が遠のいていった。ナイフを手にした男が月明かりを突っきって、猛然とこちらへ向かってくる。ライスはふたたび跳ね起きた。そういえば、サラの車のなかでも、同じ場面が頭に浮かんだ。あれは現実にあったことだろうか。夢にしては鮮明すぎる。現実としか思えない。そして、これが現実であるなら、たったいまくっきりと形にすることのできた記憶の断片も、現実のものだということになる。わずか一秒、いや二分の一秒の記憶。体勢を低くして、すばやく腕を突きだしてくる黒い影のようなもの。左の脇腹を何かに切りつけられる。ナイフではなく、矢だ。先端に平たく鋭い刃が四枚ついた、クロスボウの黒い矢尻。そう、この記憶は、脇腹に負った傷の説明にもなる。だが、餌場で殺された二頭の熊は、傷口に白い粉が付着していた。あの熊たちは矢で撃たれたあとに、遠くへ逃げることもできず事切れていた。ならば、なぜおれは死んでいないのか。

34

次に目が覚めたときには、雨がやんでいた。窓の外が仄かに明るい。どうやら早朝であるようだ。また夢を見たのかもしれないが、何も覚えていなかった。あの晩の記憶も、何も蘇ってこなかった。シャワーを浴びたあと、顎の傷に触れないよう気をつけながら鬚も剃った。キッチンに入ってラジオをつけ、長いこと待たされてから、ようやく天気予報を聞いた。なんでも、昨日通過していった前線がもたらした雷雨は、これからやってくるものの小手調べにすぎなかったという。ジュリアという名の大型ハリケーンがフロリダに上陸したあとも北上を続けており、ジョージア州北部とノースカロライナ州の山岳地帯には、大雨による甚大な被害が出ているらしい。大西洋沿岸の中部全域には、現在、洪水警報が出されている。今日の日付は、十月七日。つまりは、一日半も眠りこけていたことになる。

念のため、冷蔵庫と戸棚をのぞいてみたが、やはり、サラの置き手紙にあったとおりだった。食料が何もない。冷凍庫のなかに皺くちゃの紙袋がぽつんとしまわれていて、底のほうにコーヒー豆がほんの数十グラム残っているだけだった。当然ながら牛乳も切らしていたため、ライスはそのコーヒーをブラックで飲んだ。冷凍庫に入れてあったはずの野生の蜂蜜もなくなっていた。いったいどこへやったのだろう。さすがに、あれを全部平らげるのは不可能なはず。いや、しかし、確信は持てない。

コーヒーは、思っていたよりもすんなりと喉を通った。カフェインの効果で、頭もすっきり冴えわたってきた。フロントポーチに出て、サラが螺旋綴じのノートを膝に置いてすわっていた場所にすわり、コーヒーを飲みながら、夜明けまえの灰色の空を見つめた。いまもまだ、山に分け入って密猟者を捕まえたいという、強迫観念に近い思いはあった。今日の午後は、あの餌場まで行ってみるつもりだった。あの周辺を歩きまわって、記憶を掘り起こせるか試してみよう。そのうえで、次に何をすべきかを決めればいい。だが、とりあえずは、町へ買いだしに行かないと。頭のなかに、リストが形づくられていった。学生時代によくやっていた記憶法だ。まずは、皺くちゃの封筒を思い浮かべる。テーブルの上でそれを均す手が見える。その手がペンを握りしめ、記憶しなければならないことを書きだしていく。そして、そこに書きだされたものはすべて、頭のなかにしっかりと刻みつけられる。ポケットに入れたメモ用紙にも劣らぬほど、確実に。車に乗りこむまえに、念のためバンガローをのぞいてみた。片隅に運びこんだことだけはかろうじて覚えている床板が、いまもまだそこに積みあげられたまま、床に敷きつめられるのを待っていた。ライスは室内をざっとひとまわりしながら、工具を拾い集めては状態を点検し、消耗品の減り具合を調べてから、頭のなかのリストにいくつかの項目を追加した。

雷雨が過ぎ去ったあとの初秋の空気は、ひんやりとしてすがすがしかった。山頂付近に散在するカエデやオークの雨に濡れた葉が、目にも鮮やかに赤く染まっている。山裾近くに群生する木々は、淡い緑に輝いている。ブレイクリーの町が近くなると、トラックのカーラジオでも公共ラジオ局の電波が拾えるようになった。その局が報じた最新の天気予報によると、ハリケーン・ジュリアは現在、熱帯低気圧にまで弱まっており、夏のあいだから発令されていた日照り注意報が、正式に取りさげられる見通しだという。ライス自身は、これまで一度もハリケーンを経験したことがなかったから、それがどれほど凄まじいものなのかを想像するのは難しかった。まさに秋日和《びより》と呼ぶにふさわしいこんな朝には、なおさらだった。きっと、そのジュリアとかいうハリケーンが、この山岳地帯にたまっていた湿気をすべて吸いとってくれたのにちがいない。そのうえで、青空と爽やかなそよ風だけを残していってくれたのだろう。

ホームセンターの〈ロウズ〉では、いかにも内気そうなぽっちゃりとしたレジ係の視線が、顔の傷と打撲の痣に何度も引き寄せられていた。きっとライスのことを、酒場で喧嘩に明け暮れている日雇い労働者か何かだと思っているのだろう。ホームセンターを出たあとは、例のレンタル店に寄って、テーブルソーと電動研磨機を借りた。

最後の楽しみにとっておいた食料雑貨店では、ショッピングカートがいっぱいになるほどの食料を買いこんだ。ビール、パン、ピーナッツバター、オートミール、シリアル、ツナの缶詰、コーヒーに牛乳。割引価格で売られていた、特大サイズのホワイトチェダーチーズ。袋入りの冷凍野菜を一ダース。地元産の新鮮なリンゴと、バナナ。例の生活で七キロ以上も体重が落ちていたため、少しでも多く肉をつけて、力を取りもどす必要があった。それに、食料雑貨店を訪れた空腹の男というのは、正常な健康状態であっても危険な行為に走りうるものだが、文明社会から隔絶された場所で数週間をすごしたあととあっては、豊饒の角《コルヌコピア》のなかから永遠に食べ物があふれだすという楽園にとつぜん迷いこんだ、餓えた狩猟採集民の気分だった。それにしても、これだけの食料品が、いったいどこから集められてきたのだろう。

精肉売り場のカウンターでは、シチメンチョウの挽肉を二キロ注文した。店員が肉を包んでいるあいだは、陳列ケースのなかに並んだ商品をガラス越しに眺めていった。きれいにカットされた、みずみずしい牛の切り身。白っぽい色をした鶏の胸肉。するととつぜん、そのときはじめて、自分が殺した動物たちのことを思いだした。リス、ウサギ、ライチョウ……すべての狩りの詳細な記憶が、どっと脳裡に押し寄せてくる。餓えた人間の存在に――鹿肉を渇望する人間の存在に――気づきもせず、目の前をすうっと通りすぎていく鹿の姿。まるまる一日をかけて、手製の弓矢をつくろうと四苦八苦したこと。それが無残な結果に終わったこと。弓を引こうとすると弓はねじれ、欠陥だらけの矢はとんでもない方向へ飛んでいったこと。いちばんの問題は、指導を仰げる先達《せんだつ》がいないということだった。だが、いまならインターネットでちょこっと調べるだけで、解決法を知ることができる。十代のころには弓の名手だったのだから、ちゃんとしたものさえつくることができれば、地元の猟師たちがオジロジカを始末しに押し寄せてくる〝迷惑動物を退治しよう週間〟のまえに、一頭か二頭の鹿を仕留めることができるかもしれない。もしそうなれば、店で肉を買う必要は二度となくなるだろう。

　だが、それもすべてはのちのちのこと。いまは精肉売り場にいて、どんな肉でも簡単に手に入る。旺盛すぎる食欲と軽い眩暈を抱えたまま、蛍光灯の光のもとで、ライスは食料をあさってまわった。ショッピングカートにあふれんばかりの食料を詰めこみながら。特大サイズの主婦たちと、礼儀正しく肘を突きあわせながら。ただし、主婦たちはみな、嵐に備えての買いだしに来ているらしく、携帯電話を片手にどぎつい訛でわめきたてながら、あまりの重みに軋みをあげるカートのなかに、一ガロン入りの巨大な牛乳やら、紙オムツやら、紙パックのジュースやら、冷凍のハッシュドポテトやらを山のように積むことに夢中になっていて、ライスの存在などまるで眼中にもなかった。

　店を出たライスは西の方角へ車を走らせ、ブレイクリーの町をあとにして、保護区までの長い道のりをたどりはじめた。鄙《ひな》びた谷間の風景をしばらく通りぬけてから、道を折れて、ダッチ川の南岸に沿って走る砂利敷きの道路を進んだ。高台にぽつぽつと民家の建ち並ぶ小さな集落をいくつもまわりこみながら、氾濫原に細長く伸びる干し草畑のなかや外を縫うように走ったあとは、農地に隣接する小さな植林地のなかを通りぬけた。道路脇に立ち並ぶ古木が、頭上に枝を差しかけている。開いた窓から吹きこむ風はひんやりと涼しく、濡れた葉や、枯れ草や、砂埃のにおいがする。太陽はどうやらくたびれ果てて、ふらふらとどこかへ逃げてしまったようだ。上空では、頭上を覆いつくさんばかりのオオクロムクドリモドキの大群が編隊を組んで、南方へと渡っていく。玉虫色の真っ黒い羽と黄色い目のコントラストも、これだけ遠いと、さすがに見てとれない。土手の陰から一羽のハネビロノスリが飛び立つと、群れは一斉に進路を変え、アニメで蜂の大群が襲いかかるシーンのようにノスリを追って、下流のほうへと撃退した。いまとなっては、CERESOにいた期間よりも出てからのほうが長くなったわけだが、どれだけ短期間であろうと、一度でも刑務所に閉じこめられたことのある者なら、世界を見る目がちがってくる。釈放されてからもうじき一年になるライスにしても、広々とした田園風景のなかでひとり車を走らせる喜びや発見や驚きは、いまだに少しも色褪せていない。

保護区の入口にたどりついてみると、ゲートはたしかに閉じているものの、南京錠はチェーンの一方の端にぶらさがっているだけで、鍵がかかっていなかった。一瞬、いつものパニックに襲われかけたが、よくよく考えてみれば、これは合鍵を持っている誰かの仕業にちがいない。しかし、サラではないだろう。サラもライスと同様に、ゲートはつねに施錠しておくべきだとの考えを持っている。となると、残るは消防署か、保安官事務所か。

私道を走りぬけながら、さまざまな可能性を考えてみた。狩猟管理局が密猟の噂を聞きつけて、何かのついでに立ち寄っただけだろうか。それとも、ロッジから山で火災が発生したのだろうか。もしかしたら、例の密猟者が仕返しに火をつけたのかもしれない。だが、町からの帰り道に、煙のたぐいはいっさい見かけなかった。ならば、ギリースーツをまとったおかしなやつに山で襲われたと、例の密猟者が保安官事務所に訴えたのだろうか。だが、そうなると、そいつは当然ながら、保護区内に不法侵入していたことを認めなければならなくなる。違法に設置した餌場へ、餌を補充しにいくところだったことも。毒だかなんだかを塗った矢で、管理人を刺したことも。そこまでやっておきながら正当防衛を訴えても、まず通用するまい。それなら、ほかに何がある？　もしかして、またスティラーの一味が騒ぎでも起こしたのか。

最後の丘を越えると、行く手にロッジが見えてきた。バンガローのまえに車が二台とまっている。一台は、運転席側のドアに白抜きの文字で〝保安官事務所〟とペイントされた、ダークブルーのフォード・エクスペディションのSUV。その隣に、シボレーの大型のピックアップトラック。こちらは、後ろにトレーラーを牽引しており、トレーラーの上には四輪バギー二台が横に並んで、チェーンで固定されている。ライスは助手席に手を伸ばし、四五口径がいつもの隠し場所のずっと奥まで入りこんでいることをたしかめた。もしも保安官がなんらかの令状を取ってきていて、ロッジを家宅捜索するとしたなら、何を発見することになる？　何も。この拳銃のほかは、法に触れるものも、罪を問われそうなものも、何ひとつ所持しちゃいない。耐火性の小型金庫に入れて屋根裏に隠してある二千ドルの現金は、少し胡散臭く見えるかもしれないが、あそこにいるのは国税局の人間ではない。いずれにせよ、ざっと家のなかを見てまわる程度のことで、屋根裏にまであがることはおそらくないだろう。それにはまず、跳ねあげ戸の位置を把握していなければならないし、それがあることに気づいたとしても、椅子を踏み台にして、やけに短い紐を引っぱり、頭をめがけてすべり落ちてくる梯子をのぼっていかなくちゃならない。

トレーラーの後部にもたれて、男がふたりと女がひとり立っていた。男のうちのひとりはおなじみの茶色い制服を着ていたため、ひと目で保安官だとわかった。大柄ではないが、引き締まった身体つきをしており、白髪まじりの髪を短く刈っている。歳のころはおそらく、六十代後半といったところか。もっと若いものと勝手に思いこんでいたが、そういえば以前、〝あのひとは永遠の保安官だから〟とスターが言っていたのを思いだした。残りのふたりはどちらも、ずんぐりとした体形といかつい顔立ちをしている。もしかしたら兄妹なのかもしれない。三人はみな、腰にプラスチック製の黒いホルスターをさげていて、そこにグロックを差していた。女はトランシーバーを口にあてて、何ごとかを喋っている。しばらくすると、今度はトランシーバーを耳に押しあてて、草地のほうから吹いてくる風から顔をそむけた。ポニーテールにまとめた長い黒髪が、明るい緑色の上着の背中に垂れ落ちている。ピックアップトラックのリアウィンドウには、軍用アサルトライフルのM4カービンを黒いシルエットで描いたステッカーが貼られている。

ライスは保安官の車の隣にトラックをとめた。運転席をおりると、保安官が近づきながら片手を差しだしてきた。「やあ、どうも、ミスター・モートン。わしは保安官のマーク・ウォーカーだ。とつぜん押しかけて、申しわけない。じつは、こちらの山で行方知れずになったという人物の捜索を行なっておりましてな」

ライスはひそかに息を呑みながら、差しだされた手を握った。ウォーカーはぎゅっと力強く、その手を握りかえしてきた。ライスの手はいまも激痛が続いていたから、顔をしかめずにいるのは至難の業だった。しかも、ウォーカーは一拍ほど余計に長く手を握りつづけたまま、こちらの目をじっとのぞきこんできた。ライスが知る公的捜査機関の人間のなかには、銃や国家権力を与えるのはもちろんのこと、ひとりでの外出を配偶者が許したことすら信じられないと思えるほどのぼんくらもいた。それ以外の人間は、これまでに出会ったどんな人間にも負けないくらいに頭が切れた。そして、いま目の前にいるウォーカー保安官は、後者の部類であるようだった。顎の縫い傷に気づかないわけはないのに、そんなそぶりは微塵も見せずに、ライスの顔をじっと見つめていた。

「その行方知れずの男というのが、もう三日も姿を見かけた者がおりませんでな。金曜だったか土曜だったかに、オフロードバイクをトラックに積んで走っているところを見たという目撃証言があったもんで、捜索を続けていたところ、セレット山の向こう側で、森林局の専用連絡道路のはずれにとまっていたトラックを、今朝方、捜索救助隊が発見したまではいいんですが、そのトラックが窓ガラスを割られ、タイヤを切り裂かれとりました。荷台にバイクもなく、東のほうへ向かうタイヤ痕のようなものだけが地面に残っていた。むろん、あれだけの雨が降ったあとじゃあ、ほとんど見分けはつきませんがね。そこで、捜索救助隊が……おっと、失礼、紹介が遅れた。そこのふたりは保安官代理のベイヤード・スティムソンとジェイニー・ブロードです」

紹介を受けて、ライスが軽く会釈《えしゃく》をすると、ふたりもうなずきかえしてきた。

「そこで、トラックの発見場所から東へ向けて、救助犬を連れた捜索救助隊があちこちの林道を捜しまわったんですが、いまのところ何も見つかっていない。タイヤ痕も、バイクも、行方不明の男も。それでこちらに伺ったわけです。この保護区内で、誰かをお見かけになったのではと」最後の一文は、質問として投げかけられた。断定するような口調ではなく、穏やかな物言いだった。眉は軽くあげられていたが、顔にはいかにも申しわけなさそうな、しかつめらしい笑みがたたえられていた。いまのところはまだ、このリック・モートンとかいうよそ者に対しても、〝疑わしきは罰せず〟の原理を適用するつもりであるらしい。とはいえ、すでに何かと聞きおよんではいるのかもしれない。保護区の管理人とスティラー一味とのあいだで起きたいざこざのことも。この山にひとりぼっちで引きこもる、環境保護ファシストの世捨て人だとの噂も。あれやこれやもいろいろと。しかもいま、こうして目の前にしたリック・モートンは、新たないざこざに巻きこまれ、誰かに叩きのめされたばかりのようだ。問題のトラックは何者かによって破壊されていたし、問題の男はタ－ク山自然保護区の敷地内、あるいはその近辺で行方を絶っている。

そんなこんなが頭に浮かんで、ライスは思わず返答に詰まった。ほんの一瞬のことだったが、その一瞬で、保安官の目の表情が変わった。目つきが鋭くなり、身体がかすかにこわばった。まるで容疑者を前にしているかのように。ただし、顔に浮かべた笑みだけはいっさい揺らいでいない。こういう笑顔を、以前にも目にしたことがある。あのときは、それ以上の言葉が交わされることもなく、すでに流れが変わっていた。それぞれの果たした役割が勝手に決めつけられていた。こういう嫌疑をかけられた場合は、事実――あるいは、できるだけそれに近いもの――を話すことしか、この場を乗りきるすべはない。

「バイクに乗っている男に会いましたよ。旧式のオフロードバイクです。音を抑えるために、マフラーが改造してあった。その男に会ったのは、山頂近くの森のなかでした。山の向こう側にある大きな峡谷のところで、土曜の夜か、日曜の早朝だったかもしれない」

「ほう、それは――」

「じつは最近、密猟の被害が続いていましてね。森のなかに、熊の死骸が残されていたんです」

「ああ、その件なら聞いとります。胆嚢を取って、売るんだとか」

「ええ、そうです。それで、いろいろ調べていたところ、何者かが熊をおびき寄せるために餌を仕掛けている場所が見つかったものですから、先日の夜、その森で餌場を見張っていたら、男がバイクでやってきた。そいつはクロスボウと暗視ゴーグルを持っていた。おれが声をかけようと近づいていくと……」この婉曲表現に内心では辟易《へきえき》しつつも、ライスは続けた。「そいつは急にいきり立って、クロスボウの矢でおれを殺そうとしてきた」傷痕がよく見えるように、ライスは顎を軽くあげてみせた。「おれはその場から逃げだしました。そいつもたぶん、その隙に立ち去ったんじゃないかと」

いまや百パーセントの疑いをいだいている保安官から鋭いまなざしが突き刺さってきたが、長い間《ま》を経るうちに、ライスの話に当惑しはじめていることも感じとれた。自分が容疑をかけられているってときに、こんな話をわざわざでっちあげる人間がどこにいる。どうせなら、少しでも嫌疑を晴らせそうな話をでっちあげようとするはずだ。目の端に、保安官補佐のふたりが目を見交わしあうのが見えた。

「だとすると、その件を通報してこなかったのはどういうわけで？　その男があなたを襲ってきたというのが事実であるなら、その手の武器による攻撃を本当に受けたのなら、たいていの人間が通報しようと考えるもんですがね」

「襲われはしましたが、こうして命に別状はなかった。それに、おれにはとにかく、密猟の件のほうが気懸かりだった。狩猟管理局に知らせようかとも考えましたが、この件であちらにできることはあまりない。しかも、おれが犯人を捕まえようとしていることを、いまではあっちもわかっているわけですから、もうここへは二度と戻ってこないんじゃないかと思いまして」

　保安官は完全なポーカーフェイスのまま、ライスの顔をしばらく眺めてから口を開いた。「なぜ戻ってこないと？」

「少しばかり脅かしてやったもので。まあ、夜だったってこともありますし。だから、あっちもいきなり襲いかかってきたのかもしれない」

「つまり、矢を突き刺そうとしてきたことに関して、相手を責めるつもりはないと」

「いや、まあ、そういうつもりではなくて。ただ、その件を警察に……あなたがたに、保安官事務所に、なんと伝えればよかったんです？　相手はとっくに姿をくらましている。それに、会ったのは夜だったから……顔もろくに見ちゃいないってのに」ヘッドライトの赤い光のなかに浮かびあがる、彫りの深い顔が脳裡をかすめた。ライスはおもむろに手をあげて、親指とひとさし指で顎をつまんでみせた。「たしか、そいつは顎鬚を生やしてました。短く刈りこんだ顎鬚を。わかっているのはそれだけです。名前を訊いたところで、教えてはくれなかったでしょうし」

「そしていま、その男が行方知れずになっている。そのうえ、その男のトラックが何者かによって破壊されていた」

「そのトラックについては、何も知りません」

「なるほど……」ウォーカーが首をまわしてうなずきかけると、後ろに控えていた部下のふたりが即座にてきぱきと動きだし、四輪バギーのチェーンを解いて、トレーラーからおろしはじめた。「お手数ですがね、その一件が起きたという場所に、いまからご案内願えますかな」

35

四人は四輪バギーにまたがって、消防活動用に切り拓かれた旧道を進んでいた。ライスはベイヤードがハンドルを握るバギーのタンデムシートに、ウォーカーと保安官はジェイニーが運転するバギーのタンデムシートに、それぞれ乗っていた。ライスはロッジを発つまえに、三人で先に向かっていてくれないかと訊いてみた。自分はひとまず、買ってきた食料品を冷蔵庫や冷凍庫にしまわなくちゃならないのだと。荷台にある研磨機やテーブルソーはさしあたり放置しておいてもかまわないが、あの食料品だけは、だめにするわけにいかないのだと。するとウォーカーは、訝るような視線をよこしながら、そのくらいのあいだならここで待つと答えた。ライスがそのままトラックで逃亡するのではないかと、あるいは、徒歩でバギーに追いつけるはずがないと、疑っているふうだった。いま四人は、さほど機動力に優れるとは言えないバギーを駆って、道に生えた松の若木をよけながら進んでいた。バギーの進む速度はライスの歩く速度と大差なかったが、ここでバギーをおりて走りだしたところで、保安官事務所の面々を感心させられはしないだろう。どのみち、朝から町を歩きまわったせいで膝がいくらか腫れてもいたので、無理をせず、ありがたく楽をさせてもらえと自分に言い聞かせた。

バギーにまたがる際には、ベイヤードから〝自分のことはストーナーと呼んでくれ〟との指示を受けた。気さくな口ぶりではなかったから、保安官以外の人間が自分の本名を呼ぶことは許さないという意志表明だったのだろう。ストーナーは筋骨逞しく、覇気に満ちたタイプの男で、頭は丸刈りにしていて、コロンと真新しい汗のにおいをさせていた。それにしても、ストーナーなどという呼び名を、どうしてこの男につけたのだろう。いや、もしかしたら、反語的な意味あいが含まれているのかもしれない。〝飲んだくれ〟を意味する呼び名をつけるには、あまりにも隙がないし、心身の鍛練にも余念がなさそうに見える。もともとは軍隊にいたか、入隊を志望していたのではないか。さきほどバギーに乗るまえに、ストーナーは腰のホルスターからグロックを引きぬいて、ハンドルの下にある小さなプラスチック製の蓋付きケースにしまいこんだ。それを見たライスがにやりとすると、ストーナーも笑いかえしながら、こう言った。「あんたが手錠をかけられる羽目になるかどうかは、おれにかかってるんでね」そして、山道をのぼるあいだは、いっさい話しかけてこようとしなかった。ストーナーのなかでは、すでに結論が出ていたのだろう。行方知れずのバイク乗りは、この山のどこかにある覚醒剤《かくせいざい》の精製所をたまたま発見してしまったのにちがいないと。秘密を知られたライスがそいつを殺して、山に埋めたのにちがいないと。

それにいま、ライスはある重大な事実にも気づかされていた。自分には、あの男を殺していないという記憶もない。トラックが破壊されていた件については、まったくもって身に覚えがないけれど、自分の仕業ではないと、誰に言いきれる？　あの晩、激しい一戦がまじえられたことだけはあきらかだ。身体に負った傷は現実のものだし、幾度となく頭に浮かんでくる、男に矢で刺される場面にしても、単なる妄想にしては鮮明すぎる。そして、その一戦に自分が勝利したと考えるのが、現時点では妥当だとも思われる。となると、あの男に重傷を負わせるなり殺すなりしたあとで、記憶喪失に陥ったまま山をさまよい歩き、怒りに任せてトラックまで破壊したというすじ書きも、絶対にありえない話ではない。保安官らをまったく別の場所に案内しておいて、本当の場所のほうは、あとから自分ひとりで見てまわろうかとも考えた。だが、すでにさきほど、餌場や熊の死骸のことを口にしてしまったから、あちらはそれを見せろと要求してくるだろう。それに、もし本当に自分が誰かを殺したのなら、どんなにそれを忘れようとしても、骨の髄《ずい》が覚えている。いまの自分には、経験上、それがわかる。

旧道から峡谷へ向かう際に、いつも通り道にしている森の手前でバギーをとめた。ジェイニーが出発まえにトランシーバーで連絡を入れてあったため、ほどなく、五人の捜索隊を乗せた四台のバギーと三匹の犬が、頂上のほうから旧道をたどってやってくるのが見えた。スティラー一味に壊されたフェンスは修繕したばかりだから、きっと、消防署に預けてある合鍵を使って、森林局のゲートを開けたのだろう。保護ボックスのなかの蜂の巣にはどう対処したのかと訊いてみたかったが、全員がぴりぴりとした空気を漂わせていて、あからさまな敵意の目をこちらに向けてきてもいた。

連れてこられた犬のうち二匹の犬種はラブラドールで、一方の毛は黄色、もう一方は黒だったが、いずれもどことなく楽しげな表情をした雌犬で、バギーの先頭に立ってとことこと小走りに駆けてきた。残りの一匹は大きな形《なり》をした雄のジャーマンシェパードで、スティラー一味の猟犬のようにバギーの荷台に乗せられており、首輪から伸びるぶっとい革製の引き紐は、バギーのタンデムシートに乗る長身の女が握っていた。先頭をやってきた二台のエンジンが切られるやいなや、ジャーマンシェパードはライスの存在に気づいて、女の握る引き綱をぐいぐい引っぱり、荷台から飛びおりた。女と、女の乗るバギーを運転していた男は大声をあげて、それを制止しようとした。「デレク！　ストップ！」だが、ライスは痛みが火を噴くのをこらえて、地面に膝をついた。犬にデレクなんて名前をいったい誰がつけたのかと考えながらも、てのひらを下に向けて、犬のほうに差しだした。すると犬は、地面を蹴りつけていた足をとめ、ライスの指のにおいをくんくんと嗅ぎだした。大きな尻尾が前後に揺れて、きれいな弧を描きはじめた。長身の女がゆっくりとこちらへ近づきながら、穏やかな低い声で「どうどう、落ちつきなさい」だの、「だめよ、そこでじっとして」だの、「いい子ね、デレク、頼もしいわ」だのとささやきかけるのが聞こえた。二台のバギーはまだエンジンがかけっぱなしになっていたが、それにまたがる男たちは、そこにすわったまま凍りついていた。それ以外の全員が、その場に立ちつくしたまま、ライスとジャーマンシェパードのようすを食いいるように見つめていた。

するとそのとき、穏やかでありながらも断固とした声で、保安官が告げた。「犬を連れていくんだ、スー・アン」

「やあ、デレク。大丈夫、何も怖いことなんてないぞ」ライスは気にせず、犬に語りかけた。ここにいる連中ときたら、少し過剰反応が過ぎるという程度に考えていた。犬はライスの目をじっとのぞきこんでから、一歩前に進みでて、いきなり顎を舐めだした。ぺろぺろと舌を這わせるうちに、そこにある縫い傷にたどりつくと、その場所だけを重点的に舐めはじめた。吹きかかる吐息は温かくて、湿っぽかった。土と、ドッグフードのにおいがした。

スー・アンと呼ばれた長身の女は、呆然と道端に立ちつくしたまま、両腕を力なく脇に垂らしていた。犬をなだめようとするのも忘れて、その光景に見入っていた。

「驚いたな」誰かがつぶやくのが聞こえた。

ライスは手を伸ばして、ぴんと立った耳の裏側のふさふさとした毛を掻いてやった。こんなにばかでかいジャーマンシェパードは、これまでお目にかかったことがない。身体の大きさはビルトン・スティラーが飼っている黄褐色の猟犬ほどもあるし、その気になれば、ライスの頭をまるまる呑みこむこともできるだろう。数秒もすると、デレクの舌が縫い傷の糸をほじくりだそうとしはじめている感じがした。ライスが優しく押しかえそうとしても、デレクはぐっと足を踏んばって、執拗に顎を舐めつづけた。さらに強く押してみても、デレクはぴくとも動かなかった。ライスは仕方なくあきらめて、犬の唾液になんらかの治療効果があることを祈りつつ、デレクの心遣いを甘んじて受けることにした。

「その犬は犯罪者を四人も病院送りにしてるんだぜ、ミスター・モートン。あんたは運のいい野郎だな」ストーナーの声が聞こえた。

「犬は大好きだ。ちゃんとものがわかってる」ライスは膝の痛みに顔をしかめつつ地面から立ちあがり、スー・アンに引き綱を渡すと、ストーナーを振りかえって言った。「それと、おれは犯罪者じゃない」

ライスは一行の先頭に立って、できるだけゆっくりとしたペースを保ったまま、ツツジや月桂樹の茂みを通りぬけ、高木が立ち並ぶ険しい斜面をくだって、餌場をめざした。あとに続く一行はみな、転ばずにいるだけでもひと苦労のようだった。湿った落ち葉を踏んでは足をすべらせ、若木にしがみついたり、尻餅をついてずるずると斜面をすべりおりたりを繰りかえしていた。デレクがライスやほかの二匹と一緒に、しきりに先頭を歩きたがるため、スー・アンは途中で降参して、是非にと引き綱を譲ってきた。二匹のラブラドールのほうは、空気中の浮遊臭を嗅ぎとるタイプであるらしく、引き綱につながれていなかった。デレクのほうはどちらかというと、特定のにおいの追跡を得意とするタイプであるようだった。

このデレクにはきっと、ひとを見る目があるとの定評があるのだろう。いまでは、捜索隊が自分に対していくぶん好意的になっているのが感じとれた。それから、ライスのことを谷への案内役として信頼しきっているようでもあった。二匹のラブラドールも、まるで指示を仰ぐように、たびたびライスを振りかえっていた。ジャーマンシェパードの手綱もライスが握っていた。もしもこのあと、案内した場所に男の死体が転がっていようものなら、自分は人類史上最もマヌケな殺人犯と見なされることだろう。

36

旧道から餌場までおりるのに、一時間近くかかった。樹葉の隙間からのぞく空は、かすかに緑がかって見えた。高い位置に雲がかかっているせいで、少し白濁しているようだ。気まぐれな突風が、ときおり木々の梢を揺らしている。救助隊の一行は、大半がサラよりも歩みが遅く、足もともおぼつかなかった。デレクの引き綱を握っていた長身のスー・アンはまだましなほうだったが、ストーナーなどはライスに追いつこうと躍起になるあまり、危うく死にかけていた。口数はみな少なかった。おそらく、帰りは同じ道をのぼらなければならないということが、念頭にあったのだろう。

餌場では、一行を案内してあちこちを見せてまわった。宙吊りにされた牛の頭。方々に散らばり、すでに乾燥しきった熊の死骸の残骸。木の幹に残されている、スパイクが刺さったとおぼしき傷痕。それが済むと、今度は南側の斜面をさらに八百メートルほどえっちらおっちらのぼっていき、あたりをしばらく捜しまわったあとにようやく、大きなツツジの木を見つけた。密猟者のオフロードバイクが通りすぎていくあいだ、おれが隠れたのは、このツツジの陰だ。

高さ六メートルにもなるその木の傍らに、ライスは立った。ほかの者も周囲に集まり、そのようすを見守っていた。まちがいない。ここが最後の記憶にある場所だ。

「おれはこの木陰に身をひそめていました。バイクの男は、何度もターンを繰りかえしながら、急斜面をおりてきていた。最初に音が聞こえました。くぐもったエンジンの音。それから、ヘッドライトの赤い光が見えた」

「赤いライトを使えば、暗闇のなかでも目がくらまずに済む」ストーナーが解説を挟んできた。

「そう、そのとおりだ。おれはてっきり、暗視ゴーグルを使っているものと予想していたんだが、ゴーグルはクロスボウと一緒にバックパックに括りつけられていたから、獲物を仕留めるとき以外は、ヘッドライトの光を頼りにしていたんだろう。とにかく、そのせいで、男の姿形が確認できたのは、かなり距離が近づいてからだった。たぶんあのあたり、あの大きなホワイトオークの木のそばをバイクが通りすぎていったときです」言いながら指差した瞬間、赤い光が脳裡に浮かんだ。バイクが木陰に隠れると同時に、赤い光が視界から消える。幹の反対側からふたたびあらわれて、ゆっくりと斜面を横切ってくる。「バイクの男はまっすぐこっちへ向かっていました。おれの存在にはまったく気づいていなかった……」ライスはつかのま思案した。黙っていても、どうせばれる。納屋を調べられたら、即座に見つかる。ならば、いまここであかしてしまったほうがいい。話を都合よく仕立てあげられるうちに。「……おれがそのとき、古びたポンチョを着ていたからです。いわゆるギリースーツってやつを」

「ギリースーツ？」

「おれの手製のものですが」ギリースーツがどんなものであるのかは、全員が知っているようだった。ウォーカー保安官の表情に変化はほとんどなかったが、ストーナーを含めた二、三の者は、詳しく掘りさげたがっていることを必死に隠そうとするあまり、あるいは、〝そりゃそうだ、ギリースーツくらいは当然、着てなくちゃな〟とでも言わんばかりに、口もとがにやにやとゆるみだしていた。

「野生生物の行動を観察したり、目にした内容や場所を記録したりするのも仕事のうちなものですから、できるだけ自然に溶けこめたほうが、いろいろと作業がやりやすい。それで、森に行くときは、つねにそのポンチョを身につけるようになってまして」ライスはそう言って、肩をすくめた。いまはとにかく、口からでまかせを並べたてるしかない。「おれはそのとき、この茂みの陰でうずくまっていました。いま話したポンチョを着て。そして、バイクがすぐそこまで近づくのを待って、立ちあがった。ただ立ちあがっただけですが、向こうはたぶん、仰天したんでしょう。タイヤをすべらせて、横倒しになってましたから。ですが、すぐに立ちあがってきたので、おれは話をしようとした。ここは立入り禁止区域であり、おたくがしていることは不法侵入だということを告げて、名前を訊きだそうとした。ところが、それを全部言い終わるまえに……」ライスは不意に黙りこんだ。あの夜の記憶がにわかに蘇ろうとしていた。いまはまだ、細流にすぎない。だが、なまなましく鮮明な記憶が、少しずつ頭に流れこんでくる。身体が宙に浮かびあがり、斜面を飛ぶようにくだっていくのを感じる。

「どうした、大丈夫か？」

「ええ、すみません。あのとき何があったのか、正確に思いだそうとしてるんですが、いくらか頭が混乱していて……あのときそいつは、いきなりクロスボウの矢筒から矢《アロー》を一本引きぬいて、おれに突き刺そうとしてきました」

「ボルトだ。クロスボウの矢は、アローじゃなくボルト」ストーナーが横槍を入れてきた。

「そりゃ失礼。で、おれはからくも攻撃を逃れて、逃げだしました。斜面をあっちのほうへくだって」ライスはあの晩、バイクのあとを追って進んだ方向を指差すと、頭のなかで息を吹きかえしはじめた記憶に従って、実際に斜面をくだりはじめた。それと同時に、聞き手がすんなり受けいれやすそうなすじ書きをひねりだそうと、頭をフル回転させていた。落ち葉に足をとられながらも、ライスはずんずんと大股に斜面をくだっていった。それに続く者たちも、足をすべらせたり、横向きに歩いたりしながら、どうにかあとをついてきていた。腹のなかで胃袋がふわりと浮かびあがり、ずんと沈みこむのを感じた。バイクの男をめがけて飛びかかったときの、あのジェットコースターさながらの急降下を、肉体が再現しようとしているかのようだった。

　五十メートルほどくだったところで、とつぜん、衝撃を感じた。肩の下に男の肋骨がずんと食いこむ。肺からひと息に空気が吐きだされる。そのはずみで、男の身体がバイクから浮きあがり、餌を入れたゴミ袋が弾け飛ぶ。甘ったるい腐敗臭を顔に浴びながら、ライスと男は宙へと舞いあがった。男の身体からは完全に力が抜けていた。手足がぐにゃぐにゃと揺れていた。すでに気絶していたにちがいない。ライスは男のバックパックにしがみつきながら、必死に顔だけはそこから遠ざけた。紐で括りつけられたクロスボウが、ぶんぶんと暴れまわっている。身体が地面に叩きつけられ、分厚く積もった落ち葉の上をすべり落ちていく。

あの晩、地面に落下した地点まで行って、ライスは足をとめた。ようやく追いついた一行が、ふたたび周囲に集まってきた。口をきこうとする者はひとりもいない。

「おれはここまで逃げてきましたが、相手はバイクで追ってきた」昨日あれだけの雨が降ったあとでも、地面に堆積した枯葉にはあきらかに乱された跡があり、くねくねと蛇行する太いすじが一本、峡谷を見おろす崖のほうへと続いていた。「そいつはどこかこのあたりでバイクを乗り捨てて、おれに飛びかかってきました。バイクには大きなビニール袋が吊るされていて、なかには熊の餌が入れられているらしかった。あの瞬間に甘ったるいにおいがぷんと漂ってきたから、きっと、衝撃で袋が破れるか何かしたんでしょう」ライスは腰を深く折って、雨に濡れた朽ち葉をてのひらで掻き分けはじめた。「森の生き物たちにほとんど食いつくされてしまったでしょうが、まだ少しは、袋からこぼれた餌の残骸が残ってるはずです」

デレクと二匹のラブラドールがそれを見つけた。特に命じられるまでもなく、前足で落ち葉を引っ掻いて、湿ったポップコーンやドーナッツの欠片のにおいをくんくんと嗅ぎながら、嬉しそうに尻尾を振りはじめていた。スー・アンが軽く身を屈めて、犬たちの発見したものを確認してから、よくやったと声をかけた。

そのときとつぜん、がくがくと膝が震えだした。あの夜、男とまじえた一戦の恐怖が、いまこの場所で再現されようとしていた。

ライスと男は互いにもつれあったまま、二回、三回と、猛烈な勢いで地面の上を転がった。ヘッドライトの赤い光が消えた。ライスは男を押しのけようとした。横に転がって、地面から立ちあがろうとした。だが、男は瞬時に意識を取りもどし、凄まじい力でポンチョを引き寄せると同時に、背後に腕を伸ばして後頭部を鷲づかみにするやいなや、身体ごと前に投げ飛ばそうとしてきた。ライスがそれに抗おうと、片脚を男の太腿に絡ませて締めつけると、男は頭をのけぞらせて、強烈な頭突きを食らわせようとしてきた。きわどいところで身体をひねり、直撃は免れたものの、斜め横から耳の上をかすっただけでも、オレンジ色のまばゆい光が目の奥でちかちかとまたたきだした。男はなおも闘志をみなぎらせている。まずは相手をへたばらせなければ。ライスはバックパックにしがみついたまま、男の腿に絡めていた脚をはずした。バックパックをひねりあげて、ショルダーストラップごと男の身体を抱えあげると、両足を軸にしてぐるりと回転し、そのはずみを利用して、男の身体を木の幹に思いきり叩きつけた。

それで幕切れとなるはずだった。続きがあるとは思ってもいなかった。驚愕、いくばくかの感嘆、そして一抹《いちまつ》の恐怖が、記憶のなかを駆けめぐっていった。保安官や捜索隊の面々はいま、ライスを取り囲むようにして、じっとようすを見守っている。何か言わなければとはわかっていた。だが、目を閉じると、あのときの男の姿が見えた。木の幹に叩きつけられて失神してくれるものと思っていた男が、木の幹から身体が跳ねかえるやいなや、唸り声と共に身をひるがえす姿。まばらな月明かりのなか、コモリグモのような低い体勢をとる姿。男は人間業とは思えないほどのすばやい動きで、バックパックを放りだすと同時に、矢筒から矢を引きぬき、ライスをめがけて矢を突きだしてきた。黒光りする矢尻が見えた。何層にも重ねられた黄麻布を、矢の切っ先が捕らえるのを感じた。とっさに後ろに跳びのきながら、身をよじるようにして直撃はかわしたが、男はそのあとも執拗に、小刻みに、何度も矢を繰りだしてきた。

「そいつは矢を手にしていました。平たくて鋭い三角の矢尻が、月明かりのなかに見えた……」荒くなる呼吸を強いて抑えこみながら、ライスはかろうじてそう告げた。肉体が記憶に呼応して、この場には必要のないはずのアドレナリンを血流に送りこみはじめている。

「……毒が塗られていると、おれは思いました。熊を殺すときにも、毒が使われていたから。こいつはおれを殺すつもりなんだと思った。もしもあのギリースーツを着ていなかったら、分厚い黄麻布が防いでくれなかったら、おれはまちがいなく殺されていた」ライスはそう言うと、取っ組みあうふたりの下敷きになってぼろぼろに砕けた落ち葉の跡をたどりながら、その際に自分のとったおおよその行動をスローモーションで再現していった。この部分に関しては、何ひとつでっちあげる必要がなかった。「そいつは何度も矢を突きだしてきました。そのうちの何度かは、深くはないけれど、たしかに切っ先が肉に刺さった。おれは地面を這いながら、なんとか斜面をのぼろうとした。とにかくそいつから逃れようとした……」

記憶がさらに蘇ってきた。がむしゃらに斜面を這いあがり、木陰に飛びこんだこと。枝でも、石ころでも、なんでもいいからと、落ち葉のなかをまさぐったこと。男は激しく息を喘がせながらも、攻勢をゆるめようとはしなかった。言葉を発しようともしなかった。立ちはだかる黒い影がこちらの動きを容赦なく見切っては、武器を手にとることはおろか、逃げだす機会をもことごとく奪っていった。何かしなければ死ぬということはわかっていた。ライスはとっさによろめいたふりをした。左足に体重をかけ、右足でまわし蹴りを放とうと待ちかまえた。男はそれを真に受けて、ぐっと距離を狭めると、まずは視界を奪うべく、ライスの目をめがけて矢を振った。四枚の刃がついた矢尻が空《くう》を切る。ライスはそれを片手で防ぐと同時に、右足でローキックを放った。男の膝の外側に向こう脛を叩きつけると、男の脚がぐにゃりとねじれた。だが、その瞬間、矢の先端が綿の手袋を突き破り、てのひらに深く食いこんだ。毒のことが、即座に頭に浮かんだ。おれは死ぬのか。この野郎はおれを殺しやがった。

保安官や捜索隊の存在は、意識の隅にぼんやりとあるだけだった。今回はみずからの記憶に没入しているわけだが、感覚としては例のトランス状態に近いものがあったから、自分のふるまいがさぞかし奇異に見えているだろうことは、ある程度自覚していた。だが、いまこの状態を無理に脱したら、ことの真相を知ることは永遠にできないかもしれない。だから、ライスは流れこむ記憶に身を任せた。いったい何を知ることになるのか、少しばかり怖くはあったが、落ち葉に残る痕跡をたどりながら、頭のなかで展開していく戦いの顛末《てんまつ》に目をこらしつづけた。

ライスは男の手首をつかみ、矢を押しのけると同時に、一歩前へ踏みこんで、あいているほうのこぶしで男の側頭部を、顔を、殴りつけた。だが、男は予想以上に頑強だった。手首をつかまれた状態のまま、ライスの顎を矢で切り裂いた。左の脇腹——黄麻布があまり分厚くない部分——にも、立てつづけに矢の先が突き刺さった。だが、それはそれでかまわなかった。毒のことなど、もうどうでもよかった。ライスが男の頭をつかんで、親指を眼窩にねじこむと、男ははじめて罵声をあげた。ライスはその機に乗じて、男の身体を頭ごと右へねじり、左脚に否応なく体重がかかるようにしておいてから、その膝にもう一度、まわし蹴りを浴びせた。するとその瞬間、何かが砕けるような鋭い音があがった。だが、男は地面に倒れこむやいなや、くるりと後ろに転がって、ライスまでをも引きずり倒し、待ちかまえた矢で串刺しにしようとした。ライスは両足を踏んばった。間一髪で地面を蹴り、矢の上を飛び越えて、くるりと宙で一回転した。まるで〝無〟へと飛びこんでいくようだった。ギリースーツをつかんでいた男の手が消えた。地面が足もとから遠のいていった。ライスはツツジの茂みに足から突っこんだ。

尻餅をついたまま、脇を流れていく枝に必死に手を伸ばしながら、さらに十五メートルほどすべり落ちた。全身を激痛が貫くと同時に、膝と、肋と、頭とを、岩にぶつけていた。

あの晩、落下した崖のへりに立って、足もとを見おろした。運がよかったとしか言いようがない。あのとき転がり落ちた岩棚までの斜面は、完全な垂直ではなかったうえに、ツツジが鬱蒼と生い茂ってくれていた。落下のさなかに手折《たお》られた枝は、葉がしおれかけている。保安官らも、ずっとあとをついてきていた。振りかえって全員の顔を見渡すと、いまだに懐疑的なまなざしを向けてくるのは、ストーナーだけだった。ライスがたったいま語ったことは、すべて事実だった。ストーナー以外の者もみな、そう受けとめていた。現に、ライスは芝居などいっさいしていなかった。いまここではじめて記憶を取りもどしたのだということを、誰にもあかしていないだけだった。だからこそ、あの晩の出来事を振りかえるライスの姿は、心に深い傷を残す体験に苦悩する男の姿として、ここにいる者たちの目に映った。その姿こそが、ライスの供述に、名芝居をも凌ぐ信憑性《しんぴょうせい》を与えてくれていた。

「おれはあの岩棚まで落ちました。落ちようとして落ちたわけではなかったけれど、結果的には命拾いをした。あの茂みが、落下の勢いを削いでもくれた。おれはあの岩棚の上で、しばらく気を失っていました。意識を取りもどしたあと、この崖をどうにか這いあがって、てっぺんにたどりついたときには、あたりは静まりかえっていた。バイクの男の姿も消えていた。おそらくは、来た道を引きかえしていったんでしょう」ライスは片手をジグザグに動かして、バイクの軌道を——オフロードバイクで急斜面をおりたり、のぼったりすることの可能な走り方を——空中に描いてみせた。「それから、たぶん、おれのことを殺したと思いこんでもいたんじゃないかと」

「そいつはあんたを矢で刺した。てことは、毒なんか塗られちゃいなかったってことだろ」

「……そのようだな」ライスはストーナーを見やって答えた。

ほかにも思いだしたことがある。復讐に燃える無力な死人。必死に岩壁を這いあがろうとするも、右脚はほとんど使い物にならない。腹のなかで、吐き気が荒れ狂っている。怒りが猛り狂っている。斜面を駆けあがって男のあとを追おうとしたが、膝に力が入らず、体重を支えることができなかった。猛烈な痛みがどっと押し寄せてきて、木の幹にしがみつき、反吐《へど》を吐いた。出てくるのは水っぽい胆汁だけだった。毒が効きはじめている。せめて、あの男の膝にも、重傷を負わせられていたらいいのだが。あの左目も、しばらくは痛みがとれないだろう。崖のへりまでよろよろと戻って、岩の上にすわりこんだ。脈はいまも速いが、呼吸の乱れはおさまっている。鮮明な過去の記憶に、意識を乗っとられてもいない。疲労感が襲ってきた。その後も数回、吐き気に襲われたが、口から出てくるものは何もなかった。幻覚はもう見えない。不可思議な感覚もない。ただただ、痛みだけ。ひどい痛みだが、いまはまだ、こらえきれないほどではない。毒で死ぬときには、どんな症状が出るのだろう。痙攣？　内出血？　そのうちに血を吐きはじめるのか？　できれば、くそを漏らすようなことだけは避けられるといいんだが。パニック発作が起こりかけたが、どうにかそれも抑えこんだ。

死の訪れを待つうちに月の光が薄れゆき、月の入りと共に、谷底の森が闇に沈んだ。少なくとも、ここは死ぬにはいい場所だ。ところが、どれだけ時間が過ぎても、症状の悪化は見られなかった。それどころか、二十分もすると、少し気分がよくなってきた。膝を痛めるたびにそうだったように、吐き気もおさまりかけている。生まれつき膝が弱かったため、痛みに対処するすべを早いうちから身につけていたのだ。ほどなく、ライスはこう結論づけた。どうやら、おれは死なないらしい。そして、激しい痛みに耐えながら、ロッジへと続く長い道のりをよろよろとたどりはじめた。つまり、誰のものであろうと、わざわざ遠まわりをしてまで、トラックを叩き壊しにいくことなどありえない。あの状態では絶対に不可能だった。まっすぐロッジに帰るしかなかったはずだ。

「まあ、おれには驚きでもなんでもありゃしないね。ミラのやつなら、あんたに矢で襲いかかるなんてことくらいはやりかねない。なんせ、手榴弾みたいにとつぜんかっとなる野郎だからな」ストーナーが言いだした。

「口を閉じなさい、ストーナー」ジェイニーがそれをたしなめた。

「みなさん、あの男のことをご存じなんですか」あまりにも長いあいだ、杳《よう》として素性の知れなかった謎の密猟者に、名前があった。男の名はミラ。それにしても、いまのいままで、どうしてそのことを黙っていたのか。

「おれが本当に驚いたのはな」ジェイニーの忠告も、ライスの問いかけも無視して、ストーナーは続けた。「おれが驚いたのは、あんたがいまも息をしてるってことにだ。あの手の輩《やから》は、素手のときにはからっきし意気地がないくせに、ひとたび武器を手にすると、まるでひとが変わっちまう。たとえそれがボールペンだろうが、あんたは確実にあの世逝《い》きだ」

「ベイヤード」そう声をかけたのは保安官だった。すると、ストーナーはすんなり口をつぐんだ。

だが、ライスは同感だとばかりに、ストーナーに向かってうなずいてみせた。きっとあの夜の出来事は、何度も夢に見ることとなるだろう。蜘蛛《くも》のように動くすばやい影も。月明かりのなかで突きだされてくる黒い矢尻も。

「なのに、おれはこうして息をしてる。死に物狂いで逃げだして、あの崖に転がり落ちたから」

その言葉に、笑いが起きた。ウォーカー保安官ですら、ストーナーですら、一瞬の遅れをとって笑いだした。

場の空気を読んで、ライスもにやりとしてみせた。だが、内心では、笑える気分ではなかった。そのミラという男は、いったいどこへ消えてしまったのか。居所が誰にもわからないということが、どこか気懸かりでならなかった。

37

ロッジに帰りついたところで、ウォーカー保安官の携帯電話が鳴りだした。ウォーカーがフォード・エクスペディションの運転席にすわって通話に応じているあいだ、ストーナーとジェイニーは四輪バギーをトレーラーに戻す作業に取りかかっていた。このあとは、車で山の向こう側へまわりこみ、そこから森林局の専用道路をたどって、別働隊と合流する予定らしい。ミラの捜索を行なうのであれば、嵐がやってくるまえに済ませたほうがいいという点では全員の意見が一致しており、さきほどの五名はあの地点で二手に分かれて、男二人が小柄なほうのラブラドールと共にロープを使って谷底へおり、崖下を中心とした捜索に向かっていた。帰りは一・五キロかそこら上流へ戻れば、比較的容易に崖をのぼれるだろうということは、いちおうライスのほうから教えておいた。あの峡谷の底へ人間が立ち入ることにはためらいをおぼえたものの、このような状況においては、ほかに仕様がない。一方、残る三名は、ジャーマンシェパードのデレクと大柄なほうのラブラドールを連れて斜面をのぼり、オフロードバイクの行方を追跡することになった。とはいえ、もともとタイヤのゴムのにおいは犬の鼻でもたどりにくいらしく、大雨のあととなればなおさらだった。

出しっぱなしになっていた残りの食料品を戸棚に片づけたあと、窓の外をのぞいてみると、ウォーカーはまだ電話中だったが、ストーナーとジェイニーは少し離れたところで手持ち無沙汰にしていた。さきほど免許証の提示を求められたから、きっとウォーカーはいま、免許証やナンバープレートの番号を照会しているのだろう。これは正直、まずい事態だった。カルテルの上層部は数年まえからＩＴの分野に力を入れ、東欧出身の優秀なハッカーを大量に雇いいれているというから、いまでは国の捜査機関が使用しているオンライン上のネットワークにも、ひそかに監視の網が張りめぐらされているにちがいない。つまりは、アリゾナ州車両管理局のデータベースに氏名を入力するだけで、〝ライス・ムーアはいまヴァージニア州ターピン郡にいる〟との照明弾を、電子の世界に打ちあげるようなことになる。いや、もしかしたら、そこまで詳細なことはわからないのかもしれない。あるいは、ＩＴうんぬんという話からして、事実無根の与太話なのかもしれない。ＣＥＲＥＳＯで知りあった連中に、またしても一杯食わされただけなのかもしれない。

コーヒーメーカーのスイッチを入れようとしたとき、エクスペディションのドアがばたんと閉じられる音がした。するとほどなく、ポーチの階段をゆっくりと踏みしめる大きな足音が響いてきた。ライスもポーチに出て、足音の主を出迎えた。ウォーカーは不機嫌そうに眉根を寄せ、怒りを抑えこもうとするかのように、唇を真一文字《まいちもんじ》に引き結んでいた。

「ライスというのは苗字ではないのかね？　名前につけるのは珍しい」

くそっ、やはりばれたか。「母のミドルネームです。どうしてそれを息子の名前にしようと思ったのかはわかりませんが」

「だがいまは、リック・モートンと名乗っている。去年、メキシコの麻薬組織に対する不利な証言をしたがために、身をひそめる必要が生じたから」

「正式に法廷に立ったわけじゃないが、ええ、そのとおりです。連中にとって、おれが〝未処理の問題〟であることはまちがいない。いや、むしろ〝ささくれ〟と言ったほうが近いかもしれない。もしもおれを見つけたなら、かならずや取り除こうとするでしょうから」

「それなのに、きみは証人保護プログラムの適用を受けておらん。自分ひとりの力で身を隠している」

ライスは黙ってうなずいた。ウォーカーは腹を立てているが、その対象はライスではないようだった。湿りけを帯びた生温かい風が、南から吹きつけてくる。あきらかに風が変わった。この独特で劇的な空模様の変化を、ライスはいまはじめて体験していた。

「なかに入りませんか。じきにコーヒーもできあがりますし」

ウォーカーの表情がほんのわずかにやわらいだ。微笑もうとして瞬時に思いとどまったのではないかと、ライスには思えた。殺人事件の第一容疑者となる可能性のある人間から、よもやコーヒーを勧められようとは思ってもみなかったのだろう。「いや、ここで結構だ、ミスター・ムーア」ウォーカーはそう言って手すりに近づくと、そこに手をついて体重を預け、壮大な景色をじっくりと見渡した。このポーチで数秒以上の時間をすごす者はほぼ漏れなく、こういう行動をとってしまうようだ。ライス自身も、何度か同じようにしたことがある。今日、この場所から眺める谷は、いつになくぼんやりと遠くに見えた。天高くにかかる緑がかった雲からの、不思議な光に照らされているせいだろう。ライスは横目でウォーカーを見やり、こう問いかけた。

「ほかにも何か言いたいことが？」

「まあ、要はだな、ミラと最後に会ったという人物には前科があって、しかも、ミラが姿を消した晩に、生きるか死ぬかの争いを繰りひろげたことまで認めとるわけだが——」

「生きるか死ぬかの瀬戸際に追いつめられたのは、おれのほうだ。向こうにとってはそれほどじゃなかった」

ウォーカーはそれ以上何も言わなかった。本人が見ている目の前で、決断をくだすための思案を重ねているようだ。これはもしかすると、自分の言い分を少しばかり述べさせてもらえる、絶好のチャンスかもしれない。

「保安官、おれはあの森で起きたことを、正直に話しました。それと、おれの前科のこと……メキシコで罪に問われた一件のことですが、あの件にはこれっぽっちも暴力は絡んじゃいなかった。おれが誰かを故意に傷つけたと考えるべき根拠は、何ひとつないはずです。たしかにあのころはいろいろありましたが、何もかもすべて、あの世界ごとひっくるめて、おれにとっては過去のことだ。おれはこの土地でいま、新たなスタートを切ろうとしてるんです」

「ああ、わかっとる。きみの雇い主とも話をしたよ。きみの身元と潔白は自分が保証すると言っていた。ところで、ここからが興味深い話なんだがな、ついさきほど、それとはまた別の人物とも話をしてみると、その人物はきみのことを、凶暴で危険な男だと言いきった。きみを留置場にぶちこめとまで言ってきた」

いったいどういうことなのか、まるで理解できなかった。ライスは眉根を寄せたまま黙りこんだ。

「その人物は、きみがミラを殺し、遺体を隠したと考えている。国の捜査機関の人間がだ」そう語る声は平板で抑揚がなかったが、国の捜査機関の人間が地元の保安官にあれこれ命令をくだしてくることについての複雑な感情だけは伝わってきた。

ライスは小さく首を振った。それでもやはり、思いあたるふしは何ひとつなかった。「保安官、おれはあの男を殺してません。そのことは、あなたもおわかりでしょう」

「わしは何ひとつわかっちゃおらんよ。万が一、アラン・ミラの遺体があの山で見つかって、その遺体にガラガラヘビに嚙まれた跡以外の何かが残されていた場合には、ベイヤードが手錠を携えて、ここへ引きかえしてくることになるだろう」ついに抑えきれなくなった笑みを隠そうとするかのように、ウォーカーはつかのま顔をそむけた。ミラがライスを追って崖から転落する場面でも、頭をよぎったのかもしれない。「ただし、わしはきみの話を信じている。おおよそのところはな」

「それはどうも」とライスは応じた。たぶん自分は、いますぐにでも山の神々に祈りを捧げるべきなんだろう。ミラの野郎がいま、どこかで飲んだくれていますようにと。捻挫した膝と、目のまわりの痣と、折れた肋骨と、腫れあがった耳の手当てをしながら、くだを巻いていますようにと。くそっ、冗談じゃない。「その捜査官ですが、どうしておれのことを知ってるんでしょう」

ウォーカーはひょいと肩をすくめた。「それはわからん。だが、ミラの行方がわからないと、最初に知らせてきたのがその人物でな。そして、昨日の早朝からずっと、その件でわしを……いや、スージーをせっつきつづけている。最新の情報をよこせと言ってな。それでさきほど、電話で話しているときにきみの名前……きみの本名のほうと、この保護区で管理人をしているって話を出したところ、急にいきり立ちはじめてな。その捜査官はきみの前科も知っていた。指紋を照会したんだそうな。きみのことをたいそう好いているとは言えないようだな」

「おれの指紋なんて、どこで手に入れたんでしょう」

「それは聞いとらん」

「まるで見当がつきません。その捜査官が誰なのかも。どうしておれを知ってるのかも。どこで……なんのために……指紋を採取したのかも」

「その謎に関しちゃ、なんら助けになれそうにないな」ウォーカーはポーチの階段をおりながら、肩越しにそう告げてきた。いかにも砕けた口調で。ポーチにあがってきたときよりも打ちとけたようすで。それがライスには、一縷《いちる》の望みに思えた。「一時間後に事務所へ来てくれ。きみに執着しているDEAの御仁も、きっと駆けつけてくるだろう。そのときにでも、この謎を解明してみようじゃないか」

　ウォーカーの車がバックで駐車場を出て向きを変え、私道を走り去っていくまでを、ライスはずっと見守っていた。麻薬取締局《DEA》。あのひとことを、ウォーカーは故意に漏らしたのにちがいない。走り去る車のブレーキランプが木立のなかに消えたあとも、ライスは長いことポーチに立ちつくしていた。だが、どれだけ考えても、何ひとつ思いつかなかった。DEAヴァージニア支局の捜査官がどうして自分に恨みをいだいているのか、相当にこじつけた説明ですら、ひとつも浮かんできてはくれなかった。

38

目抜き通りの二時間極《ぎ》めの駐車スペースにトラックを縦列駐車したあと、きょろきょろと保安官事務所を捜すうちに、古い煉瓦《れんが》造りの郡庁舎の地下にたどりついた。受付カウンターの向こうにいる女は電話で誰かとハリケーンについて話をしているらしく、もしも水が床下まで迫ってきたなら、逃げださなければだめだと、苛立ちもあらわに説明していた。女はライスの存在に気づくと、指を一本立てて、壁ぎわに一列に並べられたプラスチック製の椅子を指し示した。受話器が置かれるのを待って、ライスはカウンターに近づき、ウォーカー保安官と面会の約束がある旨《むね》を伝えた。女は椅子のキャスターを転がして、ぐっと前に身を乗りだすと、独身の男女が集う酒場で男の品定めでもするかのように、ライスの全身をざっと眺め渡してから、おもむろに口を開いた。

「保安官なら、じきに戻ってくるはずよ。いったん帰宅して、着替えをなさるだけだと仰《おっしゃ》ってたから。あなた、麻薬の運び屋には見えないわね」

「それはどうも。そちらはスージーですね」

スージーはパソコンのキーボードをぱちぱちと少し叩いてから、モニターに目をやった。「あなたはわたしに、勾留《こうりゅう》の手続きもしてほしくないんでしょう?」

「どうしてそのことを?」

「保安官が仰ってたから。被害妄想を患ってるんだって」スージーはにっこりと微笑んで、安物のボールペンを拾いあげると、椅子の背にもたれかかりながらペン先を噛んだ。少々太めではあるが、なかなかきれいな顔立ちをしている。それから、豊満な乳房の持ち主でもあり、それを誇張するような服装をしている。たぶん、ライスよりそれほど年上ではないだろう。

「今日、逮捕されることにはならないと思ってたんだが」

「もちろん、逮捕なんてされないわよ。それはそうと、ヘロインを詰めこんだコンドームとかを呑みこんだりもさせられてたの？」

ライスはにやりとして言った。「いや、おれはそういうんじゃなかったんで」

「あら、よかった」

スージーは駆引きをしようとしている。それがライスを困惑させた。そうか、きっと、このセクシーな傷や痣のせいにちがいない。左手に目をやってみると、指輪はしていなかった。もちろん、自分もしていない。そのうえ、ふたりは歳も近い。おれはこの手の本能を、完全に失ってしまったんだろうか。以前はたしか、正常な男としての性衝動くらいは備えていたはずなんだが。

「ねえ、あなた、あの俳優に似てるわね。ヴィゴ・モーテンセンに。といっても、恰好よく決めてるときじゃなくて、ほら、《ザ・ロード》って映画に出てたときに感じが似てるわ」

これには、どう答えたものかもわからなかった。その映画は観たことがない。

スージーの品定めはなおも続いていた。「それと、なんだか寝不足みたいにも見えるわね」

そのとき、入口の扉が開き、悩ましげな表情のウォーカー保安官が姿をあらわした。たしかに着替えを済ませていて、ジーンズにワークブーツ、裾を出したままの青い半袖シャツといういでたちに変わっていた。それから、ヴァージニア工科大学のロゴが入った野球帽と、黄褐色のゴルフジャケットを小脇に抱えていた。

「行方不明の男のことで、何かわかったんですか？」開口一番に、ライスは尋ねた。

ウォーカーは横に首を振った。「いいや、何も。ただ、きみの名前を聞くのに飽きてきただけのことだ。いまと昔、ふたつの名前をな。たとえばビルトン・スティラーのやつは、自分の猟犬を三匹も殺した罪で、リック・モートンを逮捕しろと息巻いとる。曰く、その犬は二週間ほどまえにターク山で行方不明になったそうだ。アラン・ミラの失踪の件もどこかで聞きつけてきたらしく、きみがとち狂って、山に入りこんだ人間や犬を片っ端から殺してるのにちがいないと言っていた」

「ミスター・スティラーはテレビの観すぎなんでしょう」

「ミスター・スティラーはただの偏屈親父よ」横からスージーも口を挟んだ。

そちらの感想は無視して、ウォーカーはこう続けた。

「今日は朝から何杯ビールを飲んだのかと訊いたら、げらげらと笑って、電話を切っちまったよ。さて、そろそろ行くとするかね？」

「行くって、どこへです？」

「例の人物が人目を気にするとかで、ルート22沿いにある古ぼけたモーテルまでお忍びで向かわにゃならんのだよ。悪いが、運転を頼めるかね。わしの車は町じゅうの人間に知られとる」

「人目を気にするって、潜入捜査中か何かで？」

「ああ、そうとも、ミスター・ムーア。ジョーンズ捜査官はわしの尻の穴にでも潜入中なんだろう」

「みなさん、楽しんでいらしてね」背後から呑気な声が響いた。

通りに出ると、黒みを増した雲が南の空を占領し、重たげな腕や無数のかぼそい触手を北へと伸ばして、猛攻撃を加えるまえの偵察を行なっていた。ライスがハンドルを握る隣で、ウォーカーは帽子を目深にかぶって、シートに深く沈みこんでいた。郡保安官の尻の下に無許可の拳銃が敷かれていることを考えるだけで、いささか息の詰まる思いがしたが、あの銃をシートのなかに隠すようになってからは、自分でも何度もすわり心地を確認してきた。自分はウォーカーより二十キロは目方がある。その自分が何も感じないのであれば、ウォーカーにわかるわけがない。

「わしも歳だな。こういうスパイ物めいた事態には、頭も身体もついていけん。わかってもらえるかね」

「ええ、もちろんです、保安官」前方の信号が黄色に変わるのに気づいて、ライスはアクセルを踏みこんだ。いまこの車を制止する者がどこにいる？「スティラー一家のことは、よくご存じで？」

「わしが知りたいと思う以上にはな。だが、ビルトンは特に問題ない」

「なら、息子たちのほうは？」

「何を訊きだそうというのかね、ミスター・ムーア」

ここは単刀直入に攻めたほうがいい。「じつは、サラ・ビルケランドを襲ったのはあの連中なんじゃないかと考えているんです。スティラー兄弟、それと、いつも連中とつるんでいるジェシーってやつが」

「そう考えるに至った根拠は？」

「動機があるからです。サラを怯えさせて、保護区から追いだそうとする動機が、連中にはある。熊の胆嚢ってのは、相当な金になるんです。しかも、あいつらは実際に、サラに脅しをかけていた」

横目でちらりと助手席を見やると、ウォーカーは力なく首を振っていた。

「それと、連中のひとりに面と向かって訊いてみたことがあるんです。するとそいつは、どうも怪しげな、やましいことでもありそうな反応を示した」

「ほう。ならば、あの連中を留置場にぶちこまなきゃならんな」

「サラから聞いたんですが、連中にはアリバイがあるそうですね」

「その件について話すことはできん。ああ、そこを右に入ってくれ」

車はルート22を町の北はずれまで進んでいた。ウォーカーの指示に従って入った雑草の生い茂る駐車場は、寂《さび》れたショッピングモールに面しており、その片隅に小さなモーテルが建っていた。さらなる指示に従って、建物の裏手に車をまわすと、ハイウェイからの死角となるその場所にはすでに、フォードの濃紺のフルサイズピックアップトラックがとめられていて、老朽化《ろうきゆうか》した客室の扉がひとつ、開けっぱなしになっていた。ライスはウォーカーに続いて車をおり、その客室のなかへ向かった。自分がさらなるトラブルに足を踏みいれようとしていることを感じながら。

39

「おれのこと、覚えてるだろ」ふたりを引きあわせようとするウォーカーを遮って、ジョーンズは言った。

ウォーカーが黙って扉を閉めると、カタンと乾いた音が響いた。室内に明かりは灯っていないが、薄っぺらいカーテンの生地を通して、オレンジ色の光が染みこんでくる。とつぜん視界がぐるぐると渦を巻きはじめた。ライスはすぐ後ろの壁にどんと背中を押しあてて、身を守るかのように低い体勢をとった。反射的に出た行動だったが、唐突な動きに意表を突かれたジョーンズは「おいっ！」と叫びながら、窓ぎわへ跳びすさった。

いったいなんの騒ぎだとウォーカーが問いかけてき

た。その問いはジョーンズとライスの双方に向けられており、ありありと困惑が窺えた。自分はただ扉を閉めただけだというのに、いったい何がどうしたというのか。ジョーンズが片手を伸ばしてカーテンを引くと、室内が一気に明るくなった。もう一方の手には銃が握られ、銃口はライスに向けられている。以前目にしたのと同じ、シグのセミオートマチック拳銃のようだが、ミディアムフレームの銃身の先には四五口径の大きな銃口が恐ろしげに口を開けている。しばしの沈黙が垂れこめた。ライスは両手をあげつつ、にやりとした。おれの人生がいま以上にばかげたものとなる余地はあるんだろうか。

「なるほど、あのときのジップロックか」とライスはつぶやいた。

ジョーンズは銃を持つ手をさげはしたが、ホルスターにおさめようとまではしなかった。顎鬚をきれいに整えてシャワーを浴びたらしく、全体的にこざっぱりとした印象に変わっていたが、ジーンズには点々と泥が撥ねていて、あのときと同じ、カーハートの黒いワークジャケットを着ていた。「貴様はどこからどう見ても、田舎者の熊猟師なんかじゃなかった。それで好奇心を掻き立てられてな。前科の記録を目にしたときには、いっそう好奇心を掻き立てられたわけだが」

「ただし、おれの居所を突きとめることはできなかった」

「ああ、残念ながらな」

するとそのとき、呆気《あっけ》にとられていたウォーカーがようやく我に返り、ふたりのあいだに立ちはだかるようにして言った。「銃をおろしたまえ、ジョーンズ。ミスター・ムーアは銃を持っていない」

「そいつはどうかな」

「本当だ。銃は持ってない」とライスも言った。

保安官はジョーンズの顔をしばらく見すえてから、ゴルフジャケットの裾をあげ、腰に吊るしたホルスターから銃を引きぬいた。その表情を見るかぎりでは、どうやらジョーンズに対して説明を求めているようだ。ライスは口をつぐんだまま、室内をざっと見まわした。床に敷かれた茶色いカーペットはぼろぼろに擦り切れ、あちこちが染みだらけなうえに、白黴のにおいを放っている。奥の壁ぎわにはカウンターと流し台が備えつけられており、ひび割れた鏡には、窓の向こうの駐車場が映しだされている。

「おれはいま、熊の手だの胆嚢だのを取引するブラックマーケットへの潜入捜査を行なっている。もっと大きな摘発に向けての足がかりとして。するとあるとき、そこにいるミスター・ムーアが、おれに豚の胆嚢を……まがい物の胆嚢を売りつけようとしてきた。そして、おれにそのことを見ぬかれると、いきなりの暴挙に出た」

ウォーカーがこちらへ首をまわして、問いかけるように眉をあげてきた。顔は笑っていないが、いまにも微笑みかけてきそうに見える。

ライスは軽く肩をすくめた。「先に手を出してきたのは向こうのほうだ」

ジョーンズはそれを無視して続けた。「アリゾナ出身のちんけな運び屋が、遙か東のヴァージニアで、まがい物の胆嚢を売りつけようとしてきた。まるで理屈に合わないと思っていたところへ、そいつはあの保護区の管理人だと保安官から聞かされた。それでようやく合点がいったよ。あの野郎は熊の密猟犯を突きとめようとしてやがるんだと。自分の任務に少しばかりしゃかりきになりすぎていやがるんだと。ジンバブエくんだりでサイを守ろうだのなんだのとやっている、レンジャーどものお仲間なんだと。おかしな妄念に取り憑かれていて、〝誰彼かまわず撃ち殺せ〟と命じる声がつねに頭のなかで鳴り響いてやがるんだと。森のなかで密猟者を見つけて、迷わず背中を撃ちぬきやがったんだとな」

ライスは声をあげて笑った。「森のなかで密猟者を見つけて、殺されかけたってのが正解なんだが？」

「ウォーカー保安官から、貴様の供述内容についてはは聞かせてもらった。だが、ミラに襲われたってのが事実なら、貴様がいま生きているはずがない」

「言うことはみんな同じだな」ライスは包帯を巻いた手をあげてみせた。「なんなら縫い目を見せようか。それとも、脇腹の傷のほうがいいか？　それともこっちか？」ライスは言いながら、小首をかしげて顎をあげた。「熊を殺した矢には、毒のようなものが仕込まれてた。だから、やつに切りつけられたときには、自分は死んだものと思ったがね」

「ああ、毒は使われていたとも。だが、映画やら何やらで先住民がやっているような、黒い粘液に矢尻をどっぷり浸けるような、ああいうたぐいの代物じゃあない。あいつが使ってたのは塩化スキサメトニウム、粉末状の筋弛緩剤だ。そいつを、矢尻の後ろに細工したゴム製の小袋に仕込んでた。熊に矢を撃ちこむと、衝撃でゴムが剝がれるって寸法だ。貴様の言うように、あいつが本当に矢で襲いかかったのなら、突き刺したり、切りつけたりしたときに衝撃でゴムが弾けて、あの粉末が多少なりとも傷口に付着したはずだ。なのにこうして、貴様は無事に生き長らえてる」

「運がよかったようだな」

「そこまで運のいい野郎なんぞ、いるわけがない」

「傷口にスキサメトニウムが少し付着した程度で、死ぬはずがない。そう無理のあることを仰るな」ウォーカーがたしなめるようにジョーンズに言った。

ジョーンズはウォーカーの前を行ったり来たり歩きだした。頬と顎の引き締まった皮膚が、急速に赤く染まりだしている。「だとしても、おれの言わんとしていることに、なんら変わりはありませんよ。アラン・ミラは元軍人、元海兵隊員だ。中東では四度の出撃経験を持ち、並の兵士より数多くの戦闘をくぐりぬけてきた。海兵隊特殊作戦コマンド《MARSOC》の一員にも選ばれ、IT戦術の講習でも上位五パーセントに入る成績をおさめた。あいつは単に腕っぷしが強いとか、そういうんじゃない。その道のプロなんです」ジョーンズはくるりとライスに向きなおると、その顔に向けて、今度はひとさし指を突き立てた。「あの晩、橋の下で、貴様はおれにひと泡吹かせた。ひとまず休戦にせざるをえなくさせた。ああ、そうとも、貴様はたしかに腕が立つ。暴力に慣れてる。おのれの肉体を自在に使いこなせる。だが、おれは根っからの武闘派じゃない。それはアラン・ミラのほうだ。あいつとひと悶着《もんちゃく》起こしておいて、何ごともなく立ち去ることのできる人間などいない。とりわけ、やつが武器を所持しているのに対して、貴様が素手で立ち向かっていたとなれば、なおさらだ」

　ライスは無言のまま思いかえしていた。あの晩、あのバイクの男――アラン・ミラ――が、ライスの体当たりの衝撃をどれほど巧みに受け流してみせたか。本当なら、あの一撃で失神していてもおかしくなかった。ライスは死角から飛びかかり、完全に虚を衝いた。しかも、あの攻撃で、肋が何本かは折れていたはずだ。なのに七秒後には、かえってライスのほうが劣勢に立たされていた。生きて帰れないのではないかと思わされていた。

　ジョーンズはいかにも芝居がかったようすで、ライスの全身を眺め渡しながら、こう続けた。「だからこそ訊くが、貴様もあいつに匹敵するほどの武闘派なのか、ミスター・ムーア？」

　ウォーカーは窓ぎわに立っていた。脚のがたつく化粧板張りの机に寄りかかり、腕組みをしたままジョーンズを見つめている。室内にベッドは置かれていないが、それがかつてどこに置かれていたのかは一目瞭然だった。床に敷かれたカーペットには、ひときわ色の濃い長方形の跡がくっきりと残されている。

しばらくすると、ウォーカーは窓を振りかえり、ガラスの向こうに目をこらしながら口を開いた。「わしは、もっと若いころのアラン・ミラを知っている」

机の脚を軋ませながら、ウォーカーは天板にひょいと尻を乗せた。宙に浮いた脚がぶらぶらと揺れている。客室のなかは耐えがたいまでに空気がよどんで、蒸し暑かった。そのせいで一瞬、ウォーカーが机に乗ったのは窓を開けるためなのかと思ったのだが、実際にはジャケットを脱いだだけで、そのまま背中を丸め、机のへりに手をついた。腋には黒ずんだ汗染みができていた。ウォーカーはそれからおもむろに、この町では月並みであるのだろう身の上話を語りだした。暴力を繰りかえす酒びたりの父親。ついに反旗をひるがえしたティーンエイジャーの息子。ただし、ミラの場合は、自分が殺される代わりに父親を病院送りにしたうえ、二度と面《つら》を見せるなと絶縁を宣言したという。

「すまんが、それをやめてくれんかね」

ジョーンズは狭苦しい客室のなかで、行ったり来たりをまだ続けていた。だが、その声にようやく足をとめると、ウォーカーに顔を向けた。

「何をです？」

「しばらくじっとしていてくれないか」

「わかりましたよ。とまりゃあいいんですね」ジョーンズはそう応じると、今度は左右の足から足へ、小刻みに体重を移動しはじめた。どうやら途轍《とてつ》もなく苛ついているようだ。いや、もしかしたら、なんらかの薬物を常用しているのかもしれない。潜入捜査というのは、つねづねあらゆる誘惑にさらされるものだ。

ウォーカーはしばらくそのようすを眺めてから、あきらめたように肩をすくめて、話の続きを語りだした。ライスは部屋の奥まで歩いていって、流し台の横のカウンターに腰をおろした。尻を乗せた瞬間に天板がたわんだが、かろうじて重みには耐えてくれそうだ。すぐ左にあるバスルームは薄暗く、便器はすっかり水が抜けていて、乾いた石灰質が表面にこびりついている。床には、シャワーカーテンのレールが転がっている。

ウォーカーによると、ミラは入学直後に高校を辞めたという。その後は、北のほうからやってきたバイク乗りどもとつるむようになった挙句、車を盗んだ罪でフィラデルフィア市警に逮捕された。ところが、担当判事はミラという人間のなかに何を見たのか、異例の〝最後通牒《つうちょう》〟を言い渡した。つまりは、軍隊か刑務所かの選択を促した。ミラは軍隊を選んだ。そして、天職を見いだした。

「わずか数年で、ミラは数々の武勲《ぶくん》をあげた。戦場の英雄となった。きみもさきほど言っていたとおり、MARSOCにも引きいれられた。ところがあるとき、任務中に重傷を負って、とつぜん故郷へと舞いもどってきた。勲章と、名誉除隊の証明書とを携えて。わしはやつの動向に耳を澄ましつづけていた。すっかり更生してくれていることを願いながらな。それからしばらくは平穏な日々が続いた。だが、やがて、あちこちから噂が届くようになった。暴力沙汰。奇矯《ききょう》なふるまい。ミラはコールヴィルの工場を辞め、あのバイカーギャングどもと、またつきあいを持つようになっていた。出所《でどころ》のあきらかでない収入を得るようになっていた」

なるほど、そういうことか。頭のなかでカチリとパズルのピースがはまった。ミラとスティラー兄弟がこれでようやく結びついた。〈エイプ・ハンガー〉のバーテンダーが言っていた、〝ここいら一帯を取り仕切ってる大将〟。そいつがミラであるにちがいない。デンプシー・ボージャーも言っていたように、スティラーの一味には、自分たちだけであれこれ策を弄《ろう》せるほどの能はない。だが、ミラのような指揮官に仕える歩兵としてなら？　以前、サラから聞かされた熊の話――無線探知機付きの首輪をつけられた熊が、次々と密猟の被害に遭ったという話――をふと思いだした。そうした電子機器をハッキングするすべも、ミラなら知りうるのではないか。

ジョーンズが口を挟もうとしたが、ウォーカーはまだ話を終えていないらしく、てのひらでそれを制して言葉を継いだ。「そしていま、ミラがとつぜん消息を絶った。するときみは、保安官であるわしにその旨を知らせ、リスクを負ってまで頻繁に連絡を入れてきたり、真っ昼間にこうして顔を合わせたりするようになった。そのうえあろうことか、いまにもズボンを濡らしそうなほどに色を失ってもいる。おかげで、わしはこう悟った。ミラのやつはきみの内通者なんだろう。だからこそ、それほどまでに身を案じとるんだろう。しかし、ミスター・ムーアが言ったように、ミラはおそらくいま、自分が殺人を犯したと思いこんでおるのにちがいない。殺人の罪ともなれば、さすがのDEAでも庇いきれん。そんなとき、とめておいたトラックまで破壊されているのを目にして、パニックに陥り、とっさにバイクで逃走したのかもしれん」

「まさか！　あいつがあのくそやかましいバイクで走り去ったと？」ジョーンズはその可能性については考えたことがなかったらしく、いざそれを突きつけられると、感情を抑えきれなくなったのか、必要以上に声が大きくなりだした。「これから行方をくらませようってときに、あんなバイクで爆音を轟かせながら走るやつがどこにいるんです？　あの爆音に気づかない人間などいやしない。そうそう、アラン・ミラなら、あのオフロードバイクでメキシコのほうに突っ走っていくのを見ましたよ……そんな電話をかけてきた人間はひとりもいないはずだ。ちがいますか？」

カウンターの下にある戸棚の、蝶番《ちょうつがい》がゆるんだ戸を踵で軽く蹴りつけながら、ライスは言った。「いまどき、メキシコに逃亡するやつなんていない。おれもメキシコはお勧めしない」

ライスがいることを忘れてでもいたように、ウォーカーとジョーンズが揃って顔を振り向けた。

ライスはひとさし指をぴんと立てて、北に向けた。

「行くならカナダだ」

「ミラのやつは、あれでなかなか機転がきく。おそらく、プリペイド式の携帯電話か何かを所持していて、バイク仲間のひとりとでも連絡をとりあっとるんだろう。そしていまは、千五百キロ以上離れた土地に身をひそめている」「あるいは」言いながら、ウォーカーは机から飛びおりた。「あるいは、森のなかでバイクごとこけた際に、はずみで矢が刺さっちまったのかもしれん。どこか、わしらがまだ捜索を行なっていない場所でな」ウォーカーはいったん言葉を切ると、とつぜん密室恐怖症にでもかかったみたいに、つかつかと戸口まで歩いていって扉を開け、外の景色に見入りだした。突風ががたがたと扉を揺さぶり、発泡スチロール製のカップが駐車場のまんなかを転がっていっても、ウォーカーは帽子のつばを押さえたまま、外の景色を眺めつづけていた。

「それなら、ムーアの野郎はどうなるんです？」その背中に向かって、ジョーンズが尋ねた。

「いったいどうしろと？」

「アランの身に何があったのかが判明するまで、この男を勾留しておくんですよ。四十八時間のあいだだけでも」

ウォーカーは背中を向けたまま、子供に言い聞かせるような口調でこう告げた。「発見された遺体すらないというのにかね、ジョーンズ捜査官。もしもきみが今後、ミラの遺体を発見したなら、誰かを逮捕することにはなるかもしれんが」

ついさっきまでウォーカーがすわっていた机の天板に、ジョーンズはてのひらを叩きつけた。きっとこれは、いまだかつてない出来事だったのだろう。一介の保安官ごときに歯向かわれるなんて経験は、ついぞしたことがないのにちがいない。

「この男が絶対に逃亡しないと言いきれるんですか、保安官。おれはツーソンじゅうに電話をかけて、当時のこいつを知る人間と話をした。おれなら、そうやすやすとこいつを信用したりはしない」

「話をしたって、誰とだ？」ライスはたまらず問いかけた。

だが、ジョーンズはいかにも思わせぶりな顔で、こちらをちらっと見やるだけだった。あいつが銃をかまえるまえに、あの顔にこぶしを一発お見舞いすることは可能だろうか……いや、たぶん無理だろう。

「捜査官と話したのか？　それとも内通者か？　おれの居所は教えたのか？」

やはりジョーンズは答えない。胃袋がずんと沈みこんだ。まずいぞ。ナンバープレートの照会だの、指紋の照合だのなんぞより、ずっとまずい事態になった。あっちでは、カルテルに内通するイヌがそこらじゅうに入りこんでる。その場その場の風向きしだいで、イヌはあっさり鞍替《くら》えをする。いまこの瞬間までは、保安官からどれだけ目をつけられようとも、保護区にとどまれる可能性はわずかながら残されていると考えていたのに。

「感謝するよ、ジョーンズ捜査官。それからシナロア・カルテルも、まちがいなくあんたに感謝してるだろうな」

「でたらめを言うな。貴様を追ってるのは、あのカルテルじゃない。聞いたところによると、貴様の恋人もプロの運び屋だったそうじゃないか。おれたちの側に寝返ったせいで、貴様がメキシコの刑務所にぶちこまれているあいだに、カルテルに消されたんだとか。おかげで、カルテルの連中も貴様のような小物のことなんぞはそのまま忘れてくれるところだったってのに、貴様は出所後にファアレスで、とんでもない報復に出た」ジョーンズはここから、一段と声を弾ませた。

「どうせばれやしない。そう思ったんだろう？　あそこは世界有数の物騒な地域だ。あの街で誰が何をしようと、レーダーにも引っかかりやしない。ところが貴様は、あろうことか、おれなら絶対に怒らせたくない相手、この地球上で最も敵にまわしちゃならない相手を敵にまわした」ジョーンズはとつぜん耳障りな笑い声をあげると、ロス・アントラックスという組織を知っているかとウォーカーに尋ねた。ウォーカーからの返事はなかった。

「ロス・アントラックスってのは、シナロア・カルテルお抱えの執行組織でしてね。言うなれば、マフィア版の特殊部隊みたいなものです」ジョーンズはにやにやと笑いながら、今度はライスに顔を向け、憐れとばかりに首を振ってみせた。「まあ、なんにせよ、すべてがでまかせだという可能性も否めない。あるいは、このミスター・ムーアは、万死に値するとみずから判断した人間を殺してまわる処刑人なのかもしれない」

「ミスター・ムーアはどこへも行かんよ。今後もターピン郡を離れることはない。毎日、わしに連絡も入れさせるつもりだ。それから、ミラが近いうちに姿を見せないようなら、さらにいろいろと話を訊くことにはなるだろう。きみもそのとき、自分の訊きたいことを訊けばいい。いましているように。ただし、そのときは別の場所で」

ライスは奥の壁ぎわに据えられたカウンターの上にすわりこんだまま、この場を離れることをためらっていた。ジョーンズが〝ツーソンじゅうに電話をかけた〟という時期が、いったいいつごろのことなのか、それだけは把握しておきたい。だが、それを必死に訊きだそうとすることで、ジョーンズを悦に入らせてしまうかと思うと、まったくもって気が進まなかった。

ふたたび突風が吹き荒れて、開いた戸口から客室のなかにまで吹きこんできた。ウォーカーが脱いでいたジャケットを羽織りながら、時間だとばかりに顔を向けてきた。

「ほれ、行くぞ、ミスター・ムーア。きみに事務所まで送り届けてもらわんと、スージーが癇癪《かんしゃく》を起こしちまう。スージーのやつは、自然災害時の対応が大の苦手なもんでな」

40

さまざまな種類の南京錠が陳列された通路を見つけると、ライスはいちばん大きいものを手に取って、ボルトカッターの攻撃にも耐えられるかどうかをたしかめるべく、パッケージの商品説明に目を通した。その手の記載は見あたらなかったが、手にした感じだと、いまゲートに取りつけられているものの一・五倍は重みがあるし、ツルの部分もかなり太い。気を抜くと落っことしてしまいそうだ。手の腫れはだいぶ引いたし、骨に異状があったわけでもないが、指の関節にはまだこわばりが残っていて、指が思うように動かせない。

閉店の時刻が迫っているせいか、まだ十代とおぼしき痩せっぽちの店員が、サービスカウンターからこちらのようすをじっと窺っている。黒い髪は短く切り揃えられており、Tシャツの襟ぐりから伸びた棘だらけの蔓が、くねくねと皮膚を這いながら、首のまわりを一周している。農家を主な顧客とするターピン郡の生協でお目にかかろうとは、予想だにしないたぐいの刺青だ。するとそのとき、その店員がてくてくと売り場を横切って、ライスのそばまでやってくるなり、肩越しに手もとをのぞきこんできた。ライスはぐるりと首をまわし、店員を睨《ね》めつけた。

「お客さん、南京錠をお探しなんでしょ？　いま手に取ってらっしゃるのが、うちの店でいちばんの逸品ですよ」そう語りかける声は、ほんの少しうわずっていた。この売り場の接客を任されてはいるものの、そう簡単にはいかないらしい。

「たしかに頑丈そうだな」ライスは言いながら、店員の胸もとに目をやった。黒いTシャツにプラスチックの名札が留められている。「あそこにあるチェーンカッターの使い方はわかるかい、ダミアン。いちばん太いチェーンを一・五メートルほど買っていきたいんだが」

「ものすごくだいじなものを守りたいんですね？」

「いや、ただのゲートだ。いままで使ってたやつが、何者かにボルトカッターでぶっ壊されちまってね」

「そいつらがまたやってくるとお考えなんですか？」

妙な質問をするなと思いながら、ライスは答えた。

「ああ、かもしれん。あるいは、別の誰かかも……」

ウォーカーを保安官事務所まで送り届けたあと、この生協へと足を向けずにはいられなくさせたイメージが、ふたたび脳裡をかすめていった。ゲートの前でスピードを落とす一台の車。埃にまみれた、二列シートのピックアップトラック。ソノラ州のナンバープレート。ひとりの殺し屋《シカリオ》がしなやかな身ごなしで車からおり立ち、南京錠とチェーンの具合をたしかめはじめる。きれいに剃りあげた後頭部から、マヤの仮面の刺青が狂気のまなざしを向けてくる。

「だったら、長さが一メートル以上あるボルトカッターさえ持っていれば、誰でもたいした力も込めずに、そのくらいの南京錠は壊せちまいますよ。もしくは、冷却ガスで凍らせておいて、ハンマーで叩き壊すこともできる。そもそも、ピッキングのやり方さえ知っていれば、南京錠だのチェーンだのを壊すまでもないですし」

南京錠をつかんでいる手を軽く揺らして、ライスは重みをたしかめた。これの価格は三十七ドル九十九セント。両の眉をあげながらダミアンを見やって、ライスは言った。「きみはたいしたセールスマンだな」

「それを買うくらいなら、ツルの両側が本体に覆われてるタイプのアブロイ社製の南京錠と、ボロン鋼を使ったオートバイ用の盗難防止チェーンのほうがお勧めですよ。ただ、そのふたつが壊せなくっても、蝶番のところにハンマーを叩きつけて、ゲートそのものを支柱からはずしちゃえばいいだけのことですけど」

「いいや、それなら心配ない。いちばん上の蝶番の軸受だけ、反対側から逆向きのを取りつけてあるからな」

その言葉に、ダミアンははじめて笑顔を見せた。開いた唇のあいだから、歯並びのきれいな歯がのぞいた。左の鼻と右の眉に小さな穴が開いているが、どちらもピアスははめられていない。おそらくは、ここへやってくる客層を考えての配慮なのだろう。

「なあ、ダミアン、きみはセキュリティマニアか何かなのか？」

「親父がピッツバーグで錠前屋をやってるんです。それと、セキュリティ・コンサルティングのほうも少々」ライスの表情が訝っているように見えたにちがいない。ダミアンはさらに言葉を継いだ。自分はヴァージニア工科大学で機械工学を専攻していて、州内出身者のための学費の減免資格を得るために、いまはブレイクリーで伯父と暮らしているが、今学期は休学中で、もっぱら学費を稼いでいるところなのだと。

ライスはふうむと腕組みをした。ダミアンの褐色の瞳にはいっさいの揺らぎがない。信用の置ける人間の目だ。

「いまから話すことは、すべて胸の内にしまっておいてくれよ」

ライスは一から説明した。タークー山自然保護区のこと。四輪バギーで侵入してくる密猟者のこと。正面ゲートから続く長い私道のこと。ゲートの扉は鋼を熔接してつくった一枚扉で、片側から外に向けて扉が開くようになっており、左右の支柱は古い電柱を再利用したものだということ。ゲートの前を通る一般道に面した土地は、大半が急勾配の斜面であること。山頂近くにある出入口のほうには、まだ新しい金網のフェンスと、防腐処理をほどこした支柱が設置されていること。そこまで説明して、ふと思った。トラヴァー財団がこうしたフェンスやゲートを設置したのは、サラを管理人として迎えいれたタイミングであったにちがいない。それ以前にも、夫婦で管理人を務めた女性なら何人かいたが、日誌から知りうるかぎり、単身で女性を雇ったのはサラがはじめてだったはず。

ダミアンはこくこくとうなずいたり腹を掻いたりしながら、しばらく考えこんでから口を開いた。「地図を見てみないことには、なんとも言えないなあ」

出入口の扉を別の店員が施錠しようとしていたが、気にしなくていいとダミアンは言った。ライスはお言葉に甘えてサービスカウンターのなかにまで入りこみ、ダミアンがいじくるノートパソコンの画面を後ろから肩越しにのぞきこんだ。ダミアンは郡のウェブサイトから地番参考図をダウンロードしてきて、そこに地形図を重ねあわせることで、タークー山自然保護区の地形をひと目で把握できるようにした。それが済むと、今度は車両管理局のウェブサイトからルート６０８の交通量推定表を引っぱってきたうえで、農務省のサイトから航空写真までダウンロードした。

「大きく開けた草地のなかにある、この建物があなたの家？」ダミアンが地図の一部を拡大してから、ロッジの存在を示す黒い長方形にマウスポンターをあてていた。トラクター用の納屋とバンガローを示す小さめの四角形も、すぐ近くの正しい位置に表示されている。

「正面のゲートから侵入しようとする可能性があるのは、ほかにどういう連中が考えられます？ 単に密猟者だけですか？」

「もっとヤバい連中だとだけ言っておこうか」

ダミアンはパソコンの画面から顔を離して、椅子の背もたれに寄りかかった。軽く首をかしげると、首に彫られた精巧なデザインの刺青があらわになった。鮮やかな緑色の葉。ゆるやかな弧を描く、黒くて長い棘。やはり、想像上の植物のようだ。自然界に存在する植物のなかに、似通ったものはひとつもない。

「たとえば、そこに女性がひとりきりで暮らしていると思ってくれ」とライスは続けた。「そして、その女性は何者かからの脅迫を受けている」

ダミアンはなるほどとうなずいて、キーボードをぱちぱちと叩き、白紙の表を画面に呼びだすと、空欄に何ごとかを入力しながら、説明を始めた。「最初に理解しておいてもらいたいのは、何がなんでもなかに入ろうという固い意志を持った人間が相手の場合、それを阻止するすべはないってことです」

そのことは重々わかっていたが、実際に他人の口から聞かされると、軽い胃のむかつきをおぼえた。素人によるにわかづくりの証人保護プログラムをジョーンズ捜査官に焼き払われた結果が、いまにも最悪の実を結ぼうとしている。サラはきっと、例の奨学金を勝ちとるだろう。いま受け持っている講義が学期末を迎えたら、すぐにでもバンガローで暮らしはじめようとするだろう。そうなれば、スティラーの一味や敵対的な住民とひとりで対峙《たいじ》することになるのはあきらかだが、ライスが危惧しているのはそんなことではない。いまのサラにならああいうぼんくらどもくらい、わけもなく対処できる。問題は、それ以外の連中だ。自分が保護区を去る際には、どうにかして、そのことが周囲に知れ渡るようにするつもりだった。そうすれば、カルテルによる脅威も、自分が一緒に持ち去れる。だがそれでも、自分を捜しに誰かが保護区へやってくる可能性は、完全には排除できない。そして、目当ての人間が見つからないとなったとき、そいつらはきっと、その場にいる人間から情報を訊きだそうとするだろう。

ダミアンはいま、〝固い意志を持つ侵入者〟が使用する可能性のある道具についての説明を始めていた。冷却ガスのスプレー。手動式のボルトカッター。空圧式のボルトカッター。弓のこ。ディスクグラインダー。切断トーチ。ピッキングツール。ハンマー。ドリル。ケーブルカッター。チェーンソー。動物との衝突に備えて車のフロントに取りつけられているバンパーでさえ、門扉に突っこんで破壊するのに役立つという。こういう大自然に囲まれた環境でいちばんいいのは、〝素人〟がやってきた場合はゲートのところで撃退しておいて、〝プロ〟がやってきた場合は、できるだけ多くの猶予を得られるようにしておくことなのだと、ダミアンは言った。

「得られる猶予の長さは、全般にわたって、どれだけ入念な警備を組めるかにかかってます。それから、出入りする際の不便さに本人がどれだけ耐えられるか、どれだけの資金を投入できるかもだいじだね。だけど、それが可能なら、再チャレンジしようとする〝素人〟の数を、かなり早い段階で減らすことができる。ただし、何がなんでも侵入してやろうって人間が歩いてなかに入ってきたり、金網を切って四輪バギーを乗りいれてきたり、ふたりがかりでオフロードバイクを持ちあげてゲートの上を越えさせたりするような可能性も、考えなきゃいけませんけどね」

「オフロードバイクか。くそっ、その可能性を忘れてた」メキシコの連中が殺しを行なう際にはいつも、オフロードバイクを使っていた。一台に二人乗りして、後ろのやつが銃をぶっ放すのだ。コロンビアから採りいれたやり方だとどこかで聞いた。「つまり、おれが心の平安を得るために、きみにできることはたいしてないってことか」

「まあ、でも、急場を凌ぐことなら可能ですよ」ダミアンはふたたびキーボードを叩きつつ、侵入口の脆弱性《ぜいじゃくせい》を補う方法について説明しながら、私道についてもっと詳しく教えてくれと言ってきた。ゲートからロッジまで車でたどりつくのに、だいたいどれくらいの時間がかかるのか。トラクターのフロントブレードを使って、できるだけ路面を均しておくようには心がけているが、雨水の水捌《は》けをよくするための暗渠パイプが減速帯さながらに出っぱっているため、猛スピードで走りぬけることは難しい。おそらくは十分。どんなに急いでも、それくらいはかかる。

「よかった。お客さんは運がいいや。それだけあれば、充分に支度が整えられる。私道のセンサーが働いて警報が鳴ったら、すぐに動きだせばいいんです。ショットガンに弾を込めたり、警察に通報したり、安全な場所に避難したり、なんだってできますよ。この装置はものすごく役立つわりに値段が安いし、うちの店でも取り扱ってますしね。まあ、簡単に説明すると、誰かがゲートを破って侵入してきたら、その車が発する磁気をこの装置が感知して、警報を鳴らすって感じです。あとは、そうだな、〝素人〟のほうの密猟者なら確実に追いかえせるような、もっと頑丈な南京錠とチェーンを取り寄せることもできますよ。そうすれば、警報が鳴ったとき、いつもとはちがうたぐいの人間がやってきたんだってわかるでしょ」

あるいは、鍵を持つ人間か。

ぱらつく小雨のなか、ライスは家路を急いだ。ゲートにたどりついたときには、日没が間近に迫っていた。低く垂れこめた動きの速い雨雲が山並を覆い隠していて、あたり一帯が靄に霞み、緑がかった光がいまにも薄れゆこうとしている。やっぱり思ったとおり、ダミアンは優秀なセールスマンだった。トラックの荷台にはいま、鍬《くわ》と斧《おの》の機能を兼ね備えた特殊なつるはしや、ポリ塩化ビニルの水道管や、電線管に加えて、長さ九十センチの鉄筋ひと束が積みこまれている。助手席には、私道に設置するためのセンサーや諸々が置かれている。車が近くを通過すると、それを感知して、小型の受信機に無線信号を送るという仕組みの装置だ。受信機と送信機用のバッテリーパックはいま、ダッシュボードのシガーソケットにプラグをつないで、充電を行なっている。それからもちろん、最高品質の南京錠とオートバイ用のチェーンを取り寄せるための注文も済ませたうえで、速達扱いにしてもらうための追加料金も支払ってきた。そうしておけば、保護区を去るまえに、すべての設置を終えられる。結果として、財団の口座からはかなりの金額が引き落とされることとなるが、こうしたセキュリティの強化を行なうのもすべてはサラのためなのだとわかれば、きっとスターは快く受けいれてくれるだろう。新しい管理人を探さなければならないという事態については、あまりいい顔をしないかもしれないが。

買ってきたつるはしを使って、まずは、ゲートから百メートルほど進んだあたりの私道に穴を掘り、ポリ塩化ビニルの水道管のなかに入れたセンサーを地中に埋めた。これだけゲートから離れていれば、万が一、オフロードバイクがゲートを迂回して入りこんできたとしても、この地点に到達するころには、私道へ戻ってきているはずだ。さらに、そこから浅く溝を掘って、センサーから伸びたコードを柔軟性のある電線管に通しながら、十五メートルほど地中を這わせて、送信機につないだ。送信機は、私道から見えないよう、道端に立つ大きなホワイトパインの幹の裏側にボルトで固定することにした。そこに充電済みのバッテリーをはめたあとは、こちらも私道から見えないよう気をつけながら、ソーラーパネルを木の幹に立てかけた。これについては、そのうち天気のいい日にここへ来て、もっと陽当たりのいい場所を探すよう、サラに伝えておいたほうがいいだろう。残るは周波数を微調整してから、送信機の電源を入れるだけだ。試しにトラックでセンサーの上を通過してみると、助手席に置いた携帯受信機から、確信に満ちた男の声が響いた。「警報、第一ゾーン通過」その警告は、リセットボタンを押すまで繰りかえされた。

汗と雨で濡れそぼった服のまま、ライスは私道を引きかえしてゲートを出ると、ぐるりとトラックをUターンして、ヘッドライトの光がゲートの外側にあたるようにした。ゲートの支柱をチェーンソーで切断しようとする不届き者を撃退するために、ダミアンが書いてくれた処方箋《しょほうせん》はこうだった。それぞれの支柱——およぴ、両側に張られたフェンスの支柱も、端から何本か——に沿わせるようにして、三、四本の鉄筋を地面に突き刺しておけ。それを大きめの又釘で支柱にがっちり固定しておけば、そうやすやすとは取りはずせまいというわけだ。ところが、いまになって、ためらいが頭をもたげてきた。そういう細工をするとなると、著《いちじる》しく外観が損なわれる。スターは美観にこだわる質《たち》だ。雨はいま、一時的にやわらいでいる。ライスは運転席のドアを開けて、濡れた舗道におり立った。ゲートとフェンスは道路から二十メートルほど奥まったところに設置されていて、ゲートを外側に開閉できるよう、手前には砂利敷きのスペースが広く設けられている。支柱の向こう側に立てるようにすれば、道路側から見て鉄筋の存在に気づく者はそうそういないだろう。

するとそのとき、エンジンの音が——ディーゼルエンジンの音が耳に届いた。直線に伸びる道路の先に、ハイビームにしたヘッドライトの光も見えた。いつもに輪をかけて、心臓の鼓動が跳ねあがった。ライスは助手席のシートに隠した銃をつかみとり、ズボンのウエストに押しこんでから、トラックのフロント部分の陰になる位置に立った。

車は少し手前でスピードを落とし、つかのまためらってから、ハンドルを切った。ゲート前のスペースに入ってきたのは、デンプシー・ボージャーのピックアップトラックだった。脚を骨折していた雌犬のサディが助手席のシートに立って、開いた窓から顔を突きだしている。

「やあ、デンプシー。サディ」ライスが近づいていって、顎のあたりを撫でてやると、サディは手のにおいをくんくんと嗅ぎながら、嬉しそうに尻尾を振りだした。ボージャーは最後にもう一度だけ煙を吸いこんでから、ダッシュボードの下で開けっぱなしになっていた灰皿に煙草を押しつけて、ぐりぐりと火を揉み消した。

「もうギプスが取れたんですね。脚の具合はどうなんです？」

「痛みはそれほどひどくねえようだ。ただ、獣医の話だと、今後もずっと軽いこわばりが残るらしい」

言われてみればたしかに、左の後ろ脚がダッシュボードのほうへ少し突っぱっているように見える。

「でも、なんだかものすごく嬉しそうだ。あなたと一緒に、あちこちドライブできるようになったから」

ボージャーは閉じたゲートのほうに、じっと目をこらしてから言った。「鍵をなくしたのか？」

「いや、いまからちょっと、ゲートの支柱を補強しておこうと思いまして。裏側に鉄筋を添わせようかと」

ライスは正直に打ちあけた。自分がセキュリティを強化しようとしていることを知っても、地元のまっとうな熊猟師たちが困ることは、まずあるまい。「新しい南京錠とチェーンも、さっき注文してきたところです」

「そうするだろうと思ってたがな」ボージャーはくつくつと含み笑いを漏らしながら、エンジンとヘッドライトを切り、ドアを開けて車をおりた。ドアを開けっぱなしにしているせいで、車内灯の黄色い光が荷台のなかにまで漏れだしている。ボージャーはひとつ伸びをしてから、トラックの後部にまわりこむと、ブーツを履いた足の片方をバンパーにかけて、背を丸め、逞しい腕をテールゲートの上についた。たこに覆われた大きな樵《きこり》の手を腕の先からぶらんと垂らしながら、頭を斜め後ろに傾けて、真っ黒な空を見あげた。頭上では、なまぬるい風に煽られて、木々の梢が揺れていた。

天気の話題を振られるものと、ライスは思いこんでいた。ところが実際には、車内灯に照らされたライスの顔をじっと見すえて、ボージャーはこう切りだしてきた。「さほど大丈夫そうには見えねえな」

「ええ、まあ」とひとこと応じると、窓から首を突きだしたままのサディをその場に残して、ライスは荷台のへりにもたれた。荷台のなかに視線を落とすと、すぐ真下に、ダイヤ柄が型押しされたアルミ製の工具箱が見えた。

「いまもまだ、元海兵隊員の密猟者どもを真夜中に狩りだしてんのか?」

そう問いかけてきた声には、少し弾んだ響きがあった。例の一件が、みずからの不吉な予言の――ライスに対して漠然といだいていた印象の――正しさを裏書きしてくれたと、内心喜んでいるふうだった。

「まさか。根も葉もない噂ですよ」ライスは言いながら片手をあげて、顎の縫い傷に指先を触れた。人懐こい警察犬のデレクに出くわしたおかげで、まだひりひりとした痛みがある。長い沈黙が続こうともかまわずに、ライスはあることを決めあぐねていた。自分がいなくなったあと、サラのことを気にかけてやってほしいと、ボージャーに頼みこんでみるべきだろうか。それぞれがいだく哲学のちがいに目をつぶって、サラを気遣うことがボージャーにできるだろうか。まずはとにかく、自分が保護区を去るつもりだということを説明しようと心を決めたとき、ボージャーがふたたび口を開いた。その声は、いつものけだるげな調子がすっかり影をひそめていた。これを言うべきか言わないべきかと、なおも葛藤しているかのようだった。

「あんたに知らせておかなきゃならねえことがある。このところスティラー兄弟が、ばかげた話をあちこちで吹聴してまわっててな。やつらは怯えとるんだ。おそらく、あんたがアラン・ミラにしたことに。そんでもって、やつらが言うには、ミラの仲間のバイカーギャングがあんたを退治しようと、復讐に動きだしているそうだ」

ライスはいまにも吹きだしかけたが、ボージャーの表情は冗談を言っているふうには見えなかった。「おれを退治する？　いったいどういう意味で言ってるんでしょう」

「そんなの、おれが知るか。やつらが所属してるあのギャング団のことだぞ、お得意の想像力を働かせてみろ」

「ってことは、ついに姿を見せたんですか……ミラが」

「そういう話は聞いてねえ」

「ミラが密猟の犯人だったたってことに、あなたは驚いてないみたいだ」

ボージャーは何も答えなかった。ふたたび突風が吹き荒れて、道路沿いの木々の葉から雨水を揺さぶり落としていった。もしかしたら、ボージャーはたまたま通りがかったわけじゃないのかもしれない。警告を与えるために、わざわざやってきてくれたんじゃないか。

だとすれば、この話は深刻に受けとめるべきだ。

「じつを言うと、スティラー兄弟も密猟の共犯なんじゃないかと考えてるんです。ミラと共謀して、森に餌を仕掛け、真夜中に熊を撃ち殺し、胆嚢を売っていた。そのことをあなたも知っていたんですか」

ふたりは揃って、からっぽの荷台をじっと見おろしていた。荷台の床はへこみや傷にまみれていたが、グリースで固められたおが屑がスペアタイヤの収納スペースの窪みにこびりついているほかは、きれいに掃き清められている。ボージャーからの返事はない。ライスは口もとがゆるみそうになるのを、どうにかこらえた。ボージャーが何も返事をしないのは、相手の言っていることをばかばかしいと思っているときだ。そういうときにはかならず、何も聞こえていないふりをする。これはかなりうまい手だ。

「あの浅はかなくそったれどもと、どうしても一度、話をしておく必要があるんです。連中がどこに住んでるのか、ご存じありませんか。ビルトンからは訊きだせそうにないもので」

「以前は州間高速道路の近くのどこだかに部屋を借りていたが、七月に製材所からまとめて一時解雇されたあと、そこも追いだされたらしい。それでいまは、アラン・ミラが自分のとこにある古いトレーラーハウスに、連中を住まわせてやっとるんだとか」ボージャーはそれだけ言うと、ライスの目を真正面からつかのま見つめた。言わんとしていることは承知していた。自分がいまこの情報を伏せようとも、与えようとも、いずれライスはこの問題にけりをつけなければならなくなる。とはいえ、たったいま自分がとった行動は――よそ者に情報を漏らすという行為は――よそ者に塩を送るという行為は、スティラー一家とのあいだにいかなる確執が存在しようとも、みずからの信条に大いに反するものではある。そのことだけは肝に銘じておけ。そう伝えたいのだろう。しばらくすると、ボージャーは荷台の後部を離れて運転席のところまで戻り、ひとつあくびをしてから、開けっぱなしのドアに手をかけた。

サディがこちらに顔を向けて、名残惜《なごり》しそうに鼻を鳴らした。ライスが喉のあたりを撫でてやると、サディはすぐに頭をあげて、ぐいぐいと顎を押しつけてきた。ライスは笑みを浮かべたまま運転台のなかをのぞきこみ、ボージャーに問いかけた。「ちなみに、アラン・ミラの自宅ですが、どこらへんにあるんでしょう?」

41

ワンレスからさらに南へ車を走らせ、クーガー・レーンなる名前の通りに入った。いったいどういう経緯があって、アメリカライオンの別名が通りにつけられるに至ったのだろう。いったいどれほど複雑で矛盾に満ちた集団心理が働けば、百三十年まえに意図的に絶滅まで追いつめた捕食動物の名前を、自分たちの暮らす通りにつけようなどということになるのだろう。この近辺でアメリカライオンが目撃されたとでも思っているんだろうか。そうした目撃証言は全国各地からたびたび報告されているが、よくよく調べてみると、単に図体のでかい家猫だったり、ボブキャットだったり、はたまたゴールデンレトリバーだったりするのがつねだ。自分も以前、ひょっとするとあの峡谷にならアメリカライオンが隠れ住んでいるかもしれないと考えたことはあるが、結局、これまでただの一度も、その徴候すら目にしたことはない。

スティラー兄弟の住まいを見つけるのは難しくなかった。通りで見かけたハーレー集団や改造されたピックアップトラックのあとを尾けていくだけでよかった。はじめは潔く扉をノックして、あとはなりゆきに任せるつもりでいたのだが、いざその場に着いてみると、常夜灯の黄色みがかった光に照らしだされたおんぼろトレーラーハウスは、にぎやかなパーティーの真っ最中だった。二台めのトレーラーハウスは、樹木が生い茂る敷地の四百メートルほど奥まったところに据えられていて、同じく常夜灯に照らされてはいるが、窓の向こうが闇に沈んでいる。おそらく、あちらがミラの住まいなのだろう。手前にあるほうのトレーラーハウスは、入口の外に組まれた金属製の足場とのあいだにブルーシートが二枚、庇のように渡されていて、それが風に煽られては、バタバタとはためいている。足場のてっぺんには、へりに沿って、クリスマス用の電飾が括りつけられている。

ライスは私道の手前で車をとめて、しばらくようすを窺った。ブルーシートの庇の下には、雨に濡れて黒光りするレザージャケットを着て、顎鬚を生やした大柄な男たちが六人ほどたむろしている。白い延長コードから垂れた雨水が、ときおりぽたぽたと頭の上に滴っているが、特に気にするそぶりはない。男たちのまわりで軌道を描くようにして、顔に笑みを張りつかせた若い男たちが、甲斐甲斐しくビールを手渡したり、煙草に火をつけたりしている。トレーラーハウスのほうでは、年齢も体形もさまざまな女たちが出入りを繰りかえしている。窓の向こうで動く影からすると、なかにはもっと大勢、ひとがいるようだ。アルミ製のビール樽が三つ、氷水を張った桶《おけ》のなかに無造作に浸けられている。雨がいよいよ本降りになってきて、大粒の雫がフロントガラスを叩いては、弾けた飛沫が斜めに流れ落ちていく。ライスはワイパーの速度を速めながら、やれやれとため息をついた。こうなると、新たなプランをひねりだす必要がある。まだ誰も、こちらの存在には気づいていない。クーガー・レーンを進んだあとは、いまは使われていない林道をたどってここまで来た。ライスはトラックを少しバックさせてから、車をおりた。防水ジャケットのフードをかぶり、にぎやかな声のするほうへと歩いて戻った。

トレーラーハウスの裏手には、昔懐かしい木造の東《あずま》屋《や》が建てられていた。一見した印象では、建築法うんぬんなんぞはまったく屁とも思っていないようだ。この東屋とトレーラーハウスのあいだには、屋根から屋根へ二本のポールが渡されていて、そこにもまた、いろとりどりの電飾が巻きつけられていた。電飾は庇の下を通って、東屋のなかをも仄かに照らしだしている。

ライスは森のなかに身をひそめて、その裏庭を見張りつづけた。しばらくすると、痩せこけた女がふたりやってきた。ひとりはふかふかの赤いダウンジャケットを着ていて、激しい雨に悪態をつきながら、トレーラーハウスに裏口から駆けこんでいった。家のなかでは大音量の音楽が流れているようだが、ライスの耳にはベースの轟きしか届いてこない。七〇年代や八〇年代のサザンロックと、初期のメタルロックのような気はするが、誰のどの曲なのかまでは聞き分けられなかった。それから、大音量の音楽にも負けじと、ときおり笑い声や、耳障りなわめき声も響いてきた。このようすだと、あのなかとブルーシートの下には、三、四十人の男女がひしめいているのにちがいない。そのとき、ブルーシートが張られた正面のほうからトレーラーハウスの横手をまわりこんで、ひとりの男が姿をあらわした。男はライスから十メートルと離れていない場所までやってくると、森のはずれに生い茂る雑草に向かって用を足しはじめた。小便をすべて出しきるやいなや、腑《ふ》抜けたやつだなどとは誰にも言わせないぞとばかりに乱暴に二回、ぶんぶんとイチモツを振ってから、ジッパーをあげて踵《きびす》を返し、パーティー会場へと引きかえしていった。

ライスはいったん車に戻って、シートの裏に転がっていたダクトテープと、クライミング用のロープを掻き集めた。助手席のシートのなかから拳銃を引っぱりだすと、弾倉をはずして、薬室から弾を抜きとり、弾倉からも七発の弾すべてを取りだした。ふたたびシートに手を突っこんで、予備の弾倉も取りだし、それも同じくからにして、シートの上にばらばらと弾を落としていった。それが済むと、今度はブーツと湿った靴下を脱いで、ブーツだけ元どおりに履きなおし、取りだした十五発の弾すべてを靴下のなかに詰めこんだ。その靴下をもう一方の靴下のなかに入れて、二枚重ねにしてから、つまさきのところに集まった弾がきちきちのボール状になるよう形を整え、たるんだ部分にダクトテープを巻きつけた。それから、振りまわしたときに手からすっぽぬけないよう、すべりどめ代わりに、口の部分をぎゅっと結んでおいた。結び目の真下を握って、短く横に振ってみると、叩きつけたもう一方のてのひらに、ずっしりとした重みが伝わってきた。

トレーラーハウスの裏手の森に戻り、ふたたび木陰に身をひそめた。小便をしにやってくる三人の標的のうち、ひとりめはジェシーである可能性が高い。ライスは身じろぎもせずに待った。頭のなかも静まりかえっていた。森ですごすうちに身につけた〝集中力を維持したままのトランス状態〟を、意識的に保ちつづけた。捕食者が見せる異常なまでの辛抱強さは、意志の力によるものでも、自制心のなせる業でもない。必要なのは確信だ。獲物は絶対にやってくると、いっさいの迷いなく、百パーセント信じきることだ。ライスにとって、嵐のなかですごす無為な時間は、まるで苦にならなかった。やがて、一時間あまりが過ぎたころ、ディーウェインが裏口の扉を開けて、芝生の上に一歩踏みだしたかと思うと、いきなり小便をしはじめた。あまりにもだるすぎて、森のはずれまで歩いてくるのも億劫であるらしい。

「おい、ディーウェイン！」ライスは裏庭の手前まで移動すると、東屋が影を落とす雑草の茂みに向けて懐中電灯の光を閃かせながら、泥酔したふうを装い、笑い声をあげてみせた。「ここに女がぶっ倒れてやがるぜ！」

「ああ？　どんな女だ？」ディーウェインはズボンのジッパーをあげながら、降りしきる雨の向こうに目をこらした。色とりどりの電飾がちかちかと明滅しながら、風に吹かれて揺られている。

卑怯《ひきょう》なやり口だということは、百も承知の上だった。コヨーテやボブキャットをおびき寄せようと、瀕死のウサギの鳴き声をまねるように、ライスはターピン郡に特有の不明瞭な訛を使って、いもしない女のようすを述べていった。どうやらぐでんぐでんに酔っぱらっているようだと。用を足そうと下着をおろしたまま、眠りこんじまったらしいと。その瞬間、まだ見ぬ女のむきだしの性器が、らんらんと輝きだしたディーウェインの目に浮かんだであろうことは、想像に難くなかった。

42

ライスはトレーラーハウスのほうに顔を向けつつ、真っ暗な木立に目をこらした。うわの空のまま折りたたみナイフの刃を開くと、指先の感覚だけを頼りに、青々としたブナの小枝の先端を尖らせていった。トレーラーハウスで流されている音楽は、雨と風の音に掻き消されて、ほとんど耳に届かない。わめき声も聞こえない。茂みを掻き分ける音も。暗闇を切り裂く懐中電灯の光も見えない。ブナの木のほうへ顔を戻し、手にした懐中電灯のスイッチを二回押すと、木に吊るされた男の姿が光のなかに浮かびあがった。ディーウェインは両腕を脇に垂らしたまま、ダクトテープで身体ごとぐるぐる巻きにされている。つまさきだけをかろうじて地面につけて、ぴょんぴょんと跳びはねている。首に巻かれたロープの張りを少しでもゆるめようと、必死だ。急ごしらえの棍棒の打撃による赤黒いこぶが、すでに耳の後ろでふくらんでいる。懐中電灯の光をあてられると、ディーウェインはダクトテープで口をふさがれたまま、言葉にならない悲鳴をあげはじめた。べそべそと鼻を鳴らすたびに、血の入りまじった洟がだらりと垂れた。

そのとき、ある記憶が頭のなかに割りこんできた。九月のはじめごろの、ワンレスの酒場。仲間たちとビールを囲みながら、苦々しげに顔をゆがめていたディーウェイン。あれは、キノコ摘みの男にはじめて熊の死骸を見せられた日、一連の出来事の始まりとなった日のことだ。あのときはまだ、ディーウェインも製材所で働いているものと思いこんでいた。だが、こいつらはあのときすでに、何週間もまえに、製材所を馘《くび》になっていた。この若さで、年長者を差し置いて。ディーウェインが父親の店にいるところは何度か見かけたことがあるが、そこで働いているようなそぶりは一度も目にしたことがない。まずまちがいなく、職務怠慢が原因で職を追われたのにちがいない。そして、製材所の仕事がおろそかになった原因は、ケチな売人やバイカーギャングの見習いとしての務めにばかり精を出しすぎたせいだ。それからもちろん、熊を密猟し、胆嚢を売り払うこともしていた。ディーウェインはたぶん、高校も出ていないのではないか。恋人はいるんだろうか。もしかしたら、いまトレーラーハウスのなかにいる女たちのひとりがそうなのかもしれない。

ディーウェインが意識を取りもどしてから、ライスはまだひとことも声を発していなかった。真っ暗闇のなかにいるため、目隠しをする手間も省いていた。ライスはディーウェインに近づいて、口をふさいでいたテープを頬のほうから剥がしとった。ディーウェインは鼻水と血を地面に吐きだすと、不自然に甲高い声で——精神崩壊の瀬戸際にある人間の声で——まくしたてはじめた。

「この、くそったれのラテン野郎！　くたばりやがれ！」開口一番にそうわめいたあとも、大半が不明瞭な罵倒と報復の誓いが延々と続いた。

だが、ライスは最初の言葉に引っかかりをおぼえていた。ラテン野郎？　自分が予想していた反応は、戸惑いや、怒りや、不安だった。ところが、ディーウェインはいま、あまりの恐怖で半狂乱になっている。「てめえ、おれの首をちょん切ろうってのか？」その問いかけは喧嘩腰に始まり、憐れを誘う甲高い泣きべそで終わった。ディーウェインは過呼吸に陥りながら、つまさき立ちで懸命にバランスをとっていた。

ライスはいまだにひとことも声を発していなかった。ディーウェインはいったい、誰に捕らえられたと思っているのだろう。ラテンアメリカ系のギャングがこの界隈に入りこんできたという噂は、聞いたことがない。

海兵隊といずれかのカルテルのあいだに大口の取引があったという可能性はなくもないが、ディーウェインのようなやつがそうした取引に携わることはまずありえない。なんらかの事情があって、ミラにくっついていったというのでないかぎり。だがやはり、それもまずもってありそうにない。しばらくすると、ディーウェインはふたたび口がきけるようになった。

「みんながみんな、てめえにびびりまくってるとでも思ってやがんのか？　おれらを舐めんじゃねえぞ。あんときだって、親父は銃をぶっ放すこともできたんだぜ？　そうとも、もう少しでてめえを撃ち殺すところだった。親父はてめえの顔もしっかり拝んでる。それと、てめえのことはバイカークラブの連中にも全部話してあんだ。いまこっちへ向かってるぜ」

「クラブの連中に何を話しやがったんだ？」凄みをきかせた声で問いかけてから、すぐに考えなおした。自分の正体を知られたところで、かまいやしない。ライスは普段の声に戻して、問いを重ねた。

「おまえらくそガキどもは、あちこちでヤクを売りさばいてるそうじゃないか、ディーウェイン」

「いまはやってねえ！　ミラから釘をさされてるからな。自分が戻るまで何もするなってよ」

「ミラと話したのか？　やつはいまどこにいる」

答えは返ってこなかった。声の主がライスだとわかっていたとしても、驚いたそぶりはいっさい見せていない。どのみち、失神する寸前で、それどころではないのかもしれない。ディーウェインはいま、ぴんと張ったロープの下で、懸命に首を伸ばしている。バランスを失ったり、取りもどしたりを繰りかえしながら、つまさきで落ち葉を蹴散らかしている。ミラのことをもっと訊きだしたかったが、時間はあまり残されていない。とめてあるトラックに誰かが目を留め、アリゾナ州のナンバープレートがついていることを不審に思うかもしれない。ディーウェインがいないことに気づいて、誰かが捜しにくる可能性も、高くはないがゼロでもない。ディーウェインはパーティー会場である家の主でもあるし、マリファナも売ってまわらなければならないはずだ。そのうえ、大柄なディーウェインの身体は、森のなかまで引きずってくるのが精一杯だった。

大きく息を吸いこんでから、目を閉じてそれを吐きだし、覚悟を決めた。肩から体当たりして、ディーウェインの巨体を木の幹に押さえこみ、顎の下に前腕を嚙ませて、なめらかな樹皮に後頭部を押しつけた。こうしてやれば、首に巻かれたロープが絞まって、ほとんど呼吸もできないはずだが、念のためてのひらで口もふさいだ。それから、ナイフで尖らせておいた小枝の先を左の耳に突っこんで、外耳の壁をぶすぶすと二回、突き刺してやった。ディーウェインの身体が、魚のようにびくびくと跳びはねた。てのひらの下から、くぐもった甲高い悲鳴がしばらく漏れ聞こえてきた。

樹皮に押しつけられてつぶれた耳のほうに、ぐっと顔を近づけて、ライスは耳もとにささやいた。誰がサラ・ビルケランドに暴行を働いたのかを教えろ。さもないと、今度はおまえの胡桃《くるみ》サイズの脳みそに穴が開くまで、こいつを突き刺すぞ。

ライスは耳から小枝を引きぬき、出血の量を確認した。肩の力を抜いて、ディーウェインがふたたびつまさきで立てる位置まで戻してやった。ディーウェインはうめいたり、べそをかいたりしながらも、痙攣発作のようにこくこくと首を縦に振っている。ふくらはぎの筋肉が力尽きようとしているのがわかる。下半身から、くそと小便のにおいが漂ってきている。

ライスはくるりと背中を向けて、少し離れたところにある切り株に近づき、そこに設置しておいたカメラ――スターが以前送ってくれた、例の軽量型デジタルカメラ――のビデオ録画ボタンを押した。証言者の身元の証明とするため、懐中電灯の光をディーウェインの顔にあてると、まばゆい光線の直撃に、ディーウェインはしょぼしょぼと目をすがめた。ここから先はほぼ、音声のみが記録されていくことになる。頭上の樹葉から絶え間なく水滴が滴り落ちてきていたが、気にすることはあるまい。このカメラには、ある程度の防水性が備わっているはずだ。小川に落とさないか心配だと、スターが購入まえにやたらと案じていたのだから。

ライスは手の甲を口に叩《はた》きつけることで、証言の開始を促した。ディーウェインはひいっと小さな悲鳴を漏らしたあと、ぽろぽろと涙を流しながら、首をゆっくりと横に振りつつ、ようやく声を絞りだした。ロープに圧迫された声帯が痙攣を起こしているかのような、消えいりそうにかすれた声で、ディーウェインはこう言った。

「話したら殺されちまう……」

「誰にだ？」

「ミラと、やつらに……バイカークラブの連中に」

「ミラとバイカークラブの連中がリラを襲ったってことか？ やったのはおまえだと思ってたんだがな」ライスは折りたたみナイフを取りだして、傷を負っていないほうの耳に近づけると、カチッと大きな音を立てて刃を開き、新たに拾いあげたブナの小枝の先端を荒っぽい手つきで削りはじめた。

「おれじゃねえ！ おれはいっさい関わってねえよ！」

ライスはしばしの間を置いてからその場を離れ、小枝をさらに尖らせてから戻ってくると、いくらか語気をやわらげて、こう告げた。「あるいは、おまえはただ見ていただけなのかもしれないな、ディーウェイン。やったのは、ジェシーの野郎なのかもしれない。ディーウェインのやつはどこをほっつき歩いてやがるんだと、あっちのパーティー会場で首をかしげてる、あの薄気味悪いジェシーの野郎が真犯人なんじゃないのか？　それとも、おまえの兄貴がやったのか？　そういやあ、おまえらはアラン・ミラにばかみたく憧れてるんだってな？　そのミラから一目置かれるためにやったのか？　そのときやつはどこにいた？　ミラの野郎にやれと言われたのか？　おまえはやりたくてやったわけじゃないんだろ？　バイカークラブに加入するための通過儀礼だったんじゃないのか？」

ライスはそれだけ言うと、まだ傷を負っていないほうの耳の穴に、小枝の先端をそっと差しこんだ。それをよけようと身をよじったせいで、ディーウェインは足をすべらせた。首のロープがぎゅっと絞まり、またも窒息しかけている。だが、ライスは手を貸そうとしなかった。ディーウェインが地面を足で掻き、上体を起こし、ロープのゆるみを取りもどすのを待ちながら、喉をげえげえと言わせているディーウェインが落ちつきを取りもどすのを待ちながら、ライスは思案をめぐらせた。いまので、結び目がゆるんだようだ。ロープをきつく張りなおすべきだろうか。いや、それはやめておこう。もはや時間が尽きかけている。うまくいかなければ、それまでだ。

「なあ、ディーウェイン、じつに簡単な話じゃないか。おまえが本当のことを話せば、解放してやると言ってるんだ。それに、おまえが何を白状しようと、おれには法に訴えられないってことくらい、おまえも重々わかってるはずだ。おまえから訊きだしたことは、ほかには漏らさない。やったのはやつらなのか？　ミラと、ジェシーと、おまえの兄貴なのか？」

「おれらじゃねえ……ミラんとこに泊まってた連中だ」

「ミラのところの泊まり客が、サラをレイプしたってのか？」

ディーウェインは激しく息を喘がせていたが、喉をごくりと言わせてから、ようやく声を絞りだした。

「おれとジェシーは、誰にも言わねえって約束したんだ。ミラにそう誓わされた。誰かに話したら殺すと脅されて……」

「ディーウェイン、おまえが殺されるかもしれないのは、ミラじゃなくおれだ。いまの状況がわかってないのか？　おれの脅しは口先だけだとでも？」

ディーウェインの首がだらりと垂れた。ついに力尽きたのか。懐中電灯の光に照らされた顔が、青黒く変わっていく。ライスはロープを括りつけていた大枝に近づき、幹に背中をもたせかけられる程度まで、ロープの長さを調節してやった。喉の圧迫がゆるむやいなや、ディーウェインは激しく咳きこんで、ぜいぜいと息を喘がせはじめた。ライスはふたたび待った。これで少しは話がしやすくなったはずだ。ときおりげえげえと喉を鳴らしながらも、ディーウェインはようやく語りだした。ミラは二日ほどまえから、フィラデルフィアのバイカークラブのもとで潜伏しているのだと。

「ミラが生きてるってことすら、おれらはずっと知らなかった。今夜はじめて連絡が来たんだ」ディーウェイン曰く、自分と兄貴のナルドとジェシーの三人は、あのトレーラーハウスに越してくるまえから、ミラの家に足繁く通っていたという。ミラがメタンフェタミンを仕入れてきたときには、それを売りさばいてこいと命じられることもあった。それから、密猟の手伝いもしていた。餌を仕掛けるのはミラのアイデアだった。夜間にクロスボウを使うことも、矢尻に毒を仕込むことも。首輪をつけた熊を狙うことも。ミラにはジョナスという名の顔なじみがいて、そいつがかなりの高額で胆嚢を買いとってくれていた。

そして、昨秋のある日のこと。ディーウェインとジェシーがいつものようにミラの自宅を訪れると、そこに三人、見たことのないバイカーがいた。「バイカークラブの幹部のなかでも、指折りの荒っぽい連中、筋金入りの悪《わる》ってやつだ。年から年じゅう暴力に明け暮れて、ひとを殺しただの、サツを伸《の》してやっただのと、自慢げに話してやがった」

　三人組は、バイカークラブの下っ端にも軍隊式の戦闘術や用兵術を叩きこむべきだとせっついていて、ミラはその提案を受けいれるつもりのようだった。バイカークラブの連中に熊の胆嚢のブラックマーケットを牛耳《ぎゅうじ》らせて、中国だかどこだかにじかに胆嚢を輸出することで、荒稼ぎしたいと考えていたらしい。だが、それ以上の詳しいことはよくわからないとディーウェインは言った。その三人組に気にいられようと粋《いき》がるあまり、順繰りにまわってきたガラスパイプを拒むことができず、メタンフェタミンの煙を思いきり吸いこんだせいで、完全にラリってしまったから。やがて、ジェシーが熊を殺したという自慢話を始めると、都会育ちだという三人組は、その話題に興味を示した。自分たちも猟犬を連れて狩りにいき、木の上から熊を撃ちたいと言いだした。

「だから、おれらは言ったんだ。それならタークス山へ案内する。あそこなら、でっかい熊がたんまりいる。けど、管理人の女に見つからないようにしなきゃならねえ。以前、あの女に見つかって、狩猟管理局に通報されたことがある。だから、夜になるまで、あの女が家に引っこむまで待ってくれ。あの女が何時にどこで何をしてるかは、すっかり把握してるからってよ。そしたらあの連中は、たかが女ひとりにびびるなんて肝っ玉の小せえ野郎どもだと、おれらのことを嘲笑った。そんでもって、その女の家はどこにあるのか、ひとりで暮らしてるのか、そういうふうなことをあれこれ訊いてきた。それから、その女を懲らしめるのを手伝ってやると言いだした。いまから全員で出かけていって、女が外出するのを待ち伏せするぞってな。ミラはそれに反対した。ふざけた話はやめろと一喝《いっかつ》して、おれらを家から追いだした」

　翌朝、熊狩りにいくつもりがまだあるかどうかをたしかめようと、ディーウェインとジェシーはふたたびミラの家を訪ねていった。だが、すでに三人は立ち去ったあとだった。ミラはまるで徹夜明けのように、くたびれた顔をしていた。管理人がレイプされたという噂はすでに耳に入っていたから、ひょっとしてミラたちの仕業なのかと、恐る恐る訊いてみた。するとそのとき、例の仲買人のジョナスが車でやってきて、いきなりミラと口論を始めた。ディーウェインとジェシーの存在も忘れて、大声でわめきあいはじめた。ジョナスは例の三人組が管理人の女にしたことを知って、完全に鶏冠に来ていた。どうしてミラがとめなかったのか、理由を教えろと迫った。連中が勝手にトラックを盗みだしていったんだと、ミラは答えた。バイカークラブの幹部連中に伝令がまわることを防ぐために、先手を打ったんだろうと。トラックを犯行に使うことで、自分を巻き添えにするつもりなんだろうと。ミラはひと晩じゅうハーレーを駆って、連中の行方を追った。朝になって家に戻ってみると、トラックがもとの場所に戻されていて、連中のバイクが消えていた。

「ジョナスはおれら全員に、ゆうべはどこにいたのかと訊いてきた。アリバイや証人をしっかり固めておけとも言った。何をすべきか、全部把握していやがった。車に積んできた掃除機を取りだすと、ミラのトラックのなかを隅から隅まで掃除していった。それが済むと、今度はホースを引っぱってきて、ミラとふたりがかりで、トラックの外側や裏側まで、徹底的に洗い流していった。最後にはタイヤまで交換しやがった。ミラはおれらに、誰にも口外しないと誓わせた。兄貴にも言うんじゃねえって口止めされたよ。そんでもって、誓いを破ったら殺すとまで脅してきた。どこに隠れようと、クラブの連中に捜しださせて、かならずおれらを殺すってな。おれとジェシーは、絶対に口は割らねえと約束した。本気でそのつもりだった……おれが知ってるのはこれだけだ。誓って本当だ」

「名前を教えろ。その三人組、全員の名前だ」

「知らねえよ！　名前なんていちいち名乗ったりしねえだろうが！」

「あんな連中を庇って死ぬ気なのか？」

「どうせ、てめえらみんな、おれを殺すつもりなんだろ？」

「いいや、例外がここにいる。正直に話せば、おまえを殺しはしない。パーティー会場に帰してやる」

「てめえだけじゃなく、あのメキシコ野郎もここにいるんじゃねえか？　あの野郎のにおいがぷんぷんするぜ？」

　まただ。今度はメキシコ人だと？　「ディーウェイン、それはただの勘ちがいだ。おまえがいま嗅いでるのは、自分が発してるにおいだよ」

　ディーウェインは打って変わって、苛立ちをあらわにした。「てめえらのたくらみくらい、おれらが見ぬけねえとでも思ってやがるのか？　ばかにすんじゃねえぞ！　てめえがやつらとぐるだってことは、最初っからわかってんだ。この国を乗っとろうとたくらんでやがるんだろ！」

「やつらってのは、誰のことだ？　いったいなんの話をしてやがるんだ？」

「親父があのメキシコ野郎に会ったんだよ。てめえを捜して、店に来やがったんだ。親父はそいつを追っぱらったあと、すぐにおれと兄貴へ連絡をよこした」

　くそっ、まずいぞ。そういうことか。

「嘘をつくな。誰もおれを捜しになんか来ちゃいない」

　どのみち殺されるものと思っていた確信が、しだいに揺らぎはじめているようだ。このときはじめて、ディーウェインは戸惑いをあらわにした。「嘘だと思うなら、親父に訊いてみろよ……この時間なら、嵐に備えて、まだ店にいるはずだ」

　ああ、もちろんそうするさ。疲労感がどっと押し寄せてくるのを感じながら、ライスは言った。

「そのまえに、連中の名前を教えろ」

「だから、名前なんて名乗らなかったんだよ！」

ディーウェインの顎の下に、ライスはふたたび前腕を嚙ませて、木の幹にどんと身体を押しつけた。たるんでいたロープをめいっぱい上に引きあげてやると、頭が限界まで持ちあがり、おかしな角度に背骨がねじれた。ライスは懐中電灯を歯のあいだに押しこんでから、ナイフの刃を頬骨にぴたりとあてて、下瞼に切っ先を食いこませた。ディーウェインはいっさい声をあげなかった。気道を完全にふさがれて、両脚を鋏のようにばたつかせはじめたかと思うと、次の瞬間、盛大な音を響かせながら、またもや長々とくそを漏らした。

ライスは下瞼に食いこませていたナイフに力を込めて、ぶすりと貫通させてから、眼球にあたる直前で手をとめた。

「連中が互いになんと呼びあってたか、それくらいは知ってるだろう？」

43

前方の暗闇のなかに、温かな黄色い光が浮かびあがった。よろず屋の窓から漏れるその光は、まるで、自分の帰りを待つわが家の灯火《ともしび》のように感じられた。ライスはハンドルを切ってハイウェイをおり、砂利敷きの駐車場にトラックをとめて、外に出た。窓越しに店内をのぞきこむと、野菜の缶詰を山積みにした、青いプラスチック製の運搬ケースを運ぶビルトン・スティラーの姿が見えた。いかにも重たげなそのケースを抱えたまま、ビルトンは屋根裏へと通じる格納式の急な階段をのぼりはじめた。表情からして、かなり疲れ果てているようだ。一階にはたいした量の商品が残っていないから、重たいものを最後にとっておいたのだろう。息子たちが手伝いにきてくれるかもしれないと、一縷の望みを託していたのだろうか。

だが、今夜、ディーウェインが店にやってくる可能性はない。身体に巻きつけてあったダクトテープをおおかた切ったうえで、雨に濡れた木の幹に背中をもたせかけるようにしてすわらせてやってきたから、いまごろはトレーラーハウスに戻っていることだろう。

あの場から立ち去るまえに、ライスはディーウェインにこう告げた。おまえが今夜の出来事について口を閉ざしているかぎりは、シナロア・カルテルをバイカークラブのシマには近づかせないと約束する。だが、もしも今後、おまえが〝無謀な行為〟に及んだ場合は、例の三人組についてべらべらと白状しまくっている映像をバイカークラブの連中に見せるから、覚悟しろ。ちなみに、その〝無謀な行為〟には、ありとあらゆる行動が含まれる。たとえば、保安官はもちろんのこと、ほかの誰に対してであれ、今夜の襲撃の件を垂れこむ行為。ライスに対して、なんらかの報復を試みる行為。サラに危害を加えたり、脅したりする行為。誰かをそそのかして、サラに危害を加えさせたり、脅させたりする行為。ライスもしくはサラによる明白な許可なくして、ターク山自然保護区に足を踏みいれる行為。それから、パーティー会場に戻ったら、仲間たちにはこう言いわけするといい。森で小便をしていたら、酒に酔っていたせいですっ転んで、木に頭をぶつけたんだと。

閉店の看板は出されていたが、ガラス張りの扉に錠はおろされていなかった。ライスが扉を押し開けるなり、ふたたび突風が吹き荒れて、トタン葺《ぶ》きの屋根と南向きの窓ガラスを雨粒が叩く音が聞こえた。ビルトンはライスの姿を認めると、大きく目を見開いてから、まさかうちの店に来てくれるなんて嬉しいかぎりだとでも言わんばかりに、満面の作り笑いをこしらえてみせた。ビルトンは長身ではないが、どっしりとした逞しい身体つきをしていて、五十代後半にしてなお、壮健に見える。言うなれば、息子たちの頭をいくらか禿げさせて、身体をひとまわり小さくしたのがビルトンだ。それ以外は、赤みがかったそばかすだらけの顔も、中央に寄った目も、疑るような目つきも、そっくり同じ。ライスの知るビルトンは、寡黙で、つねに何かに腹を立て、世界じゅうの人間を敵視しているような人間だった。なかでもライスのようなよそ者に対しては容赦がなかったが、皮肉なことに、この店の商売が成り立っているのは、そうしたよそ者たちに依《よ》る部分が大きかった。

「おやおや、誰かと思えば」と、ビルトンはライスを出迎えた。顔にはこのうえなく嬉しそうな表情をたたえているが、声は一本調子で、感情がこもっていない。ビルトン・スティラーは矛盾や諷刺《ふうし》を、身をもって体現する人間でもあるようだ。

「こんばんは、ミスター・スティラー。お久しぶりです。ずっとお伺いしようとは思っていたんですが」

「ああ、そうだろうとも。だが、こんな真夜中すぎじゃあ、あいにく店じまいしとるがな」

「なんなら、手をお貸ししましょうか？」そう声をかけたときにはすでに、ビルトンの姿は天井に開いた穴のなかへと消えていて、返事は返ってこなかった。カウンターの奥の棚に据えられた小型テレビでは、ニュース番組が流れている。気象衛星が撮影した北アメリカ東部の雲画像によると、メキシコ湾から北上を続ける巨大な雲の渦——ハリケーン・ジュリア——は、フロリダ半島全域を直撃し、アラバマ州とジョージア州の一部に浸水の被害をもたらしたのちに、いくぶん勢いは弱まったものの、依然として速い速度を保ったまま、アパラチア山脈に沿ってさらに北上を続け、ヴァージニア州に到達するものと予想されるらしい。

階段をおりる足音と共に、ビルトンの話す声が聞こえた。「その嵐はとっくにこっちへ来とる。あんたんとこの山に生えてるあのばかでかい老木を、片っ端から薙ぎ倒しちまうかもしれんぞ。あれがみいんな地面に倒れて腐っていくだけだなんて、誰の得にもならねえな」

そう語る声には、苦労のすえに得た達見のほかには、生涯を通じて誇れる成果などほとんどないとでも言いたげな、一種のあきらめと確信とが入りまじっていた。この店を訪れたことは十回以上あるはずだが、嵐にまつわるこの寸評は、ビルトンがじかに話しかけてきたなかで、最長記録を打ち立てた。声のしたほうを振りかえると、階段の最後の一段を悠然とおりるビルトンの姿が見えた。顔には満面の笑みをたたえたまま、手には銃身を切りつめたポンプアクション式の古いショットガンを、脚に添わせるようにしてさげている。

それを視界におさめたまま、ライスもにっこりと微笑んでみせた。「そんなことにはならないといいんですがね。それはそうと、デンプシー・ボージャーもあなたと同じことを言っていましたよ。あの森にある上質な木材が、すべてふいになるのかと思うとたまらないとかなんとか」

ボージャーとの共通点を指摘されたことで、なんらかの反応が見られるのではないかと注目していたのだが、ビルトンはショットガンをさげたまま、〝片田舎の粗野な白人〟と題された肖像画のように、無言で立ちつくしているだけだった。

「そろそろお引きとり願おうか、管理人殿」

ライスはそれに従う代わりに、〝ミセス・フィルノウのブランズウィックシチュー〟のケースを抱えあげて、階段をのぼりはじめた。そして、そのときはじめて、ひどく腹が減っていることに気がついた。そういえば今日は一日じゅう、ほとんど食事をとっていない。天井の裸電球に照らされた空間は、思いのほか広さがあり、きれいに床を掃き清められていた。大量の段ボール箱や、袋や、木箱が、床の上に山積みにされたり、壁ぎわの棚に押しこめられたりしている。

　あとから階段をあがってきたビルトンはいま、眼光鋭くこちらを睨みつけており、少し前のめりに身がまえた姿勢は、いまにも飛びかからんばかりに見える。真下を向いていたはずのショットガンが斜め前に向けられているから、もしも引鉄を引かれたら、両脚が吹き飛ぶことになりそうだ。ここにもまた、ディーウェインとの類似点が見いだせる。生来の暴力的な本能——〝疑わしいなら、ひとまず戦え〟。

「どういうつもりだ」

「お手伝いしようと思って」ライスは言いながら、抱えていたケースを床におろした。「息子さんたちはどうして手伝いにこないんです？」

「働くとアレルギーが出るからだ」

「自宅でいま、ハリケーン歓迎パーティーを開いてるみたいですね。あそこでふるまってるビールは、あなたが差しいれを？」

　ビルトンは顔をしかめるだけで、答えは返してこなかった。ライスはその脇をかすめるように通りすぎて、階段をくだり、またひとつ、徳用サイズのミックスフルーツ缶のケースを抱えあげた。ラベルの写真を眺めていると、空腹がいくらかやわらいでいく気がした。振りかえると、ビルトンもまた、一人前サイズのスープ缶をあれこれ詰めこんだケースを抱えあげていた。ショットガンは、階段をおりきったところの壁に立てかけられている。

「聞くところによると、アラン・ミラがターク山に狩りに出かけたまんま、忽然と姿を消しちまったそうじゃねえか。乗っていたバイクすら見つからねえとか」

「そのようですね」とライスは応じた。どうやらディーウェインは、ミラが蘇ったというニュースを父親にも知らせていないらしい。ミラがペンシルヴェニア州で身をひそめているというのが本当なら、ウォーカー保安官の予想が的中したということだ。

「あの山のどこかに、秘密の洞穴か何かがあんじゃねえのか？　死体を隠しておけるような。そんでもって、大麻の栽培地だかなんだかに近づいた者《もん》はみいんな、あんたに背中を撃たれちまうんだろう？　アラン・ミラの死体も、おれの犬っころの隣に埋めたのとちがうか？」

声の調子からすると、冗談まじりに言っているようだった。「聞くところによると、おれがあなたの犬に危害を加えたと、保安官に訴えられたそうですね。ただ、面白いことに、あなたは犬のことは通報しながら、息子さんが殴られたことについては何も言わなかった。どうしてです？」

この問いに、ビルトンは驚いたような表情を浮かべた。「どうしても何も、あのせがれにゃあときどき、こっぴどく殴り飛ばされる必要があるからな。それに、ミッチャムのやつが、お返しにあんたを殴り飛ばしてくれたんだろ？」

「つまりは、それでおあいこだと？」

そういうことだとばかりに、ビルトンは軽く肩をすくめた。人間同士の殴りあいに関して、貸し借りはなしということか。少なくとも、今夜までのところは。

なかなか核心にたどりつけないまま、まどろっこしいやりとりを続けていることがもどかしくなったライスは、紙パック入りのジュースと、練乳と、なんだかよくわからない雑多な缶詰のケースをひとつに重ね、九十キロはあろうかという商品の山をいっぺんに抱えあげた。この缶詰はどれもこれも、最後に川が氾濫したときから、ずっと棚に並んでいたものなのかもしれない。

ライスはうめき声を漏らしつつ、よろよろと階段をあがりはじめた。打撲痕が残るあたりの肋が、いまにも粉々に砕けそうだと、抗議の声をあげている。これをのぼりきるまで、膝が持ちこたえてくれるといいのだが。「それなら、いまおれに腹を立ててらっしゃるのは、まだ行方のわからない犬が何匹かいて、おれが撃ち殺したと考えてらっしゃるからですね」

「あんたがあいつらに、何かしらしたのはまちがいねえ」

「おれはなんにもしちゃいませんよ」抱えたケースをいったん壁に押しつけて、背すじを伸ばしながら、心に誓った。こんなに重たいものはしばらくのあいだ、もうけっして持ちあげるまい。後ろを見やると、ビルトンもまた、缶入りの栄養ドリンクを腕いっぱいに抱えて、あとから階段をのぼってきていた。「これだけは言わせてください、ミスター・スティラー。おれは犬が好きです。おれの脚を食いちぎらんばかりに凄んできた、あのばかでかい黄褐色のやつでさえ、かわいく思える。おれは人間よりも犬のほうが遙かに好きだ。あなたがたが保護区内で狩りをすることを許すわけにはいかないが、だからといって、犬たちを罰するつもりはない。ですが、次からは、犬たちがどこにも逃げださないよう、つないでおくと約束します」

ビルトンはぷいと顔をそむけて、ぶつくさとつぶやきだした。こっちのためを思うなら、次からは犬どもを放っといてくれたほうがよっぽどましだ——とかなんとか言っているらしい。もしかしたら、警察犬のデレクとの一件について、すでに聞きおよんでいたのだろうか。

「あの黄褐色の大型犬は、あなたの犬だそうで」

「マックのことか。ああ、あいつはいまも行方がわからん。こんだけ長いあいだ帰ってこんとなると、もう死んでるか、誰かに盗まれるかしたんだろう」いっさいの感情を表に出すことなく、ビルトンは言った。飼い犬に関しては、もはや剣突《けんつく》を食らわすつもりはないようだ。

「だとしたら残念です」そう応じはしたものの、あの犬を盗める人間がいるとはとうてい思えなかった。闘犬マスチフの血を引くマック。獰猛《どうもう》な面構えをした、巨大な犬。あの犬を見かけた人間は、むしろ、保健所に通報しようとするんじゃなかろうか。

ライスはふたたび階段をおりて、最後のひとつとなったケースを抱えあげた。それを運び終えて階下に戻ったとき、壁に立てかけられていたショットガンはどこかに片づけられていて、ビルトンはカウンターの奥にすわってテレビを観ていた。

「冷えたビールはありますか」

ライスが尋ねると、ビルトンは呆《あき》れたように目を見開いてから、ひょいと首をかしげて、冷蔵庫のほうを指し示した。「値引きはしねえぞ。手伝ってくれなんて、おれはひとことも頼んじゃいねえからな」

ウォークインタイプの冷蔵室のドアを開け、狭苦しい空間に足を踏みいれると同時に、いつものごとく、背後でドアがばたんと閉じた。仄かな明かりが灯されてはいるものの、なかは薄暗く、乾いた冷気を吸いこむと、喉の奥が詰まったような感じがした。あたりをざっと見まわしてみると、ビールの樽やら瓶やら缶やらに加えて、店内の冷蔵庫に陳列されていた商品がみな、ここに避難させられているらしい。ドアの内側に貼られた紙には、とりわけ今日にふさわしい警句――〝慌てるな！　落ちつけ！〟――が、下手くそな文字ででかでかと記されていて、その下に小さく、〝脱出するにはレバーを押すべし〟とあった。

なんとなく気まぐれが働いて、コロナビールの六本パックを選びとり、レバーを尻で押して、ドアを開けた。冷蔵室から戻ったライスの手もとを見るなり、ビルトンはふふんと鼻で笑った――メキシコ産の馬の小便か。なるほど、こういう反応は予想して然《しか》るべきだった。代金がレジに打ちこまれるのを待ちながら二十ドル札を取りだしていたとき、ビルトンの口から、待ちに待った話題が切りだされた。

「メキシコから来た友人とやらには会えたのか？」

ついに来た。「……なんのことです？」

「あんたを捜してるって男が、うちの店に来たんだよ」

「ああ、ディーウェインもそんなことを言ってたな。それはいつごろのことで？」

「たしか、昼飯を食った直後だったな」

「どんなやつでしたか」無関心を装って、ライスは二十ドル札をカウンターに置いた。

「あんたの友人だと言ってたぞ。そこらじゅうに刺青を入れてはいたが、身なりはよかった。高級かどうかは別として、少なくとも真新しい服を着とった。訛はいくらか残ってたが、マーシャルトンのあたりにたむろしてるメキシコ人どもとちがって、フリートスのコマーシャルにでも出ていそうな、すかした喋り方をしとったな。そいつはあんたの写真を出して、この男を知ってるかと訊いてきた。西部にいたころの古い友人なんだとか、仕事で近くに来たから寄ってみたんだとか抜かしてたわ」

くそっ。ビルトンが釣り銭を差しだしてきた。ライスは二十五セント硬貨二枚を受けとりそこねて、うっかり床に落としてしまった。反対側へ転がっていく硬貨を追って、床にしゃがみこみながら、ライスは言った。

「そんな人間に心当たりはありませんね」

「あんたの名前はリック・モートンじゃなく、ライス・ムーアだと言ってたぞ。それから、あんたがここらへんに住んでるってことだけはわかってるんだが、できればいきなり押しかけて、驚かせたいんだとも言った。そんときふと、こいつは麻薬ビジネスに身を置いてる人間なんじゃなかろうかと思えてきてな。あんたとは同じ組織にいたお仲間なんじゃなかろうか、その組織がシマを広げようと、この町に目をつけたんじゃなかろうかとな」

「おれは麻薬ビジネスに関わったことなんてありませんよ、ミスター・スティラー」

ビルトンはにわかに息を弾ませて、意気揚々とこう続けた。「ライス・ムーアってのは、あんたの商売上の通り名じゃないのか？　あんたが白米のホワイトライスで、あっちが玄米のブラウンライスってな具合に」

「店に来たのは、そいつひとりだけですか。ほかに何か言ってませんでしたか？」ビルトンはまちがいなく嬉々として、その男を保護区へ遣わしたはずだ。きっといまごろは、ＡＫの自動小銃を膝に載せて、ロッジのポーチにでもすわっていることだろう。

「ちなみにその組織には、ライス・ア・ロニって通り名のイタリア人はいねえのか？」

この男は自分を嬲《なぶ》り者にしているのだと、うわの空で悟りながら、ライスはその顔をじっと見すえた。沈黙が垂れこめようともかまいやしなかった。車が一台、こちらへ近づいてきている。タイヤが水飛沫をあげる音が聞こえる。店の前でスピードを落とすのではないかと耳をそばだてたが、車はそのまま走り去っていった。しばらくすると、公園のガキ大将のような嗜虐性《しぎやくせい》が、ビルトンのなかでひとりでにしぼんでいくのがわかった。

「……ああ、そうだ。店に来たのはそいつだけだ。そんときおれは、そいつにこう言ってやった。よそ者の売人なんぞに用はねえ。その油ぎったメキシコのケツを、とっとと店の外に運びだしやがれ。そんときおれは、カウンターの下に手を入れてショットガンをつかんでたから、ちょっとでもおかしな動きをすれば、おれがふざけてるわけじゃねえってことを思い知らせてやれたんだがな」ビルトンはそう言って、悦《えつ》に入ったように首をのけぞらせた。

ライスはこの偏屈な親父を、でかしたと言って抱きしめてやりたくなった。だが、自分のほうこそが死の瀬戸際にいたことを知ったなら、ビルトンはなんと言うだろう。

「それで、そいつはどんな反応を？」

「顔に笑みを浮かべたまま、しばらくおれのことを見ていたが……」

　目の前にいる男を殺すべきかどうか、決めあぐねていたんだろう。

「……しばらくすると、いきなりくるりと背を向けて、店を出ていったよ。アリゾナのナンバープレートがついた、ぴかぴかの黒いシボレー・タホに乗って、駐車場から走り去っていった。だから、あんたがさっき店に入ってきたときは、てっきり、文句をつけにきたもんだと思ったのさ。あんたのお仲間だっていうあのメキシコ人が、気分を害したとかなんとかってな」

44

　駐車場から車を出すまえにビールの栓を開けたところ、保護区のゲートに向けてルート６０８を走りだしたときには、二本めに手をつけたくなっていた。弾を込めなおした四五口径が助手席のシートの上に置いてあるが、ビールのほうが銃よりもよっぽど、力になってくれそうに思える。ビールは触れこみどおりによく冷えていた。銃のほうはあまりにもちっぽけで、頼りなく見えた。アリゾナで土に埋めた、あのベルギー製のライフルがここにありさえすれば。バックミラーにちらっと目をやった。追っ手はなし。前方に視線を戻すと、せわしなく動くワイパーの向こうに延びた道路を、雨が激しく叩いている。ヘッドライトに照らされたその道路が、いまのライスには、そこかしこに危険がひそんでいるように感じられてならない。並木の立つ私道や砂利敷きの脇道から、いまにも黒いSUVが飛びだしてきそうだ。

知らぬまに笑いだしていて、自分の声に驚いた。DEAのくそったれジョーンズめ。あの男の電話番号を〈ビア＆イート〉のトイレで見つけてから、もう何週間にもなる。あいつがおれのおおよその居所を、あちこちに広めたにちがいない。おれの〝メキシコから来た友人〟とやらは、いつごろからこの付近を嗅ぎまわっていたのだろう。

アクセルを踏みこみ、時速百キロでゲートの前を走りぬけた。誰かが待ち伏せしているようすはない。急ブレーキをかけ、タイヤを軋ませながら前方に迫りくるカーブを曲がり、さらに一・五キロほど進んでからUターンした。違和感をおぼえるものは何ひとつない。不審なものもない。シボレーの黒いタホもとまっていない。ゲートの前に車を近づけ、ハンドルに腕をついて首を伸ばし、ヘッドライトをハイビームに切りかえた。雨の勢いは弱まっているが、木々の葉が突風に揺れている。侵入を試みた者がいるようには見えない。

銃を手に車をおりて、ゲートを開けた。トラックを通過させてからまたゲートを閉じ、施錠した。その間に、前の通りを走りぬけていく車もない。ゲートの周辺を懐中電灯で照らしてみたが、タイヤの跡も足跡も残されていなかった。もちろん、一時間も経てば雨に洗い流されてしまっているだろうが、誰かが侵入したという気配は、いまのところ感じとれなかった。

私道を走りはじめて少ししたとき、助手席に置いた小型無線機が、第一ゾーンを通過したことを忠実に知らせてきた。その声に不意を衝かれて、ライスは思わずぎくりとなった。木立を抜けだす直前にヘッドライトを消し、スモールランプの仄明かりだけを頼りに、ゆっくりと前進した。ふたたび大降りになってきた雨のなか、駐車場が目と鼻の先に近づいたとき、ロッジのなかに灯る光と、自分の定位置にとめられている車の反射板が目に飛びこんできた。

スモールランプを消してエンジンを切り、銃を手に車をおりたところで、一計を案じた。大きな音がするよう、わざとドアを叩き閉めてから、車の陰に身をひそめた。濡れた砂利に片膝をついて、あたりのようすを窺う。雨が首を伝っていく。何も起こらない。そもそも、刺客がここに来ているのなら、どうしてあんな丸見えの場所に堂々と車をとめたり、ロッジに明かりを灯したりするのか。暗がりを這い進み、車に近づいてたしかめた。やっぱり、サラの車だ。ボンネットはすでに冷えている。きっと、スターから連絡が行ったのにちがいない。ウォーカー保安官と話をしたあとで、ライスのようすを見てきてほしいと頼みこんだのだろう。

頭のなかで流れはじめていた傷害殺人事件のニュース映像を振り払って、足音を忍ばせつつも足早にポーチへあがり、扉の左にある窓から居間のなかをのぞきこんだ。ソファに横向きに寝転がっているサラの姿が見えた。使われていないほうの寝室から取ってきたらしいウールの毛布を、上からかけている。殺していた息をふうっと吐きだすと、ライスはサラの名を呼びかけながら、窓ガラスをこつこつと叩いた。このタイミングでサラの訪問を受けるとは、さらなる事態の悪化を招きそうだとの懸念が頭をもたげだしていた。

「やあ、おれだ。いま戻った」

サラはすぐに身体を起こして、窓の外に目をこらした。どうやら、ずっと眠れずにいたようだ。おそらくは心配で。いくらかは腹立ちもあって。

ライスは軽く手を振ってみせてから、中庭を駆けもどって、サラのスバルの隣にトラックをとめなおした。私道に仕掛けたセンサーの無線機をジャケットのポケットにすべりこませて、銃を腰に差した。フロントポーチの扉を開けたとき、サラはまだソファにすわったまま、こちらに向かってぐっと目をすがめていた。ライスは落ちつきはらったふうを無理に装って、びしょ濡れの防水ジャケットを脱ぎ、扉の脇のフックに引っかけてから、腕時計に視線を落とした。もうじき一時半になろうかというところだった。

「どのくらいここに？」

サラはひとつあくびをしてから、毛布を剝ぎとり、床に足をおろした。「さあね。ここに着いたのは、九時すぎくらいだったかしら。いったいどこをほっつき歩いていたのかと訊いたら、差しでがましいことになる？」

どんなに努めても、冷静でいることなどできそうになかった。神経が昂ぶって、焦りばかりが募っていく。

「誰も訪ねてこなかったか？」

「ええ。誰かがここを訪ねてきたことなんて、これまで一度もないわ。誰か来るはずだったの？」

なんと答えるべきかわからなかった。言葉に詰まっていると、ふたたびサラが喋りだした。

「スターから電話があって、行方不明になってるっていう男のことを……密猟者のことを聞いたわ。ウォーカー保安官から連絡があったとかで」

ライスはほっとしてうなずいた。どう説明すればいいのかがわかりきっている話題は、ありがたい。「その男のことなら心配ない。揉みあいになったとき、おれが崖から落ちるのを見て、死んだと思いこんだらしい。それで、とっさに逃げだして、いまはフィラデルフィアに身をひそめてる。バイク仲間のところに」

サラは戸惑ったような表情を浮かべていたが、それ以上何かを言おうとはしなかった。自分が早口になっているのは自覚していた。落ちつけと自分に言い聞かせた。のんびり会話している余裕はなかったが、とりあえず椅子に腰をおろしてみると、左の膝ががくがくと震えだした。

サラもそれに気づいて、じっと膝を見つめている。なんとか痙攣をとめようとしたが、意志の力ではどうにもならなかった。

「どう話しても、正気とは思えないだろうが……」ライスは言いながら、椅子から立ちあがった。「とにかく聞いてくれ、サラ――」

「あいつら、その男の名前を口にしたわ。わたしをレイプしたやつらよ。わたしが意識を失ってると思いこんでたのね。そのとき口にしたのよ、ミラって。でも、あのときは、鏡《ミラー》の話をしてるんだと思ってた。まるで意味が通らなかったけど。それが今日、ミラっていうのが名前だって聞かされて、それが引鉄になって、いろいろと思いだしたの」サラは自分の両手を見つめていた。意識を集中して、あの夜の記憶を呼び覚まそうとしていた。努めて冷静に。瞼を引き攣らせることとすらなく。あまりの勇気に気圧《けお》された。おのれの臆病さを思い知らされた気分だった。「そのミラって男が、あの場にいたとは思えないわ。でも、あいつらは、そのミラって男のことを知っていた。ミラがこうだ、ミラがああだ……ミラって男と、ほかの誰か……ひとりか複数かはわからないけど、その誰かについて話してた」

「そうか……それならすじが通る」ライスはソファに近づいて、コーヒーテーブルのへりに腰をおろした。震える膝をてのひらで押さえて、足もとに視線を落とした。「じつは……くそっ」サラが顔をあげるのがわかった。サラはたったいま、〝情報の手榴弾〟とでも言うべきものを投げてよこした。それに対する自分の反応が、ひどく場ちがいであることはわかっていた。

「今日はいろいろあって」と、ライスは切りだした。自分が伝えようとしていることは、鳩尾にこぶしを食らわせるようなものだ。だがいまは、言い方を工夫している時間がない。「そいつらが何者なのか、素性がつかめた。ミラのバイカークラブのメンバーだ。スティラー兄弟や、その仲間は無関係だった。州外から来たよそ者で、筋金入りの悪党どもだ。だが、そいつらのことは、かならずおれが捜しだす。約束する。そうしたらそのとき、おれときみとで、どうするか決めよう」

サラの口が何か言いたげに開いたが、なんの声も出てこなかった。

「サラ……くそっ、こんなときにすまない。まだほかにも言わなきゃならないことがあるんだ」

窓の外で、稲妻が光った。しばしの間を置いて、雷鳴が轟いた。自分が自分でないような、大袈裟な芝居をしているような気分だった。文化祭の演劇で、役になりきれと言い聞かされてきた高校生の気分だった。

「すまないが、いますぐここを出なきゃならない」

45

「話はあとだ」

ライスはサラをソファに残して、大半が汚れきった衣服を建設現場用の丈夫なゴミ袋に詰めこんでいった。そのあとも黙々と作業を続け、屋根裏から階下におりようとしたとき、ふと下を見おろすと、サラが梯子の下に立って、こちらを見あげているのが目に入った。耐火性の重たい小型金庫を脇に抱えて、ライスは梯子をおりた。ところが、最後の一段をおりようとした瞬間、サラはライスの胸に片手をあてて、それを強引に押しとどめた。

「誰かがあなたを殺しにくるって、どういうことなの？」

何かしらの情報を与えないことには、梯子をおりさせてもらえそうにない。ライスは重い口を開いた。

「おれが去年、刑務所にいたのは知ってるだろう？　以前のおれは、相棒とふたりで、ある麻薬カルテルのために運び屋をしていたんだ。自然保護区にトレイルカメラを仕掛けるといった仕事も、そのための隠れ蓑《みの》だった。国境付近をうろついていても怪しまれないための口実だった。おかげで国境警備隊は、おれたちを見かけても気にも留めなかった。ところがある日、国境の向こうで新規の取引相手と顔合わせをしようとしていたときに、おれたちはメキシコの連邦警察に逮捕された。荷物にドラッグを仕込まれて……要は、はめられたんだ。なんでそんなことをされたのか、理由はいまもわからない。おれの相棒はDEAに引き渡されたが、おれはメキシコに留め置かれ、ノガレスの近くにある刑務所にぶちこまれた。収監中にも、カルテルが刺客を送りこんできたが、おれはからくも難を逃れた。出所後は名前を変え、この職を得て、行方をくらました」付け加えるべきことはくそほどもあったが、とりあえずはこれだけ話せば、サフも納得してくれるだろう。

ところがこの告白は、サラの怒りを募らせることにしかならなかった。「何よ、それ！　わたしはてっきり、あなたがまた何かに……悪霊だかなんだかに、取り憑かれそうになってるのかと思ったわ。それで、いったいどんなブツを運んでたの？」

「鞄の中身について教えてもらえたことはないが、大半は札束とか、プリペイドカードの束とか、そういうものなんじゃないかと考えてた。それからたまに、ドラッグとおぼしき荷物もあったな。向こうからこっちへ運ぶ場合には。おれたちは徒歩で国境を越えてたから、トンネルとか、軽貨車とか、トフックとかを使うのとちがって、あまり嵩張らないものしか運べなかったからな」

「それで？　そいつらがいまさら、あなたの命を狙ってるっていうの？」

「そいつらはずっとおれの行方を追っていたが、いまになってついに、居所を捜しあてたんだ。おれが警察沙汰を引き起こしたせいで。ミラが行方をくらませたせいで。ミラと関わりのあるＤＥＡの捜査官が、おれの情報をツーソンじゅうに触れまわってくれたおかげで」

「そうよ、警察……ウォーカー保安官に助けを求めるのよ」

梯子をしまって跳ねあげ戸を閉めながら、首を横に振りはしたものの、サラの言葉で、ふとあることを思いついた。ライスは足早に玄関へ向かい、衣類を詰めこんだゴミ袋とバックパックの横に金庫を置いた。外にとめたトラックのほかは、これでほぼ全財産だった。

「ウォーカー保安官には頼れない。いまは忙しい」

例のデジタルカメラを取りに管理人室へ向かうライスのあとを追いながら、サラが背中に問いかけてきた。

「忙しいってどうして？　嵐が来てるから？　そんなのよりこっちのほうが、よっぽど深刻な事態だわ」

サラは引きとめようとしているんだろうか。本当は、おれの話を鵜呑《うの》みにできずにいるんだろうか。もしかしたら、またおかしくなったとでも思っているのかもしれない。だとしても、責められない。

「これからやってくるのは、ウォーカーが下準備もなしに太刀《たち》打ちできるような相手じゃない。下手をしたら殺される。だったら、おれたちがここを出たほうが、余計な被害を出さずに済む」ライスはカメラからメモリーカードを抜きとると、それを封筒に入れて封をしてから、〝マーク・ウォーカー保安官殿へ〟と書きこんだ。玄関に引きかえし、金庫のダイヤル錠をまわして鍵を開け、ささやかな蓄えを取りだすと、それをバックパックのトップポケットに押しこんだ。さきほどの封筒を代わりに金庫に入れてから、蓋を閉じて施錠した。「この金庫は、きみの車に載せていってくれ。それで、もしおれに何かあったら……おれが死ぬか、連絡がとれなくなるかしたら、これをウォーカーに届けて、なかに重要な証拠が入ってると伝えるんだ。ウォーカーならきっと、これを開けることができるだろう」

「なんの証拠なの？」

きみを襲った三人組に関する証拠だと、ライスは答えた。だが、少々事情が込みいっている。詳しいことはあとで話そう。いまは、ここを出るのが先決だ。ライスはいまからとるべき行動を説明した。まずは自分が、トラックでここを出る。サラは数百メートル後ろをついてくる。ヘッドライトは、けっしてハイビームにしないこと。ゲート周辺の安全が確認できたら、ライスがゲートを開けて、サラの到着を待つ。この雨と風が、いくらかは目くらましになってくれるだろう。不測の事態に備えて、ほかにもいくつかプランを立てではいたが、できればそれを採用せずに済ませたかった。

「私道を走っているときにおかしな光が見えたり、ほかの車が見えたりしたら……いや、ゲートのところで待ち伏せされてる可能性もあるから、とにかく少しでも異変を感じたら、きみはすぐにUターンして、ここまで引きかえしてくるんだ。それから、どこか電波の届く場所に隠れて、九一一に通報する。森のなかに隠れてしまえば、連中もわざわざ時間を浪費してまで、きみを捜そうとはしないだろう。何か武器になりそうなものはあるか？　あのスタンガンのほかに」

こくりとうなずくサラの姿を視界におさめながら、ライスはすでにほかのことを考えていた。管理人室にある、二二口径の射撃用ライフル。そうだ、あれを持っていこう。管理人室にふたたび戻って、物置の鍵を開け、ライフルを手に取った。弾倉に弾が込められていることを確認してから、玄関に引きかえしてきたときには、サラの姿が消えていた。

「サラ！　もうここを出るぞ！」扉の横にライフルを立てかけてから、ライスは声を張りあげた。

「ちょっと待って！」寝室のほうから声がした。戸口からなかをのぞいてみると、サラがベッドからせっせとシーツを剝がしている。「こうしておけば、あなたがよそへ引っ越したように見せかけられるわ。最後にブレーカーも落としていきましょう。あなたは冷蔵庫と冷凍庫のなかのものを全部、ゴミ袋に詰めてちょうだい。それも一緒に持って出るから」

「時間がないんだ」

「こんなの、五分もかからないわ。それに、あなたがここへは二度と戻らないって思いこませることができたら、あなたを追うのをあきらめてくれるかもしれないでしょう？」

いいや、それはない。やつらは絶対にあきらめない。あの男だけは絶対に。

「ほら、早く！」からっぽの簞笥《たんす》の引出しを開け、汚れたシーツを折りたたみながら、サラは言った。「キッチンのゴミも集めてちょうだい」

キッチンの貯蔵庫から、大きなゴミ袋をもう一枚取りだしてきて、冷蔵庫のドアを開け、買ってきたばかりの食材を片っ端から袋に放りこんでいった。嵐の接近と共に、雨がいよいよ激しさを増し、金属板葺きの屋根の隙間では、風が唸りをあげている。これは別に、サラのご機嫌をとろうとしているわけじゃないんだと、ライスは自分に言い聞かせた。サラの言うことにも、一理あるかもしれないからなのだと。

最後のゴミ袋を駆け足でトラックまで運びだし、フロントポーチの階段を一段飛ばしで駆けあがりながら、思いだした。ブレーカーを落とす際に、裏口に閂もかけておこう。荷物の積みこみは、これですべて完了した。ロッジのなかでは、青い防水ジャケットを着こんだサラが、タオルを手にして待っていた。ここを出るとき、それを使って、濡れたブーツの足跡を拭きとっていくのだという。裏口の扉のフックに金属の棒を噛ませて、閂の代わりとしたちょうどそのとき、ジャケットのポケットのなかから、男の声が語りかけてきた。

「警報、第一ゾーン通過……警報、第一ゾーン通過……」

即座に腕時計を確認するライスの横で、サラが眉をひそめながら訊いてきた。

「いまのはいったい何？」

46

ふたりはそれぞれの車に乗りこんで、バンガローを通りすぎたところをすぐ右に曲がり、山のなかへと分け入る旧道をそろそろとのぼりはじめた。鬱蒼とした森のなかへとようやくまぎれこむことができたのは、侵入の警告を受けてからちょうど八分後のことだった。これほどの土砂降りの雨であれば、スモールランプの光くらいは覆い隠してくれたはずだ。ギアはローに入れたまま、ブレーキは絶対に踏まないようにと、サラにもあらかじめ指示してあった。ゆっくりとハンドルを切って旧道を離れ、落ち葉が堆積して腐りかけた場所を進んでいくと、タイヤが埋もれて、自然と車が停止した。ライスはトラックのエンジンを切って、防水ジャケットのフードをかぶりながら運転席をおりると、旧道を進みつづけているサラの車へと駆け寄った。

サラがノートパソコンの収納バッグをどかすのを待って、ライスは助手席にすべりこんだ。室内灯に手を伸ばし、次にドアを開けても灯ることのないようスイッチを切っておいてから、小型無線機をダッシュボードに置いた。さらに百メートルほど進んでいくと、ライスのトラックが視界から消えた。つづら折りの最初のカーブを曲がらずに直進し、松の若木が生い茂る木立のなかをしばらくゆっくりと進んでから、サラもようやくエンジンを切った。漆黒の闇が視界を覆いつくしている。森に守られているような、わが家に帰ってきたような、妙な安堵感に包まれている自分がいた。風に煽られてわさわさと揺れる巨木の音が、敵を威嚇して打ち鳴らす剣の音のように耳に響いた。この場所なら、サラを残していっても安全だ。突風で折れた大枝が、車の屋根を直撃でもしないかぎり。


「携帯に電波は届いてるか？」

サラが電源ボタンを押すと、ホーム画面の光が灯った。「アンテナの表示は一本だけ。いつもはもう少しましなのに……きっと嵐のせいだわ。九一一にかけてみる？」

「いや、まだだ。時刻は……もうじき三時になる。もしおれが九時までに戻らなかったら、保安官に電話して、何もかも打ちあけるんだ。それと、用心するようにも伝えてくれ。絶対にひとりで来ちゃだめだと。かならずジェイニーかストーナーを連れてくるようにと」

「〝おれが戻らなかったら〟って、いったいどこへ行くつもりなの？」

「おれは下へ戻る。ロッジへ。何がどうなってるのかを、誰がやってきたのかを、たしかめてこなきゃならない。それから、そいつが誰であれ、ここまではのぼってこないってことも確認しておかないと」

「ライス――」

「悪いが、時間が勝負なんだ。すまない。あとでかならず説明する」

「わたしはただ、あんまりにも現実から懸け離れてて……だいだい、そんな警報装置を、いったいいつのまに取りつけたのよ?」サラは雨に濡れたライスの手をつかみ、ぎゅっとそれを握りしめると、携帯電話の画面から漏れる光のなかで、ライスの目をじっとのぞきこんだ。「わたしが日曜にここへ来たとき、あなたがどんなふうだったか覚えてる? あれからまだ三日も経ってない。わたしはあのとき、あなたをひとり残して去るべきじゃなかったんだわ。お願いだから、少しだけでも考えてみて。いまの自分が過剰反応を起こしている可能性はない?」

「さっきの警報を聞いただろ。誰かがゲートを破って、私道まで入りこんできたんだ。おれはゲートを閉めてきた」

「もしかしたら、ただの誤作動かもしれないわ。もしくは、保安官事務所から誰かがやってきたのかも。嵐のこととか、ミラって男のこととかで」

ここへたどりつくまでの短い時間のなかで、サラはずっと、そうした可能性について考えつづけていたんだろう。「誓って言うが、きみの日に映っているほど、おれの頭はいかれちゃない。だから、頼む。九時までここでおとなしく待っていてくれ」

「それなら、わたしも一緒に行く」サラはそう言うと、シートの下を手探りして、熊よけスプレーを取りだした。「一緒に行って、あなたを援護するわ」

「熊よけスプレーで?」

「父が買ってきてくれたの。もちろん、スタンガンもあるわよ」サラが言いながら、防水ジャケットの下に手を伸ばすと、ライスはその腕に手をかけて、必要ないと押しとどめた。サラは顔をあげて、ライスを見た。携帯電話の薄ぼんやりとした光に、下から照らしだされた顔——亡霊じみて見えるにちがいない顔——を目にして、凍りついた。

「本当に少しも怖くないのか?」

「怖くなんかないわ。頭に来てるだけ。わたしはマネキンでもなんでもない。こんなところに置き去りにするなんて、絶対に許さないんだから!」

勇敢な人間はときとして、物理的な危険を避けることによって生じる精神的な苦痛よりも、肉体を危険にさらすことを望む場合がある。いまのサラもきっと、ここで気を揉みつづけるくらいなら、現実世界の危険なり、空想の世界の危険なりに立ち向かうことを選ぼうとしているのだろう。そのことを咎めるつもりはない。そういうところがサラの魅力であるとも思う。けれども、サラはわかっていない。その先に何が待ちうけているのかを。パニックの兆しが高波となって押し寄せてこようとするのを、ライスは強引に抑えこんだ。一瞬、ダクトテープでハンドルに縛りつけてしまおうかとも考えたが、すぐに思いなおして、きちんと説明することにした。自分を追ってきたのが、どういう連中であるのか。ところかまわずショットガンをぶっ放す、田舎者の貧乏白人なんかじゃない。安酒場にたむろする、強姦魔のバイク乗りなんかでもない。やつらはプロの殺し屋なのだと。

「もしきみを連れていったら、おれは自分のすべきことに集中できない。ふたり揃って、確実に殺される」

そう言うと、ライスはダッシュボードの無線機をぽんと指先で叩いてみせた。「誰かがゲートを出入りするたびに、こいつがきみにそのことを知らせてくれる。ただし、この場所を離れなければならないような事態になったら、その青いジャケットは脱いでいけ。あまりにも目立ちすぎる。それと、くれぐれも言っておくが、九時になるまでは、何があろうとウォーカーには通報しないでくれ。九時を過ぎて、通報しなけりゃならないような事態になったとしても、迂闊に森を出ていったりはするな。すべての手筈が整ったあとで、折りかえしの電話をかけてくれるよう、ウォーカーに頼むんだ」

ライスはサラの手を握りしめた。性急に、もどかしげに。意識のほうはひと足先に、ロッジのほうへと駆けもどっていた。サラは口を閉ざしたままだった。怒っているのかもしれない。いまもまだ、どうすべきかと考えあぐねているのかもしれない。九時になるまでは絶対に誰にも連絡しないでくれと、もう一度だけ念を押してから、携帯電話の光を頼りに、腕時計をたしかめた。警告から、十八分。微笑んでみせようと顔をこわばらせながら、〝ちゃんと無事に帰る〟だの〝用心するから心配するな〟だのと、うわべだけの空虚なセリフを口にした。返事は返ってこなかった。ライスはシートの上の携帯電話を下向きに伏せてから、車をおりて、そっとドアを閉めた。離れたところにとめたトラックまで戻って、ギリースーツと射撃用ライフルを取りだした。四五口径は、はじめから腰のホルスターに入れてあった。

丸めてあったギリースーツを広げて、頭からかぶった。ライフルは雨が入りこまないよう、銃口を下に向けて運んだ。漆黒の闇のなか、手探りで旧道をくだった。両脇に生えた丈の高い草のなかに、幾度となく入りこんだ。この森さえ抜けだせば、空から射すかすかな光が得られるはずだと信じていたが、いまはもう、どちらが上でどちらが下なのかもわからなくなっていた。

いったん足をとめて、心を落ちつかせようとした。このまま進みつづけたら、かならずやミスを犯す。森ですごした数週間、あのとき感じた不思議な力の正体がなんであったにせよ、それが森に住まう霊的な何かによって授けられたものであろうと、極限状態に陥ったおのれの精神が生みだしたものであろうと、とにかくいまこそ、その力を発揮すべきときだ。

滝のような雨に打たれて、草葉がかすかな音を発している。熱帯低気圧がもたらす温かな雨は、海の塩と、沿岸地域の湿地の泥のにおいがした。ハリケーン・ジュリアがはるばるフロリダから運んできたにおいにちがいない。ライスは首を大きくのけぞらせて、目を閉じた。バケツを引っくりかえしたかのような大粒の雨に打たれて、息をするのもままならない。雨が額や瞼を叩き、唇のあいだから染みこんでくる。眼窩に水がたまっていく。それがあふれて、涙のようにこめかみを伝っていく。この水はどこから来たのだろう。メキシコ湾か。それともカリブ海か。これが海洋の味なんだろうか。ジュリアは何千キロにも及ぶ旅を経た挙句、蒸発した海の水をもって、ターピン郡を水底に沈めようとしている。その水の一部がいまこうして自分の上に降りそそいでいるわけだが、これもまた、不思議な縁というやつなんだろう。この雨もまた、大いなる力のひとつなのだろう。

このままでは溺れ死んでしまうのではないかと少し怖くなって、軽く首を傾けると、頭のなかがすっきりと冴《さ》えた。それからしばらくすると、素描のようにおおまかな図が、頭のなかにぼんやりと浮かんできた。自分がいまいる場所。前方と後方に伸びる旧道。草地の合間を縫って走る小道。それをくだりきったところにある、雨に濡れた三つの家屋。やがてそこに等高線が重なりあい、精密な地形図が完成されると、まるで自分の肉体に刻みこまれたかのように、寸分の狂いもなくそれを読みとることができるようになった。いまのライスには、背後に聳え立つ山が感じとれた。風に吹かれて身をしならせる、木々の一本一本までもが感じとれた。

47

ひとつの光も、車も見えない。雨と風のほかは何もない。ライスは私道のはずれまで進み、砂利敷きの地面に屈みこんだ。自分とサラの車が旧道へ向かったとき、土の地面に残したであろうタイヤ痕を捜したが、すっかり雨に洗い流されていた。

草地に移動して、草むらの陰でひざまずき、折りたたみナイフを開いた。そこに生えている草をあれこれ刈りとっては、ギリースーツのフードや肩に貼りついているネットの隙間に押しこんでいき、そこから垂れさがっている梱包用の撚り紐で縛りつけた。端を焼いたコルクと園芸用の茶色い手袋を捜してポケットをあさったが、どちらも見つからなかったため、足もとの地面に手を突っこんで、てのひらについた泥を顔や手の甲にまで塗り広げた。

それが済むと、両腕にライフルを抱え、膝の痛みに耐えながら、ロッジに向かってなだらかな斜面を這い進んだ。中庭のきわまで近づくと、一メートルほど奥まった地点で、草むらに突っ伏した。この位置なら、ロッジと納屋の全体を一望できる。腰のホルスターから拳銃を引きぬき、防水ジャケットのなかに入れてから、胸の下に押しこんだ。雨に濡れた草をむしりとってライフルの銃身を覆い隠し、うつ伏せの体勢のまま、じっと待った。

降りしきる雨が建物の屋根を機関銃のように叩いては、軒下にできた水たまりへと流れこんでいく。警告を受けてから、体感でおよそ三十分、いや三十五分は経っている。ゲートを突破したのが誰であれ、ここまで車でやってくるには充分な時間だ。もしかしたら、木立を抜ける手前でいったん車をとめ、ヘッドライトを消してから、さきほどのライスと同様に、スモールランプの光だけを頼りにして、そろそろと車を進めているのかもしれない。だとすれば、この雨に覆い隠されて、近づいてくる光を見つけるのは難しい。あるいは、複数でチームを組んでやってきたとすれば、どこかの地点で散開して、ロッジを取り囲むように接近し、一気にたたみかけてくる可能性もある。だが、一匹狼の殺し屋であれば、もっとじっくり時間をかけて、もっと辛抱強く、もっとひそやかに、ことにあたろうとするだろう。侵入者がいまだにひとりも姿をあらわさないという点からすると、一匹狼の線が有力であるようだ。

ライスはライフルを持ちあげた。銃床を肩にあてて射撃のかまえをとり、銃口を小さく左右に振って照準をたしかめてから、銃床の前部を左のこぶしに載せて待った。しばらくすると、雨の勢いがやわらぎだし、風もしだいに凪《な》いできて、まえよりも涼しく感じられるようになった。特に眠けは感じなかったが、濡れた地面に体温を吸いとられているせいで、ぶるぶると身体が震えだした。車のエンジン音は聞こえてこない。砂利を踏みしだくタイヤの音もしない。屋根からぽたっ、ぽたっ、ぽたっと滴り落ちる水滴の音だけが、メトロノームのように規則正しく響いている。

防水ジャケットのなかから拳銃を取りだして、草むらのなかの、すぐ手の届く位置にそっと置いた。

顔をあげたとき、ぬっくりと大きなロッジの影が草葉の隙間に突如としてあらわれ、ぎょっとした。それから一瞬の間を置いて、はたと気づいた。ロッジはさっきからずっとあそこにあった。ただ、空が明るくなってきたのだ。よくよく周囲を見まわすと、納屋やバンガローの輪郭も、暗闇のなかにぼんやりと浮かびあがっている。向かって右手にある納屋とロッジの隙間に目をこらすと、雨に濡れて黒ずんだ駐車場の砂利と、その奥に生えた色の薄い草との境目も、朧ながら見てとれた。日の出にはまだ早すぎる。だが、西の山並のほうへ沈みかけてはいるとはいえ、空にはまだ満月がのぼっている。きっと、雲が薄くなったのにちがいない。熱帯低気圧の中心が北へと抜けて、帯を引いていたまばらな雲も、少しずつ晴れようとしているのだろう。ひんやりと涼しい風が吹きぬけて、雨に濡れた草葉をしばらくざわざわと揺らしてから、ぴたりとやんだ。あとには、滴り落ちる雫の音だけが残された。その音もまた、しだいにテンポがゆるやかになっていった。

するとそのとき、とつぜん感じた。誰かいる。姿は見えないが、たしかに感じる。全身がその気配をぴりぴりと感じとっている。

ロッジの寝室の窓。その下に、黒い塊のような影が浮かびあがったかと思うと、それがゆっくりと縦に伸びていった。誰かが窓の外に立って、部屋のなかをのぞきこんでいるのだ。懐中電灯の光は見えなかった。きっと、暗視ゴーグルをつけているんだろう。だから、いままで行動を起こさずにいたのだ。大半の暗視ゴーグルは、大雨のなかでは使い物にならないから。黒い人影は数秒ほど窓のなかをのぞきこんだあと、ゆっくりと頭を引っこめて地面にうずくまり、隣にある管理人室の窓の下へと移動してから、同じようにしてなかをのぞきこんだ。ライスはライフルを十センチほど起こして、人影のほうに銃口を向けた。だが、視界が暗すぎて、肉眼で照準を合わせることは不可能だった。人影はふたたび動きだしていた。手前側の角をまわって、キッチンのなかをのぞきこんでから、足音を忍ばせて裏口のポーチにあがり、すべての窓を確認したあとは、ロッジの向こう側へとまわりこんでいったため、ライスのいる場所からは姿を確認できなくなった。ライスは旧式の重たいライフルをそっとおろして、深く、長く、何度も息を吸いこんだ。やがて、五分が経過した。あの男はそろそろ、内部への侵入を試みているはずだ。玄関扉の鍵をピッキングで開けようとするだろうか。あるいは、扉のすぐ脇にある窓の網戸を切りとり、ガラスカッターを使ってガラスに穴を開け、そこから腕を伸ばして、扉の掛け金をはずそうとするだろうか。

さらに十分が経過した。いまごろはロッジのなかを忍び足で歩いては、ひとつひとつの部屋からクロゼットに至るまで、おそらくは屋根裏に至るまで、すべてを隈《くま》なく見てまわっていることだろう。だが、すべては徒労に終わる。ベッドの上には、シーツを剝がれたむきだしのマットレスが載っている。ブレーカーも落とされている。ドアの開け放たれた冷蔵庫と冷凍庫も中身はからっぽで、霜から融けだした水が滴り落ちて、床に水たまりができている。サラはあのとき、便器のなかに漂白剤をそそぎこむことまでしていた。このにおいなら一発で嗅ぎとれるから、しばらく帰ってこないつもりなんだと、きっと思いこんでくれるはず。そうサラは言っていた。

いた。あそこだ。ロッジと納屋のあいだを歩く人影が見える。横から眺めると、鼻の上のあたりが異様に長く突きだして見える。やはり、暗視ゴーグルをつけているらしい。

ライスはふたたびライフルをかまえて、照門越しにその動きを追いはじめたが、男はほどなく納屋の陰へと姿を消してしまった。木製の大きな引戸を開ける、がたがたという音が聞こえた。数分後には、引戸が閉じられる音も聞こえてきた。だがそのあとは、いっさいの物音が耳に届かなくなった。きっと、バンガローを調べているのだろう。内装工事がまだ終わっていないことは一目瞭然だが、特に疑いはいだくまい。

チャバラマユミソサザイが一羽、にぎやかにさえずりだした。夜明けを告げる大合唱に備えて、肩慣らしでもしているのか。男はまだ姿を見せない。十分が過ぎても、十五分が過ぎても、ライスはじっと待ちつづけた。あの男がこのまま立ち去るわけはない。ついに二十分が経過した。するとそのとき、音が聞こえた。ギアをローに入れて走る、大型エンジンの音。その音が私道に沿ってゆっくりと近づいてくる。ヘッドライトが灯されていないから、暗視ゴーグルをつけたまま運転しているのにちがいない。車は砂利敷きの駐車場を突っきって、納屋の裏へとまわりこんだ。あの場所にとめておけば、私道をやってくる者からは何も見えない。

運転席側のドアが開いたが、室内灯は灯らなかった。男は音もなくシートをすべりおりて、静かにドアを閉めた。そのぼんやりとした人影を、ライスはライフルの照門越しに見つめつづけた。男は車のドアにもたれかかると、不意に暗視ゴーグルをはずして、漫然と周囲を見まわしはじめた。暗闇に沈んだ山の斜面。遠い山並。月明かりを受けて銀色にきらめく草地。途中でライスのいるほうにも視線を向けてきたが、よほど注意しないかぎり、こちらの姿は見えないはずだった。嵐はなおも小康状態にある。西の空に浮かんだ満月が、強風に押し流されていく雲に遮られては、暗くなったり、明るくなったりを繰りかえしている。男は長身で、体形はすらりと痩せていた。黒いニット帽をかぶっていて、顔色は青白いが、単に月明かりのせいでそう見えるのかもしれない。

ここに危険はないと確信したのか、男はすっかり気をゆるめたようすだった。こうなればもう、赤子の手をねじるも同然だ。おかげで、確実に仕留めることができる。

いや、ちがう。自分ははじめからこの瞬間を待っていた。意識して決断したわけではないが、サラを車に残して歩きだしたあのときから、自分はずっと、この男を狩ると決めていたのにちがいない。果たして本当にそうだろうか。自分に問いかけてもみたが、その問いかけはそよ風のように、たちどころに過ぎ去っていった。研ぎ澄まされたライスの意識にさざ波ひとつ立てることなく、跡形もなく消え去った。ライスの思考は前へ、前へと駆けていた。一瞬たりとも足踏みすることなく、分析と決断とを繰りかえし、明瞭な結論へと向かっていった。頭のなかで語りかけてくる声も、もう聞こえてはこなかった。

ライフルの照門穴をのぞきこみ、懸命に目をこらしたが、この状況ではまるで使い物にならなかった。このライフルというのがそもそも、十五メートル先の小さな的を日光のもとで撃つのに適した、射撃競技用の小口径ライフルなのだ。両目を開けたまま照準を合わせる技術は、すでに身につけている。独自の分析から判断するかぎり、これだけの距離であれば、この小さな鉛弾を胴体のどこかしらに撃ちこむことはできるだろう。運がよければ、脊椎や心臓を撃ちぬくことだってできるかもしれない。

だが、あの男はほぼまちがいなく、甘く見てはいけない相手だ。よっぽどの運に恵まれないかぎり、あの男は瞬時に応戦してくる。きっと、次の弾を込める時間もないだろう。

右手の近くに置いた四五口径も、すぐ撃てる状態にはなっている。このばかでかい鉛弾を一発でもぶちこむことができたなら、あちらも撃ちかえしてはこないかもしれない。少なくとも、正確に的を狙えない状態には陥るはずだ。たしかに当たれば、ダメージはでかい。だが、これだけ距離が離れているうえに、この暗がりのなかでは、絶対に当てられるとは言いきれない。そのうえ、相手が防弾ベストを着こんでいるという可能性もある。

もっと明るくなるまで待つべきなんだろう。ライスがこのライフルを持ってきたのには、ある理由があった。四五口径のほうは威力で優るが、狙撃には向いていない。だが、ライフルなら、この距離であれば頭を狙える。明るい光のもとでさえあれば、絶対に撃ち損じたりはしない。

待つことは苦にならない。尋常ならざる忍耐力が、骨の髄まで染みついている。肉が朽ちて土に還るときまでだって、永遠に待ちつづけられる。

するとそのとき、明かりが足りないとの訴えに応えるかのように、男がポケットに一度、二度と手を差しいれてから、両手を顔の前に持っていった。ライターの炎がつかのま燃えあがり、すぐに消えた。男が煙を吸いこむと、煙草の先端がオレンジ色に明るく輝き、照門を通して眺める視界に一点の光を灯した。照門の中央で、丸い金属に開いた穴の中央で、オレンジ色の光が輝いている。距離はおそよ三十メートル。これなら、頭蓋骨に開いた大きな穴——眼窩——に、ほぼまちがいなく弾を撃ちこむことができる。弾が万が一、頭蓋骨に跳ねかえされたとしても、すぐには応戦できないほどのダメージを与えられる。その間に、次の銃弾を放つための準備ができる。

安全装置をそっとすべらせて解除した。煙草の先端が明るくなって、暗くなる。そしてまた、明るくなる。照門の丸い穴は刻印のように、男の顔に固定されている。

待て。頭のなかで声が響いた。車にもたれて立つあの男にまで聞こえたのではないかと不安になるほどの、はっきりとした声だった。反射的にとった行動は、黙れと命じることだった。だが、それでも声は語りかけてきた。**やめろ。殺すな。**

ためらいが頭をもたげた。獲物を狩るために高めていた集中力は、完全に断ち切られてしまっていた。自分自身の声がまたもや、頭のなかでべらべらと喋りたてている。ライスは声に怒りをぶつけた。なんだって急に出しゃばりだしたんだ？　おまえはあの田舎者のディーウェインを、憐れな失業者を、ちんけな売人を、人生における最大の望みはばかげたバイカークラブに加入することだという男を、拷問にかけた。なのに、あの異常者のことは、大勢の人間をあやめてきた殺人鬼のことは、おまえを殺すためだけにはるばるここまでやってきた男のことは、何もせず放っておけというのか？

そのとき、男が片足をあげ、ブーツの底で火を揉み消した。その吸い殻をポケットにしまいこむと、男は小さな懐中電灯の明かりをつけて、ロッジのフロントポーチのほうへと姿を消した。

48

全身がぶるぶると震えていた。膝と肘の感覚がなくなっていた。ライフルをかまえる手はかじかんでいた。あちこちに重心を移すことで、少しでも血行をよくしようとしたが、あんまり激しく動きすぎると、ロッジの窓から見えてしまうかもしれない。自分でもすでにわかっていた。おれはいま怯えている。ずいぶんと久方ぶりに。

あのジョーンズ捜査官も、ある一点においては正しかった。世界じゅうにいる悪党のなかで、絶対に〝狩り〟の標的になりたくない人間をひとり挙げるとするなら、それはあの男だ。もしも幸運に恵まれて、あの男を殺すチャンスをつかんだなら、そのチャンスを逃しちゃならない。生きたまま捕らえようとか、脚や肩を撃つだけにしようとか、絵空事の西部劇に出てくる高潔な主人公みたいなまねだけは、断じてするべきじゃない。あの男は以前にも、そんなふうに撃たれたことがある。だが、致命傷でないかぎりは、何発の銃弾を浴びせられようとも、普通の人間なら地べたを転げまわって悶え苦しむような重傷を負おうとも、あの男はほぼ百パーセントに近い能力を発揮することができる。〝手をあげろ〟だのといったふうな、ばかげたことをあの男に命じたなら、そいつは次の瞬間には撃ち殺されている。あの男に向かって銃をかまえることくらいはできるだろう。あの男がすばやく身をかわした瞬間に引鉄を引いて、弾を当てることもまだできるだろう。だが、致命傷を負わせることはけっしてできないし、その傷から血がにじみだすよりもずっとまえに、あの男に殺されているはずだ。

あのとき、千載一遇《せんざいいちぐう》のチャンスに恵まれたときに、あの男を撃っておくべきだった。煙草なんぞを吸って、おのれの顔を明るく照らしてくれていたときに、頭を撃ちぬいておくべきだった。

だが、それでもまだいまは、こちらに分がある。あちらはまだ、この場所には自分ひとりしかいないと思いこんでいる。すっかり警戒を解いている。休暇で訪れた別荘か何かみたいに、のんびりなかを歩きまわっている。あの男を殺せる可能性は、まだ残されている。

夜明けはもう遠くない。空に浮かぶ雲は、数えるほどしかない。月の光が、いまにも朝陽に取って代わられようとしている。左に目をやると、東の空が白《しら》みはじめて、星明かりを呑みこまんとしている。あの男があきらめて立ち去ろうとするなら、それをそのまま見送ることもできる。もしかしたら、サラのアイデアが効を奏するかもしれない。ライス・ムーアはこの地を去ったのだと、ふたたび逃げおおせたのだと、信じこんでくれるかもしれない。

男がロッジのなかに消えてから、もうずいぶんになる。寝室、管理人室、キッチンの窓の向こうで、懐中電灯の光が躍っている。もう一度あらためて、徹底した家捜しを行なっているのにちがいない。手紙の切れ端なり、メモなり、消去し忘れた留守番電話のメッセージなり、ライス・ムーアの行方を知る手がかりとなりそうなものを、片っ端から捜しているのだ。もしかしたら、電話機も捜そうとするかもしれない。リダイヤルボタンを押して、最後に電話をかけた相手を知ろうとするかもしれない。だが、管理人室で見つかるのは、リダイヤルボタンなどどこにもない、年代物のダイヤル式電話だ。そこの本棚にずらりと並ぶ、動物の骨だの、頭蓋骨だの、毛皮だの、牛の骨盤の兜だのといったコレクションにも、きっと目を留めるだろう。それが呪物崇拝の対象であることに気づいて、おそらく感銘を受けるだろう。だが、そこにどんな意味を見いだすかについては、まるで想像がつかない。麻薬カルテルの各組織が崇拝するカルト宗教に比べれば、いわゆる主流派の宗教が、すべてまっとうに思えてくるものだ。

顔に吹きかかるそよ風が、だいぶ乾いて、涼しくなってきた。十種類以上の鳥たちがにぎやかに鳴き声をあげて、嵐が過ぎ去ったことを祝っている。

フロントポーチのほうから、網戸の閉まる音がした。続いて、軽やかに階段をおりる足音。見えた。あそこだ。男が納屋の裏にとめたタホのほうへ歩いていく。ほぼまっすぐ、こちらに向かってくる。両目を開けたまま照門をのぞきこみ、ドーナツの穴の中央に男の頭を据えた。安全装置は解除されている。身体がかっと熱くなる。心臓が激しく脈打ちだす。その鼓動に合わせて、照準が大きくぶれはじめる。

あの男が本当にこのまま立ち去ってくれたとしても、おれを捜すのをやめはしないだろう。おれの行方を知りうるすべての人間にとって、あの男は脅威となる。

サラやスターはもちろんのこと、ボージャーやウォーカー保安官さえも、危険にさらすことになる。

一、二、三で息を吸い、四、五、六で的を絞る。十二拍めの鼓動までに、ライフルのぶれがおさまった。あいつを撃たなきゃならないんだ。そう自分に言い聞かせた。ほかに道はないんだと。

だが、まだだ。いまはまだ遠すぎる。あいつはこっちへ向かってくる。確実に命中する距離まで待て。そうだ、あと十歩。

そのとき、何かが動いた。さっきまでは存在しなかった何か。少し離れた左のほう。小さな黒い生き物。視界の外にいるはずなのに、なぜだかライスにはそれが見えた。黒猫のメル。あのメルが裏手のポーチの下で、じりじりと地面を這っている。目は前方を見すえている。草むらにひそむライスにも、じきにロッジの陰を抜けだそうとしている男にも、気づいていない。目の前にいる獲物のほかは、何ひとつ眼中にない。

メルは不意に動きをとめて、足を踏んばり、ぶるりと身を震わせた直後、ぱっと前に跳びだした。一瞬で二メートル近い距離を詰め、ロッジの外壁のきわにまで到達した。絹を裂くような甲高い鳴き声が響くと同時に、メルがひょいと頭をあげると、その口のあいだには、千切れた草と、びしょ濡れのハタネズミがくわえられていた。

メルと男が、同時に互いに目をやった。メルがくるりと身をひるがえし、一目散に駆けだした。全身をめいっぱいに伸ばして跳躍し、高く生い茂った草むらへと跳びこんだ。そのさまは、ことわざにある〝火傷《やけど》した猫〟というよりもむしろ、姿形を持たないなんらかの存在を思わせた。まるで影か、脳が起こした錯覚か。あまりにも速すぎて、肉眼で動きを捉えることすらできないほどだった。その一方で、男も即座に動きだしていた。両足の親指の付け根に体重をかけて身体をひねりつつ、軽く腰を落とすやいなや、あっというまに拳銃をつかみとると、その腕をほぼまっすぐに伸ばして、片手撃ちのかまえをとった。

だめだ、その猫は撃つな。ライスは照門に目をこらして、穴の中央に男の顔を据えた。息を吐きだし、引鉄を絞った。

時間の流れがゆるやかになり、ぴたりととまった。

男のかまえる拳銃は、真っ黒で、ずんぐりとしている。グロックだ。メルが草むらのなかに姿を消すと、男はふっと微笑んで、何ごとかを――あの黒い猫《エル・ガト・ネグロ》がどうのと――つぶやいた。銃口がわずかに下を向き、肩から力が抜けた。ところが次の瞬間には、男の笑みが凍りつき、目つきが変わった。何が起きたのか、ライスにはわかった。頭のなかで、警報が鳴り響きだしたのだ。家猫がいるということは、ライス・ムーアがここを去ったと決めつけるのは早い。触角がふたたび蠢きだす。殺し屋《シカリオ》の五感が蜘蛛のように疼《うず》きだす。古《いにしえ》の爬虫類のごとき原始的な潜在意識が、ぼうぼうに草の伸びた、なんということもない草地のなかに危険を感じとっている。普通なら感知できないほど暗がりにまぎれこんだ、はっきりとした輪郭すら伴わない草の塊を――ライスの姿を――まぎれもなく認識している。意識の中枢ではなく、どこか片隅で、その存在を捉えている。脳の大部分はまだ、黒猫の存在が暗示することについて、せわしなく分析を行なっているはずだ。

ライスのなかで、ふたたび時間が動きだした。とまっていた時間がゆっくりと流れだした。目に痛みをおぼえたが、まばたきすらしなかった。男の表情の変化に、目をこらしつづけた。男はいま、猫の存在を意識から追いやろうとしている。脳の中枢に棲みついた古生代の爬虫類の叫びに、草地に何かいると告げる声に、あの場所が何かおかしいと訴える声に、ようやく応じようとしている。男の視線がすうっとこちらへ動いた。

ライスは肉体を縮めようとした。霧のように消えてなくなろうとした。だが、ライスの肉体は、意志に反して、凄まじい引力を発していた。時季遅れの草木にまぎれた、でこぼことした小山のようなギリースーツのほうへ、男の視線を引き寄せていた。男の注意をロープで括って、ぐいぐいとたぐり寄せていた。頭が、肩が、拳銃を両手でかまえた腕が、こちらへ吸い寄せられた。腰がくるりとこちらへ向いた。引力に従って、ゆっくりと弧を描きながら、徐々に加速しながら、ライスのほうへと向けられた。

49

グロックが一気に、サブマシンガンのように火を噴いた。そのうちの二発が、すぐそばの濡れた地面にめりこんで、泥の飛沫が撥ねかかった。だが、男は引鉄を引くと同時に倒れていた。全身から力が抜けていた。男の身体が地面を打ち、小さな飛沫をあげた直後、ぬかるみのなかに沈みこんだ。

ライスはライフルを放りだし、拳銃をつかみとった。右へ、左へ、ゆっくりと銃口を向けた。男はひとりでここへやってきた。そう確信はしていたが、それでもとにかく、ライスは待った。三十秒。一分。

覚醒剤でもやったみたいに、思考が高速で回転している。銃弾は同時に放たれた。ライスのライフルから放たれた一発と、男のグロックから立てつづけに放たれた複数の弾。まったく、なんて野郎だ。あの二発の弾は、すぐそこの地面に埋まっている。自分が死んでいてもおかしくなかった。

やめろ。そのことはまだ考えるな。

耐えろ、と自分に言い聞かせた。恐怖に震えている場合じゃない。

三分が経過した。雨で濡れそぼったギリースーツを脱ぎ捨て、中庭まで歩いていき、芝生の上にうつ伏せに倒れている男に銃口を向けて立った。うなじの生えぎわの近く、ニット帽の縁の下に、血まみれの銃創が見えた。弾は頭部を貫通している。脈はなし。男はあのとき、ライスよりもほんの少しだけ、斜面の下方に立っていた。しかも、軽く腰を落とした前傾姿勢をとっていた。おかげで、ライフルから放たれた弾は左の眼球を貫通し、頭蓋骨の下部を突きぬけていた。つまりは、脳幹が破裂して、ほぼ瞬時に意識が途絶えたはずだ。

朝陽が山頂から顔を出していた。すでに一日が始まっていた。緑の草が雨の重みに耐えかねて、小さく頭《こうべ》を垂れている。山腹の木々の葉が、黄色や赤やオレンジに色づきはじめている。嵐の名残の南西の風が木々の枝葉をかすかに揺らし、雨水がばらばらと落ちる音が響いてくる。どこか遠くから、鳥のさえずりも聞こえる。ひんやりと涼しく、静かな朝。雨に洗われたすがすがしい空気。たったいま何が起きたのか、自分はすべて把握していると思っていた。だが、記憶は少しずつこぼれ落ちつづけている。

ブーツのつまさきで、男の身体を仰向けに転がした。見覚えのない顔だ。顔を見ればぴんと来るのではないかと思っていた。血のつながった家族ならではの似通った特徴があるのではないかと。だが、そういったものはいっさい見あたらなかった。男の遺体は少し口が開いていて、骨のように白い歯がのぞいていたが、左の眼窩は血みどろの洞《うろ》と化していた。きれいな焦茶色の右の目は、真っ青な空を見あげていた。いま空には、小さな綿雲がいくつも浮かんでいる。上空の強風に煽られて、みるみる端へと押し流されていく。その雲が太陽にかかるたび、鎧戸《よろいど》を閉じたり開いたりするみたいに、空が暗くなったり明るくなったりしている。

この世にひそむ残酷な事実が、男の右目から毒ガスのように漏れだしてくる。本当は知っているくせに、知らないふりをせずにはいられない事実。そうすれば、その日一日をなんとかやりすごすことができるから。

腰を折って、腕を伸ばし、右目の瞼を親指で閉じた。指を離すと、瞼がゆっくりと開きかけた。もう一度ぐっと押しもどしたが、やはりふたたび瞼が開いた。

喉の奥に詰まった蛾のように、ヒステリー発作が猛《たけ》りだした。

50

3の上に開いた穴にひとさし指を入れてダイヤルをまわし、少しカーブした金属製のストッパーのところで指を抜くと、ダイヤルが逆方向に回転して、もとの位置に戻る。続いて8の穴に指を入れ、さっきよりも長くダイヤルをまわすと、そのぶんだけ長くダイヤルが戻る。そのあともゆっくりと、ひとつひとつたしかめるように、保安官の番号をダイヤルしていく。電話には、ウォーカー保安官本人が出る。ライスが事情を説明すると、ウォーカーはしばらく黙りこんでから、こう告げる。すまんが、面倒な事務作業を、これ以上増やさないでくれんか。その死体は山に運んで、埋めてしまったらどうだね。

視線の先に、男の遺体が転がっていた。朝陽がさらに高くのぼり、山腹を斜めに照らしている。雨に濡れて冷たくなった芝生を温めだしている。

また白昼夢を見ていたらしい。今回はおそらく二分ほど。

ウォーカーに知らせるつもりはない。あれはもちろん、かろうじてだが、正当防衛だった。だとしても、保安官には知らせない。

安全装置をかけて、拳銃を腰のホルスターにしまった。軽い吐き気。浅くて速い呼吸。手の震え。

おれはたったいま、ひとを殺した。あやまちから目を逸らすことのないように、あえて言葉にして言ってみた。声に出してではなく、心のなかでつぶやいた。ひとを殺すのはこれがはじめてではない。だが、誰かを殺したことのある人間が、世界じゅうにどれくらいいるのだろう。そのうち、故意に誰かを殺した人間は？　二人以上殺した人間は？　それほど多くはないはずだ。軍隊や警察に関わる者を除外すれば、その数はさらに少なくなるだろう。そして、何より衝撃的なのは、自分もそのなかのひとりになってしまったということだ。いったい何がどうなっておれは、大勢の人間を手にかけてきたこの男の同類へと成りさがってしまったのか。じっくり考えてみる必要がある。

いや、だめだ。いまは余計なことを考えるな。そういう時間はあとでとれる。

まずは、どうすべきか考えなければ。シンプルで、時間のかかりすぎないプランが必要だ。このとんでもない窮地を——現実逃避の白昼夢へすかさず追いこもうとしてくる窮地を——切りぬける方法が必要だ。ライスは腕時計を確認した。まだ七時半にもなっていない。だが、あの銃声は、サラの耳にも届いたはず。そのせいでサラが恐怖に駆られ、約束の時刻を待たずに保安官に知らせようとするかもしれない。サラのいる場所まで急いで行って、心配するなと伝えなければ。

まずいことになるまえに、保安官への通報をやめさせなければ。ただし、この死体がサラの目に触れるようなこともあってはならない。

ならば、真っ先にとるべき行動は――死体を男の車へ。その車を納屋へ。

男のSUVがとめてある場所へ小走りに向かいながら、自分に命じた。どこにも手を触れるな。指紋を残すな。バンダナを使って、ドアを開けた。キーは刺さったままだった。車内には煙草のにおいがこもっていた。助手席のシートの上に、暗視ゴーグルが転がっている。またもやバンダナを使ってキーをまわし、シフトレバーを動かして、ハンドルを操った。ロッジと納屋のあいだをゆっくりと進み、男の死体のそばにバックで停車した。

男の履いている艶消しの黒のブーツは、平たいゴム底の靴だった。これなら、歩いても足音が立ちにくい。ゆるめのブラックジーンズは、雨でびしょ濡れになっていた。黒いタイトなTシャツの上に着た黒いジャケットは、動いても音がしないようなストレッチ素材でつくられていた。ジャケットの襟からのぞく首には、いくつもの刺青が彫られていた。髑髏と、バラと、いかにもな筆記体の文字で綴られたスペイン語の文言《もんごん》。ただ、いまはそれを判読しようという気力がない。そのまま視線を上にずらすと、頭にかぶったタイトな黒いニット帽が見えた。さて、問題はここからだ。ライスはそのニット帽を剝がしとって、男の頭を横に傾けた。後頭部に生えた短い黒髪を指で掻き分けながら、鮮やかに色づけされたいくつもの刺青を眺めていった。左側頭部も確認してから、右側頭部に移ると……あった。これだ。狂気じみた目。開いた口。

この男は、みずからの手でおれを殺《や》りにきたのか。しかも、ひとりで乗りこんできた。ライスはかつて、地獄の番犬のごときこの男から一生逃げつづけるという運命を、みずから甘んじて受けいれた。そして今日、男は死んだ。

これで終わったのかもしれない。

またとない幸運だった。身に余るほどの幸運だった。いまから数時間のあいだ、いっさいヘマをすることさえなければ、今後も保護区にとどまることができるかもしれない。

男の足首を軽くまさぐってから、右脚の裾をめくりあげた。足首のホルスターのなかに、・三八〇ACP弾を込めたシグの小型拳銃を見つけると、マジックテープを剥がして、ホルスターごと取りはずした。芝生の上に落ちていたグロックも回収した。こちらは、スライド上部が大きくくりぬかれていて、銃身に設けられたマズルブレーキ用の孔《ポート》がそこからのぞいているうえに、安全装置とおぼしきレバーがスライドの左側面についていた。こんな銃は、これまで目にしたこともない。あとでじっくり調べてみるとしよう。二挺の銃も暗視ゴーグルと一緒に助手席のシートに置いたあとは、周囲の芝生を歩きまわって、九ミリ弾の薬莢を四つ見つけだし、ポケットにしまった。

男のジーンズの左ポケットからは、スパイダルコ社製の折りたたみナイフが見つかった。右ポケットからは、夜のあいだに押しこまれた例の吸い殻が出てきた。男の太腿はすでに冷たくなっていて、生肉のような感触がした。

まだ五分と経っていないというのに。

ライスは立ちあがって、目を閉じた。詫びるべきなのだろうか。狩りで殺した動物たちに、森のなかでしたように。何度か深呼吸を繰りかえすことで、無理やり吐き気を抑えこんだ。

立ちどまるな。動け。

ベルトに留められた樹脂製ホルスター。ジャケットのフラップ付きポケットには、携帯電話。片方の脇ポケットのなかには、ライスのものとよく似た小型の懐中電灯と、グロック用の予備の弾倉と、半ばからになったキャメルのソフトパックと、使い捨てライター。もう片方の脇ポケットには、サラのものより小ぶりな黒いスタンガンと、太くて頑丈そうなプラスチック製の結束バンドが十本。

ライスはそれを手に取って、つぶやいた。

「なんのためにこんなものを用意してきやがったんだ？」男は筋肉のゆるんだ顔で地面に横たわったまま、答えを返してはこなかった。

男のポケットから掻き集めた所持品も、すべて助手席に放りこんだ。続いて、荷室のハッチバックドアのラッチをはずすと、油圧ダンパーが働いて、巨大生物が悠々と口を開けるかのごとく、ドアがゆっくりと持ちあがった。

荷室のなかには、案の定、ボルトカッターが転がっていた。その横には、緑色の防水シート。かなりの大判サイズのようだが、小さく折りたたまれ、透明なビニールで包装されたままになっている。それから、ウォルマートの買い物袋がふたつ。ライスはその袋をつかのまじっと見つめてから、中身を隈なく調べていった。ひとつめの袋から出てきたのは、肘までの長さがあるゴム手袋がひと組に、使い捨ての青いラテックス手袋がひと箱。使い捨てのヘアネットがひとパック。履き口にゴムの入った、ビニール製のシューズカバーが一足。ダクトテープが三本。そして、封の開いた結束バンドの箱。ふたつめの袋から出てきたのは、安物のアイスピックと園芸用の大鋏。どちらもまだ、プラスチックのパッケージに包まれたままになっている。

当然だ。あの男のような人間が、獲物をあっさり殺すだけで満足できるわけもない。そんな情けなど持ちあわせてはいない。一考の余地すらなかったはずだ。そうとも、当初の予定では、寝込みを襲うつもりだったにちがいない。スタンガンで気絶させておいてから、結束バンドでベッドの支柱に拘束する。いったん車に取ってかえして、残りの道具を運びこむ。これだけ人里離れた場所なら、特に慌てる必要もない。いくらでも好きなだけ時間をかけられる。

ウォルマートの袋に入っていた品々が、なんのために用意されたのかはわかっていた。もちろん、その使い方も。自分がどういうことをされるはずだったのかも。そういう知識や技術なら、かつてぞんぶんに教えを受けたから。ラウル・フェルナンデスにとっても、その後に出会った殺し屋《シカリオ》たちにとっても、はじめは、持て余した暇をつぶすための単なる気晴らしでしかなかったにちがいない。ところがしばらくすると、連中はライスのなかに、何かを見いだすようになった。何がなんでも生きのびるという強い意志。内に秘めた暴力性。殺しを厭《いと》わぬ性向。高度な身体能力。そして、優れた記憶力（ただし、自分としては、あの場所で得た知識の大半をできることなら忘れてしまいたいと思っている）。やがて、そうこうするうちに、ずっといだいてきた善悪の観念がしだいに磨耗《まもう》していって、ついには、自分がいま住む世界のありさまにぴったりなじむようにまでねじ曲がっていった。プロによる殺しの手口が拍子抜けするほど陳腐である点に関して、その真価を認めるようにもなっていった。殺し屋《シカリオ》もただの人間だ。高度な特殊技術を有していたとしても、他者に暴力を振るうことにいっさいの躊躇がないとしても、多くの点においては、ごく普通の人々となんら変わりない。宇宙人でも、超人でもなんでもない。そして自分には、彼らを裁く資格はない。エイプリルが殺されたあと、殺し屋《シカリオ》たちによる教えがライスに与えたのは、自分が生きのびるための戦術だけではなかった。しがみつくことのできる目標だった。夢に思い描くことのできる物語だった。ライスの生きる糧となった——肉体を構成する原子をひとつに結合してくれた——復讐の物語だった。

ライスは連中から多くを学んだ。たとえば、先の尖った細い棒を耳のなかから骨に突き刺せば、血や肉片を飛び散らすことなく、耐えがたい苦痛を与えられること。そうしておけば、DNA検査に備えて、現場の掃除をする手間が省けること。シボレー・タホの荷室にしまいこまれていたこのアイスピックもまた、そうした拷問に用いるのに打ってつけのアイテムだ。大腿骨なり、骨盤なり、どこかしらの大きい骨を狙って肉に突き刺し、骨膜に沿って先端を動かしながら、神経の末端をこすってやればいい。その痛みはまるで、ひとつの骨を何度も繰りかえし砕かれているかのように感じられるはずだ。そして、このやり方もやはり、苦痛が大きいわりには出血が少なく済む。もしもあのとき、自分のトラックにアイスピックが積んであったなら、おれもディーウェイン・スティラーに同じことを試しただろうか。

一方、園芸用の大鋏はというと、こちらはおそらく中国製で、値段は十ドルもしないはずだ。だが、それ以上の金をかける必要がどこにある？　切れ味はこれで申しぶんない。ほかに有効な手段がない場合、もしくは、手っ取り早く済ませたい場合、拷問によって誰かの口を割らせたいなら、身体の一部を切り落とすのがいちばんだ。この教えを授けたとき、師匠であるラウルは嘲笑まじりに首を振りつつ、こうのたまった。人間の変わり身の速さときたら、たいしたものだ。きっと、自分自身の一部を失うということには、なんらかの特別な心理が働くんだろう。人間にはどうしてもそれが耐えられないんだ。

いいや、答えはノーだ。自分には、そこまでのことをするつもりはなかった。いっさいなかった。絶対に。

とはいえ、この十二時間で実際にしたことだけでも、心身共にぼろぼろにくたびれ果てるには充分だった。恐怖と安堵が、怒りと羞恥心《しゅうちしん》が、一緒くたに揉みあって、我先に心を占拠しようとしているようだった。それと同時に、ふと思った。〝メキシコ野郎〟の存在をディーウェインから知らされていなかったなら、自分はいまごろ、身体の一部を大量に失っていたにちがいない。そして、サラも。万が一そんな状況になっていたなら、サラの身に何が起きていたことだろう。今後はディーウェインにもう少し親切にしてやろうと、ライスは胸に刻みつけた。

さて、物思いに耽《ふけ》るのはここまでだ。

車に死体を積みこまなければ。

くたびれ果てた足を引きずるようにして男の死体に近づき、背を伸ばしたまましゃがみこんだ。丈夫な黒革のベルトの下に右手を差しこんでバックルをつかみ、ジャケットの前身頃を左手で握りしめて、ぐっと死体を持ちあげた。

全身に雨水を吸った、巨大なぼろ人形。

頭から手足から何もかもが、力なくだらりと下に落ちた。頭は後ろにのけぞって、腕と脚はぐにゃりと宙に垂れた。ライスは全力を振りしぼって上体を起こした。ふくらはぎに力を込めて、踵を浮かせた。肩をめいっぱいにいからせてから、抱えあげた死体を腰で前に押した。男の頭がクロームメッキのバンパーにぶつかった。ブーツが芝生を引っ掻いた。ジャケットの前身頃を握りしめる手がすべりだした。そうして奮闘するうちに、いままさに起ころうとしていることがライスには見えた。右肩の後ろの上空に浮かんだ視点から、ライスはそれを眺めていた。非協力的な死体とのレスリングマッチ。パニック寸前の奇怪な取っ組みあい。足首をつかみ、肘をつかみ、タホの荷室へともつれこむ。四肢がばたつく。刺青に覆われたぐにゃぐにゃの首の先で、血みどろの頭がのたうちまわる。床のゴムマットに押しつけられてよじれた顔が、憤怒《ふんぬ》の形相を浮かべながら、片目で睨みつけてくる。

ちょっと待て。待て、待て、待て。考えろ。

芝生の下に死体を戻した。糞尿のにおいが鼻を衝いた。ブラックジーンズの股の部分が、いちだん黒く染まっていた。バンパーには血のこすれた跡が残っていた。あれもあとで拭きとっておかなければならない。自分のズボンの脚をふと見おろすと、そこにも血が染みこんで、こぶし大の黒い跡ができていた。荷室のなかを血まみれにするつもりか？　あのなかには、ほかにもいろんなものが詰まってるんだぞ。ウォルマートの袋。ダクトテープ。

そして、防水シート。ライスの死体がくるまれるはずだった、防水シート。

ライスは声をあげて笑った。こらえようにもこらえられなかった。皮肉な運命というものは、重力や電磁気と同様に、ひとりの例外もなく万物に作用するものなのだ。

「ライス？」

ライスは反射的に車の陰にうずくまり、腰のホルスターに手を伸ばしていた。だが、もちろん、声の主はサラ以外にありえない。きっと、いまの笑い声を聞かれてしまったにちがいない。するとそのとき、草地のなかから、サラが恐る恐る立ちあがった。手に何かを握りしめている。たぶん、あの能よけスプレーだ。青い防水ジャケットの上にライスの格子縞のシャツを羽織っているのは、カムフラージュのために色が黒っぽいものを選んだのだろう。ブロンドの髪が陽の光にきらめいているのを見て、ライスはしまったとため息をついた。そうだ、髪のことを忘れていた。頭を何かで覆うようにとも言っておくべきだったのに。

「サラ、そこにいてくれ。こっちには来ちゃだめだ」ライスは車のサイドをまわりこんで、サラのいるほうへと歩いていった。死体が車の陰に隠れていることに、内心、胸を撫でおろしながら。

「何があったの？　どこにも怪我はない？　銃声が聞こえたわ」そうまくしたてる声は震えているのに、サラはライスの指示を無視して、ずんずんと草地を突っきりはじめた。雨に濡れて重くなった草を掻き分けて進み、中庭の隅で足をとめた。「あの車、誰が乗ってきたの？」

「ウォーカーに連絡は？」

ライスの問いかけに、サラは首を振った。よし、いいぞ。ライスはわずかに緊張をゆるめた。

「さっきのあれ、笑ってたの？」

うまく説明できる自信がなかった。したがって、その質問はやりすごすことにした。

「あなたの話、本当はあんまり信じてなかった」

「だろうな」

「あの銃声、マシンガンみたいだったわ。でも、あなたはマシンガンなんて持ってない」

「もちろんだ」

何があったのかと、サラは重ねて訊いてきた。どうして笑っていたのかと。いったい誰だか知らないけれど、その誰だかは死んだのかと。だが、ライスは何も答えなかった。格子縞のシャツはサラにはぶかぶかすぎるうえに、ボタンもかけちがえていたせいで、片方の肩の生地が寄っていた。高く生い茂った草地のなかを移動していたせいで、ズボンは太腿のあたりまで濡れていた。サラはきっと、銃声を耳にしたとき、自分はどうすべきかと考えぬいたのだろう。そして、こう決意した。安全な森を離れて、ライスが助けを必要としていないかたしかめにいこう。その結果、熊よけスプレーを握りしめながら、こっそり草地までおりてきたのだ。

「保安官には、いまから知らせるわ」サラは言いながら、携帯電話を取りだした。「救急車も呼ぶ？」

「いや、待ってくれ」

サラの目が少しだけ大きく見開かれた。この状況がサラの目にどう映るかは、もちろんわかりきっていた。正当防衛であれなんであれ、ライスはまちがいなく誰かを撃った。なのに、声をあげて笑っていた。そのうえ今度は、保安官に知らせたくないと言いだしたのだ。

声の調子を努めてやわらげながら、ライスはこう続けた。「もしこの件を保安官に知らせたら、司法の手にゆだねたら、四十八時間以内に、おれはシナロアじゅうの組織に追われることになる。そうなったら、長くは生きられない。たったひとりの相手をするだけでも、きわどかったってのに」

「そんなこと言われても、よくわからないわ」

「だろうな。すまない」これから言おうとしていることも、すんなり受けいれてはもらえない気がしたが、だめもとで言ってみることにした。「きみにだいじな頼みがある。いまから自分の車に戻って、このまま保護区を出て、まっすぐ帰宅してくれないか。これ以上ここにいたら、きみまで刑務所にぶちこまれることになりかねない。だから、このことは忘れてくれ。おれが侵入者を心底びびらせたせいで、そいつが森へ逃げこんで、この車を置き去りにしていったってことは……いいかい、サラ。おれはゆうべ、きみを家に帰した。きみは何も見なかった。おれが連絡するまで――」

「わたしはどこにも行かないわ」

ライスはそのまま黙りこんだ。こういう事態は、まったく想定していなかった。

「わたしのことも撃ち殺す？」

ライスはあんぐりと口を開けた。「何を言いだすんだ？　殺すわけがないだろう？　なあ、サラ、おれの話を聞いてなかったのか？」

「聞き分けがなくてごめんなさいね、ライス。だけど、本当のことを話してちょうだい。それがいやなら、いますぐ保安官に電話するから、そっちに事情を説明するといい」それだけ言うと、サラは小さく息を吐いた。実際にはそんなまねをするつもりはないと、どちらもわかっていた。ふたたび口を開いたとき、サラの声からは感情の昂ぶりが消えうせていた。「何もかもひとりで抱えこみつづけることなんてできないわ。あなたが自分で思っているくらいに、本当に賢明な人間であるなら、わたしにも力にならせてくれるはずよ」

51

サラが旧道を引きかえしているあいだに、ライスはヘアネットをかぶって、髪をなかにたくしこみ、震えのおさまらない手に苦労してラテックスの手袋をはめた。刑法に関する知識はもともと浅いうえに錆びついてもいたが、自分がこれから手を染めようとしているさまざまな犯罪行為に、サラがどうしても手を貸すつもりであるなら、せめて、死体だけは目に触れさせないほうがいいような気がした。サラがここにとどまることを許すのはあまりにも無責任だとは思うが、サラは一度言いだしたら聞かない人間だ。帰らないと言うサラを帰らせることは、何をどうしようとも不可能なんだと、自分に言い聞かせるしかなかった。

サラに厳しく問いただされた結果、最初にまたとない機会を得たときに本当は男を撃ちたかったのだとライスは認めた。そのうえで、あのときは善悪を判断する能力を欠いていたのだということだけは力説しておいた。ただし、もしも黒猫のメルが邪魔立てしてくれなかったら、一方的な殺人を決死の正当防衛へと転換させてくれなかったら、あの男を冷酷に殺していただろうということは、認めるつもりはなかった。そのあと、平然としたふうを装って、草むらの地面の窪みを――顔のすぐそばに着弾して土が削りとられた箇所を――指差してみせると、サラは眉をひそめて、ほかの弾はどこへ飛んでいったのかと訊いてきた。

「まさか、メルのことは撃たなかったわよね？」

「ああ、おれに向かって撃っただけだ」

「それならよかった」

おれのしたことを聞いても怖くないのかと、私道を走って逃げて、携帯電話で保安官に連絡しようとしないのはどうしてなのかと尋ねると、サラはぶっきらぼうに〝そうすべきなんでしょうね〟と答えることで、質問に対する答えをはぐらかした。その表情から真意を読みとることは難しかったが、しばらく考えたすえに、ライスはこう結論づけた。あのときサラがああいう複雑な表情を浮かべていたのは、一部には、きわめておおまかにしか事情を把握できていないなかで、ライスを信用するという理解しがたい決断をくだしたことに、自分でも戸惑っていたからなのだろう。それと同時に、礼儀を重んじる人々から白い目で見られかねないほど、頑なにみずからの意志を押しとおしたことに、いまさらながら気恥ずかしさをおぼえてもいたのだろう。

芝生の上に緑色の防水シートを広げ、納屋の裏から取ってきた薪を四隅に載せて、重しにした。薪を選ぶ際には、ディーウェインの仲間に頭を殴られたときに使われたものを避けるよう注意した。あの一本からはきっと、おれのDNAが採取できてしまうはずだ。

男の履いているブーツの靴底は泥にまみれていた。この山の土は、殺害現場を特定する手がかりになってしまう可能性がある。ライスは靴紐をほどいて、ブーツを足から引っこぬき、防水シートの脇によけておいた。ブラックジーンズの裾や、ジャケットの肩や左の腰まわりにも、地面に倒れたときについたとおぼしき大きな汚れがこびりついていた。ライスは自分の折りたたみナイフを使って、拷問用に購入された大鋏をパッケージから取りだした。裾から膝の真下まで、ジーンズを縦に切り裂いてから、その部分をぐるりと横に切りとった。長ズボンを短パンに改造してやると、筋肉の発達したふくらはぎと、そこに絡みつく有刺鉄線の模様の刺青があらわになった。そのあとは、ベルトのバックルをはずして、黒い樹脂製のホルスターも取り去った。最後に、ジャケットの袖口から鋏を入れて、腋の下まで切り裂いてから、胸のあたりをジッパーまで断ち切って、ジャケットをまるまる剝ぎとると、芝生の上に積みあげられたブーツや、ジーンズの裾や、ニット帽の山の上に、ずたずたになったジャケットも放り投げた。

防水シートの一辺の中央に死体を乗せたあと、頭と足のところで上下の端を折って、死体の上に覆いかぶせた。中央で重なりあう部分をダクトテープでとめてから、死体を横に転がしはじめた。できるだけ防水シートにたるみができないよう、絨毯《じゅうたん》のようにきっちりと丸めていった。それが済んだら、ダクトテープを一本すべて使いきって、全体をぐるぐる巻きにした。防水シートの端の部分は、何かが染みだしてくることのないよう、テープを三重にして巻いた。

いよいよ死体を抱えあげてみると、扱いが格段に容易くなっていて、車の荷室にすんなりとおさまってくれた。後部座席のシートを折りたたまずに済むよう、死体のほうを軽く曲げる形になった。荷室を覆い隠すためのセキュリティシェードを閉じて、ハッチバックのドアを閉めると、車内からも外からも、死体はいっさい見えなくなった。建設現場用の丈夫なゴミ袋をバンガローから取ってきて、ブーツやらジャケットやらをそのなかに詰めこんでから、後部座席に放りこんだ。

サラは自分のスバルを駐車場の定位置にとめたあと、今度はライスのトラックを取りに、ふたたび森へと引きかえしていた。納屋の引戸が半分開いたところでつっかえてしまったため、それをこじ開けるのにかなり手間取ったものの、トラクターは一発でエンジンがかかってくれた。ライスはトラクターを納屋から出して、バンガローの近くの私道にとめた。レバーを引いて、牽引用の金具に取りつけてあった草刈り機を上にあげ、刃を研《と》ぐために外に出しているふうに見せかけた。男の乗ってきたシボレー・タホを納屋に入れると、トラクターがとまっていた位置にぴったりとおさまった。差しっぱなしになっていた鍵束のリモコンを使って、ドアをロックしてから、納屋の引戸を閉めた。

死体を男の車へ。その車を納屋へ。

サラが戻ってくるまえに、もうひとつ済ませておくことがある。ライスはフロントポーチの下からホースを引っぱってきて、芝生に残った血痕を洗い流していった。サラの運転するトラックがバンガローをまわりこみ、スバルの隣に停止するころ、ライスは管理人室にいた。白昼夢で見たのとそっくり同じに、電話機のダイヤルをまわしていた。回線はまっすぐそのまま、ウォーカー保安官の留守電につながった。メッセージを残してくださいと、スージーの声が告げてきた。

ふたりはブレーカーをもとに戻してから、トラックに積んでいたライスの荷物をふたたびロッジに運びこんだ。これくらいでは腐らないと言って、サラは食料品まで、冷蔵庫と冷凍庫に戻しはじめた。ライスはその間に納屋へ引きかえし、一時間近くを費やして、タホの車内を調べつくした。それが済むと、シャワーを浴びて、全身を手早く洗い流した。着ていた服は洗濯機に放りこみ、洗いもすすぎも念入りに行なうようセットした。

そのあとは、ふたりで簡単な朝食をとった。さきほど発生した殺人事件は、どちらの食欲にもいっさい影響を及ぼさなかった。使った皿を洗って、布巾でぬぐい、淹れ終わったコーヒーの粉を新しいゴミ袋に捨てる。何もかもが普段どおり。ライスは男の車から見つけだしてきた品々を、キッチンテーブルの上に並べていった。グラブコンパートメントにしまわれていたのは、アリゾナ州フェニックスを所在地とする、七十七番街サービスコーポレーションなる会社名義の車両登録証。となると、盗難車ではなく、カルテルの所有する車なのかもしれない。だが、コンパートメントに二重底といったふうな仕掛けは見つからなかった。運転席のシートの下には、小さめのジップロックがふたつ押しこんであって、一方には九ミリのホローポイント弾、もう一方には・三八〇ACP弾が数十発ずつ詰めこまれていた。ナイキのロゴが入った黒いジムバッグには、衣類と、洗面用具と、小さく折りたたんだターピン・ウィークリー・レコード紙がおさめられていた。ライスはジムバッグの中身をすべてゴミ袋にあけて、からになったスペースに、二挺の拳銃、予備の弾薬、暗視ゴーグル、ジーンズやジャケットのポケットに入っていた品々を入れた。例の珍しいグロックには、18Cとのモデル名が刻まれていたが、それもやはり、一度も目にしたことがなかった。安全装置のように見えた部分はセミオートとフルオートを選択するためのレバーで、これを切りかえることによって、フルオートの連射が可能になる。こいつはなんとも危険な代物だ。フルオートの銃を携帯しているときに捕まろうものなら、刑務所で年老いることとなる。だが、ライスはまだ、これを手放すという踏んぎりがつけられずにいた。今後、何が起きるかは予想もつかない。アラン・ミラや、バイカークラブの連中のこともある。あの男の身に起きたことをカルテルが嗅ぎつけて、報復に動きだすかもしれない。その場合には、この銃を手放さずにいるのにも劣らぬほど、危険な状況に身を置くこととなる。いや、むしろ、この銃がない状態のほうが、ずっと危険だとも言える。

するとそのとき、ライスが後部座席で見つけてきた分厚いマニラ封筒を手に取って、サラが中身をテーブルの上にあけた。百ドル札を二十七枚ずつ輪ゴムで束ねたものがふたつ。あちこちに書きこみがされた、ターピン郡の地図。CERESOから移送されたあとに撮影された、ライスの顔写真のコピー。そして、ライスの所在を数カ月にわたって追った結果をまとめた、調査員からの報告書。薄い革財布のなかには、さらに四枚の百ドル札と、少額の紙幣が数枚、Visaのプリペイドカード、あの男の顔写真が印刷されたアリゾナ州発行の運転免許証が入っていた。免許証に記載された氏名はポール・マーティン、住所はアリゾナ州フェニックスとなっていた。

テーブルの上に散らばった品々をきれいに並べなおしながら、ひとつずつ念入りに眺めていたサラが、免許証を手にして訊いてきた。「これ、知ってるひとなの?」

「一度も会ったことがない」

「でも、誰なのかは……誰だったのかは、知ってるんでしょう?」

「名前がポール・マーティンじゃないってことは知ってる」

「ふうん……それならさっき、この男を送りこんできた人間がこの男を捜しにくることはないって言ってたけど、その根拠はなんなの?」

「こいつはほぼまちがいなく、ひとりでおれを狩りにきたからだ。いわゆる単独犯ってやつだな。そして、おれがそう考える根拠は、こいつがさっきの調査員を個人的に雇ってたからだ」調査員の報告書は、アリゾナ州テンピ市の私書箱へポール・マーティン宛てに郵送されていた。

「例のカルテルって、あなたが証言台に立つことだかなんだかを妨害しようとしてたんじゃなかったの?」

サラは椅子にすわったまま、ぐっと身を乗りだしてきた。集中力は極限まで高まっているようだが、見るからに冷静だ。そして、いまサラがここにいてくれるおかげで、自分もまた、冷静でいることができていた。

「ねえ、ライス。わたしはいま、とんでもなく自分を抑えこんでいるの。本当は無理にでも、あなたから真相を訊きだしたくて仕方ないのに。あなた、そのことをわかってる?」

「ああ」

「だったら……」

「この男の名前はデルガドだ。アンドレス・デルガド。

おれは一度も、カルテルに不利な証言なんてしちゃいない。おれが追われているのは、この男の弟を殺したからだ」

「ふざけないで、ライス。いったい——」

「ガラガラヘビ《クロタリト》……そう呼ばれてた。やつの弟は。クロタリトは殺し屋《シカリオ》だった。カルテルに雇われて殺しを行なう、しがない殺し屋だった。本当の名は、最後までわからないままだった」そう言うと、ライスは髪を掻きあげ、てのひらで顔をこすった。皺を伸ばそうとするかのように。あるいは、異物をぬぐいとろうとするかのように。いまから打ちあけようとしているのは、あまりにも長いあいだ、思いだすことすら拒みつづけてきた記憶だった。「……服役中のおれを殺すことに失敗したあと、カルテルはクロタリトをおれの相棒のもとへ送りこんだ。永遠に口を割れなくするために。それは、クロタリトがはじめて任された大仕事だった。任務の内容は、ごくごくシンプルなもの。相棒を拉致して、殺して、立ち去るだけ。ところが、クロタリトの野郎は、残虐なサディストだった。衝動を抑えきれずに、おれの相棒を犯して、拷問した。それでパニックに陥って、国境のこちら側に遺体を残したまま逃げだした。事件は新聞で報じられた。それがカルテルの怒りを買った」

　CERESOで知りあった連中が調べを進めたのち、陰で方々に働きかけつつ、裏ルートを使って打診を図った。カルテルはその計画に食いついた。業界で広く顔が利き、きわめて有用な人材である兄貴を敵にまわすことも、顔をつぶすこともなく、クロタリトを始末できるから。ただし、代償は払ってもらうとカルテルは言った。ライスの素性は、いずれアンドレスに漏らさせてもらう。悲しみに暮れ、復讐に燃えた恋人が、弟を捜しだして殺したのだと。じつに不運な出来事だったと。

アンドレスの所持品をおさめたジムバッグは、マニラ封筒に入っていた札束から百ドル札を数枚抜きとったあと、屋根裏に隠した。トラヴァー財団の所有物である二二口径のライフル――恐ろしい用途に使われるところなど想像もつかない、いかにも正統派の射撃用ライフル――は、いまや殺人事件の凶器と化した。ただし、アンドレスの命を奪った銃弾は、頭を貫通したあとどこかに消えた。芝生のどこかあのあたりで、土にめりこんでいるにちがいない。ライスは銃腔のなかを掃除して、全体にオイルを塗った。そのあとはただ、物置のいつもの場所に戻しておいた。

預けてあった小型金庫はそのまま持っていてほしいと頼んだとき、サラはそれを受けいれて、こう言った。「今度はどんな秘密がしまいこまれてるんだか知らないけど、仕方ないわね」あとで家に持ち帰って、ブラックスバーグのアパートメントに保管してくれるという。トラクターを納屋に戻してから、ライスはタホに乗りこんでゲートへ向かった。サラも大きく距離をあけつつ、スバルで後ろをついてきた。サラの車が通過するのを待って、ライスはゲートを閉じた。アンドレスは南京錠のツルを切断していたが、もう予備は手もとにない。ダミアンに取り寄せてもらっているアブロイ社製の南京錠も、まだ届いていない。それでもチェーンくらいは巻きつけておこうと、サラは言った。そうしておけば遠目には、目の前の道路を通りすぎる車のなかからくらいなら、施錠されているように見えるだろう。

ルート608に車を乗りいれたとき、周囲を走る車はなかった。アリゾナのナンバープレートをつけたシボレー・タホが、ターク山自然保護区を出ていくところを目撃した者はなし。ライスは無地の野球帽をかぶり、色の濃いサングラスをかけ、キャンバス地のコートを羽織っていた。ロッジの物置に埋もれていた、古い革製のドライビンググローブもはめていた。ダッシュボードのデジタル時計によれば、いまの時刻は午前十時五十二分。ガソリンは四分の三ほど残っている。アンドレスの携帯電話は、電源を入れたうえで、充電プラグをシガーソケットに差しこんである。こうしておけば、万にひとつ、誰かがこの電話の位置を追跡していたとしても、きっとこう思ってくれるはず。アンドレス・デルガドはターク山自然保護区をあとにして、いまは北へ向かっていると。

52

コーヒーメーカーをセットしてほどなく、サラもキッチンの入口に姿を見せた。窓の外には深い霧がかかっていて、薄ぼんやりとした灰色の光が、窓ガラスからわずかに射しこんでくるだけだった。サラの目はまだ完全に開ききっておらず、髪は翼か茂みのように、全体がこんもりと盛りあがっていた。サラはてのひらでそれを撫でつけようとしていたが、しばらくするとあきらめてテーブルに近づき、ライスがシリアルを食べている席の向かいに腰をおろした。ライスがもうひと組、深皿とスプーンを出してやると、サラはテーブルの上に並ぶ二種類の箱をまじまじと見つめだした。まるで、そのどちらかを選択することが、自分の手には余るとでもいうかのように。

「コーヒーのにおいがしたから起きだしてきたの」

コーヒーメーカーがごぽごぽと音を漏らすと、サラはそちらへちらりと目をやった。

「もう一分だけ待ってやってくれ」とライスは告げた。

昨日の午後、ライスはアンドレスのシボレー・タホを、ワシントンDCの南東部に乗り捨ててきた。その区域は、殺人、麻薬取引、強盗、そして車両窃盗などの犯罪発生率が、飛びぬけて高いことで知られていた。アンドレスの車で都心部を走ることにはリスクを伴ったが、制限速度は厳守していたし、ヘッドライトやウインカーなどがすべて正常に灯ることは、事前に確認してあった。ライスが捨て場所に選んだのは、いまは人通りが少ないが、夜になるとその手の人間がいかにもわんさか集まってきそうな雰囲気の通りだった。キーを差したまま、ライスは車をおりた。最初から手袋ははめていたが、念のため、手が触れた箇所はすべてウェットティッシュでぬぐっておいた。最後の最後に気が変わって、アンドレスの携帯電話は持ち帰ることにした。バッテリーとSIMカードを抜きとってから、コートのポケットにいれてジッパーを閉めた。数ブロック西にとまっているサラの車へ向かうまえに、鍵束についていた手錠形のキーホルダーを取りだし、ハッチバックドアのラッチの隙間に埋めこんでから力ずくでドアを閉めてやると、硬度の低い金属がつぶれて、ラッチががっちりとはまりこんだ。これでこのドアはもう、簡単には開かない。アンドレスの車を運よくただで手に入れた者が、アンドレス自身をも一緒に運び去ってくれるだろう。サラはこのプランに反対していた。まちがいなく貧しさに喘いでいる人々に、生きるためにやむなく車を盗んでいるような人々に、殺し屋の死体を押しつけるなどもってのほかだと、サラは言った。だが、ライスの考えはちがった。そいつらは死体と同時に、最新モデルのSUVをも押しつけられることとなる。連中にとっては、まずまずの取引であるはずだ。どこのどいつか知らないが、とんでもないうつけ者がいたものだと、内心ほくそ笑むことだろう。そして、アンドレスのタホはおそらく、盗難車専門の故買屋へ持ちこまれる。最新モデルの高級車を格安で手に入れる代わりに、そこにいる誰かが死体を処理する羽目になる。メキシコに端を発する一連の出来事に、完全なる変則性が入りこみ、つながりが途切れる。ライスとアンドレスを結びつける証拠の糸は、ぼろぼろに擦り切れ、ほぐれ、ばらばらになる。

ワシントンDCからの帰り道は、居眠り運転を防ぐため、一時間ごとに運転を交代した。ウッドストックの近くでいったんハイウェイを出てから、ダイナーを見つけて食事をとった。グリルドチーズサンドイッチとコーヒーは、残りの道のりに耐えるための燃料のつもりだった。ところが、燃料を得て拍車がかかったのは、サラのなかでくすぶっていた憤懣《ふんまん》のほうだった。

今朝の一件についてはやむをえないが、クロタリトを処刑したのはあやまちだったと、サラは言った。その弟のほうは何歳だったのか。きっと、想像も及ばないほどの貧困から抜けだそうと、必死にもがいていたにちがいない。十代の未熟な少年にとって、カルテルの一員となることは、どんなにか甘い誘惑であったことだろう。その少年はきっと、世に名立たる殺し屋である兄を偶像視していたのにちがいない。たとえ犯罪に手を染めていたとしても、そこには抗いようのない強制力が働いていたのではないか。その少年自身に、どれほどの咎があるというのか。それこそ、紛争地域の少年兵のようなものではないか。そのあともぼやきは続いたが、ライスはそれを遮って、もうこれ以上、その話をするつもりはないと告げた。クロタリトはおれの恋人をレイプして、拷問した。残忍なサディストで、殺人鬼だった。だから殺した。ライスはとにかく話題を変えようとした。先週、森のなかでリスを狩っていたときのことに関して、思いだせることをまくしたてていった。捕食者に必要とされるものについて。時と場合に応じて、感情移入が遮断される現象について。だが、あまりにも疲れすぎていて、この話題も、長く持たせることはできそうになかった。口をつぐんだほうがよさそうな空気を感じとってもいた。ふたりは合意しないことで合意した。ロッジに帰りつくと、両翼に隔たれた寝室にそれぞれ引きとって、ベッドに直行した。だが、ライスはなかなか寝つけなかった。仕方なくベッドから起きだして管理人室に向かい、古い日誌のデータをノートパソコンに入力しながら、夜の大半をやりすごした。

サラはシリアルの箱を交互にじっと見つめていた。原材料か何かを読みとろうとしているのかもしれない。しばらくしてようやく、膝の上から手が持ちあがった。まるで独立した意志を有するかのように、その手がゆっくりと宙にあがって、全粒小麦ふすま入りシリアルの箱をつかみとった。シリアルを深皿にそそぎいれながら、サラはライスの顔を食いいるように見つめてきた。

「もう通報したの？」

ライスは無言でうなずいた。サラは続けて、牛乳を深皿にそそぎはじめた。

「それで、向こうはなんて？」

「スージーが出たんだ。受付係の。いや、通信指令係か。そのへんはよくわからない。まあ、とにかく、保安官が面会の手筈を整えてくれるはずだ」ライスはサラに説明した。DEAの捜査官が一連の騒動に関わっていること。三人組のバイカーに関して、なんらかの手を打たせられるかもしれないこと。それから、三人組と、ミラやスティラー兄弟とのつながりについても語って聞かせた。ただし、三人の名をどうやって知ったのかについては、省略した。

「さっきのスージーってひとのことだけど」

「ああ、なんだい」

シリアルの箱の陰から、薄いブルーの瞳がおずおずとのぞいた。自分の顔が真っ赤に染まっていくのが、ライスにもわかった。

「すてきなひとなの？」

「まあ、そうだな。ちょっと変わってるけど」

「面白いひとだってこと？」

「ああ、面白いひとだ」

電話をしたときにスージーから聞いた話によると、ウォーカー保安官はすでに巡回に出ていて、水びたしのターピン郡を救うべく奔走しているとのことだった。それからスージーは、ライスから電話があったら伝えてくれと言われていたという伝言の内容を読みあげた。ジョーンズ捜査官が、ふたたびの対面を望んでいる。ウォーカーを通じてジョーンズに伝えた三人の名が、〝あのくそ野郎の注意を引いた〟ようだ（スージーはこの部分を読みあげるとき、ぎょっとするほどそっくりな声まねを披露してみせた）。電話の最後に、ダンスは好きかとの誘いを受けたが、ライスがノーと答えると、スージーはやっぱりねとばかりにため息をついて、ディナーや映画ならどうかと訊いてきた。自分は別にかまわないが、保安官に叱られるんじゃないかと尋ねると、そんなのしょっちゅうだから気にしないと、スージーは答えた。

「それで、今日はこれから何をすればいいの？」サラが訊いてきた。今日は午後に講師の仕事があるため、早めにブラックスバーグに戻らなければならないはずだ。

ライスは椅子から立ちあがり、ふたりぶんのコーヒーをそそぎながら言った。「きみは車に乗って家に帰る。おれは念のため、ゲートまで一緒に乗っていく。それと、この場所の安全が確認できるまで、ここには来ないほうがいい。少なくとも一、二週間のあいだは」

「まだ何か起きるっていうの？」

「わからない。だが、これですべてに片がついたのかどうかも、まだわからないだろう？　車泥棒があの車を持ち去るまえに、警官がたまたま通りかかるかもしれない。アンドレスがカルテルに無断で、単独でおれを追ってきたっていう読みが、まちがいだって可能性もある。そうなれば、次の刺客が送られてくるかもしれない。もし二週間後におれがまだ生きていたら、おれの読みが正しかったってことになるだろう」

53

一九八〇年代に建てられたという切妻屋根のその家は、ダッチ川に面した低い絶壁の上、生い茂るベイツガの木陰に建っていた。裏口の網戸をノックすると、ウォーカーが戸口にあらわれて、ライスをなかへと招きいれた。少し黴臭い居間を通りぬけて案内されたポーチには、全面に網戸が張られており、ダッチ川の湾曲部を見晴らすことができた。この家は、ウォーカーの奥さんの友人が所有するものであるという。ここなら人目につかないし、あの廃屋《はいおく》と化した陰気臭いモーテルよりか、少しはましだろうとウォーカーは言った。ポーチにはすでに、コーヒーポットと人数ぶんのマグカップまで用意されていた。

「少しなんてもんじゃないですよ」かぐわしいにおいを吸いこみながら、ライスは言った。

「ジョーンズのやつに必要なのがコーヒーかどうかはわからんが、わしにはこれが必要でな」ウォーカーはマグカップにふたりぶんのコーヒーをそそいでくれたが、砂糖もミルクも勧めてこなかったので、ライスはそのままブラックですすりながら、眼下を流れる川を見つめた。川の水は濁り、水面は激しく波立っていたが、氾濫した水はすでに引いており、泥まみれの玉石が転がる大きな州《す》が、対岸に見てとれる。下流の川岸に並び立つ柳やスズカケの若木は、いまも枝がしなったままになっている。ここへ向かう道中、よろず屋の前を通りかかってみると、つっかいを挟んだ扉が開け放たれていて、見かけたことのない数人の人間とビルトンが泥だらけの床にモップをかけていた。

ウォーカーもこちらに近づいてきて、隣に並んで立ちながら、こう切りだした。「きみが例のバイカーどもに興味を示した理由だが、わしにはおおよその見当がついていてな」

ライスは黙ってうなずいた。連中の名前以外は何も伝えていなかったが、ウォーカーのことだからきっと、独自に調べを進めるだろうと思っていた。「あいにくですが、保安官のお役に立ちそうな情報は、何も持ちあわせていないんです。少し込みいった事情もありまして」

「だろうな」

話題を変えて、スージーは元気ですかと訊こうとしたとき、家の裏手に近づいてくる車の音が聞こえてきた。ウォーカーが裏口へ向かったあと、ポーチで耳を澄ましていると、「こりゃあ、どういうことだ」と驚く声が聞こえた。

ライスは思わずにやりとした。ジョーンズがなんのために自分を呼びだしたのかが、これで判明した。ぞんざいな短い挨拶が低い声で交わされたのち、足音が

――二人以上の足音が――近づいてきた。錆びついた蝶番が軋む音と共に、扉が開いた。ライスはマグカップを手に、後ろを振りかえった。

「やあ、ミスター・ムーア」ジョーンズが言った。その表情は挑みかかるようでもあり、悦に入っているようでもあった。「アランにはもう会ったことがあるんだったな」

アラン・ミラが扉を抜けて、ポーチに入ってきた。足を引きずりながら歩いていても、逆巻く暴力のにおいが全身から発散されていた。金属のチェーンと布製の紐を絡みあわせた凝った細工のウォレットチェーンが、ジーンズの左側のベルト通しからぶらさがっている。顔は笑っていなかった。黒い顎鬚が、この一週間でいくらか伸びていた。ライスと同様に、殴りあいをしたあとほとんど眠れていないような面《つら》をしていた。左の眼球は深紅色に染まっていて、目のまわりは紫色に腫れあがっていた。鼻を殴った記憶はないが、見たところあきらかに、一度ならず骨を折ってやっていたようだ。年齢はおそらく二十代後半。ひどく腹を立てているように見えるが、つねにそういうふうに見えてしまう質《たち》なのかもしれない。もしも微笑むようなことがあったなら、いったい何が起きるんだろうと、誰もが心配になってしまうようなたぐいの顔だった。こちらを見すえる目の表情は、なんとも名状しがたいものだったが、強いて表現するとしたら〝好奇心〟ではないかとライスは思った。

ライスはミラの目をしばらく見つめかえしてから、口を開いた。「やっと会えたな。悪夢のなかでは何度も会ってきたが」

長い沈黙が続いた。ミラは何かと闘っているようだった。自分の内から何かを引っぱりあげようと、なんらかの障壁を突き破ろうと、もがいているようだった。そして、ついにそれが起きた。ミラが微笑んでいた。首をやれやれと横に振りながら。どうやら顔は骨折していないらしい。そしてとつぜん、何やら複雑なたぐいの仲間意識が芽生えたらしい。

「そりゃあ、こっちのセリフだぜ」とミラは言った。

ジョーンズはミラを睨《ね》めつけた。こいつは不意討ちを食わせるような卑劣な男だろうがと、いい含めるような表情だった。「なんだ、おまえら、いまから親友にでもなるつもりか？」ジョーンズはウォーカーからマグカップを受けとると、DEAの権威を嵩に着たおなじみの不遜《ふそん》な態度に打って変わった。まずは目下《もっか》の問題を片づけねばというところだろう。ジョーンズがウォーカーに求めたのは、ミラと自分が潜入捜査を続けるための目こぼしだった。同様のことを、狩猟管理局にも数カ月まえから要請しているとジョーンズは言った。さらに続けて、ライスにもこう告げた。「貴様をここへ呼んだのは、保安官事務所からお墨付きをもらって、地元の自警団もどきを気どっているからだ。したがって、おれは貴様とも交渉しなきゃならない」

すると、見かねたウォーカーがあいだに入って、ジョーンズに告げた。ミスター・ムーアに何かを要求するのであれば、その目的がなんであるのかを、先に説明するべきだ。ジョーンズはしぶしぶそれに従った。要は、あの山で熊の胆嚢だのを手に入れて、ミラのバイカークラブが東アジアや東南アジアの麻薬組織と太いパイプをつなぐための足がかりにしたいのだという。バイカークラブはもうすでに、アジアとの取引を拡大しようとしている。メタンフェタミンや、アヘンや、デザイナードラッグといった比較的安価なドラッグを、大量に仕入れるようになっている。

「あっちでは、熊の胆嚢が珍重される。牧場で繁殖した熊じゃなく、野生の熊の胆嚢だ。わけのわからん理由で、野生の熊は特別だと信じこまれているからな」熊の手や胆嚢を安定して供給してやれば、取引に色がつき、最大組織との取引でも有利に働く。そして、DEAから支給されていた活動資金と、バイカークラブがあげている収益も合わせて、自分とミラはすでに、ヴァージニア州とウェスト・ヴァージニア州とペンシルヴェニア州を拠点とした、巨大なブラックマーケットを構築するに至っている。

「まるで、旨味のあるビジネスチャンスでも見つけたような言い草だな」ウォーカーがつぶやいた。

「だが、おかげでおれとミラは、バイカークラブでの地位をあげた。ご存じかは知りませんが、バイカークラブってのも、組織犯罪の温床なんだ」

「一般人は巻きこんでねえよ」と、ミラも口を挟んだ。

ミラのような男が仲間を裏切ろうというのは、どういうことなのか。おそらくは、組織のトップに不満があるのにちがいない。組織のトップにのぼりつめた人間が欲を増し、目下《めした》の者を足蹴《あしげ》にしはじめるというのは、よくある話だ。ジョーンズはおそらくミラに、訴追されるのは幹部連中だけだと請けあったのだろう。その約束が守られるかどうかは別として。

この潜入捜査には、大西洋沿岸中部への麻薬供給ルートを一網打尽にできる可能性があるんだと、ジョーンズは言った。もちろん可能性はあるだろうと、ライスは思った。ただし、そうしてぽっかりあいた穴は、半年もしないうちに、メキシコのカルテルが埋めているにちがいない。それくらいならいっそのこと、バイカーどもをのさばらしておいたほうがよっぽどましだ。そもそも、麻薬戦争という茶番劇になんらかのすじが通せるなどと、いまだに考える人間がいること自体が、ライスには想像もできなかった。そしてまた、ジョーンズ自身も、そんな絵空事を本気で信じているとは思えなかった。つまるところ、すべては出世のためなのだろう。だが、すべてが終わったとき、ミラはいったいどうなるのか。DEAに内通者として飼われていた連中がどうなっていったかは、いやというほど目にしてきた。

「要するに、すべては大いなる正義のためってわけか。

そのためなら、熊なんぞ皆殺しにされてもかまわないと」全員の視線がライスに集まった。「アジアのブラックマーケットがこの国から熊の胆嚢を仕入れようとするのは、あちらじゃあ熊が絶滅寸前だからだ。あんたはこの国で、熊を金儲けの道具にしてる。おかげで、いずれはこの国でも、熊が絶滅の危機を迎える」

「このあたりの熊は絶滅なんかしねえ。その徴候すらねえよ」ミラがふたたび口を挟んだ。

「あと半年だけ、目をつぶってくれ。いや、長くても一年だ」とジョーンズは言った。「おれたちがマーケットから姿を消せば、取引価格はふたたび暴落する。だいいち、熊ってのは最近じゃあ、あちこちで害獣扱いされてるだろうが。殺しても殺しても追いつかないって話だぞ」

「あいにくだが、あんたらが今後これ以上、あの山で熊を撃ち殺すことはない。おれがそれを許さない。タ一ク山自然保護区は部外者の立入り禁止区域だ。ちなみに、おれが権限を行使できる区域は、おれが歩いていける範囲にまで及んでる。したがって、タ一ク山の全域に近づかないほうが身のためだ。ああ、それから、セレット山もな」

「ふざけんな」冗談に応じるかのように、ミラが言った。「あっちは私有地じゃねえだろうが」

「ああ、だが、今後は目を光らせる」

ジョーンズはミラなど比較にもならないほどに激昂していた。「自分のしていることがわかってるんだろうな？　貴様はいま、郡保安官の立会いのもとで、国の捜査機関の人間を脅迫しているんだぞ」

そこまでの権限が自分にないことはわかっていた。それでもライスはさらに続けた。「これは脅迫なんかじゃない。情報を提供しているだけのことだ。あの土地がどういうものかってことを。おれもあの大地の一部だってことを。あんたらがタ一ク山の周辺でどんなにこっそり熊を殺そうとしても、おれはかならず、そこに駆けつける」

　ジョーンズはウォーカーのほうに鋭く顔を向けた。おそらく口添えを期待したのだろうが、肝心のウォーカーは眉をあげてみせるだけだった。ミラの顔には、いまだに笑みがたたえられていた。はじめて笑顔をつくってみたはいいけれど、やめ方がわからないとでもいうかのようだった。

「おれのトラックはどうなんだ。てめえが荒らしたのか?」ミラが唐突に訊いてきた。

　この男に一心に注意を向けられたら、たとえ顔が笑っていたとしても、きっと誰だって、少しはびびってしまうはずだとライスは思った。ちなみに、ミラのトラックの件は、いまのいままですっかり忘れ去っていた。

「まさか。おれにやれるわけがないだろ?　おまえがいちばんわかってるはずじゃないか」

「あんとき、誰かを連れてきてたのかもしれねえだろ」

「おれの知るかぎり、それはない。ひょっとすると、熊の仕業かもしれないぞ」内心では、キノコ摘みの男の仕業ではないかと疑っていた。どこの誰かも知らないが、知っていたとしても、それを打ちあけるつもりはない。

　このやりとりに業を煮やしたジョーンズが、ひときわ声を荒らげた。「やつのトラックが受けた被害は、貴様が弁償しろ、ムーア。貴様にも責任の一部はある。もしくは、膝の手術代を支払うかだ。こちらについては、全面的に貴様に責任があるからな」

　そのとき視界の隅で、ウォーカーの眉がぴくりとあがったことに、ライスは気づいた。ミラがゆっくりと首をまわして、ジョーンズに顔を向けていた。何やら剣呑な空気が漂っている。「おい、いまのはどういう――」

「ああ、そうだとも。おまえの治療費はDEAが負担する。だが、トラックのほうは無理だ。そっちはムーアに払ってもらえ」

そこから会話は大きく脱線しはじめた。ミラが包括契約している自動車保険の免責金額はいくらなのか。そもそも、この件に保険は適用されるのか。ついにはウォーカーが会話に割って入って、ミラが器物損壊事件の被害者であることは捜査報告書が保証するから大丈夫だと請けあった。そうなると、問題は免責金額の千ドルなのだが、ライスにはそこまでの蓄えはない。そう答えようとした矢先、アンドレス・デルガドが遺した現金のことを思いだした。その金はかならず払うと、ライスはミラに約束した。来週かならず、保安官事務所に届けるからと。

ジョーンズが最初に車を出し、ライスがそれに続いた。ウォーカーは、妻がピクニックランチを届けにくることになっているからと言って、その場に残った。アルミ製の門を過ぎ、川岸へと通じる轍だらけの砂利敷きの郡道へ出た直後、ジョーンズが左の路肩に車を寄せた。

ライスもトラックを横づけし、窓をおろしてからエンジンを切った。外の空気は暖かく、ザリガニのようなにおいがした。助手席側の開いた窓から、ミラがじっとこちらを見ていた。ミラはいまだにご機嫌な状態が続いているようだ。たぶん、ライスが千ドルを払うと約束したからだろう。ジョーンズはハンドルに前腕を載せて、まっすぐ前を見すえたまま、こう切りだしてきた。

「例の名前は、どこから探りだしてきたんだ、ムーア」

「おれが探りを入れられる場所なんて、たかが知れてるんじゃないか？　だいいち、あんたが本当に知りたいのは、そんなことじゃないだろう。サラ・ビルケランドの暴行事件の隠蔽《いんぺい》にあんたが加担したことまで、おれが把握しているのか。証拠は握っているのか。それを保安官に引き渡すつもりはあるのか。ちがうか？」

ことさらに表情を変えることもなく、ジョーンズはこう返してきた。「おれを強請《ゆす》れるとでも思ってやがるのか？」

「ああ、ある意味では。あんたには、あの三人のくそ野郎どもをどうにかしてムショにぶちこむ方法を見つけてもらいたい。強姦罪が無理なら、何か別の罪でもいい」

「いまはまだ、あいつらに手を出せないってことくらい、わかってるだろうが」

ライスはそれには答えず、ミラのほうに顔を向けた。「おまえも内心、やつらのしたことを不愉快に思ってるんだろう？　おまえが知る海兵隊の下士官なら、絶対にあんなことはしない。やつらには義理もへったくれもない。おまえのことですら、平然とはめようとしやがった。ジョーンズがいなかったら、おまえは犯してもいない強姦の罪で、刑期を務めることになっていたろうな」

ミラは何も答えなかった。この会話の行きつく先だけが、なんとなく気になっているふうだった。

「とりあえずは、ふたりでしばらく知恵を出しあったらどうだ？」とライスは続けた。『そうすりゃあ、何かしら思いつくだろう。一カ月後に会って、また話をしよう。どういう結論が出たか、そのとき聞かせてくれ」

するとそのときとつぜんミラが、話題を変えるタイミングを見計らってでもいたかのように、ぐっと身を乗りだしてきた。「そういやあ、あのメキシコ野郎はどうなったんだ？」

「なんの話だ？」

ミラはぱっとジョーンズに顔を振り向けた。〝だから言ったろうが〟とかなんとか、小声で訴えるのが聞きとれた。ジョーンズはミラをよけるように身を乗りだすと、憤怒と疑念が入りまじったような目つきで、ライスを睨みつけてきた。ライスが殺し屋の襲撃を受けながら生き残ったことが、脅迫を受けたことよりも遙かに苛立たしいようすだった。「ロス・アントラックスめ……くその役にも立ちやしねえ」ジョーンズはそう毒づくなり、キーをまわした。ミラが窓をあげると同時に、ジョーンズはアクセルを踏みこんだ。路面の砂利を弾き飛ばしつつ、車の後部を横すべりさせながら、乱暴に路肩から車を出すと、何かに焦ってでもいるかのように、猛スピードでカーブを曲がって、ハイウェイのほうへ走り去っていった。

54

その日、ライスは夜明けの時刻に、西の方角へ向けてダッジ川を渡っていた。ここまでやってくるあいだ、一台の車も見かけていない。ライスは橋を渡ったところで車を脇に寄せてとめ、川を見ようと岸まで歩いて戻ることにした。熱帯低気圧が過ぎ去った直後の、雨に洗い清められた空気も、藍色に澄んだ空も、そう長くは続かなかった。いまは、霧のように細かな雨が、湿気のように肌にまとわりついてくる。空から降ってくる雨というより、まるで、空気中に含まれる水分のようだ。ゆうべは屋根を叩くにわか雨の音で、何度も目を覚まさせられた。ライスはコンクリートの欄干に手をついて、川面を見おろした。橋台にぶつかった水が大きく波立っている。その裏側では、茶色く濁った泡がよどみにはまって、ぐるぐると渦を巻いている。プラスチック製のミルクボトルやら、真っ黄色のガソリン容器やら、発泡スチロールの欠片やら、ビニール袋やらといったおなじみのゴミまでもがそこに加わって、両側の流れに押しやられ、いつまでも抜けだせないままでいる。

ゆうべはデンプシー・ボージャーに電話をかけて、スティラーやバイカーギャングについて警告してくれたことに礼を言った。感謝の印を届けにお邪魔したいのだが、いつごろなら都合がいいかと尋ねもした。まえに分けてもらった蜂蜜がもうなくなってしまったから、差しつかえなければ、少し購入させてもらえないかとも頼んだ。すると、ボージャーはこう答えた。木から舞い落ちる葉を眺めるのに忙しくないってんなら、朝いちばんにこっちへ来て、暗渠のパイプ交換を手伝ってくれ。そうすりゃ、蜂蜜はただで分けてやる。

川岸を離れてトラックに戻り、濃い霧のなかをゆっくりと、シカモア・クリークに沿って進んだ。ハンドルを切って砂利敷きの私道へ入ると同時に、森のはずれに黄色い光が灯り、犬舎のなかをうろつきまわる犬のシルエットがぼんやりと浮かびあがった。木造の物置小屋のなかで、裸電球の光に照らされながら、ボージャーがドッグフードをスコップですくっては、アルミ製の大きな容器に放りこんでいっている。犬たちのぼんやりとしたシルエットは、ある記憶を呼び覚ました。ゆうべ見た悪夢が脳裡をかすめて、急ブレーキを踏んでしまい、タイヤが砂利の上で横すべりした。エンジンを切りはしたが、すぐにドアを開ける気にはなれなかった。フロントガラスのワイパーが中途半端な位置でとまっている。ガラスの表面を、細かな雨粒が覆っていく。それがしだいに寄り集まって、少しずつ大きさを増していったかと思うと、不意に下へと流れ落ち、視界から完全に消え去っていく。ライスはそのガラスを通して、ゆうべの夢を眺めていた。峡谷の両側に聳える絶壁。その裾に沿って歩いていく自分。ふと上を見あげると、岩壁がゆるやかな弧を描きながら、少し外へと張りだしている。そこから染みだした水が音もなく岩肌を伝って、一面を照り輝かせている。その下に、誰かが雨を凌いだ跡がある。長い枝を三角に組んでつくった屋根。その屋根の下で、石を円形に並べて、焚き火をした跡もある。地面の土は足で踏み固めたあと、靴底で平らに均されている。樹皮がついたままの枝を四角く組んだ木枠のなかに、動物の毛皮が張り伸ばされている。黄褐色の毛皮を張った、いちばん大きな木枠が、焚き火の煤で黒ずんだ巨岩に立てかけられている。

ボージャーが小屋の戸を閉め、こちらに向かってくる。ライスは車をおりて、防水ジャケットに袖を通した。ボージャーは暗い色あいのキャンバス地のワークジャケットを着ていて、肩のあたりがすでに濡れていた。

「ちょいと汚れると思うが」

「ええ、かまいません」

ライスが後ろに飛びつくのを待って、ボージャーが木材牽引車のエンジンをかけると、凄まじい爆音が轟きはじめた。牽引車は母屋の脇を通りすぎると、ぬかるんだ林道に入るなりスピードをあげた。こいつはどう考えても、同乗者を乗せる可能性には配慮されていない。ここから振り落とされないためには、全力でしがみつきつづけるしかなかった。車体ががくんと跳ねあがったり、一気に加速したりするたびに、ごつごつとした巨大なタイヤが撥ね散らかす泥を全身に浴びながら、ライスは後部に熔接されたケージにぐっと尻を押しつけて踏んばった。

やがて前方に、広く切り拓かれた空間が見えてきた。そこにとまっていた平床トレーラーの隣に、ボージャーは牽引車をとめた。トレーラーの荷台には、キャタピラー社製の黄色い油圧ショベルが載っていて、車体の側面には巨大な暗渠パイプが二本、鎖で縛りつけられていた。牽引車からトレーラーに乗りかえて、さらに八百メートルほどの距離を進んだ。等高線をなぞるかのように、南西の方角へと伸びる林道をたどり、急カーブを曲がった先には、窪地に設けられた植林地が広がっていた。林道の突きあたりの先には、土手の切り立った小川が流れているのだが、窪地に溜まった水をその川へと逃がすため、上流側に埋めこまれていたはずの暗渠パイプが浸食によって露出しているうえに、すっかり錆びついてしまってもいる。この古い鉄パイプはきっと遥か昔に、ボージャーの先祖が埋めこんだものなのだろう。

それでもボージャーに言わせれば、〝ここのはそれほど傷んでねえほう〟であるらしい。

ふたりは柄の長いシャベルを使って、パイプの下を掘りかえした。泥のなかに這いこんで、できた隙間に太いチェーンを通し、パイプに巻きつけてやると、ボージャーが油圧ショベルを操って、それを器用に引っぱりだした。ボージャーの腕前は見事なもので、浴槽ほどの大きさがある鋼鉄製のショベルを、目を疑うほどの繊細さで動かしてみせたが、作業はこれで終わりというわけではなかった。シャベルだの鉄製の棒だのを使って、土手に埋まった大きな石を掘りだしたり、浸食からパイプを守るために、その石で堰《せき》を築いたりと、やるべきことは山ほどある。今日はおそらく一日がかりで、一・五トンぶんの石を手で持ちあげては運ぶという作業に明け暮れることとなるだろう。ところが、そうしたライスの予想はほどなくして覆された。ボージャーには腕力があり、力仕事も手慣れたものであったため、石を持ちあげては運ぶというだけの単純作業は、いつのまにやら、歳の離れたふたりのあいだの力比べへと様相を変えていった。自分はたしかに年長ではあるが、自然保護区の管理人なんぞをしているやわな男に力仕事で負けてたまるかと、ボージャーが闘争心をむきだしにしはじめたのだ。しかも、ボージャーはやたらと意固地になっていて、目の焦点が合わなくなろうとも、足がもつれはじめようとも、自分から手を休めようとはしなかったため、心配になったライスが自分から折れて、休憩しないかと声をかける始末だった。

ふたたび牽引車に乗りかえて、つづら折りのカーブを何度も切りかえしながら三キロ以上の道のりを引きかえし、ボージャーの自宅まで帰りついたときには、日没を過ぎていた。ライスが牽引車から飛びおりると、ボージャーがこちらに顔を向けて言った。

「替えの服は持ってきてねえよな？」

「ええ、ここまでとは考えもしなかったもので」ライスとボージャーはいま、ふたり揃って、全身を分厚い泥に覆われていた。

「おれの服はサイズが合わんしな。あそこの犬舎んとこで待っとってくれたら、ホースで水をぶっかけてやるぞ。びしょ濡れにはなるが、シートに泥はつかんだろ」

ボージャーは母屋の扉をいちおう開けてはみたものの、家のなかには入れてもらえなかったらしい。その場にしばらく突っ立っていると、ほどなく、奥方が戸口に戻ってきて、重たげな紙の買い物袋をどすんと胸に押しつけた。一方の手に買い物袋、もう一方の手にバドワイザーふた缶を握りしめ、折りたたんだタオルを小脇に挟んで引きかえしてくるボージャーの後ろから、足を骨折していたあのサディがとことことあとをついてくるのが見えた。サディはライスの姿を認めるなり、後ろ脚を庇いながら駆け寄ってきた。ライスは地面に膝をついて、耳の後ろでもつれあっている絹のような手触りの毛を片手で掻いてやった。そして、泥の飛び散った顔のにおいをくんくんと嗅ぎまわるサディの髭に耳をくすぐられながら、もう一方の手でビールのプルトップを開けた。

犬舎のなかからおざなりに吠えたてる犬たちの声を聞きながら、ボージャーはクロームメッキのスプレーノズルがついたホースを使って、ライスの全身の泥を洗い流してくれた。そのホースは普段、犬舎に敷いたコンクリート板を掃除する際に使われているものであるらしく、高圧噴射で肌に叩きつけられる水はべらぼうに痛かったが、ライスはひとことの文句も言わず、ひたすら痛みを耐えぬいた。

ボージャーが投げてくれたタオルで顔と髪をぬぐい、シャツを脱いで水気を絞ってから、もう一度それを身にまとった。軽く濡れる程度なら、トラックのシートが傷むことはないだろう。それが済むと、ライスはボージャーに向かって、封をした一通の封筒を差しだした。表の隅には、〝ダーク山自然保護区〟との文字が印刷されている。

「ゲートに取りつけた新しい南京錠の鍵です。もしもまた、犬たちが行方不明になるようなことがあったら、それを使ってロッジまで訪ねてきてください。おれも付き添って、一緒に捜索に向かいますので」

「あんたが熊猟師のために合鍵をつくったことを、上の連中は承知してるのか？」

「熊猟師じゃなく、地元の猟師のために合鍵を用意したことなら、もちろん承知してます。おれの雇い主も、財団の理事会も、新たなアプローチに踏みだす決意を固めたんだとか。熊を狩ることは許可できませんが、保護区が抱える問題に対して、一部の地域住民にも共に解決法を探ってもらってはどうかと考えているようです。そして、そのひとりめにあなたを選んだのは、おれがあなたを信頼しているから。今後もきっと、あの山や森を守っていくための活動に、あなたの力添えが必要となるはずだからです。もちろん、あなたが時間を割いてくださるのであればの話ですが」

ボージャーはどっちつかずの曖昧な言葉を、何やらぼそぼそとつぶやいた。だがそれは、ライスが予想していたよりも遥かに見込みのある反応だった。ところが、そろそろお暇《いとま》しようとトラックのドアを開けてみると、ボージャーに待ったと呼びとめられた。

「ちょっと待った。まだ貸し借りの清算が済んでねえぞ」

ライスはにやりとして言った。「あなたはおそらく、おれの命の恩人だ。そんなことを言いだしたら、おれのほうの借りはちょっとやそっとじゃ返せそうにありませんよ」

「そうじゃねえ。モンローを殺したツケを、払ってもらわなきゃならねえって言ってんだ」

モンロー。車に轢かれて死んだ猟犬。あの朝、砂利の上に横たえられた骸《むくろ》。湿りけを帯びた毛。硬くこわばった脚。もう何年もまえのことのように思える。だが、ボージャーがその件をまだ水に流していないことくらい、わかっていて然るべきだった。

ボージャーは母屋のほうへと顎をしゃくりながら、おもむろに口を開いた。「メアリー・アンのやつはな、猟を引退したやつらをすでに三匹も世話しとる。うちのやつは頑として、伝統的なやり方で犬どもを引退させることを許してくれんのさ。・三五七マグナム弾を使ったやり方ではな」ボージャーの顔に笑みはない。だが、これは単なる恨み言とか、そういうたぐいの話ではないようだと、ライスは薄々勘づきはじめていた。「老衰で一匹あの世へ行くと、犬舎にいた別のが一匹、家んなかで暮らすようになる。メアリー・アンが自分で犬舎から、いちばん年寄りでいちばん弱ってるのを選んでくるんだ。若いやつらに押しのけられて、餌にありつけなくなってたやつをな。そしたら、おれはまた若いのを一匹引きとってきて、そいつに猟を教えこむ。うちんなかにゃあつねに、老いぼれの犬っころが三匹いる。だが、それ以上はもう無理だ。あそこにサディの居場所はねえ。だから、あんたが引きとってくれ。その袋んなかには、一週間ぶんの餌が入ってる。買い物に行く時間がしばらくとれなかったとしても、サディが餓え死にすることのねえようにな。それから、例の蜂蜜もだ」

ライスはいささか虚を衝かれていた。平手で顔を張り飛ばされたような気分だった。しばしの間を置いて、ようやく口がきけるようになった。「……つまり、おれにサディを引きとれと？」

「そういうことだ」

「いや、ですが――」

「サディのやつは、普通に走りまわるぶんには問題ねえが、あの脚のこわばりだけは一生とれねえ。一緒に暮らしてれば、自分がどれほど浅はかであるかを、しょっちゅう思い知らせてくれるだろうよ」

「ですが、おれの置かれた状況が、果たして犬のためになるのかどうか……」

「あんたの置かれた状況なんぞ、知ったこっちゃねえ」

ライスは大きく息を吸って、吐きだした。自分の置かれた状況とやらが、これを機に、とつぜん変化しはじめているのを感じた。そして、ボージャーの決意は固い。ライスは視線を落とした。ライスはゆっくりとうなずきながら、足もとにだにすわりこみ、何かを待ち望むような目で――評決を待つかのような目で――じっとこちらを見あげている。

「たしかに、そうするのが妥当なようです」

ロッジに帰りついたときには、すでに暗くなっていた。ライスがドアを開けてやると、サディは車から飛びおりるなり、何かを追って駆けだした。すばしっこくて、黒っぽい動物。黒猫のメルだった。しばしの追いかけっこのすえ、メルがフロントポーチの屋根の梁に跳び乗ると、サディはその真下に立って、鼻をつんとあげたまま、ゆっくりと揺れる尻尾のほかは、ぴくりとも動かなくなった。ライスがポーチの明かりをつけると、メルはこちらに顔を向けた。「まさか、犬なんか飼おうっての？」

ライスはサディを玄関のなかへ呼びいれ、網戸を閉めてから、梁の下まで歩いていって、まっすぐにメルを見あげた。さきほどまでの慌てっぷりはどこへやら、メルはすっかり涼しい顔で、静かな威厳を漂わせている。そのメルに向かって、ライスはこう語りかけた。

「おまえのせいで、あの日はおれまで殺されるところだったんだぞ。わかってるよな？」

55

夜にはたいがい冷たい小雨がぱらついて、朝になると、巨大な打ち綿のように濃い霧が山を覆いつくす。そんな日が続いていた。朝から始めて月ののぼる時間帯まで、ライスがバンガローでの作業にいそしんでいるあいだ、サディは森のはずれを探索したり、ポーチでのんびりくつろぎながら、ライスには見えない何かにじっと目をこらしたりしていた。壁には断熱材を入れたあとに、壁板が打ちつけられた。州の北部にある会社から運搬人の一団が送りこまれてきて、スターが独断で選んだアンティークの飾り棚を設置していった。床には、例の床板を張ったあと、全体に研磨機をかけた。これまたスターが注文してあった、無毒性の艶出し剤も塗りこんだ。夜になるとサディのために、使い古したバスタオルを寝室の床に敷いてやった。サディは湿った毛のにおいをぷんぷんさせながらその上で眠りに落ち、怖い夢でも見ているのか、ときおり悲しげな声で鳴いては、ライスの目を覚まさせた。しばらくすると、サディはメルを追いかけまわすのをやめた。サディもメルも、互いの存在に気づかないふりをするようになった。それから、メルがロッジの周辺に居つくようにもなった。もしかしたら、人間以外の新入りがやってきたことを、内心では喜んでいるのかもしれない。ツナを絞って出た水を深皿に入れ、ポーチの手すりの上に置いてやると、魚のにおいのする水をぺろぺろと舐めにくるようにもなったくらいだ。

毎晩、フロントポーチの階段にすわって就寝まえのひとときをすごすあいだ、サディはライスの足もとで丸くなり、メルは手すりの上で毛づくろいにいそしむというのが、いつのまにやら習慣となった。ライスはビールを二本あけるあいだに眠けがやってくるのを待ちながら、谷間に灯る遠い明かりを眺めてすごした。

あのハリケーンの夜からというもの、水に惹かれるようになった自分がいる。ときには早朝にサディを連れて、川まで散歩をすることもある。サディは猟犬の本能が疼くのか、土手を這い進んでカエルを見つけては、森のなかでウズラを見つけでもしたかのように、嬉々としてライスにそれを知らせてきた。ライスは川べりに腰をおろして、水がさらさらと流れる音や、川床の玉石をつまびく音に耳を傾けた。雲に覆われた空から射す銀色の鈍い光が、さざ波立つ川面をゆっくりと照らしていくさまを眺めた。昼食後は、高く生い茂った草地のなかを走りまわって、あとを追ってくるサディに運動をさせた。サディがようやく追いついて、前足でふくらはぎを引っ掻いてくると、ライスはかならずやられたとばかりに、地面に仰向けに倒れこんでみせた。サディはぶんぶんと尻尾を振りながら、少し困ったふうなようすで、ライスの顔をのぞきこんできた。これまで一度も、人間とこういう触れあい方をしたことがないのだろう。たぶん、新たな飼い主のことを、どうにもおかしなやつだとでも思っているのだろう。

ミラが罠を仕掛けていた例の餌場は、すべてばらばらに解体してきた。細菌による腐食が進んでいた牛の頭は土に還し、眼窩から抜きとった鉄筋とケーブルは、ロッジに持ち帰った。二頭の熊の死骸は、ほとんど跡形もなく消え去っていた。

少しまえには、デンプシー・ボージャーが保護区にやってきて、ピードモント台地に住むいとこの農場からもらってきたというアメリカ針桑の木材を三本、分けてくれた。ライスはそこから長弓を彫りだそうとした。一本めはてんでうまくいかなかったものの、試行錯誤のすえに彫りだした二本めの弓は、どうにか使い物になりそうな予感がした。まっすぐな矢をつくるコツさえつかめたら、すぐにでも特訓を始めるつもりだった。

同じ夢を見て、はっと目が覚めることは幾晩もあった。〝警報、第一ゾーン通過〟と告げる、無線機の声。ベッドの上で跳ね起きて、四五口径をつかみとりはするものの、あたりはしんと静まりかえっていて、聞こえてくるのはいつも、サディの柔らかな寝息だけだった。

横断標本地へ調査に向かうときには、サディをかならず引き綱につないだ。そうしておけば、サディがあたりをうろついたせいで統計の数値が狂ってしまうといった恐れは、まずなくなる。そのほかにも、水質検査の予定を組んだり、ペリー・クリークに住む水生昆虫に関する年内最後の調査を行なったり、トレイルカメラのメモリーカードを交換したり、撮影した画像をパソコンへ転送したり、サラの作成したデータベースにデータを入力したりと、やるべきことは山ほどあった。

　サラとは数日おきに電話でやりとりしていた。サラはあれからずっと、ニュースに目を光らせていたらしい。アンドレス・デルガドの死体が発見されたことをにおわすような記事がありはしないかと、ワシントンDCのウェブサイトもいくつかチェックしつづけていたが、それしきのことでは報道すらされないのではないかというのが、ふたりの一致した意見ではあった。アンドレスが消息を経ってから、もうしばらくになる。このまま何ごともなく時間が過ぎれば過ぎるほど、危機が迫る可能性は低くなっていくものと思われた。

　アンドレスの携帯電話は、あれからずっと屋根裏に隠したままになっている。いつか覚悟が決まったら、中身をのぞいてみるつもりでいる。場合によっては誰かに助けを求めて、そこで見つかったメールを翻訳してもらうことになるかもしれない。

　二週間が過ぎ、三週めに入った。バンガローはすでにほぼ、サラを迎えいれるための用意が整っていた。

　そんなある日、郵便受けに、とある新聞記事の切りぬきが二枚、投函されていた。ライスはすぐさまサラに電話をかけて自宅の場所を訊き、ブラックスバーグへ車を飛ばした。

　玄関の扉を開けたときのサラは、灰色と海老茶色を基調としたヴァージニア工科大のカレッジトレーナーを着ていて、表情は不安に曇っていた。ふたりが簡易キッチンに入っていくと、サディは居間として使われているスペースを探査するべく、鼻の届きうるものすべてのにおいを念入りに嗅ぎまわりだした。気まずい流れを避けようとする男女が見ず知らずの子供を眺めるようなまなざしで、ふたりはそのようすを見守っていた。しばらくして、ライスはようやくジャケットのポケットから、丸めてあったフィラデルフィア・インクワイアラー紙の切りぬきを取りだし、調理台の上で平らに伸ばした。

「いったいどういうこと？」

これがどういうことかというと、おれがアラン・ミラに大きな借りをつくったということだ。いつか、やつから呼出しのかかる日が来るだろう。

サラは一枚めの切りぬきに目を通した。オートバイによる轢き逃げ事故で、ひとりが死亡。被害者は悪名高きバイカーギャングのメンバーであると目されている。二枚めは、もっと最近の記事。ギャング同士による銃撃事件が発生。一枚めと同じバイカーギャングの一団が、対立する組織のメタンフェタミン精製工場を襲撃しようとしたところ、待ち伏せに遭って銃撃される。ひとりが死亡。ひとりは意識不明の重態。

「この三人が、わたしをレイプしたやつらなのね」

ライスはうなずいた。

「どうやってこんなことを？」サラは声をうらずらせた。細長いオーク材を張りあわせた床の上で丸くなり、ライスの足首に背中をもたせかけていたサディがぴくっと顔をあげ、サラを見つめた。

別に何もしていないと答えようとした。だが、それは真っ赤な嘘になる。それにいま、サラはすでに泣きだしている。こらえようもなく頬を流れ落ちていく涙を、口の端に溜まった涙を、手の甲でぬぐいとっている。鳴咽《おえつ》すら漏らさず、静かに涙を流している。抱きしめるべきなんだろうか。出すぎたまねだと思われるだろうか。泣いている女にどう接するべきなのか、これまでわかったためしがない。これがもっと若いころなら、相手を泣かせている原因をなんとしてでも処理しようと、即座に動きだしたことだろう。その原因というのがライス自身でない場合にかぎってだが。満足に処理できたことなど一度もなかったが。ライスの母親はあまり涙を見せないひとだった。エイプリルは負けん気が強すぎた。エイプリルが涙を見せたのはただの一度だけ。パハリト山地のトレイルカメラで撮影されたジャガーの画像を、はじめて目にしたときのことだ。どうしてあのとき泣いたのかは、教えてもらえずじまいだったが、なんとなくライスにもわかる気がした。

　ところがサラに対しては、何をどうすればいいのか、皆目《かいもく》見当がつかなかった。ほかにできそうなことすら思い浮かばなかった。すでに言いつくされたような、月並みな言葉しか浮かんでこなかった。

「もう帰って。ひとりで泣きたいの」

　そう聞かされて、余計に心配が募ったが、サラは小さく微笑むと、トレーナーの袖で涙をぬぐいながら、自分は大丈夫だと言った。どのみち数週間後には引越しを手伝いにきてもらうんだから、またそのときに。サラはライスの背中を押しはじめた。ライスはなされるがままにキッチンを出た。サディも床から立ちあがって、あとに続いた。

　玄関にたどりつくと、サラは不意に首を伸ばして、さっと唇を重ねてきた。じっとして動くなと言わんばかりに、ライスの肘に手を置きながら。情熱的なキスではなかったけれど、妹が兄にするようなたぐいのものでもなかった。あえて言うなら、つきあいの長い女友だちが、このままつきあってしまってもいい雰囲気なのに、これまで築いてきた関係だけは壊すまいとしているような、そういうたぐいのキスだった。

　本格的な冷えこみを迎えた初日の朝、ライスは私道に広げた油まみれの防水シートに膝をつき、トラクターの草刈り機の刃を研いでいた。電動研磨機が触れるたびに、黄色や白の火花が飛び散って、砂利の上に降りそそいでいく。納屋のなかの壁ぎわでは、ディーゼルエンジン用のオイルを詰めこんだ五ガロン缶が六缶、列をなして待っている。明日からはこの巨大な草刈り機をローギアで転がして、山の上側の草地をゆっくりひとまわりするつもりだった。運転台に立ったままハンドルを操り、前方に落ちている大枝や、岩や、冬眠を控えて動きの鈍っているガラガラヘビを、巧みによけて進みながら。

その日の日暮れ後、空に上弦の月がのぼるなか、ライスはサディを連れて旧道をのぼっていた。朧な月明かりのもと、先に立ってあたりを嗅ぎまわるサディの影は、やけに動きの俊敏な亡霊を思わせた。麓の正面ゲートのちょうど反対側にあたる、森林局が設置した鉄パイプ製のゲートに行きつくと、そこから西に折れて、山の背を伝いながらさらに五キロほどの距離を歩き、セレット山の東側の山頂付近までやってきた。あの崖から落下したのはひと月近くまえになるが、のぼり坂はいまだに膝にこたえた。そこで、等高線をなぞるように南側の斜面へまわりこみ、ダッチ川を眼下に望む急勾配の尾根をくだることにした。とはいえくだり坂も、やはりそれなりに膝にはこたえた。川岸にたどりついたときには、ずきずきとした痛みだけでなく、膝全体が軽く腫れてきてもいた。川に分け入って、冷たい水に膝を押され、渦巻く流れに肌を揉まれていると、痛みがしだいに引いていく気がした。ライスは仰向けに倒れこんで、川の流れに身を任せた。サディが一度だけ不安げな鳴き声をあげたが、飼い主に異常がないことをすぐに悟ったらしく、そのあとはマスクラットや冬眠直前のウシガエルのにおいを嗅ぎまわりながら、川べりを歩いてついてきた。このまま一・五キロかそこら流されていけば、いまでは使われなくなった渡し場の桟橋が見えてきて、その先に、雑草の生い茂る小道が延びている。その小道をたどっていけば、ロッジへと通じる私道に出られるはずだった。

じきに身体が震えだした。川の南北にそそり立つ山の斜面が闇に沈み、夜空を両側から挟みこんでいるせいで、天の川がいつになく、尋常でないほど明るく見える。まるで、ハッブル宇宙望遠鏡を通して撮影された写真か何かを眺めているようだ。あるいは、宇宙船の窓から外を眺めたら、こんな光景を目にすることになるのかもしれない。超音波で虫の動きでも感知したのか、コウモリが数匹、星空をめざしてバタバタと飛びあがっていった。コウモリはとっくに冬眠しているはずの時期だ。ひょっとして、全国への拡大が懸念されているという白鼻症候群でも発症しているんだろうか。あの真菌に感染すると、体内の脂肪がみるみる消費されてしまうというから、冬を越せる確率を伸ばすため、少しでも多く脂肪を蓄えようとしているのかもしれない。あのコウモリのように超音波を使って、世界のありようを把握している生き物はほかにいない。もしもあの種が絶滅してしまったら、あのコウモリたちだけが生きてきた〝世界〟までもが、永遠に失われることとなる。あるいは、万物の絶えた〝世界〟だけが残されてしまう。

そうした暗澹《あんたん》たる思いが引鉄となってか、とつぜん、ある記憶が意識のなかへとあふれこんできた。アラン・ミラがついに姿をあらわす直前の出来事。あの森のなかで、数々の神秘と邂逅《かいこう》するうちに花開いた才能。顔から十数センチの距離に迫る野生の目。峡谷の崖から飛び立った瞬間、世界の真理を一瞬で悟ったときに見た夢。あるいは幻《まぼろし》。あの瞬間には恐怖をおぼえた。だがいまは、記憶の一部として眺めるいまは、グラスに半杯の強い酒を飲み干したように、どうにかなるさと楽観できている自分がいた。本来の性分とは逆の方向へ、ためらいなく突き進んでいこうとしている自分がいた。

あの朝、不意に芽生えた超人的な五感の冴えは、いまも自分のなかで失われずにいるのだろうか。気のせいかな人間であれば、単に幻覚と称するような気はするけれど。ただ、参考までに打ちあけるなら、一頭の熊がときどき森のなかで、ライスのあとを尾《つ》けてくる。格別に巨大な熊なのに、サディはその存在に気づきもしない。となると、あれは、現実の存在ではないのだろう。だが、その熊はいまもすぐそこにいる。川の真上の崖に立って、じっとこちらを見おろしている。傷痕の残る顔のまんなかで、仮面のように表情のない顔のまんなかで、瞳がきらきらと輝いている。熊はけっして視線を逸らさないが、つねに、ある程度の距離を保っている。きっと恐ろしく力が強い。身ごなしも驚くほど敏捷《びんしょう》であるはず。たとえ、左の前足を失っていても。

「そいつはきっと、罠か何かにやられちまったんだろう?」

そう問いかける声にサディはぴたりと足をとめたが、自分が話しかけられているのでないことは、はじめから察しているようだった。ライスの身体を下流へと運んでいくゆるやかな川の流れに合わせて、サディはゆっくりと水ぎわを歩いている。足もとで小さな飛沫があがっている。ライスは水の冷たさに身を震わせながら、現実には存在しないらしい熊たちに語りかけつづけた。川底に沈むなめらかな石にときおり背中を撫でられながら、この世のものとは思えない星空を背景に、獲物を追うコウモリの群れを眺めつづけた。

謝辞

まずは、類稀なる優秀なエージェント、カービー・キムと、ジャンクロウ&ネスビット社に籍を置く有能なプロ集団のみなさんに、心からの感謝を申しあげる。思慮に満ちた助言を与えてくれただけでなく、作品にぴったりの出版社を奇跡のように見つけだしてきただけでもなく、カービーおよび、ブレナ・イングリッシュ・ローブ社は、この作品を見事に生まれ変わらせるような編集作業をも行なってくれた。おかげでこの小説を、持ちこみ原稿の山のなかから抜きとられたときより、遥かにすばらしいものへと磨きあげることができたように思う。

それから、カービーにも負けず劣らず優秀な編集者、ザッカリー・ワグマンにも感謝したい。ザッカリーの洞察と提言は、この小説をたちどころに別の次元へと引きあげてくれた。また、その後のザッカリーをつぶさに眺めてきたかぎりでは、どうやら〝立ちどまる〟ということを知らない人間でもあるようだ。もちろん、ダン・ハルパーン、ミリアム・パーカー、ソニア・チューズ、ミーガン・ディーンズ、エマ・ヤナスキー、サラ・ウッド、レナータ・デ・オリヴェイラにも、ありがとうと伝えたい。アンディ・ルカウントと、ハーパーコリンズ社の販売部にも、格別の感謝を捧げる。ひとつの物語に何年もの歳月をかけるというのは、途方もない夢物語を見ているようで、ときに投げだしたくなるような経験だ。それがあるときとつぜん、切れ者の編集者と出版社が目の前にあらわれて、わたしがしてきたことを信じ、多大な手間暇をかけたすえに、その物語を一冊の書物として世に送りだしてくれたのだから、わたしの胸中は推して知るべしである。イヴリン・サマーズとスピア・モーガン、ミズーリレビュー誌のみなさんにも、心から感謝したい。ライスの物語に最初の行き場を与えてくれたことに対して。いのいちばんに、一流の編集作業をほどこしてくれたことに対して。そして何より、最も必要としているときに、わたしを励まし、作品を肯定してくれたことに対して。

わたしはこれまで長年にわたって、知識と才能と寛容さとを兼ね備えた人々から、専門知識に関する大いなる力添えを賜ってきた。そのなかからごく一部の方々の名をここに挙げさせていただくが、この作品のなかに事実もしくは判断の誤り、その両方の誤りがあったとしても、すべてはわたしの落ち度である。まずは、野生動物生態学者のドクター・デイヴィッド・A・スティーン。連邦捜査機関の精鋭たる捜査官、マット・ボイデン。作家にして博物学者のウィリアム・ファンク。わがいとこにして、高名なる森林生態生理学者でもあるサミュエル・B・マクラフリン博士。元パークレンジャーという経歴を持つ文筆家、ジョーダン・フィッシャー・スミス。詩人であり、石工であり、先住民族の技術を世に伝える教師でもある、アレック・カージル。法律家にしてミリタリーマニアでもある、ポール・モスコウィッツ。そして、才能あふれる音楽家でもあり、パートタイムの砂漠の住人でもあり、アリゾナ州南部の世界へと最初にわたしをいざなってくれた人間でもある、わがいとこのピーター・マクラフリン。

ダブニー・スチュアートにも、この場を借りて厚く御礼申しあげる。ダブニーは敬愛する詩人でもあり、数十年ものあいだよき助言を授けつづけてくれている指導者でもあり、寛容なる読書家でもあり、つねに刺激と激励とを与えてくれる存在でもある。マイケル・ナイトにも、心からの感謝の言葉を。長年にわたって、たゆまぬ支援を与えつづけてくれたことや、原稿に目を通して鋭い助言を授けてくれたことや、本物の作家がどのように作品づくりを進めているのかについて、けっして偉ぶることなく、身をもって教示してくれたことには、感謝のしようもない。それから、（数多くの秀逸な逸話を誇る）いとこのジー・マクヴィーは、この小説の原形となる逸話を提供するのみならず、これまで半世紀以上ものあいだ、そして今後もずっと、最高の友情を育みつづけてくれてもいる。また、生涯の友人であるテイラー・コールには、山のような恩義を受けている。わがビジネスパートナーでもあり、自然保護活動家でもあり、ヴァージニア州の田園地帯については知らぬことのない権威でもあるテイラーにも、心からの感謝を。

わたしの家族はみな、遅まきながら小説家をめざしはじめたわたしのことを、温かく見守ってくれた。早いうちから、多くの良書に触れあう機会を与えてもくれた。だが、何より肝心なのは、わたしが人生ではじめて出会う道先案内人や旅の道連れが、あなたがたであったということだ。おかげでわたしは、世界各地の大自然に魅了されるような大人へと、立派に成長することができた。リーボ、ナンシー、ギンキー、ハム、ネル、ドクター・ブッシュ、ロージー、エリック、ロイ・ホッジス伯父さん（一九一二年-一九九四年没）、そしてエド・キャリントン（一九四四年-一九八六年没）。みんな、本当にありがとう。

世間一般には、小説の謝辞で四つ足の生き物に感謝を述べるなど、ありえないことだと考えられているのかもしれない。だが、そんなの知ったことか。ウイスキー・ビフォア・ブレックファスト、ビッグ・フレッド、バーニー、ハバネロ、トーゾ、エイト、サム、ウィニフレッド、オーディン、リトル・ベア、ロマン、きみたちにも心からの感謝を。きみたちの存在がなければ、きっと、最後までやり遂げることはできなかったろう。

そして、ナンシー・アッサーフ・マクラフリン。パートナーでもあり、アマチュア冒険家でもあり、編集者でもあり、親友でもあり、妻でもあるナンシー。きみの忍耐と、愛と、信頼と、支えに対しては、どんなに頑張っても永遠に感謝しきれないことだろう。

最後に、ローザ・バッテ・ホッジス・マクラフリン（一九一九年－二〇一六年没）にも、ここで感謝を捧げさせていただく。もしもあなたが生きていたら、きっとこの小説を誇らしく思って、つねにコーヒーテーブルの上に置いてくれていたはず。汚らしい言葉を使うなと少し怒りはするだろうが、でも、きっと大丈夫。あなたの愛の深さと心の広さは、いつだって想像を越えていたのだから。

みんな、本当にありがとう。

訳者あとがき

アパラチア山脈の一角に位置する自然保護区にて管理人の職を得たライス・ムーアは、人里離れた山奥でひとりきり、まるで世捨て人のような日々を送っていた。野生の動植物を観察しては記録するという、孤独な作業に明け暮れる毎日。だが、思いかえすことすらためらわれるほどの過去から逃れるため、名前を捨て、他者との関わりをすべて絶ち切ると決意していたライスにとって、このタークス山は恰好の隠れ処となるはずだった。

そんなある日、手足と胆嚢を切りとられ、全身の皮を剝がれた熊の死骸が、禁猟区であるはずの山中で発見される。調べてみると、熊の手足や胆嚢は、ブラックマーケットにて高額で取引されているという。かつて生物学者を志していたライスは、極悪非道なる密猟犯を捕らえるべく、危険を承知で調査に乗りだす。荒くれ揃いの猟師たちから向けられるあからさまな敵意。不法行為を繰りかえすバイカーギャングとの対立。ついには、遥か西部の国境の街に置き去りにしてきたはずの過去の因縁が、ライスの背後に迫りくる。

ライスの過去に、いったい何があったのか。巧妙な罠を仕掛けて熊を狩る、卑劣な密猟犯を捕らえることはできるのか。先任の管理人が保護区を去らざるをえなくなった原因とはなんなのか。神出鬼没の森の住人――片腕のない男――の正体とは。幾重にも絡みあった謎が、しだいに解きほぐされていく。

最後のページをめくり終えたときの感覚を、どうお伝えすればいいだろう。深い森からようやく抜けだしてきたような、それでいてもう一度あの場所へ戻りたくなるような、なんとも名状しがたい不思議な余韻。物語の舞台となるタ－ク山は、チェロキー族に言い伝えられるところの〝ひとならぬもの〟がさまよう山――あまたの異様《ことざま》の山――と呼ばれている。鬱蒼と木々が生い茂る森の内奥で、ライスは密猟犯を追いつめるべく森に溶けこみ、同一化していく。読み手もまたその目を通して、森のなかをさまよい歩くこととなる。大自然のなかで生まれ育ってきたという著者だからこそ表現できたのであろう、真に迫りながらもどこか詩的で濃密な情景描写が、読む者の五感を刺激する。大地の香りや、朽ちゆく肉の腐敗臭、野生動物の体毛の感触、東部山岳地帯に特有の湿気や熱気、ひんやりと肌を撫でるそよ風、かすかな木漏れ日、夜の闇、虫の音や鳥のさえずりまでもが、じかに感じとれそうなほどだ。自然を愛する著者の森に対する畏怖と敬意とが、ありありと伝わってくることだろう。

それと対比するかのように、ライスが過去に暮らしていたアリゾナの風景――メキシコとの国境地帯に広がる砂漠の乾いた風景――には、荒涼たる趣がある。主人公の背後に迫りくる追っ手の不気味さが、その情景を通じて、否応なく増幅されていくはずだ。

本書『熊の皮』は本国アメリカにて二〇一八年六月に上梓され、二〇一九年のエドガー賞最優秀新人賞を獲得している。また、出版後まもないうちに、ニューヨーク・タイムズ紙が選ぶ〝この夏注目の四人の作家〟や、パブリッシャーズ・ウィークリー誌が選ぶ〝この夏の推薦書〟、アマゾンの〝ベスト・ミステリズ・アンド・スリラーズ〟などに挙げられたほか、翌年には、アンソニー賞最優秀新人賞やバリー賞最優秀新人賞を筆頭とする数々の賞にもノミネートされている。

著者であるジェイムズ・A・マクラフリンは、ヴァージニア州の山地にて生まれ育ち、ヴァージニア大学で法学士および美術学修士の学位を取得した。長篇デビュー作となる本書を世に送りだす以前には、エッセイや短篇小説、風景や野生動物を写した写真などが数多くの雑誌に掲載されており、本書の下敷きとなったという短篇"Bearskin"もまた、二〇〇九年にウィリアム・ピーデン賞を受賞している。現在はユタ州ソルトレイクシティの東に位置するワサッチ山脈に暮らしながら、本書と関連のある二篇の小説を執筆中であるという。

二〇一九年十月

HAYAKAWA POCKET MYSTERY BOOKS No. 1949

青《あお》 木《き》 千《ち》 鶴《づる》

白百合女子大学文学部卒
英米文学翻訳家
訳書
『エレベーター』ジェイソン・レナルズ
『二流小説家』『ミステリガール』『雪山の白い虎』『用心棒』
デイヴィッド・ゴードン
『三人目のわたし』ティナ・セスキス
（以上早川書房刊）他多数

この本の型は，縦18.4センチ，横10.6センチのポケット・ブック判です．

〔熊《くま》の皮《かわ》〕

2019年11月10日印刷　2019年11月15日発行

著　者　ジェイムズ・A・マクラフリン
訳　者　青　木　千　鶴
発行者　早　川　浩
印刷所　星野精版印刷株式会社
表紙印刷　株式会社文化カラー印刷
製本所　株式会社川島製本所

発行所　株式会社　早　川　書　房
東京都千代田区神田多町2－2
電話　03-3252-3111
振替　00160-3-47799
https://www.hayakawa-online.co.jp

（乱丁・落丁本は小社制作部宛お送り下さい
送料小社負担にてお取りかえいたします）

ISBN978-4-15-001949-5 C0297
Printed and bound in Japan

ハヤカワ・ミステリ〈話題作〉

1913
虎狼
モー・ヘイダー
北野寿美枝訳
突如侵入してきた男たちによって拘禁された一家。キャフェリー警部は彼らを絶望の淵から救うことが出来るのか？　シリーズ最新作

1914
バサジャウンの影
ドロレス・レドンド
白川貴子訳
バスク地方で連続少女殺人が発生。捜査に派遣された女性警察官が見たものは？　スペインでベストセラーとなった大型警察小説登場

1915
楽園の世捨て人
トーマス・リュダール
木村由利子訳
〈「ガラスの鍵」賞受賞作〉大西洋の島で怠惰に暮らすエアハートは、赤児の死体の話を聞き……。老境の素人探偵の活躍を描く巨篇！

1916
凍てつく街角
ミケール・カッツ・クレフェルト
長谷川圭訳
酒浸りの捜査官が引き受けた失踪人探し。若い女性が狙われる猟奇殺人。二つの事件を繋ぐものとは？　デンマークの人気サスペンス

1917
地中の記憶
ローリー・ロイ
佐々田雅子訳
〈アメリカ探偵作家クラブ賞最優秀長篇賞受賞〉少女が発見した死体は、町の忌まわしい過去を呼び覚ます……巧緻なる傑作ミステリ

ハヤカワ・ミステリ〈話題作〉

1918
渇きと偽り
ジェイン・ハーパー
青木　創訳

一家惨殺の真犯人は旧友なのか？　木曾有の干魃にあえぐ故郷の町で、連邦警察官が捜査に挑む。オーストラリア発のフーダニット！

1919
寝た犬を起こすな
イアン・ランキン
延原泰子訳

〈リーバス警部シリーズ〉不自然な衝突事故を追及するリーバスと隠蔽された過去の事件を追うフォックス。二人の一匹狼が激突する

1920
われらの独立を記念し
スミス・ヘンダースン
鈴木　恵訳

〈英国推理作家協会賞最優秀新人賞〉福祉局のソーシャル・ワーカーが直面する様々な家庭の悲劇。激動の時代のアメリカを描く大作

1921
晩夏の墜落
ノア・ホーリー
川副智子訳

〈アメリカ探偵作家クラブ賞最優秀長篇賞受賞〉ジェット機墜落を巡って交錯する人間ドラマ。著名映像作家による傑作サスペンス！

1922
呼び出された男
ヨン＝ヘンリ・ホルムベリ・編
ヘレンハルメ美穂・他訳

スティーグ・ラーソンの幻の短篇をはじめ、現代ミステリをリードする北欧人気作家たちの傑作17篇を結集した画期的なアンソロジー

ハヤカワ・ミステリ〈話題作〉

1923 **樹脂** エーネ・リール 枇谷玲子訳

〈「ガラスの鍵」賞、デンマーク推理作家アカデミー賞受賞〉人里離れた半島で、父が築きあげた歪んだ世界のなか少女は育っていく

1924 **冷たい家** JP・ディレイニー 唐木田みゆき訳

ロンドンの住宅街にある奇妙なまでにシンプルな家。新進気鋭の建築家が手がけたこの家に住む女性たちには、なぜか不幸が訪れる！

1925 **老いたる詐欺師** ニコラス・サール 真崎義博訳

ネットで知り合い、共同生活をはじめた老紳士と未亡人。だが紳士の正体は未亡人の財産を狙うベテラン詐欺師だった。傑作犯罪小説

1926 **ラブラバ**〔新訳版〕 エルモア・レナード 田口俊樹訳

〈アメリカ探偵作家クラブ賞最優秀長篇賞受賞〉元捜査官で今は写真家のジョー・ラブラバは、憧れの銀幕の女優と知り合うのだが……

1927 **特捜部Q**—自撮りする女たち— ユッシ・エーズラ・オールスン 吉田奈保子訳

王立公園で老女が殺害された。さらには若い女性ばかりを襲うひき逃げ事件が……。次々と起こる事件に関連は？ シリーズ第七弾！

ハヤカワ・ミステリ〈話題作〉

1928 **ジェーン・スティールの告白** リンジー・フェイ 川副智子訳

アメリカ探偵作家クラブ賞最優秀長篇賞ノミネート。19世紀英国を舞台に、大胆不敵で気丈なヒロインの活躍を描く傑作歴史ミステリ

1929 **エヴァンズ家の娘** ヘザー・ヤング 宇佐川晶子訳

〈ストランド・マガジン批評家賞最優秀新人賞受賞作〉その家には一族の悲劇が隠されていた。過去と現在から描かれる物語の結末とは

1930 **そして夜は甦る** 原 尞

〈デビュー30周年記念出版〉伝説のデビュー作がポケミスで登場。書下ろし「著者あとがき」を付記し、装画を山野辺進が手がける特別版

1931 **影の子** デイヴィッド・ヤング 北野寿美枝訳

〈英国推理作家協会賞ヒストリカル・ダガー賞受賞作〉東西ベルリンを隔てる〈壁〉で少女の死体が発見された。歴史ミステリの傑作

1932 **虎の宴《うたげ》** リリー・ライト 真崎義博訳

アステカ皇帝の遺体を覆った美しい宝石のマスクをめぐり、混沌の地で繰り広げられる、大胆かつパワフルに展開する争奪サスペンス

ハヤカワ・ミステリ〈話題作〉

1933
あなたを愛してから
デニス・ルヘイン
加賀山卓朗訳
レイチェルは夫を撃ち殺した……実の父を捜し、真実の愛を求め続ける彼女の旅路の果てに待っていたのは？ 巨匠が贈るサスペンス

1934
真夜中の太陽
ジョー・ネスボ
鈴木 恵訳
夜でも太陽が浮かぶ極北の地に一人の男がやってくる。彼には秘めた過去が――『その雪と血を』に続けて放つ、傑作ノワール第二弾

1935
元《がん》年《ねん》春《はる》之《の》祭《まつり》
陸 秋 槎
稲村文吾訳
不可能殺人、二度にわたる「読者への挑戦」気鋭の中国人作家が二千年前の前漢時代の中国を舞台に贈る、本格推理小説の新たな傑作

1936
用心棒
デイヴィッド・ゴードン
青木千鶴訳
暗黒街の顔役たちは、ストリップクラブの凄腕用心棒にテロリスト追跡を命じた！ 年末ミステリ三冠『二流小説家』著者の最新長篇

1937
刑事シーハン／紺青の傷痕
オリヴィア・キアナン
北野寿美枝訳
大学講師の首吊り死体が発見された。他殺と見抜いたシーハンだったが事件は不気味な奥深さを……アイルランドに展開する警察小説

ハヤカワ・ミステリ〈話題作〉

1938 ブルーバード、ブルーバード

アッティカ・ロック
高山真由美訳

〈エドガー賞最優秀長篇賞ほか三冠受賞〉テキサスで起きた二件の殺人に黒人のレンジャーが挑む。現代アメリカの暗部をえぐる傑作

1939 拳銃使いの娘

ジョーダン・ハーパー
鈴木　恵訳

〈エドガー賞最優秀新人賞受賞〉11歳の少女はギャング組織に追われる父親とともに旅に出る。人気TVクリエイターのデビュー小説

1940 種の起源

チョン・ユジョン
カン・バンファ訳

家の中で母の死体を見つけた主人公。昨夜の記憶なし。殺したのは自分なのか。「韓国のスティーヴン・キング」によるベストセラー

1941 私のイサベル

エリーサベト・ノウレベック
奥村章子訳

二人の母と、ひとりの娘。二十年の時を越えて三人が出会うとき、恐るべき真実が明らかになる……スウェーデン発・毒親サスペンス

1942 ディオゲネス変奏曲

陳　浩基
稲村文吾訳

〈著者デビュー10周年作品〉華文ミステリの第一人者・陳浩基による自選短篇集。ミステリからSFまで、様々な味わいの17篇を収録

ハヤカワ・ミステリ〈話題作〉

1943
パリ警視庁迷宮捜査班
ソフィー・エナフ
山本知子・川口明百美訳

停職明けの警視正が率いることになったのは曲者だらけの捜査班!? フランスの『特捜部Q』と名高い人気警察小説シリーズ、開幕!

1944
死者の国
ジャン＝クリストフ・グランジェ
高野 優監訳・伊禮規与美訳

パリで起こった連続猟奇殺人事件を追う警視が執念の捜査の末辿り着く衝撃の真相とは。フレンチ・サスペンスの巨匠による傑作長篇

1945
カルカッタの殺人
アビール・ムカジー
田村義進訳

一九一九年の英国領インドで起きた惨殺事件に英国人警部とインド人部長刑事が挑む。英国推理作家協会賞ヒストリカル・ダガー受賞

1946
名探偵の密室
クリス・マクジョージ
不二淑子訳

ホテルの一室に閉じ込められた探偵に課せられたのは、周囲の五人の中から三時間以内に殺人犯を見つけること！ 英国発新本格登場

1947
サイコセラピスト
アレックス・マイクリーディーズ
坂本あおい訳

夫を殺したのち沈黙した画家の口を開かせるため、担当のセラピストは策を練るが……。ツイストと驚きの連続に圧倒されるミステリ